Ullstein

DAS BUCH

Tullio Hermil, ein vielseitig begabter und von seiner Einzigartigkeit überzeugter Ästhet, geht schon lange seinen eigenen Weg. Getrieben von dem Gefühl unersättlicher Lust und Gier, ist der Ehebruch für ihn zu einer Alltäglichkeit geworden. Tullio gewinnt seine Freiheit zurück und leidet doch darunter, die kranke Ehefrau Giuliana zu betrügen, die sich widerstandslos in das Schicksal einer platonischen Liebe zu fügen scheint. Erst als in ihm der Verdacht aufkeimt, daß seine Frau ihrerseits eine Affäre hat, entflammt in ihm die alte Leidenschaft zu neuem Leben und gewinnt durch Giulianas kränklichen Zustand sogar noch einen zusätzlichen Reiz. Doch Giulianas Seitensprung führt zur Geburt eines unerwünschten Sohnes, und Tullio lädt in seiner Verzweiflung ein schreckliches Verbrechen auf sich . . . D'Annunzios Skandalerfolg, der bei seinem Erscheinen im Jahre 1891 eine wilde Flut von Schimpftiraden auslöste, wurde 1976 von Luchino Visconti verfilmt.

DER AUTOR

Der italienische Skandaldichter Gabriele d'Annunzio (1863 bis 1938) veröffentlichte bereits mit 16 Jahren seinen ersten Gedichtband. Nur wenig später war er der meistgelesene und bestbezahlte Journalist und Schriftsteller Italiens, der sich auch politisch hervortat. Sein Werk umfaßt Gedichte, Theaterstücke, Erzählungen und Romane. Mit dem Roman DAS OPFER gelang es d'Annunzio, seinen Ruf als führender *décadent* seiner Zeit zu festigen. Bei Ullstein erschien bereits: DAS FEUER (UB 24500).

Gabriele d'Annunzio

Das Opfer

Roman

Aus dem Italienischen von Virgilio Iafrate
Mit einem Nachwort von Adeline R. Tintner

Ullstein

Ullstein Buchverlage GmbH & Co. KG,
Berlin
Taschenbuchnummer: 24671

Titel der Originalausgabe:
L'Innocente

Ungekürzte Ausgabe
November 1999

Umschlaggestaltung:
Bauer + Möhring
Gemälde: Venus Verticordia von D. G. Rossetti /
The Faringdon Collection Trust

Die Taschenbuchausgabe erfolgt
mit freundlicher Genehmigung der
Matthes & Seitz Verlag GmbH

Printed in Germany 1999
Gesamtherstellung:
Ebner Ulm
ISBN 3 548 24671 0

Gedruckt auf alterungsbeständigem
Papier mit chlorfrei
gebleichtem Zellstoff

Die Deutsche Bibliothek –
CIP-Einheitsaufnahme

D'Annunzio, Gabriele:
Das Opfer: Roman / Gabriele D'Annunzio.
Aus dem Ital. von Virgilio Iafrate.
Mit einem Nachw. von Adeline R. Tintner.
– Ungekürzte Ausg. – Berlin : Ullstein, 1999
(Ullstein-Buch ; Nr. 24671)
Einheitssacht.: L' innocente <dt.>
Lizenz des Verl. Matthes & Seitz, München
ISBN 3-548-24671-0

Gabriele d'Annunzio

I ROMANZI DELLA ROSA

L'INNOCENTE

MILANO
FRATELLI TREVES, EDITORI

27.° migliaio.

Beati Immacolati . . .

Vor den Richter treten, zu ihm sagen: »Ich habe ein Verbrechen begangen. Jenes arme Geschöpf würde noch leben, hätt' ich's nicht getötet. Ich, Tullio Hermil, ich habe es getötet. Ich habe den Mord geplant. In meinem Haus. Und ich habe ihn ausgeführt, bei vollstem Bewußtsein, gewissenhaft, mit äußerster Vorsicht. Dann habe ich mein Leben weitergelebt; mit meinem Geheimnis; in meinem Haus; ein ganzes Jahr. Bis jetzt. Heut jährt sich der Tag. Euren Händen empfehle ich mich, hört mich an, urteilt über mich.« Kann ich so vor den Richter treten, so zu ihm sprechen?

Weder kann noch will ich. Der Menschen Gerechtigkeit betrifft mich nicht. Keine Instanz auf Erden wäre imstande, über mich zu richten.

Und doch, ich muß mich anklagen, muß mich erklären. Jemandem muß ich mein Geheimnis enthüllen. Aber WEM?

Dies ist meine erste Erinnerung.

Es war April. Ich, Giuliana sowie unsere beiden Töchter, Maria und Natalia: wir befanden uns seit einigen Tagen auf dem Land, im Hause meiner Mutter, einer geräumigen, alten Villa, La Badiola genannt, um Ostern zu feiern. Es war im siebten Jahr unserer Ehe.

Und bereits drei Jahre waren seit einem anderen Ostern vergangen, das mir – in jener weißen, klösterlich einsamen Villa, die der Duft von Levkojen erfüllte – wahrhaftig wie ein Fest der Vergebung, des Friedens und der Liebe erschienen war; damals, als Natalia, mein jüngstes Töchterlein – eben erst wie eine Blüte der Knospe ihren Windeln entwachsen – ihre ersten Schritte versuchte und trotz ihres etwas wehmütigen Lächelns Giuliana sich mir gegenüber voll Nachsicht zeigte. Nach meinem ersten schweren Ehebruch war ich, voll Reue und Demut, zu ihr zurückgekehrt. Meine Mutter, die von nichts wußte, hatte mit ihren teuren Händen einen Olivenzweig am Kopfende unserer Bettstatt befestigt und die kleine silberne Weihwasserschale, die an der Wand hing, frisch aufgefüllt.

Doch nun, nach drei Jahren, wieviel hatte sich verändert! Zwischen mir und Giuliana war es zum Bruch gekommen: endgültig und unüberwindbar. Meine Verbrechen gegen sie hatten zugenommen. Auf grausamste

Weise hatte ich sie verletzt, rücksichtslos, maßlos, mitgerissen von meiner Gier nach Verzückung, vom Sturm meiner Leidenschaften, von der Sensationslust meines verdorbenen Geistes.

Ich war der Liebhaber zweier ihrer innigsten Freundinnen gewesen. Unvorsichtigerweise hatte ich in Florenz einige Wochen mit Teresa Raffo verbracht. Ich hatte mit dem tückischen Grafen Raffo ein Duell, in dessen Verlauf sich mein unglückseliger Gegner durch einige absonderliche Umstände lächerlich gemacht hatte. Und nichts von all dem war Giuliana verborgen geblieben. Zwar hatte sie gelitten, aber mit Stolz, fast demütig.

Unsere Zwiegespräche waren sehr selten geworden, und so kurz wie beiläufig; doch in deren Verlauf hatte ich sie niemals belogen, da ich glaubte, meine Schuld in den Augen jener süßen und holden Frau – deren Verständigkeit ich kannte – durch meine Ehrlichkeit mildern zu können.

Ich wußte auch, daß sie die Überlegenheit meines Verstandes anerkannte und die Rastlosigkeit meiner Lebensweise teilweise mit den blendenden Theorien entschuldigte, die ich mehr als einmal in ihrer Gegenwart zu ungunsten der moralischen Normen dargelegt hatte, zu denen die Mehrheit der Männer sich dem Schein nach bekennt. Die Gewißheit, von ihr nicht als gemeiner Mann verurteilt zu werden, erleichterte meinem Gewissen die Last meiner Verfehlungen. »Da ich nicht so bin wie die anderen und eine andere Lebensauffassung habe«, überlegte ich, »begreift also auch sie, daß ich mich den Pflichten entziehen darf, die andere mir aufzwingen wollen, daß ich, richtigerweise, deren Meinung verachten und vollkommen offen meine erlesene Eigenheit leben darf.«

Ich war überzeugt, nicht nur ein erlesener, sondern ein *auserlesener* Geist zu sein; und ich glaubte, diese *Auser-*

lesenheit meiner Empfindungen und meiner Gefühle würde jede meiner Handlungen veredeln, ja *besondern.* Stolz und neugierig auf diese meine Auserlesenheit konnte ich mir keinerlei Opfer – ein Verleugnen meiner selbst – gestatten, so, wie ich nicht darauf verzichten konnte, meine Wünsche zur Geltung zu bringen, zu offenbaren. Aber all diesen feinen, meinen Überlegungen lag ein schrecklicher Egoismus zugrunde, da ich zwar das Wohlbefinden meines Zustands gelten ließ, aber die Verpflichtungen daraus überging.

In der Tat: nach und nach, von Ehebruch zu Ehebruch, war es mir gelungen, meine ursprüngliche Freiheit mit Giulianas Billigung zurückzugewinnen: ohne zu heucheln, ohne Heimlichkeiten, ohne erniedrigende Lügen. So wie andere sich bemühen, zu heucheln, bemühte ich mich, um jeden Preis offen zu sein. Ich versuchte bei jeder Gelegenheit, zwischen Giuliana und mir den neuen Bund geschwisterlicher Liebe von reiner Freundschaft zu festigen. Sie sollte meine Schwester, meine beste Freundin sein.

Costanza, meine einzige Schwester, war mit neun Jahren verstorben; nur unendliche Trauer blieb in meinem Herzen zurück. Oft dachte ich in tiefer Wehmut an jene kleine Seele, die mir den Kelch ihrer Zärtlichkeit – einen Kelch, den ich mir unerschöpflich träumte – nie hatte darreichen können. Unter all den Formen menschlicher Zuneigung, all den Formen irdischer Liebe, schien mir *die einer Schwester* immer die vollkommenste und tiefste. Voller Schmerz, der die Unwiderruflichkeit des Todes fast ins Mystische steigerte, dachte ich häufig an die große, verlorene Freude: Wo auf Erden konnte ich eine zweite Schwester finden?

Unwillkürlich übertrug sich diese Sehnsucht voller Gefühl auf Giuliana.

Unwillig, sich körperlich zu vereinen, hatte sie bereits

auf jegliche Zärtlichkeit, auf jede Hingabe verzichtet. Lag ich neben ihr, spürte ich schon seit langer Zeit nicht einmal mehr den Hauch sinnlicher Erregung; obschon ich ihr Atmen vernahm, ihren Duft roch, das kleine braune Mal auf ihrem Hals erblickte, blieb ich vollkommen kalt. Mir schien unmöglich, daß dies dieselbe Frau war, die ich eines Tages unter dem Sturm meiner Leidenschaft hatte erbleichen und vergehen sehen.

Also reichte ich ihr meine brüderliche Liebe; und sie nahm sie auf schlichte Art an. War sie traurig, war ich noch trauriger; da ich dachte, daß wir unsere Liebe für immer – ohne Hoffnung auf Wiederauferstehung – begraben hatten, da ich dachte, daß unsere Lippen sich vielleicht nie mehr, nie mehr vereinen würden. Und in meinem verblendeten Egoismus schien mir, als müsse sie mir in ihrem Herzen dankbar sein ob jener, meiner Trauer, die ich bereits als unheilbar empfand; und mir schien, sie müsse auch damit, als einem Echo ferner Liebe, zufrieden sein und sich trösten.

Beide hatten wir einst nicht nur von Liebe, sondern auch von einer Leidenschaft bis zum Tode geträumt: *usque ad mortem*. Beide hatten wir an unseren Traum geglaubt, hatten mehr als einmal, im Rausch, die zwei großen, trügerischen Worte gehaucht: *Ewig! Niemals!* Sogar an die Anziehungskraft unseres Fleisches hatten wir geglaubt: an jene sonderbarste und geheimnisvollste Anziehungskraft, die zwei menschliche Wesen mit dem bebenden Band aus unersättlichem Verlangen aneinanderfesselt; wir hatten daran geglaubt, weil das Durchdringende unserer Empfindungen nicht nachließ: auch nicht, nachdem der dunkle Genius des Menschengeschlechts durch uns – wir hatten ein neues Wesen gezeugt – seinen einzigen Zweck erreicht hatte.

Der Traum war zersplittert, jede Flamme erloschen. Meine Seele (ich schwöre es) hatte aufrichtig über den

Scherben geweint. Doch wie widersetzt man sich einem zwangsläufigen Vorgang? Wie läßt sich das Unvermeidliche vermeiden?

Es war folglich ein großes Glück, daß wir, nachdem die Liebe durch die verhängnisvolle Zwangsläufigkeit der Ereignisse und daher ohne irgend jemands Schuld gestorben war, noch unter demselben Dache leben konnten: verbunden durch ein neues Gefühl, das vielleicht nicht weniger innig als das alte, sicher aber erhabener und einzigartiger war. Es war ein großes Glück, daß ein neuer Wahn auf den alten folgte und zwischen unseren Seelen einen Austausch reiner Gefühle, zarter innerer Regungen und erlesener Traurigkeit ermöglichte.

Aber wohin führte diese Art platonischer Rhetorik in Wirklichkeit? Zu dem Ergebnis, daß sich ein Wesen lächelnd opfern ließe.

In Wirklichkeit beruhte das neue, nicht mehr eheliche, sondern geschwisterliche Zusammenleben nur auf einer Voraussetzung: auf der vollkommenen Entsagung der *Schwester.* Ich gewann meine Freiheit zurück, konnte mich auf die Suche nach den durchdringenden Empfindungen begeben, derer meine Nerven bedurften, konnte in Leidenschaft zu einer anderen Frau entbrennen sowie außer Haus leben; und ich konnte, meiner harrend, die *Schwester* finden, in meinen Zimmern die sichtbare Handschrift ihrer Fürsorge finden, auf meinem Tisch in einem Becher, von ihrer Hand arrangiert, die Rosen finden, und wie an einem Ort, den eine Grazie bewohnt, überall ihre Ordnung, ihren Geschmack und Glanz finden. War mein Zustand nicht beneidenswert? Eine Frau, die einwilligte, mir ihre Jugend zu opfern, zufrieden, einzig aus Dankbarkeit, ja fast religiöser Verehrung auf die stolze und holde Stirn geküßt zu werden: war sie nicht außerordentlich kostbar?

Meine Dankbarkeit wurde bisweilen so innig, daß sie

sich in einer Unmenge von Zärtlichkeiten, von liebevollen Aufmerksamkeiten erging. Ich konnte der beste aller Brüder sein. Wenn ich außer Haus weilte, schrieb ich Giuliana lange, wehmütige, zärtliche Briefe, die häufig zusammen mit jenen abgeschickt wurden, die für meine Geliebte bestimmt waren; und meine Geliebte hätte nie darauf eifersüchtig sein dürfen, genausowenig, wie sie auf meine Anbetung zu Ehren Costanzas eifersüchtig sein durfte.

Aber obwohl ich in der Glut meines besonderen Lebens verging, floh ich die Fragen nicht, die von Zeit zu Zeit in mir aufkeimten. Da Giuliana in jener wunderbaren Opferstärke ausharrte, mußte sie mit absoluter Liebe mich lieben; und da sie mich liebte und niemand anderer sein konnte als meine *Schwester,* mußte sie eine in ihrem Innern verschlossene, tödliche Verzweiflung hegen. – War also jener Mann nicht wahnsinnig, der ohne Bedauern jenes Geschöpf, das so qualvoll lächelte, so schlicht, so mutig war, anderen, wirren, eitlen Neigungen opferte? – Ich erinnere mich (und mich erstaunt meine damalige Abartigkeit), ich erinnere mich, daß von den Gründen, die ich zu meiner persönlichen Beschwichtigung anführte, dieser der gewichtigste war: »Die moralische Größe erwächst aus der Brutalität jener Qualen, die überwunden werden; damit sie Gelegenheit hatte, erhaben zu sein, war es nötig, daß sie erduldete, was ich an Qualen ihr zufügte.«

Eines Tages aber bemerkte ich, daß sie auch körperlich litt; ich bemerkte, daß ihre Blässe fahler wurde und zuweilen wie von schwarzblauen Schatten überzogen ward. Überrascht entdeckte ich mehr als einmal in ihrem Gesicht das Zucken unterdrückter Krämpfe; mehr als einmal überfiel sie in meiner Gegenwart unbändiges Zittern, das – wie unter dem Schock plötzlich auftretenden Fiebers – ihren ganzen Körper schüttelte und ihre Zähne klappern ließ. Eines Abends drang aus einem entlegenen Zimmer zu mir ein herzzerreißender Schrei – von ihr; und ich lief und fand sie: Aufrecht lehnte sie rücklings an einem Spiegelschrank und krümmte sich in krampfartigen Zuckungen, als habe sie Gift geschluckt. Sie packte mich bei der Hand und hielt sie fest wie ein Schraubstock.

– Tullio, Tullio, ist das schrecklich! Oh, ist das schrecklich!

Aus der Nähe blickte sie mich an; mit ihren weit aufgerissenen Augen, die mir im Halbdunkel unnatürlich groß erschienen, starrte sie in meine Augen. Und in jenen großen Augen sah ich das unbekannte Leiden wie in Wellen vorüberziehen; und jener anhaltende, unerträgliche Blick löste in mir, schlagartig, wahnsinnige Angst aus. Es war Abend, noch dämmerig, und das Fenster stand sperrangelweit offen, und die Vorhänge blähten sich flatternd, und eine Kerze flackerte auf einem Tisch gegenüber eines Spiegels; und – ich weiß nicht, warum – das Flattern der Vorhänge, das verzweifelte Flackern jenes Flämmchens, das der milchige Spiegel zurückwarf, evozierten in meiner Vorstellung eine unheilvolle Bedeutung und verstärkten mein Entsetzen. Der Gedanke an Gift durchzuckte mich, während ihr, im selben Augenblick, ein weiterer Schrei entfuhr; und außer sich ob ihrer Verkrampfung warf sie sich, verloren, an meine Brust.

– Oh Tullio, Tullio, hilf mir! Hilf mir!

Unfähig, einen Ton hervorzubringen und meine Arme zu bewegen, war ich für einen Augenblick starr vor Schreck.

– Was hast du getan? Was hast du getan, Giuliana! Rede, rede . . . Was hast du getan?

Überrascht von der starken Erregung in meiner Stimme entzog sie sich mir ein wenig und schaute mich an. Mein Gesicht muß bleicher, verzerrter als das ihre gewesen sein: hastig, verwirrt sagte sie zu mir:

– Nichts, nichts. Nicht erschrecken, Tullio. Es ist nichts, siehst du ... Das sind meine üblichen Schmerzen ... Es ist einer der üblichen Anfälle, weißt du ... Sie gehen vorbei. Beruhige dich.

Ich jedoch, erfüllt von dem schrecklichen Verdacht, glaubte nicht ihren Worten. Mir schien, als würden all die Dinge um mich herum mir das tragische Ereignis enthüllen und eine innere Stimme versicherte mir: »*Wegen dir, wegen dir wollte sie sterben. Du, du hast sie in den Tod getrieben.*« Und ich nahm sie bei den Händen, fühlte, daß sie kalt waren, und sah über ihre Stirn einen Schweißtropfen perlen ...

– Nein, nein, du lügst mich an – stieß ich hervor – du lügst mich an. Um Gottes willen, Giuliana, mein Herz, rede, rede! Sag mir, was hast du ... Sag mir, um Gottes willen, was hast du ... *getrunken?*

Und meine erschrockenen Augen suchten im Kreis, auf den Möbeln, auf dem Teppich, wo auch immer, einen Anhaltspunkt.

Nun verstand sie. Von neuem ließ sie sich gegen meine Brust fallen und sagte, schaudernd und mich schaudern machend, sagte, den Mund an meiner Schulter (niemals, niemals werde ich ihren unbeschreiblichen Tonfall vergessen), sagte:

– Nein, nein, nein, Tullio; nein.

Was, ach, könnte im Universum dem schwindelnden Lauf unseres Innenlebens gleichkommen? Inmitten des Zimmers verharrten wir in jener Stellung und schwiegen; und eine unfaßbar weite Welt von Gefühlen und Gedanken drehte sich in mir, mit erschreckender Deutlichkeit, um einen einzigen Punkt: »*Und wenn es wahr gewesen wäre?*« fragte die Stimme. »*Wenn es wahr gewesen wäre?*«

Ununterbrochenes Zucken schüttelte, an meiner Brust, Giuliana; und noch verbarg sie ihr Antlitz; und ich wußte, sie dachte, nur noch voll Leid in ihrem armen Leib, an nichts anders als an die *Möglichkeit*, das zu tun, was ich vermutet hatte, dachte an nichts anderes als an meine wahnsinnige Angst.

Eine Frage trat auf meine Lippen: »Kam *die Versuchung* jemals über dich?« Und dann eine zweite: »Könnte es sein, daß du *der Versuchung* erlägest?« Ich sprach weder die eine noch die andere aus; und doch hatte ich den Eindruck, als höre sie sie. Beide waren wir nunmehr gefangen von jenem Gedanken an Tod, jener Vorstellung von Sterben; beide waren wir in eine Art tragischer Erregung geraten, hatten das Mißverständnis vergessen, das diese gezeugt hatte, hatten den Sinn für die Wirklichkeit verloren. Und Giuliana brach plötzlich in Schluchzen aus; und ihr Weinen bewirkte mein Weinen; und wir vermengten unsere Tränen, die – o weh! – so warm waren und doch unser Schicksal nicht ändern konnten.

Später erfuhr ich, daß sie schon seit einigen Monaten unter einer gefährlichen Erkrankung der Gebärmutter und des Eierstocks litt: jene entsetzlichen, verborgenen Krankheiten, die in einer Frau alle Lebensfunktionen lähmen. Der Arzt, mit dem ich zu sprechen gewünscht hatte, gab mir zu verstehen, daß ich für längere Zeit auf jegliche körperliche Vereinigung mit der Kranken verzichten müsse, auch auf geringfügigste Zärtlichkeiten; und er erklärte mir, daß eine neue Entbindung für sie verhängnisvoll sein könne.

Wiewohl mich diese Worte betrübten, befreiten sie mich von zwei Sorgen: Sie überzeugten mich, daß ich schuldlos war an Giulianas Dahinwelken, und sie boten mir einen einfachen Anlaß, die Trennung von ihrem Bett und die anderen Veränderungen, die mein Leben zu

Hause betrafen, vor meiner Mutter rechtfertigen zu können. Meine Mutter befand sich gerade auf dem Wege nach Rom, da sie seit dem Tod ihres Gatten den größten Teil des Jahres mit meinem Bruder Federico auf dem Lande verbrachte.

Meine Mutter liebte ihre jugendliche Schwiegertochter sehr. Für sie war Giuliana wahrhaftig die vollkommene Gattin, die Gefährtin, die sie für ihren Jungen *erträumt* hatte. Sie kannte keine schönere, keine sanftere, keine edlere Frau auf der Welt als Giuliana. Nie wäre ihr in den Sinn gekommen, daß ich andere Frauen begehren, in anderen Armen vergehen, an fremden Brüsten ruhen könnte. Zwanzig Jahre lang war sie, *bis zu seinem Tod,* mit stets gleichbleibender Hingabe wie Treue von einem Mann geliebt worden; und so kannte sie nicht das Erkalten, den Widerwillen, den Verrat, all das Schlechte und all die Schändlichkeiten, die im Ehebett schlummern. Sie kannte nicht das qualvolle Leid, das ich, nicht würdig jener lieben Seele, ihr angetan hatte und antat. Getäuscht von Giulianas großherziger Verstellung, glaubte sie noch an unser Glück. Wehe, wenn sie von all dem gewußt hätte!

Zu jener Zeit stand ich noch im Banne Teresa Raffos, jener leidenschaftlichen, betörenden Schlange, die in mir ein Bild von Menippos' Geliebter heraufbeschwor. Erinnert Ihr Euch jener Worte des Apollonios an Menippos in dem berauschenden Gedicht? »*O beau jeune homme, tu caresses un serpent; un serpent te caresse!*«

Der Zufall kam mir zu Hilfe. Wegen des Tods einer Tante war Teresa gezwungen, sich aus Rom zu entfernen und einige Zeit fortzubleiben. Mit ungewohnter Ausdauer an der Seite meiner Frau konnte ich die große Leere wieder füllen, die der »Goldenen« Abreise in meinen Tagesabläufen hinterließ. Und noch war die Verwirrung von jenem Abend in mir nicht erloschen; etwas

Neues, Unbestimmbares schwang seit diesem Abend zwischen mir und Giuliana.

Da sich ihre körperlichen Schmerzen verstärkten, konnten wir, ich und meine Mutter, mit großer Mühe erreichen, daß sie sich der Operation unterzog, die ihr Zustand erforderte. Der Eingriff brachte dreißig oder vierzig Tage vollkommener Bettruhe mit sich und machte eine behutsame Genesung nötig. Bereits die arme Kranke besaß im höchsten Grade schwache und gereizte Nerven. Die langwierigen und lästigen Vorbereitungen zermürbten sie, brachten sie so sehr auf, daß sie mehr als einmal versuchte, sich vom Bett herabzuwälzen, sich jener brutalen Marter zu widersetzen, zu entziehen, die sie verletzte, demütigte, erniedrigte ...

– Sag mir – fragte sie mich eines Tages mit bitterem Beigeschmack – wenn du daran denkst, verabscheust du mich nicht? Ach, was für eine schlimme Sache!

Und sie machte eine Bewegung, als ekle sie sich vor sich selbst; und sie blickte finster und verstummte.

An einem anderen Tag bemerkte sie, daß mich, als ich ihr Zimmer betrat, ein Geruch unangenehm berührt hatte. Außer sich, bleich wie ihr Nachthemd, schrie sie:

– Geh' fort, Tullio, geh' fort. Ich bitte dich! Fahr' weg. Kehr' wieder, wenn ich geheilt bin. Wenn du hierbleibst, wirst du mich verabscheuen. Ich bin so verabscheuenswürdig; bin so verabscheuenswürdig ... Schau' mich nicht an.

Und die Schluchzer erstickten sie. Dann, am selben Tage, einige Stunden später, als ich schwieg im Glauben, sie wäre im Begriffe, einzuschlummern, erging sie sich – mit dem seltsamen Tonfall einer im Traum Sprechenden – in folgenden dunklen Worten:

– *Ach, wenn ich es wirklich getan hätte! Es war eine gute Idee ...*

– Was sagst du, Giuliana?

Sie antwortete nicht.

– Woran denkst du, Giuliana?

Sie antwortete nicht – außer mit einer Mundbewegung, die ein Lächeln vorstellen sollte und es nicht konnte.

Mir war, als verstünde ich sie. Und eine stürmische Woge aus Reue, Zärtlichkeit und Mitleid erfaßte mich. Und alles hätte ich dafür gegeben, damit sie, in diesem Augenblick, in der Lage wäre, in meiner Seele zu lesen, damit sie in der Lage wäre, meine ganze unenthüllbare, unaussprechliche und fast sinnlose Erregung aufzulesen. »Vergib mir, vergib mir. Sag mir, was ich tun soll, damit du mir vergibst, damit du all die bösen Dinge vergißt ... Ich werde zu dir zurückkehren, werde bei niemand anderem als bei dir sein, für immer. In Wahrheit habe ich nur dich geliebt, mein ganzes Leben; dich allein liebe ich. Meine Seele trachtet immer nach dir und sucht dich und beweint dich. Ich schwöre dir: fern von dir habe ich nie echte Freude empfunden, gab es nicht einen Augenblick, in dem ich alles vergaß; nie, schwöre ich dir, nie. Du allein auf der Welt besitzt Sanftmut und Zärtlichkeit. Du bist das sanfteste und zärtlichste Geschöpf, von dem ich jemals träumte: Du bist die Einzige. Und ich war imstande, dich zu kränken, war imstande, dich zu quälen, war imstande, dich zu veranlassen, an den Tod als etwas Wünschenswertes zu denken! Ach, du wirst mir verzeihen, aber ich werde mir niemals verzeihen können; du wirst vergessen, aber ich werde nicht vergessen. Immer werde ich glauben, nicht würdig zu sein; nicht einmal, wenn ich mein ganzes Leben dir zu Füßen legen würde, hätte ich den Eindruck, meine Schuld gesühnt zu haben. Doch von nun an wirst du, wie einst, meine Geliebte sein, meine Freundin, meine Schwester; wie einst wirst du meine Beschützerin, meine Ratgeberin sein. Ich werde dir alles erzählen, ich werde dir alles enthüllen. Du wirst mein Gewissen sein. Und du wirst genesen. Ich, ich werde dich heilen. Du wirst sehen, zu welch Zärtlichkeiten ich fähig bin, um dich zu heilen ... Ach, du kennst sie. Erinnere dich! Erinnere dich! Auch damals warst du krank und wolltest nur mich, um dich zu heilen; und niemals wich ich von deinem Krankenbett, weder tags, noch nachts. Und du sagtest: – Immer wird sich Giuliana *daran* erinnern, immer. – Und du hattest Tränen in den Augen, und ich trank sie zitternd. – Heilige! Heilige! – Erinnere dich! Und sobald du dich erheben wirst, sobald du gesund sein wirst, werden wir dorthin fahren, werden wir nach Villalilla zurückkehren. Du wirst zwar noch etwas schwach sein, aber du wirst dich so wohl fühlen. Und ich werde meine Fröhlichkeit von einst wiederfinden, und du wirst lächeln: durch mich, durch mich wirst du lächeln. Du wirst dein helles Lachen wiederfinden, an dem sich mein Herz labte; du wirst deine entzückenden Kinderlieder wieder singen, und du wirst wieder deinen Zopf über die Schultern herabfallend tragen, wie es mir gefiel. Wir sind jung. Wir werden das Glück zurückgewinnen, wenn du möchtest. Wir werden leben, werden leben ...« So sprach ich in mir zu ihr; und die Worte kamen nicht über meine Lippen. Obwohl ich bewegt war und feuchte Augen hatte, wußte ich, daß meine Rührung kurzlebig und jene Versprechungen trügerisch waren. Und ich wußte auch, daß Giuliana nicht getäuscht werden wollte und mir geantwortet hätte – mit ihrem schwachen, mißtrauischen Lächeln, das bereits andere Male auf ihren Lippen erschienen war: »Ja, ich weiß, daß du gut bist und daß du mich nicht quälen wolltest; aber du bist nicht Herr deiner selbst, du kannst nicht dem Schicksal widerstehen, das dich mitreißt. Warum willst du, daß ich einer Täuschung erliege?«

An diesem Tag schwieg ich; und während der Tage, die folgten, wagte ich nicht zu sprechen, wenngleich ich mehrmals in dieselbe verworrene Erregung aus Reue und Vorsätzen und vagen Träumen verfiel: »Um zu ihr zurückzukehren, mußt du das aufgeben, was dir gefällt, und die Frau, die dich verdirbt. Hast du dazu die Kraft?« Ich entgegnete mir selbst: »Wer weiß!« Und ich wartete, Tag für Tag, auf diese Kraft, die nicht kam; Tag für Tag wartete ich auf ein Ereignis – ich wußte nicht, welches –, das meine Entscheidung herausfordern würde, denn sie würde unausweichlich sein. Und ich hielt mich damit auf, mir unsere eheliche Liebe, die prickelnde Würze gewisser wiederauflebender Empfindungen vorzustellen und davon zu träumen. »Wir würden also dorthin fahren, nach Villalilla, in das Haus, welches unsere schönsten Erinnerungen birgt; und nur wir zwei wären dort, denn Maria und Natalia würden wir bei unserer Mutter auf La Badiola zurücklassen. Und die Jahreszeit würde mild sein; und die Genesende würde sich auf meinen Arm stützen: auf den vertrauten Pfaden, wo jeder unserer Schritte eine Erinnerung wieder wachrufen würde. Und von Zeit zu Zeit würde ich bemerken, wie eine leichte, plötzliche Röte über ihre Blässe zieht; und wir, der Schlüssel vor den Augen des Schlosses, wären ein bißchen schüchtern; manches Mal würden wir nachdenklich scheinen; manches Mal würden wir vermeiden, uns in die Augen zu schauen. Warum? Und eines Tages, wenn ich die Wirkung der vertrauten Örtlichkeiten am stärksten spüre, würde ich wagen, ihr von unseren tollen Räuschen aus jenen Anfangstagen zu erzählen. – Erinnerst du dich? Erinnerst du dich? Erinnerst du dich? – Und beide würden wir nach und nach spüren, wie in uns die Erregung wächst und unwiderstehlich wird. Und beide würden wir uns, gleichzeitig, wie Verlorene aneinanderpressen, uns auf den Mund küssen, würden glauben, in Ohnmacht zu stürzen. Ja, sie, sie würde in Ohnmacht fallen; und ich würde sie, stützend, in meinen

Armen halten, während ich ihr Namen gäbe, die äußerste Zärtlichkeit mir einflüstert. Sie würde wieder die Augen öffnen, würde den Schleier ihres Blickes lüften, würde einen Augenblick ihre Seele selbst auf mich richten; wie verwandelt würde sie mir scheinen. Und so würden wir wieder von der alten Glut ergriffen, würden wieder eintauchen in die große Illusion. Beide wären wir von einem einzigen, hartnäckigen Gedanken erfüllt; wir würden von einem Verlangen gepeinigt, das auszusprechen unmöglich ist. Zitternd würde ich sie fragen: – *Bist du gesund?* – Und sie würde aus dem Klang meiner Stimme die Frage heraushören, die in jener Frage verborgen liegt. Und sie würde antworten, ohne mir ihr Schauern verheimlichen zu können: – *Noch nicht!* – Und abends, wenn wir uns trennen, unsere getrennten Zimmer betreten, würden wir vor Leid zu sterben vermeinen. Eines Morgens jedoch würden mir, mit einem ungeahnten Blick, ihre Augen sagen: – *Heute, heute* . . . – Und sie, aus Furcht vor jenem göttlichen und schrecklichen Augenblick, sie würde sich mir unter einem kindischen Vorwand entziehen, würde unsere Qual verlängern. Sie würde sagen: – Laß uns hinausgehen; laß uns hinausgehen . . . – Wir würden hinausgehen: in einen trüben Nachmittag, der, völlig grau, etwas an den Kräften zehrt, etwas das Atmen lähmt. Schwerfällig würden wir spazieren. Regentropfen, warm wie Tränen, würden beginnen auf unsere Hände, unser Antlitz zu fallen. Mit erregter Stimme würde ich sagen: – Laß uns zurückgehen. – Und unversehens, an der Schwelle, würde ich sie in meine Arme nehmen, würde sie, als gleichsam Entseelte, vergehen fühlen, würde sie hinauftragen, über die Stufen, ohne Last zu verspüren. – Endlich! Endlich! – Den Rausch des Begehrens würde die Angst, ihr weh zu tun, ihr einen Schrei des Schmerzes zu entlocken, in mir mildern. – Endlich! – Und mein Ich und ihr Ich würden dahinschmelzen beim Aufeinanderstoßen noch nie gefühlter, noch nie gedachter göttlicher und schrecklicher Empfindung. Und dennoch würde sie mir, das Gesicht von Tränen benetzt und bleich wie das Kissen darunter, wie eine Sterbende vorkommen.«

Ach, so erschien sie mir; als Sterbende erschien sie mir an jenem Morgen, als die Ärzte sie mit Chloroform einschlafen ließen: und sie, in die Gefühllosigkeit des Todes sich eintauchen fühlend, versuchte zwei- oder dreimal, die Arme mir entgegenzuheben, versuchte, mich zu rufen. Ich ging aus dem Zimmer: Mir war übel; mein Blick fiel auf die chirurgischen Instrumente: eine Art schneidender Löffel und die Gaze und die Watte und das Eis und die übrigen griffbereiten Gegenstände auf dem Tisch. Zwei lange Stunden, endlose Stunden, wartete ich und verschlimmerte meine Qual durch meine maßlosen Phantasien. Und verzweifeltes Mitleid preßte mein Gemächt zusammen: Mitleid mit jenem Geschöpf, das die Eisen des Chirurgen schändeten, nicht nur in seinem beklagenswerten Fleische, sondern auch im Innersten seiner Seele, im Hort zärtlichster Empfindung, der von einer Frau beschützt werden kann: – Mitleid mit jener und all den anderen, die von unbeschreiblichen Sehnsüchten nach den Idealitäten der Liebe getrieben werden, die der trügerische Traum, mit dem sie des Mannes Verlangen umgarnt, blendet, die danach lechzen, sich zu erheben, und die – so schwach, so krank, so zerbrechlich – infolge der unumstößlichen Gesetze der Natur den Muttertieren gleichgestellt sind; sie auferlegt ihnen die Erhaltung der Art, schindet ihre Gebärmutter, peinigt sie mit entsetzlichen Krankheiten, läßt sie allen Abartigkeiten ausgesetzt. Und an jener und all den anderen sah ich, in allen Fibern meines Körpers erschaudernd, mit furchtbarer Deutlichkeit jene ursprüngliche Wunde, die schändliche, immer klaffende Wunde, »die eitert und stinkt« . . .

Als ich Giulianas Zimmer wieder betrat, stand sie noch unter Einfluß der Narkose, war nicht bei Bewußtsein und stumm: einer Sterbenden noch ähnlich. Meine Mutter war noch sehr blaß und zuckte nervös. Mir schien, als wäre die Operation gut verlaufen; die Ärzte machten einen zufriedenen Eindruck. Der Geruch des Jodoforms tränkte die Luft. In einer Ecke füllte das Englische Fräulein mit Eis eine Blase; der Assistent wickelte eine Binde auf. Nach und nach kam alles wieder in Ordnung und zur Ruhe.

Lange verweilte die Kranke in jenem Schlummer; das Fieber schien äußerst niedrig. In der Nacht jedoch wurde sie von Magenkrämpfen und unstillbarem Erbrechen geplagt. Das Laudanum beruhigte sie nicht. Und ich, außer mir angesichts jener unmenschlichen Pein, glaubte, sie müsse sterben, und ich wußte nicht mehr, was sagen, wußte nicht mehr, was tun. Mit ihr rang ich mit dem Tod.

Am folgenden Tag beruhigte sich der Zustand der Kranken; und dann, von Tag zu Tag, ging es ihr immer besser. Ganz langsam kehrten ihre Kräfte zurück.

Beharrlich wachte ich am Krankenbett. Ich warf mich in die Brust, wenn ich sie, mit meinen Handgriffen, an den Krankenpfleger von einst erinnerte; aber mein Gefühl war ein anderes, war immer ein *brüderliches*. Häufig kreiste mein Denken um manche Sätze aus einem Brief der fernen Geliebten, während ich Giuliana irgendeine Seite aus einem Lieblingsbuch vorlas. Die anwesende Abwesende blieb unvergeßlich. Manchmal jedoch, wenn ich mich beim Beantworten eines Briefs – während manch sonderbarer Risse, die eine selbst heftige Leidenschaft mit der Ferne bekommt – etwas lustlos und fast gelangweilt fühlte, empfand ich dies als Anzeichen für das Ende dieser Liebe; und ich wiederholte vor mir selbst: »Wer weiß!«

Eines Tages meinte meine Mutter in meiner Gegenwart zu Giuliana:

– Wenn du aufstehen kannst, wenn du reisen kannst, werden wir alle nach La Badiola fahren. Nicht wahr, Tullio?

Giuliana blickte mich an.

– Ja, Mama – antwortete ich, ohne zu zögern, ohne nachzudenken. – Im Gegenteil, ich und Giuliana werden nach Villalilla fahren.

Und wieder blickte sie mich an; und sie lächelte ein unvermutetes, unbeschreibliches Lächeln, das fast kindliches Vertrauen spiegelte, das ein bißchen dem Lächeln eines kranken Mädchens ähnelte, dem man ein großes, unverhofftes Versprechen gemacht hat. Und sie senkte die Lider und fuhr fort, mit halbgeschlossenen Augen, die etwas Fernes, sehr Fernes erblicken, zu lächeln. Und das Lächeln wurde schwächer, wurde schwächer, ohne zu erlöschen.

Wie sehr gefiel sie mir! Wie ich sie anbetete in jenem Augenblick! Wie spürte ich, daß nichts auf der Welt dem schlichten Sich-Regen von Sanftmut gleichkommt!

Unendliche Sanftmut verströmte jenes Geschöpf, durchdrang mein ganzes Wesen, erfüllte das Herz mir. Sie lag rücklings im Bett, angehoben durch zwei oder drei Kissen; und die Fülle des kastanienbraunen, etwas offenen Haars spendete ihrem Antlitz höchste Zartheit, verlieh ihm einen Hauch sichtbarer Verschwommenheit. Sie trug ein am Hals, an den Handgelenken geschlossenes Hemd; und ihre Hände ruhten auf dem Laken, willfährig, so bleich, daß nur die azurnen Venen sie von dem Linnen unterschieden.

Ich ergriff eine jener Hände (meine Mutter war bereits aus dem Zimmer gegangen) und hauchte:

– Wir werden also zurückkehren . . . nach Villalilla.

Die Genesende entgegnete:

– Ja.

Und wir schwiegen, um unsere innere Erregung zu verlängern, um unseren Traum zu bewahren. Beide wußten wir um die tiefe Bedeutung, die jene wenigen, flüsternd gewechselten Worte in sich bargen. Ein sensibler Instinkt warnte uns, nichts zu erzwingen, nichts zu erklären, nicht darüber hinaus zu gehen. Hätten wir mehr gesagt, wir hätten uns wieder vor den Realitäten befunden, die unversöhnbar waren mit dem Traum, in dem unsere Seelen atmeten und nach und nach vor Wonne vergingen.

Jene Bewegungslosigkeit begünstigte die Träume, begünstigte das Vergessen. Fast immer verbrachten wir den Nachmittag völlig allein, indem wir mit Unterbrechungen lasen, uns gemeinsam über dieselbe Seite neigten, mit den Augen über dieselbe Zeile wanderten. Wir hatten dort ein bestimmtes Buch voller Gedichte; und wir gaben den Versen eine bedeutungsvolle Schwere, die sie nicht besaßen. Ich bezeichnete mit dem Fingernagel die Strophen, die meinen unenthüllten Gefühlen zu entsprechen schienen.

Je veux, guidé par vous, beaux yeux aux flammes douces,
Par toi conduit, ô mai où tremblera ma main,
Marcher droit, que ce soit par des sentiers de mousses,
Ou que rocs et cailloux encombrent le chemin,
Oui, je veux marcher droit et calme dans la Vie . . .

Und sie, nachdem sie sie gelesen hatte, sank, die Augen schließend und fast unmerklich lächelnd, wieder zurück auf die Kissen.

Toi la bonté, toi le sourire,
N'es tu pas le conseil aussi,
Le bon conseil loyal et brave . . .

Aber ich sah auf ihrem Busen das Hemd des Atmens Rhythmus mit einer Zartheit begleiten, die mich zu erregen begann wie der schwache Veilchenduft, der von den Laken und Kissen aufstieg. Ich wünschte und erwartete, daß sie, von plötzlichem Verlangen überrascht, mir einen Arm um den Hals legen und ihre Wange sich so an die meine schmiegen würde, daß ich mich berührt fühlen könnte von ihres Mundes Winkel. Sie legte den schmalen Zeigefinger auf die Buchseite, fuhr mit dem Nagel den Rand entlang und lenkte so meinen bewegten Vortrag.

La voix vous fut connue (et chère?)
Mais à présent elle est voilée
Comme une veuve désolée . . .

Elle dit, la voix reconnue,
Que la bonté c'est notre vie . . .

Elle parle aussi de la gloire
D'etre simple sans plus attendre,
Et de noces d'or et du tendre
Bonheur d'une paix sans victoire.

Accueillez la voix qui persiste
Dans son naïf épithalame.
Allez, rien n'est meilleur à l'âme
Que de faire une âme moins triste!

Ich ergriff ihr Handgelenk; und den Kopf langsam neigend, bis meine Lippen die Mulde ihrer Hand berührten, murmelte ich:

– Du . . . du könntest vergessen?

Sie verschloß mir den Mund, und sprach ihr großes Wort:

– Schweig.

In diesem Augenblick trat meine Mutter ein und meldete den Besuch Frau Tàlices. Ich las den Verdruß in Giulianas Augen, und dumpfe Verärgerung gegen die Lästige ergriff mich. Giuliana seufzte:

– Oh, mein Gott!

– Sag ihr, daß Giuliana schläft – versuchte ich, meine Mutter mit fast flehendem Tonfall zu beeinflussen.

Sie gab mir einen Wink, daß die Besucherin im angrenzenden Zimmer warte. Giuliana mußte sie empfangen.

Diese Tàlice war von einer boshaften und widerwärtigen Schwatzhaftigkeit. Von Zeit zu Zeit betrachtete sie mich mit neugieriger Miene. Als meine Mutter im Verlauf des Gesprächs zufällig erwähnte, ich würde der Kranken von morgens bis abends Gesellschaft leisten, rief die Tàlice – während sie mich ansah – mit hörbar spöttischem Unterton:

– Was für ein vollkommener Ehemann!

Meine Verärgerung wuchs so, daß ich mich entschloß, unter welchem Vorwand auch immer, zu gehen.

Ich verließ das Haus. Auf den Stufen begegnete ich Maria und Natalia, die – begleitet von ihrer Gouvernante – zurückkamen. Wie üblich stürzten sie sich mit einer Flut von Zärtlichkeiten auf mich; und Maria, die ältere, gab mir einige Briefe, die sie vom Pförtner erhalten hatte. Sogleich erkannte ich unter ihnen das Schreiben der anwesenden Abwesenden. Und fast ungeduldig entzog ich mich nun dem Kosen. Als ich auf der Straße angelangt war, blieb ich stehen, um zu lesen.

Es war ein kurzer, aber leidenschaftlicher Brief, mit zwei oder drei Sätzen von überschäumender Grellheit, die Teresa zu erfinden wußte, um mich zu erregen. Sie ließ mich wissen, daß sie zwischen dem Zwanzigsten und Fünfundzwanzigsten des Monats in Florenz sein würde und mich dort, »Wie das andere Mal«, zu treffen wünsche. Sie versprach mir für das Stelldichein noch genauere Angaben.

Wie die Blüten eines Baums, den eine heftige Böe schüttelt, entschwanden all die jüngsten Gespinste meiner Träume und inneren Erregung schlagartig meinem Denken. Und wie die abgefallenen Blüten für den Baum unwiederbringlich sind, so waren es für mich jene Empfindungen meiner Seele: Sie wurden mir fremd. Ich gab mir Mühe, versuchte, mich zu sammeln; ich erreichte nichts. Ich begann, ohne Ziel, durch die Straßen zu laufen; ich betrat eine Patisserie, betrat eine Buchhandlung; geistesabwesend kaufte ich Süßigkeiten und Bücher. Die Dämmerung brach an; die Laternen wurden angezündet; die Bürgersteige waren voller Menschen; zwei oder drei Frauen erwiderten aus ihren Kaleschen meinen Gruß; an der Seite einer Freundin ging ein Freund vorüber: Sie hielt einen Strauß Rosen in Händen, und sie hatten es eilig und plauderten und lachten. Der betörende Atem städtischen Lebens überrollte mich; von neuem erregte er meine Sensationslust, meine Begierden, meinen Neid. Mein Blut, dessen Druck jene Wochen der Enthaltsamkeit erhöht hatten, wallte wie unter plötzlicher Erregung auf. Deutlichst durchzuckten mich manch Bilder. Die anwesende Abwesende ergriff mit den Worten ihres Briefs wieder Besitz von mir. Und all meine Sehnsucht wandte sich, hemmungslos, ihr zu.

Doch als der erste Aufruhr sich gelegt hatte und während ich die Stufen meines Hauses hinaufstieg, da erfaßte mich all die Schwere dessen, was geschehen war, all die Schwere dessen, was ich getan hatte; ich begriff, daß ich wenige Stunden zuvor wahrhaftig ein Band wiedergeknüpft, meine Treue verpfändet, ein Versprechen gegeben hatte: ein stummes, aber feierliches Versprechen einem noch schwachen und kranken Geschöpf; ich begriff, daß ich es nicht ohne Ehrverlust brechen konnte. Und nun bedauerte ich, jener trügerischen inneren Regung nicht mißtraut zu haben, bedauerte, mich zu lange jenem allzu gefühlvollen Schmachten ausgesetzt zu haben! Gewissenhaft, gründlich wie ein listiger Kaufmann, der nach einer Gelegenheit sucht, sich den Abmachungen eines bereits geschlossenen Vertrags zu entziehen, prüfte ich mein Verhalten sowie die Worte jenes Tages. Ach, meine letzten Worte waren zu schwerwiegend gewesen. Jenes »Du . . . du könntest vergessen?« – ausgesprochen in jenem Ton, nach dem Vortragen jener Verse – besaß die Bedeutung endgültigen Bekräftigens. Und jenes »Schweig« Giulianas war wie ein Besiegeln gewesen.

»Aber«, überlegte ich, »hat sie diesmal eigentlich an meine Reue geglaubt? Ist sie nicht hinsichtlich meiner gutmütigen Regungen stets etwas skeptisch gewesen?« Und wieder sah ich ihr dünnes, mißtrauisches Lächeln, das bereits andere Male auf ihren Lippen erschienen war. »Wenn sie, in sich, nicht geglaubt hätte, wenn auch ihr Traum plötzlich zerborsten wäre, dann hätte mein Rückzug nicht viel Gewicht, würde sie nicht verletzen noch zu sehr demütigen; und die Episode bliebe ohne Folgen, und ich bliebe ungebunden wie zuvor. Villalilla verbliebe in ihrem Traum.« Und wieder sah ich das andere Lächeln, das neue, unvermutete, leichtgläubige Lächeln, das beim Namen Villalilla auf ihren Lippen erschienen war. »Was tun? Wie das Problem lösen? Wie mich verhalten?« Teresa Raffos Brief verzehrte mich sehr.

Als ich Giulianas Zimmer wieder betrat, erkannte ich auf den ersten Blick, daß sie *mich erwartete*. Sie schien mir erfreut, mit glänzenden Augen und von einer lebhafteren, frischeren Blässe.

– Tullio, wo bist du gewesen? – fragte sie mich lächelnd.

– Die Tàlice hat mich vertrieben – entgegnete ich.

Sie fuhr fort zu lachen: ein helles, jugendliches Lachen,

das sie verwandelte. Ich reichte ihr die Bücher und die Schachtel mit Zuckerwerk.

– Für mich? – rief sie, völlig befriedigt wie ein naschhaftes Mädchen, aus; und mit kleinen Bewegungen voller Anmut, die in meinem Denken die Ränder ferner Erinnerungen wieder lüfteten, beeilte sie sich, die Schachtel zu öffnen. – Für mich?

Sie nahm ein *bonbon,* machte eine Bewegung, um es zum Mund zu fuhren, zögerte ein bißchen, ließ es wieder fallen, schob die Schachtel fort; und sagte:

– Aber, aber . . .

– Weißt du, Tullio – bemerkte meine Mutter zu mir – sie hat noch nichts gegessen. Sie wollte auf dich warten.

– Ach, ich hab' dir noch gar nicht gesagt . . . – sprudelte Giuliana los und wurde rot – ich hab' dir noch gar nicht gesagt, daß der Arzt dagewesen ist, während du fort warst. Er fand, daß es mir viel besser geht. Ich werde am Donnerstag aufstehen können. Verstehst du, Tullio? Ich werde am Donnerstag aufstehen können . . .

Sie ergänzte:

– In zehn Tagen, in fünfzehn Tagen höchstens, werde ich auch Zug fahren können.

Nach einer peinlichen Pause, und ihre Stimme klang leiser, fügte sie hinzu:

– Villalilla!

Sie hatte also an nichts anderes gedacht, hatte von nichts anderem geträumt. Sie *hatte geglaubt; glaubte.* Ich hatte Mühe, meine Besorgnis zu verhehlen. Mit vielleicht übertriebenem Eifer beschäftigte ich mich mit den Vorbereitungen für das kleine Mahl. Ich selbst setzte das kleine Tablett auf ihre Knie.

Sie verfolgte all meine Bewegungen mit liebkosenden Blicken, die mir weh taten. »Ach, wenn sie's erraten könnte!« Plötzlich rief meine Mutter treuherzig aus:

– Wie schön du bist heute Abend, Giuliana!

In der Tat: eine außerordentliche Lebhaftigkeit frischte ihre Gesichtszüge auf, ließ ihre Augen funkeln, verjüngte alles. Beim Ausruf meiner Mutter errötete sie; und eine Spur jener Röte lag ihr während des ganzen Abends auf den Wangen.

– Donnerstag werde ich aufstehen – wiederholte sie – Donnerstag, in drei Tagen! Ich werde nicht mehr laufen können.

Sie drängte mit ihren Worten auf ihre Genesung, auf unsere allernächste Abreise. Sie fragte meine Mutter nach einigen Einzelheiten über den derzeitigen Zustand der Villa und über den Garten.

– Ich pflanzte dort nahe dem Fischteich den Ableger einer Weide, als wir das letzte Mal dort waren. Erinnerst du dich, Tullio? Wer weiß, ob ich ihn wiederfinde . . .

– Doch, doch – unterbrach meine Mutter freudestrahlend –, du wirst ihn wiederfinden; er ist gewachsen; aus ihm ist ein Baum geworden. Frag' Federico.

– Wirklich? Wirklich? Erzähl' mir mehr, Mama . . .

Es schien, als hätte für sie jene kleine Besonderheit in jenem Augenblick unschätzbare Bedeutung. Sie wurde redselig. Ich wunderte mich, daß sie so sehr in diesem Wahn stak, ich wunderte mich, daß sie von ihrem Traum so verwandelt ward. »Warum, warum *hat* sie diesmal *geglaubt?* Warum läßt sie sich so mitreißen? Wer flößte ihr dieses ungewöhnliche Vertrauen ein?« Und der Gedanke an meine nächste, vielleicht unvermeidbare Schandtat ließ mich erstarren. »Warum unvermeidbar? Werde ich mich also nie befreien können? Ich *muß,* ich muß mein Versprechen halten. Meine Mutter ist Zeugin meines Versprechens. Um welchen Preis auch immer, ich werde es halten.« Und unter einem inneren Zwang – fast würde ich sagen: durch einen Stoß des Gewissens – brach ich aus diesem Aufruhr, der mich schwanken ließ, aus; infolge einer fast gewaltsamen Regung der Seele wandte ich mich wieder Giuliana zu.

Noch gefiel sie mir: aufgeregt, lebhaft, jugendlich wie sie war. Sie erinnerte mich an die Giuliana von einst, die ich, wie von einem plötzlichen Rausch gepackt, so viele Male inmitten der Ruhe familiären Lebens unversehens in meine Arme geschlossen und rasch in den Alkoven getragen hatte.

– Nein, nein, Mama; verführ' mich nicht, mehr zu trinken – bat sie, während sie meine Mutter am Einschenken des Weins hinderte. – Ich habe schon zuviel getrunken, ohne es zu merken. Ach, dieser Chablis! Erinnerst du dich, Tullio?

Und sie lachte, blickte mir in die Augen, während der Liebe Erinnerung aufbrach, über die der Schleier des Weins schwebte, jenes herben, würzigen Weins, den sie am meisten liebte.

– Ich erinnere mich – antwortete ich.

Sie senkte halb die Lider, während die Wimpern leicht zitterten. Dann sagte sie: – Heiß ist es hier, nicht wahr? Ich habe Ohren, die glühen.

Und sie nahm ihren Kopf zwischen die Handflächen, um das Brennen zu fühlen. Die Lampe, die seitlich des Bettes flackerte, hellte den länglichen Umriß ihres Antlitzes eindringlich auf, ließ in der Fülle des kastanienbraunen Haars – dort, wo das kleine, feine, an der Kuppe gerötete Ohr leuchtete – einige hellgoldene Fäden aufblitzen.

Plötzlich, während ich beim Abräumen half (meine Mutter und auch die Kammerzofe waren für einen Augenblick hinausgegangen und befanden sich im angrenzenden Zimmer), rief sie mit unterdrückter Stimme:

– Tullio! Und mit einer verstohlenen Bewegung mich zu sich ziehend, küßte sie mich auf die Wange.

Nun, mußte sie nicht mit jenem Kuß mich völlig, mit Seele und Leib, für immer wieder an sich ziehen? Bedeutete diese Tat von ihr, die so selbstbewußt und so stolz, bedeutete sie nicht, daß sie alles vergessen wollte, bereits alles vergessen hatte, um mit mir ein neues Leben zu leben? Hätte sie sich meiner Liebe mit noch mehr Anmut, noch größerem Vertrauen hingeben können? Schlagartig wurde die Schwester wieder zur Geliebten. In ihrem Blut, in ihren geheimsten Adern hatte die unfehlbare Schwester die Erinnerung an meine Liebkosungen bewahrt – jene in der Frau so pulsierende, so ausdauernde, organhafte Erinnerung an Gefühle. Als ich mich allein wiederfand und erneut nachdachte, schwebten ununterbrochen einige Bilder aus vergangenen Tagen, aus vergangenen Nächten vor mir. »Eine warme, völlig in Rot getauchte, von geheimnisvollen Düften durchwebte Dämmerung im Juni: schrecklich für die Einsamen, für die, welche weinen und sich verzehren. Ich betrete das Zimmer. Sie, ein Buch auf den Knien, mit dem ganzen Körper schmachtend, aschfahl und in der Haltung einer Frau, die dabei ist, in Ohnmacht zu fallen, sitzt am Fenster. – Giuliana! – Sie schüttelt sich, erhebt sich. – Was machst du? – Nichts. – Und unbeschreibliche Erregung, gleich einem leidenschaftlichen Aufbrechen unterdrückter Triebe, gleitet über ihre allzu dunklen Augen.« Wie viele Male seit dem Tag der traurigen Entsagung stach jener Stachel ihr bedürftiges Fleisch? Mein Denken verweilte bei den Bildern, die das flüchtige, neue Ereignis heraufbeschworen hatte. Die sonderbare Erregung, die Giuliana gezeigt hatte, erinnerte mich an einige Beispiele ihrer körperlichen, außerordentlich tiefen Empfindsamkeit. Vielleicht hatte die Krankheit sie erhöht, jene Empfindsamkeit verstärkt. Und ich, neugierig und pervers, dachte daran, daß ich sehen würde, wie das schwache Leben der Genesenden aufloderte und unter meinen Liebkosungen verging; und ich dachte daran, daß die Wollust fast einen Geschmack von Inzest haben würde.

»Wenn sie daran zugrunde ginge?« dachte ich. Bestimmte Worte, unheilvolle Worte des Chirurgen kamen mir wieder in den Sinn. Und infolge jener Grausamkeit, die tief in allen sinnlichen Männern steckt, schreckte mich das Gefährliche nicht, sondern zog mich an. Ich verweilte darin, mein Gefühl mit jener Art bitterer Lust zu prüfen, die sich mit Ekel vermengt – dem Ekel, den ich beim Analysieren aller inneren Äußerungen empfand, die mir einen Beweis grundlegender männlicher Ruchlosigkeit zu liefern schienen. »Warum hat der Mann seiner Natur nach diese schreckliche Fähigkeit, lustvoller zu genießen, wenn er weiß, er schadet dem Wesen, das ihm den Genuß bietet? Warum steckt in jedem Mann, der liebt und begehrt, ein Keim von so großer, verabscheuenswürdiger, sadistischer Perversität?«

Diese Gedanken, mehr als das schlichte, plötzliche Empfinden von Sanftheit und Mitleid, diese schiefen Gedanken verleiteten mich in jener Nacht dazu, meinen Vorsatz zugunsten des Traums zu bekräftigen. Die anwesende Abwesende vergiftete mich aus der Ferne. Um den Widerstand meines Egoismus zu brechen, mußte ich dem Bild der wonnevollen Verderbtheit jener Frau das Bild einer neuen, äußerst seltenen Verderbtheit gegenüberstellen, die ich mir in der ehrbaren Obhut meines Heims behutsam auszubilden versprach. Dann, mit jener – fast würde ich sagen: alchemistischen – Kunstfertigkeit, die ich beim Verknüpfen verschiedener meiner *Kopfgeburten* besaß, analysierte ich die Reihe der besonderen »Seelenzustände« in mir, die Giuliana während der verschiedenen Abschnitte unseres gemeinsamen Lebens verursacht hatte, und pickte mir einige Bausteine heraus, die mir zur Bildung eines neuen Zustands dienten: eines künstlichen Zustands, der auf einzigartige Weise geeignet war, jenes Empfindens Empfindlichkeit, die ich erproben wollte, zu steigern. So versuchte ich beispielsweise zum Zwecke, jenen »Geschmack des Inzests« stärker zu würzen – der mich anzog, weil er meine frevelhafte Phantasie erregte –, mir die Augenblicke vorzustellen, während der das »brüderliche Gefühl« in mir am tiefsten und mir die Eigenschaft ›Schwester‹ an Giuliana am reinsten erschienen war.

Und jener Mann, der sich mit diesen erbärmlichen Spitzfindigkeiten eines Wahnsinnigen aufhielt, war derselbe, der wenige Stunden zuvor sein Herz hatte klopfen spüren unter dem schlichten Bewegtsein durch Sanftmut, unter dem Strahlen eines ungeahnten Lächelns! Aus solch sich widersprechenden Höhepunkten setzte sich sein Leben zusammen: ein unlogisches, bruchstückhaftes, unzusammenhängendes Leben. In ihm staken Neigungen aller Art, alle möglichen Widersprüche, und zwischen diesen Widersprüchen alle Zwischenstufen, und zwischen jenen Neigungen alle Verbindungen. Je nach Stunde und Ort, je nach unterschiedlichem Aufeinanderstoßen der Umstände – einer winzigen Tat, eines einzigen Wortes –, je nach inneren, allzu unbekannten Einflüssen: der Urgrund seines Wesens verhüllte sich mit dem unterschiedlichsten, flüchtigsten und sonderbaren Schein. Einer seiner besonderen organischen Zustände verstärkte eine seiner besonderen Neigungen; und diese Neigung wurde zum Anziehungspunkt, dem die unmittelbar verbundenen Zustände und Neigungen zustrebten; und nach und nach breiteten sich die Verbindungen aus. Sein Schwerpunkt befand sich dann in einer anderen Lage, und seine Persönlichkeit wurde eine andere. Stille Wellen aus Blut und Gedanken ließen im Urgrund seines Wesens, schrittweise oder schlagartig, neue Seelen erblühen. Ein *vielbeseelter* war er.

Ich bestehe auf diesem Abschnitt, da er wahrhaftig den entscheidenden Punkt bezeichnet.

Am Morgen danach, beim Erwachen, hatte ich außer

einer wirren Kenntnis dessen, was geschehen war, nichts von all dem bewahrt. Feigheit und Sorge packten mich wieder, nachdem ich einen weiteren Brief Teresa Raffos vor Augen hatte, in welchem sie mir für das Stelldichein in Florenz den Einundzwanzigsten bestätigte und genauere Maßregeln mitteilte. Der Einundzwanzigste war samstags, und am Donnerstag, den neunzehnten, erhob sich Giuliana zum ersten Mal. Lange erörterte ich in mir selbst alle Möglichkeiten. Und während des Erörterns begann ich abzuwägen. »Ja, es besteht kein Zweifel: ein Bruch ist vonnöten, ist unvermeidlich. Aber wie soll ich brechen? Unter welchem Vorwand? Kann ich Teresa meine Absicht in einem simplen Brief mitteilen? Meine letzte Antwort war noch von brennender Leidenschaft, von rasendem Verlangen erfüllt. Wie diese plötzliche Änderung rechtfertigen? Verdient die arme Freundin einen so schweren, unerwarteten und heftigen Schlag? Sie hat mich sehr geliebt, sie liebt mich; wegen mir hat sie mancher Gefahr getrotzt. Ich habe sie geliebt ... Ich liebe sie. Unsere tiefe und sonderbare Leidenschaft ist bekannt; wird beneidet; auch bedroht ... Wie viele Männer streben danach, mir nachzufolgen! Unzählige.« Rasch zählte ich die am meisten zu fürchtenden Rivalen, die höchstwahrscheinlichen Nachfolger, während ich in meiner Vorstellung ihr Erscheinen betrachtete: »Wo in Rom gibt es noch so blonde, betörende, begehrenswerte Frauen wie sie?« Dasselbe plötzliche Erglühen, das am Abend zuvor über mein Blut gekommen war, durchzog mir all meine Adern. Und der Gedanke an diesen freiwilligen Verzicht schien mir absurd, unannehmbar. »Nein, nein, niemals werde ich dazu die Kraft aufbringen; nie werd' ich es wollen, nie können.«

Nachdem die Unruhe abgeflaut war, setzte ich die sinnlose Erörterung fort: Ich war mir im Grunde sicher, daß – wenn der Zeitpunkt gekommen war – ich hätte abreisen müssen. Trotzdem: ich hatte den Mut, nachdem ich das Zimmer der Genesenden verlassen hatte, hatte – noch völlig gepackt von innerer Erregung – den äußersten Mut, jener, die nach mir rief, zu schreiben: »Ich werde nicht kommen.« Ich erfand einen Vorwand; und ich erinnere mich genau: fast instinktiv wählte ich einen solchen, der ihr nicht zu schwerwiegend erschiene. – Du hoffst also, daß sie sich nicht um den Vorwand kümmert und dir befiehlt, abzureisen? – fragte jemand in mir. Ich entkam jenem Sarkasmus nicht; Aufregung und fürchterliche Angst ergriffen Besitz von mir, ließen mir keine Ruhe. Ich machte unerhörte Anstrengungen, um vor Giuliana und meiner Mutter so zu tun, als ob. Ich vermied angestrengt, mich allein bei der armen Träumenden aufzuhalten; und bei jedem Blick hatte ich den Eindruck, in ihren sanften, feuchten Augen den Beginn eines Zweifels zu lesen, hatte ich den Eindruck, als sähe ich über ihre heitere, reine Stirn einen Schatten ziehen.

Am Mittwoch erhielt ich ein gebieterisches und drohendes Telegramm (hatte ich es nicht fast erwartet?): »Entweder du kommst oder siehst mich nie wieder.« Und ich antwortete: »Ich werde kommen.«

Unmittelbar nach dieser Tat, die begangen wurde mit jener Art unbekannter Überreiztheit, die alle entscheidenden Taten des Lebens begleitet, fühlte ich teilweise Erleichterung, da ich die Ereignisse sich beschließen sah. Das Empfinden meiner Unverantwortlichkeit und das Empfinden der Notwendigkeit dessen, was geschah und noch geschehen würde, vertieften sich in mir sehr. »Wenn ich – obwohl ich das Schändliche dessen, was ich tue, kenne und obwohl ich mich selbst verurteile – nicht anders handeln kann, dann ist offensichtlich, daß ich einem unbekannten höheren Schicksal gehorche. Ich bin das Opfer einer grausamen, spottenden, unbezwingbaren Vorsehung.«

Nichtsdestoweniger: kaum setzte ich den Fuß auf die Schwelle von Giulianas Zimmer, spürte ich einen maßlosen Druck mein Herz befallen; und ich blieb, wankend, zwischen den Türvorhängen stehen, die mich verbargen. »Ein Blick von ihr wird genügen, um alles zu erkennen«, dachte ich verwirrt. Und war an dem Punkt, umzukehren. Sie aber sagte mit einer Stimme, die mir so süß noch nie erschienen war:

– Tullio, bist du's?

Nun tat ich den Schritt. Sie schrie auf, als sie mich sah:

– Tullio, was hast du? Fühlst du dich krank?

– Ein Schwindelgefühl ... Aber es ist schon vorbei – antwortete ich; und in Gedanken beruhigte ich mich: »Sie hat nichts gemerkt.«

In der Tat, sie war eine Unwissende; und ich fand sonderbar, daß es so war. Sollte ich sie auf den brutalen Schlag vorbereiten? Sollte ich offen sprechen oder irgendeine barmherzige Lüge schmieden? Oder sollte ich, ohne ihr Bescheid zu sagen, unversehens abreisen und ihr in einem Brief mein Geständnis hinterlassen? Welche Handlungsweise war vorzuziehen, um mir die Last weniger schwer und ihr die Überraschung weniger grausam zu gestalten?

O weh, infolge eines erbärmlichen Instinkts befaßte ich mich während dieser schwierigen Überlegung damit, wie ich es mir erträglicher als ihr machen könnte. Und ich hätte sicher als Handlungsweise die der plötzlichen Abreise und des Briefes gewählt, hätte mich nicht die Rücksicht auf meine Mutter davon abgehalten. Meine Mutter zu schonen, war immer, unter allen Umständen notwendig. Auch diesmal entkam ich dem inneren Sarkasmus nicht: »Ach, unter allen Umständen? Was für ein edles Herz! Ach, vorwärts, der alte Umstand ist doch für dich so vorteilhaft und auch so sicher ... Auch diesmal, wenn du es willst, wird sich das Opfer bemühen, zu lächeln, obwohl es zu sterben meint. Also, vertrau' auf sie und sorg' dich nicht weiter, edles Herz!«

Wahrlich, der Mann findet manches Mal in der echten und höchsten Verachtung seiner selbst eine besondere Lust.

– Woran denkst du, Tullio? – fragte mich Giuliana, während sie mit einer schlichten Geste des Zeigefingers mich zwischen den Augenbrauen berührte, als wolle sie den Gedanken stoppen.

Ich nahm sie bei jener Hand, ohne zu antworten. Und das Schweigen selbst, das drückend schien, genügte, um die Einstellung meines Geistes von neuem zu ändern; die Süße, die in der Unwissenden Stimme und Geste lag, erweichte mich, weckte in mir jenes an den Kräften zehrende Gefühl, in dem die Tränen ihre Ursache finden; man nennt dies *Selbstmitleid.* Ich empfand ein dringendes Bedürfnis, bemitleidet zu werden. Gleichzeitig flüsterte mir jemand ein: »Nütze diesen Gefühlszustand, ohne jetzt ein Geständnis zu machen. Steigerst du ihn, kannst du leicht bis zum Weinen gelangen. Du weißt genau, welch außerordentlichen Eindruck das Weinen des geliebten Mannes auf eine Frau macht. Giuliana wird davon erschüttert sein; und du wirst jemandem gleichen, der von furchtbarem Schmerz gepeinigt wird. Morgen dann, wenn du ihr die Wahrheit sagen wirst, wird die Erinnerung an die Tränen dich in ihrer Seele erhöhen. Sie wird denken können: – Ach, deshalb weinte er gestern so bitterlich. Armer Freund! – Und du wirst nicht als hassenswerter Egoist verurteilt werden; und du wirst als jemand erscheinen, der mit all seinen Kräften vergebens gegen eine wer-weiß-welche unheilvolle Macht gekämpft hat; du wirst als jemand erscheinen, der von einem wer-weiß-welchem unheilbaren Leiden befallen ist, und als jemand, der ein gebrochenes Herz besitzt. Nütze ihn also, nütze ihn.«

– Hast du etwas *auf dem Herzen?* – fragte mich Giuliana mit halblauter, liebkosender, vertrauensvoller Stimme. Ich hielt das Haupt gesenkt; und ich war, ganz gewiß, gerührt. Aber das Vorbereiten jenes *nützlichen* Weinens lenkte mein Gefühl ab, hemmte dessen Unmittelbarkeit und verzögerte so das physiologische Erscheinen der Tränen. »Wenn ich nicht weinen könnte? Wenn keine Tränen *mir kämen?«* überlegte ich mit lächerlichem und knabenhaftem Schrecken, als ob alles von jenem winzigen stofflichen Fakt abhinge, das hervorzubringen mein Willen nicht ausreichte. Und inzwischen flüsterte jemand, stets derselbe: »Das ist schlecht! Das ist schlecht! Die Stunde könnte nicht günstiger sein! In dem Zimmer sieht man es kaum. Was für eine Wirkung: Schluchzen im Schatten!«

– Tullio, antwortest du mir nicht? – fügte Giuliana nach einer Pause hinzu, während sie mir mit der Hand so über die Stirn und die Haare fuhr, damit ich mein Gesicht höbe. – Mir kannst du alles sagen. Das weißt du.

Wahrlich, danach habe ich niemals mehr eine Stimme von jener Süße gehört. Die Augen wurden mir feucht, und ich spürte unter den Lidern des Weinens milde Wärme. »Dies, dies ist der Augenblick, auszubrechen.« Doch nichts außer einer einzigen Träne trat aus; und ich (eine beschämende Sache, aber dennoch wahr; und auf ähnlich erbärmliche Gebärden verkleinert man, wenn sie sich zeigt, den größten Teil menschlicher Rührung), ich hob das Gesicht, damit Giulianas Blick auf sie falle, und empfand für einige Augenblicke wahnsinnige Angst: Ich fürchtete, Giuliana würde sie im Schatten nicht funkeln sehen. Fast um sie darauf hinzuweisen, zog ich den Atem so heftig in mich ein, wie man es tut, wenn man ein Schluchzen unterdrücken will. Und sie näherte ihr Gesicht dem meinen, um mich genauer anzusehen, und wiederholte, da ich stumm blieb:

– Du antwortest nicht?

Und sie ahnte es; und um sich zu vergewissern, ergriff sie meinen Kopf und drehte ihn mit einer fast barschen Handbewegung.

– Du weinst? Ihre Stimme war verändert.

Und wie jemand, der die Fülle des Leids nicht mehr aushalten kann, befreite ich mich unversehens: Ich erhob mich, um zu fliehen.

– Leb wohl, leb wohl. Laß mich gehen, Giuliana. Leb wohl.

Und Hals über Kopf stürzte ich aus dem Zimmer.

Als ich allein war, ekelte mich vor mir.

Es war die Vigilie des Festtags für die Genesende. Einige Stunden später, als ich mich ihr zeigte, um dem kleinen, üblichen Mahl beizuwohnen, fand ich sie in Gesellschaft meiner Mutter. Als sie mich sah, rief meine Mutter aus:

– Also morgen, Tullio, ist der feierliche Tag.

Ich und Giuliana blickten uns, beide ängstlich, an. Dann, mit einer gewissen Anstrengung sowie ein bißchen zerstreut, sprachen wir von Morgen und der Stunde, in der sie würde aufstehen können, und von so vielen winzigen Besonderheiten. Und ich wünschte mir innerlich, daß meine Mutter sich nicht entferne.

Ich hatte Glück: Meine Mutter ging nur ein einziges Mal hinaus, kam aber fast sofort wieder. In der Zwischenzeit fragte mich Giuliana rasch:

– Was hattest du, vorher? Willst du es mir nicht sagen?

– Nichts, nichts.

– Siehst du, du verdirbst mir das Fest.

– Nein, nein. Ich werde dir's sagen . . . werde dir's sagen. Denk jetzt nicht daran, ich bitte dich.

– Sei lieb!

Meine Mutter kam mit Maria und Natalia wieder. Aber der Ton, mit dem Giuliana jene wenigen Worte ausgestoßen hatte, genügte, um mich zu überzeugen, daß sie die Wahrheit nicht ahnte. Dachte sie vielleicht, jene Traurigkeit sei aus dem Schatten meiner unauslöschlichen und unsühnbaren Vergangenheit über mich gekommen? Dachte sie, ich würde von dem Kummer geplagt, ihr so sehr weh getan zu haben, sowie von der Befürchtung, ihre volle Verzeihung nicht zu verdienen?

Noch war am Morgen danach eine innere Regung lebendig (um ihrem Wunsch zu willfahren, wartete ich im angrenzenden Zimmer), als ich ihre Stimme schallend rufen hörte:

– Tullio, komm.

Und ich trat ein; und ich sah sie aufrecht stehen: sie schien größer, dürr, fast zerbrechlich. Bekleidet mit einer Art weiter, fließender Tunika mit langen geraden Falten, lächelte sie scheu, während sie sich kaum auf den Beinen halten konnte, die Arme seitlich ausstreckte, wie um das Gleichgewicht zu suchen, und sich bald mir, bald meiner Mutter zuwandte.

Bereit sie zu stützen, betrachtete meine Mutter sie mit einem unbeschreiblichen Ausdruck von Zärtlichkeit. Bereit sie zu stützen, streckte selbst ich die Hände aus.

– Nein, nein – bat sie – laßt mich, laßt mich. Ich falle nicht hin. Ich will von hier bis zum Sessel gehen.

Sie setzte einen Fuß vor, tat, ganz langsam, einen Schritt. Ihr Gesicht erstrahlte vor Freude in kindlichem Glanz.

– Giuliana, paß auf!

Sie tat zwei oder drei Schritte; dann, von plötzlicher Mutlosigkeit befallen, aus panischer Angst, zu stürzen, verharrte sie einen Augenblick zwischen mir und meiner Mutter und warf sich in meine Arme, an meine Brust, gab sich zuckend, als schluchze sie, mit all ihrem Gewicht hin. Statt dessen, ein bißchen angsterstickt, lachte sie; und so wie sie kein Mieder trug, fühlten sie meine

Hände durch den Stoff; ganz und gar schmal und biegsam; und meine Brust spürte sie: ganz und gar bebend und weich; die Öffnungen meiner Nase rochen den Duft ihres Haars, und meine Augen erblickten auf ihrem Hals wieder das kleine braune Mal.

– Ich habe Angst gehabt – sagte sie unterbrochen durch Lachen und Keuchen – ich habe Angst gehabt, zu fallen.

Und wie sie, ohne von mir sich zu lösen, ihren Kopf meiner Mutter zuwandte, um sie anzublicken, bemerkte ich ein bißchen von ihrem blutleeren Zahnfleisch und das Weiß ihrer Augen und einen Anflug nervösen Zuckens auf ihrem Gesicht. Und ich wußte: zwischen meinen Armen hielt ich ein leidendes, von seiner Krankheit schwer gezeichnetes Geschöpf mit kraftlosen Nerven sowie ausgedörrten, vielleicht unheilbaren Adern. Aber wieder dachte ich an ihre Verwandlung an jenem Abend des unerwarteten Kusses; und dieses Geschöpf aus Warmherzigkeit, aus Liebe und Sühne, auf das ich verzichtete, erschien mir noch einmal als äußerst schön.

– Führe du mich zum Sessel, Tullio – sagte sie.

Sie im Rücken mit meinem Arm stützend, führte ich sie behutsamst; ich half ihr, es sich bequem zu machen; ich richtete die Daunenkissen über der Rückenlehne – und ich erinnere mich, jene mit dem auserlesensten Farbton gewählt zu haben, damit sie ihr Haupt darauf bette. Auch kniete ich nieder, um ihr ein Kissen unter die Füße zu schieben; und ich sah ihren Strumpf von veilchenblauer Farbe, ihren winzigen Pantoffel, der kaum mehr als ihren großen Zeh verbarg. Wie an *jenem Abend* verfolgte sie all meine Bewegungen mit liebkosendem Blick. Und ich setzte mich ihm aus. Ich rückte einen kleinen Teetisch heran, stellte eine Vase mit frischen Blumen darauf, dazu einige Bücher und ein Elfenbeinstäbchen.

Ohne zu wollen, warf ich mich bei jenen Bemühungen ein bißchen in die Brust.

Von neuem begann der Spötter. »Sehr schlau! Sehr schlau! Was du unter den Augen deiner Mutter tust, ist sehr nützlich. Wie wird sie einen Verdacht hegen können, nachdem sie Zeuge deiner Zuvorkommenheit war? Dieses bißchen Angabe schadet ebenfalls nicht. Sie hat keinen zu scharfen Blick. Mach weiter! Mach weiter! Alles verläuft wunderbar. Mut!«

– Oh, wie schön es hier ist! – rief Giuliana mit einem Seufzer der Erleichterung aus und schloß halb die Lider. – Danke, Tullio.

Einige Minuten später – meine Mutter war hinausgegangen, und wir waren allein – wiederholte sie voll tiefstem Gefühl:

– Danke.

Und sie hob eine Hand in meine Richtung, damit ich sie mit der meinen ergriffe. Ob des weiten Ärmels entblößte sich bei jener Geste der Arm fast bis zum Ellbogen. Und jene weiße und treue Hand, welche die Liebe, die Nachsicht, den Frieden, den Traum, das Vergessen, all das Schöne und Gute barg, zitterte mir in der Luft einen Augenblick wie zur Darbringung des höchsten Opfers entgegen.

Ich glaube, selbst in der Stunde meines Todes, in dem Augenblick, in dem ich aufhöre zu leiden, werde ich nur jene Geste sehen.

Wenn ich zurückdenke, gelingt es mir nicht, die Verfassung, in der ich mich befand, genau nachzuerzählen. Ich kann feststellen, daß damals auch ich das höchst Bedrückende dieses Augenblicks und die außerordentliche Bedeutung der Schritte erfaßte, die sich vollzogen und im Begriffe waren, sich zu vollziehen. Meine Scharfsichtigkeit war, oder besser: schien mir vollkommen. Ohne sich zu überschneiden, sowie deutlich voneinander unterschieden und parallel spielten sich zwei Bewußtseinsprozesse in mir ab. In dem einen herrschte, zusammen mit dem Mitleid gegenüber jenem Geschöpf, das zu schlagen ich im Begriffe stand, ein Gefühl tiefen Bedauerns über die Opfergabe vor, die zurückzuweisen ich im Begriffe stand. In dem anderen herrschte, zusammen mit dem tiefen, heftigen Verlangen nach der fernen Geliebten, ein egoistisches Gefühl vor, das geübt war im kühlen Abwägen der Umstände, die meine Straflosigkeit begünstigen konnten. Diese Parallelität intensivierte mein Innenleben unglaublich, beschleunigte mein Denken unglaublich.

Der entscheidende Augenblick war gekommen. Da ich am morgigen Tag fahren mußte, konnte ich nicht mehr länger zögern. Damit die Abreise nicht merkwürdig und zu plötzlich erschien, war es vonnöten, sie am selben Morgen, beim Frühstück, meiner Mutter mitzuteilen und einen einleuchtenden Vorwand anzuführen. Vonnöten war auch, sie – noch vor meiner Mutter – Giuliana anzuzeigen, damit sich keine gefährlichen Zwischenfälle ereigneten. »Und wenn am Ende Giuliana nicht an sich hielte? Wenn sie, unter dem Ansturm des Schmerzes und der Verachtung, meiner Mutter die Wahrheit enthüllen würde? Wie von ihr ein Versprechen, zu schweigen, einen neuen Akt von Selbstverleugnung, fordern?« Bis zum letzten wägte ich in mir ab. »Wird sie sofort beim ersten Wort verstehen? Und wenn sie nicht verstünde? Wenn sie mich naiv fragen würde nach dem Grund meiner Reise? Wie würde ich antworten? Aber sie wird begreifen. Unmöglich, daß sie nicht von irgendeiner ihrer Freundinnen, jener Tàlice zum Beispiel, bereits wußte, daß Teresa Raffo nicht in Rom ist.«

Meine Kräfte begannen bereits zu schwinden. Nicht länger mehr hätte ich der Erregung, die von Minute zu Minute größer wurde, widerstehen können. Ich faßte den Entschluß unter Anspannung all meiner Nerven;

und da sie redete, wünschte ich, sie selbst böte mir die Gelegenheit, den Pfeil abzuschießen.

Sie redete über vieles, hauptsächlich Zukünftiges, mit einer ungewohnten Flatterhaftigkeit. Jenes Ich-weiß-nicht-was an nervösem Zucken in ihr, das ich bereits zuvor bemerkt hatte, schien mir nun offenkundiger. Aufrecht stand ich noch hinter dem Sessel. Bis zu diesem Augenblick hatte ich ihren Blick gemieden, indem ich listigerweise mich immer im Rücken des Sessels durch das Zimmer bewegte: Ich beschäftigte mich mit dem Zuziehen der Fenstervorhänge, dann mit dem Auflesen verwelkter Rosenblätter, die von einem Strauß auf den Teppich gefallen waren. Aufrecht stehend, sah ich den Scheitel ihres Haars, ihre langen und gebogenen Wimpern, das leichte Auf und Ab ihres Busens sowie ihre schönen Hände, die auf den Lehnen ruhten, bleich wie an jenem Tag, blaß wie an jenem Tag, als »nur die azurnen Venen sie von dem Linnen unterschieden«.

Jener Tag! Noch nicht einmal eine Woche war vergangen. Warum also schien er so weit zurückzuliegen?

Unter jener äußersten Anspannung – wie bei einem Hinterhalt – aufrecht hinter ihr stehend, dachte ich, sie spüre vielleicht instinktiv die Bedrohung über ihrem Haupt; und ich glaubte, an ihr eine Art vagen Unwohlseins zu erkennen. Noch einmal traf sie mich auf unerträgliche Weise ins Herz:

– *Morgen,* wenn es mir besser gehen wird, wirst du mich auf die Terrasse führen, an die Luft ... Ich unterbrach sie:

– *Morgen* werde ich nicht hier sein.

Sie schüttelte sich bei dem fremden Klang meiner Stimme. Ohne zu warten, fügte ich hinzu: – Ich werde abreisen ...

Unter Anstrengung die Zunge rollend, unter dem

Schaudern dessen, der seinen Schlag wiederholen muß, um das Opfer endgültig zu töten, ergänzte ich noch:

– Ich werde nach Florenz reisen.

– Ach!

Mit einem Schlag hatte sie begriffen. Mit einer raschen Bewegung wandte sie sich um, drehte sich zur Gänze auf dem Kissen, um mich anzublicken; und wieder sah ich, infolge jener heftigen Drehung, das Weiße ihrer Augen und ihr blutleeres Zahnfleisch.

– Giuliana! – stammelte ich – unwissend, was ihr anderes sagen – und neigte mich zu ihr aus Angst, sie fiele in Ohnmacht.

Doch sie schlug die Lider nieder, faßte sich wieder, zog sich zurück, zog sich wieder, wie von starker Kälte gepackt, in sich selbst zurück. So blieb sie einige Minuten: die Augen geschlossen, den Mund verschlossen und unbeweglich. Nur das sichtbare Pulsieren der Hauptschlagader am Hals und einige krampfhafte Kontraktionen an den Händen zeugten noch von Leben.

War dies nicht ein Verbrechen? Es war das *erste* meiner Verbrechen; und, vielleicht, nicht das geringste.

In einer schrecklichen Verfassung reiste ich ab. Länger als eine Woche dauerte meine Abwesenheit. Als ich zurückkehrte, und während der Tage, die auf meine Rückkehr folgten, wunderte ich mich selbst über meine fast zynische Dreistigkeit. Ich war von einer Art Verhextsein beherrscht, das in mir jeglichen Sinn für Moral getötet hatte und mich zu den schlimmsten Untaten, den übelsten Grausamkeiten befähigte. Auch dieses Mal zeigte Giuliana wunderbare Stärke; auch dieses Mal hatte sie zu schweigen gewußt. Und sie erschien mir eingeschlossen in ihrer Schweigsamkeit wie in einem undurchdringlichen, diamantenen Panzer.

Sie fuhr mit den Töchtern und meiner Mutter nach La Badiola. Mein Bruder begleitete sie. Ich blieb in Rom.

Seitdem begann für mich eine äußerst traurige, äußerst dunkle Zeit, und die Erinnerung daran erfüllt mich wieder mit Ekel und Scham. Gefangen von jenem Gefühl, das stärker als jedes andere das schmutzige Wesen im Manne aufwühlt, erlitt ich all die zerfleischenden Qualen, die eine Frau einem ausgezehrten, leidenschaftlichen und immer wachsamen Geiste anzutun imstande ist. Entzündet von einem Verdacht und genährt von all der Hefe, die auf der untersten Ebene meines tierischen Ichs gärte, loderte schreckliche Eifersucht in mir auf und trocknete alle inneren Quellen von Güte in mir aus.

Noch nie war mir Teresa Raffo so begehrenswert erschienen wie jetzt; sie, die ich nicht von vorgestellter, unzüchtiger Geilheit trennen konnte. Und sie bediente sich meiner Selbstverachtung, um meine heftige Gier zu reizen. Gräßliche Todeskämpfe, verworfene Lüste, entehrende Unterwürfigkeiten, erniedrigende Umstände – vorgeschlagen sowie angenommen ohne Erröten –, Tränen, bitterer als jedes Gift, ungeahnte Rasereien, die mich an den Rand des Wahnsinns trieben, Stürze in den Abgrund der Wollust, die so heftig waren, daß sie mich für lange Tage ganz dumpf machten, und all die Elendigkeiten, all die Schändlichkeiten lüsterner Leidenschaft, die von Eifersucht noch verschärft wurde: dies lernte ich durch Teresa Raffo kennen. Mein Haus wurde ein mir fremdes; Giulianas Gegenwart wurde mir lästig. Ganze Wochen vergingen zuweilen, ohne daß ich ein Wort an sie richtete. Versunken in meine innere Pein, sah ich sie nicht, hörte sie nicht. In gewissen Augenblicken, wenn meine Augen auf sie fielen, wunderte ich mich über ihre Blässe, über ihren Ausdruck, über gewisse Einzelheiten ihres Gesichts wie über neue, unerwartete, fremde Dinge; und es gelang mir nicht, meine Fähigkeit wiederzugewinnen, die volle Wirklichkeit zu erkennen. All die Handlungen, die ihrer Lebensweise entsprangen, waren mir unbekannt. Ich verspürte nicht das Bedürfnis, sie zu fragen, zu wissen; ihretwegen verspürte ich weder Beunruhigung noch Fürsorge noch Angst. Eine unerklärliche Härte schottete meine Seele gegen sie ab. Auch hegte ich zuweilen gegen sie eine Art unbestimmbaren, unerklärlichen Grolls. Eines Tages hörte ich sie lachen; und ihr Lachen verwirrte mich, machte mich fast zornig.

Anderntags schlug mein Herz höher, als ich sie in einem entfernten Zimmer singen hörte. Sie sang die *aria* des Orpheus:

Che farò senza Euridice? . . .

Es war das erste Mal nach langer Zeit, daß sie – während sie sich durch das Haus bewegte – so sang; es war das erste Mal, daß ich sie nach äußerst langer Zeit wieder hörte. – Warum sang sie? War sie denn heiter? Welcher Stimmung ihres Gemüts entsprach jener ungewohnte Ausbruch? Unerklärliche Erregung kam über mich. Ohne nachzudenken, ging ich in ihre Richtung und rief sie mit Namen.

Sie sah mich ihr Zimmer betreten und stutzte; sie blieb für einen kurzen Moment betroffen, war erstaunt und sichtlich verunsichert.

– Du singst? – meinte ich, um irgend etwas zu sagen, und war gleichzeitig verlegen wie verwundert über mich selbst ob meiner außergewöhnlichen Tat.

Sie lächelte ein unsicheres Lächeln, ohne zu wissen, was antworten, ohne zu wissen, wie sie sich mir gegenüber verhalten sollte. Und ich hatte den Eindruck, in ihren Augen schmerzliche Neugier zu lesen, die bereits andere Male von mir flüchtig bemerkt worden war: eine mitleidvolle Neugier, mit der man eine Person mustert, die man des Wahnsinns verdächtigt, einen Besessenen. In der Tat, im Spiegel mir gegenüber erblickte ich mein Ebenbild; ich sah mein mageres Gesicht, meine tiefen

Ränder unter den Augen, meinen geschwollenen Mund: jenes Aussehen eines Fiebernden, das ich bereits seit einigen Monaten hatte.

– Du zogst dich an, um auszugehen? – fragte ich sie, noch verlegen, fast schüchtern, ohne zu wissen, was anderes fragen: Ich wollte das Schweigen vermeiden.

– Ja.

Es war vormittags; es war November. Sie stand aufrecht bei einem Tisch, der mit Spitzen bezogen war, auf denen verstreut die zahllosen modernen Minuzien leuchteten, die zur Pflege weiblicher Schönheit bestimmt sind. Sie trug ein Kleid aus dunkler Vigogne; und in der Hand hielt sie noch einen hellen Schildpattkamm mit silbernem Rücken. Das Kleid, von einfachem Schnitt, betonte die schlanke Zartheit der Person. Ein großer Strauß weißer Chrysanthemen auf dem Tisch reichte ihr bis an die Schulter. Des Altweibersommers Sonne fiel durch das Fenster auf den Boden; und im Licht irrte ein Hauch von Puder oder einer Essenz, die ich nicht bestimmen konnte.

– Wie heißt dein Parfüm jetzt? – fragte ich sie.

– *Crab-apple* – antwortete sie.

– Gefällt mir – sagte ich daraufhin.

Sie nahm ein Flacon vom Tisch und reichte es mir. Und ich roch daran lange, um irgend etwas zu tun, um Zeit zu gewinnen, um eine andere Frage – welche auch immer – vorzubereiten. Meine Verwirrung zu beseitigen, meine Sicherheit wiederzuerlangen, gelang mir nicht. Ich fühlte, daß jegliche Vertrautheit zwischen uns beiden zerstört war. Sie erschien mir als *eine andere Frau*. Und unterdessen schwang mir die Arie des Orpheus noch durchs Gemüt und beunruhigte mich.

Che farò senza Euridice? . . .

In jenem goldähnlichen und milden Licht, in jenem so süßen Duft, inmitten all jener Gegenstände, die durchdrungen von weiblicher Anmut: das Gespinst der alten Melodie schien den Herzschlag eines geheimen Lebens zu übertragen, den Schatten eines was-weiß-ich-welchen Geheimnisses zu verbreiten.

– Wie schön die Arie ist, die du zuvor sangest! – sagte ich, einem inneren Drang gehorchend, den meine merkwürdige Unruhe hervorrief.

– Sehr schön! – rief sie aus.

Und eine Frage trat auf meine Lippen: »Aber warum sangst du?« Ich hielt sie zurück; und ich suchte in mir den Grund für jene Neugier, die mich stach.

Eine Pause des Schweigens folgte. Sie fuhr mit ihrem Daumennagel über die Zähne des Kamms und erzeugte ein leichtes Knattern. (Jenes Knattern ist ein äußerst deutlicher Bestandteil meiner Erinnerung).

– Du zogst dich an, um auszugehen. Also fahr fort – sagte ich.

– Außer Jacke und Hut habe ich nichts mehr anzulegen. Wie spät ist es?

– Viertel vor elf.

– Ach, schon so spät?

Sie nahm Hut und Schleier; und setzte sich vor den Spiegel. Ich beobachtete sie. Eine andere Frage trat auf meine Lippen: »Wohin gehst du?« Aber auch diese hielt ich zurück, obwohl sie als selbstverständlich gelten konnte. Und ich fuhr fort, sie aufmerksam zu betrachten.

Sie erschien mir als die, welche sie in Wirklichkeit war: eine junge, äußerst elegante Frau, eine zarte und edle Erscheinung, voller körperlicher Vorzüge und ausgezeichnet mit tiefen geistigen Fähigkeiten; kurzum: eine bewundernswürdige Frau, die eine köstliche Geliebte für Fleisch wie Geist hätte sein können. »Wenn sie wirklich jemands Geliebte wäre?« überlegte ich nun. »Sicher ist es unmöglich, daß ihr nicht viele Male und von Vielen nachgestellt worden ist. Zu bekannt ist die Einsamkeit, der ich sie aussetze; zu bekannt sind meine Vergehen. Wenn sie jemandem nachgegeben hätte? Oder wenn sie nun im Begriffe wäre, nachzugeben? Wenn sie schließlich das Opfern ihrer Jugend als sinnlos und ungerecht beurteilen würde? Wenn sie schließlich der Entsagung müde wäre? Wenn sie einen mir überlegenen Mann kennengelernt hätte, einen zärtlichen und gründlichen Verführer, der ihr die Lust auf Neues lehrte und sie die Untreue vergessen ließ? Ob ich ihr Herz schon zur Gänze verloren hatte, das zu viele Male ohne Erbarmen und Bedauern mit Füßen getreten worden war?« Plötzlicher Schrecken durchflutete mich; und der Alpdruck war so groß, daß ich dachte: »Nun, wo ich hier bin, gestehe ich ihr meinen Argwohn. Ich werde ihr auf den Grund der Pupillen blicken und sie fragen: – Bist du noch *rein?* – Und ich werde die Wahrheit erfahren. Sie ist nicht fähig, zu lügen.« »Sie ist nicht fähig zu lügen? Ach, ach, ach! Eine Frau! . . . Was verstehst du davon? Eine Frau ist zu allem fähig. Erinnere dich daran. Manchmal eignet sich der weite Mantel einer Heroin, um ein halbes Dutzend Liebhaber zu verstecken. Opfer! Entsagung! Alles Schall und Rauch. Wer wird je die Wahrheit erkennen können? Schwöre, wenn du kannst, auf die Treue deiner Frau: Ich spreche nicht von der von heute, sondern von jener, die sie vor der Krankheitsgeschichte war. Schwöre auf vollkommene Treue, wenn du kannst!« Und die boshafte Stimme (ach, Teresa Raffo, wie wirkt Euer Gift!), die gemeine Stimme lähmte mich.

– Gedulde dich, Tullio – sagte, fast ängstlich, Giuliana zu mir. – Steck' mir diese Nadel hier hin, in den Schleier.

Sie hatte die Arme erhoben und zu des Kopfes Spitze gebogen, um den Schleier zu befestigen; und ihre weißen

Finger versuchten vergebens, ihn festzustecken. Ihre Haltung war voller Anmut. »Wieviel Zeit ist vergangen«, ließen mich ihre weißen Finger denken, »daß wir uns an den Händen faßten! Oh, der kräftige und warme Händedruck, den sie einst mir gewährte: wie um mir zu versichern, daß sie keinerlei Groll wegen irgendeiner Beleidigung gegen mich hegte! Ist nun ihre Hand unrein?« Und während ich ihr den Schleier feststeckte, empfand ich bei dem Gedanken an ihre Unreinheit einen plötzlichen Schlag, der mich zurückstieß.

Sie erhob sich, und ich half ihr auch beim Anziehen der Jacke. Zwei- oder dreimal begegneten sich flüchtig unsere Augen; aber noch einmal las ich in ihren Augen eine Art unruhiger Neugierde. Vielleicht fragte sie sich selbst: »Warum ist er ins Zimmer gekommen? Warum bleibt er? Was bedeutet seine verwirrte Miene? Was will er von mir? Was fehlt ihm?«

– Du gestattest ... einen Augenblick – sagte sie und verließ das Zimmer.

Ich hörte sie nach Miss Edith, der Gouvernante, rufen. Sowie ich alleine war, wanderten meine Augen unfreiwillig zu dem kleinen, mit Briefen, Einladungen und Büchern überladenen Schreibtisch. Ich trat näher; wie zum Entdecken verführt überflogen meine Augen die Blätter ... »Aber wonach? Vielleicht nach *dem Beweis?*« Doch ich schüttelte diese niedrige und alberne Versuchung von mir ab. Ich erblickte ein Buch, das einen alten Stoffeinband hatte, und zwischen den Seiten einen kleinen Dolch. Es wurde gelesen, war bis zur Mitte durchblättert worden. Es handelte sich um Filippo Arborios neuesten Roman, *Il Segreto*. Auf dem Frontispiz las ich eine Widmung des Autors: – *Nicht würdig reiche ich Ihnen, Giuliana Hennil,* TVRRIS EBVRNEA, *dies dar. F. Arborio. Allerheiligen '85.*

Also kannte Giuliana den Erzähler? Wie stand Giuliana geistig zu ihm? Und ich vergegenwärtigte mir die zarte und verführerische Gestalt des Schriftstellers, den ich manches Mal in der Öffentlichkeit gesehen hatte. Ganz gewiß konnte er Giuliana gefallen. Gemäß einiger Gerüchte, die in Umlauf waren, gefiel er den Frauen. Seine Romane, erfüllt von einer verwickelten, bisweilen überspitzten, häufig falschen Psychologie, verwirrten die allzu gefühlvollen Seelen, entzündeten die aufgeregte Phantasie, predigten mit höchster Eleganz die Verachtung des gemeinen Lebens. Gleichsam als gewaltiges Verglühen zahlreicher schwelender Gestalten zeichneten *Un' agonia, La Cattolicissima, Angelica Doni, Giorgio Aliora* und *Il Segreto* eine intensive Vision des Lebens. Jede seiner Personen focht für ihre Schimäre ein verzweifeltes Duell mit der Wirklichkeit.

»Hatte dieser außergewöhnliche Dichter, den seine Bücher – fast würde ich sagen: als Geläuterten – in reiner, geistiger Essentia zeigten, hatte er seinen Zauber nicht auch auf mich ausgeübt? Hatte ich nicht seinen *Giorgio Aliora* als ›brüderliches‹ Buch bezeichnet? Hatte ich nicht in jedem seiner literarischen Geschöpfe gewisse sonderbare Ähnlichkeiten mit meinem tiefsten Wesen entdeckt? Und wenn gerade diese unsere Verwandtschaft ihm das Werk einer vielleicht begangenen Verführung erleichtert hätte? Ob Giuliana sich ihm hingab, weil sie gerade an ihm all dieselben Vorzüge erkannte, für die ich mich einst von ihr anbeten hatte lassen?« So dachte ich mit neuem Schrecken.

Giuliana kam ins Zimmer zurück. Als sie jenes Buch in meinen Händen sah, meinte sie verwirrt lächelnd und mit leichter Röte:

– Was guckst du da?

– Du kennst Filippo Arborio? – fragte ich sie sogleich, doch ohne Erregung in der Stimme und mit dem ruhigsten und naivsten Tonfall, zu dem ich imstande war.

– Ja – antwortete sie offen. – Er ist mir im Hause Monterisi vorgestellt worden. Auch hierher ist er einige Male gekommen, hat aber keine Gelegenheit gehabt, dich zu treffen.

Eine Frage trat auf meine Lippen. »Und warum hast du mir nichts davon erzählt?« Doch ich hielt sie zurück. Wie hätte sie mir davon erzählen können, da ich seit langer Zeit durch mein Benehmen jeglichen Austausch von Informationen und freundschaftlichen Vertraulichkeiten zerstört hatte?

– Er ist viel einfacher als seine Bücher – fügte sie unbefangen hinzu, während sie sich die Handschuhe langsam anzog. – Hast du *Il Segreto* gelesen?

– Ja, ich hab's schon gelesen.

– Hat es dir gefallen?

Ohne zu überlegen, aus dem instinktiven Bedürfnis, vor Giuliana meine Überlegenheit zu beweisen, entgegnete ich:

– Nein, es ist mittelmäßig.

Und sie sagte abschließend:

– Ich gehe.

Und sie ging hinaus. Ich folgte ihr bis zum Vorzimmer, schritt in der Spur des äußerst zarten, beinahe nicht wahrnehmbaren Dufts, den sie hinter sich ließ. Vor dem Diener sagte sie nur:

– Auf Wiedersehen.

Und mit behendem Schritt trat sie über die Schwelle.

Ich kehrte auf meine Zimmer zurück. Ich öffnete das Fenster, blieb stehen, um auf die Straße zu blicken.

Aufrecht, und ohne das Haupt einmal zur Seite zu wenden, ging sie mit leichtem Schritt auf dem Bürgersteig, der in der Sonne lag. Der Altweibersommer breitete sein Gold über den Himmelskristall aus; und stille, milde Wärme versüßte die Luft, beschwor den anwesenden Duft der Veilchen herauf. Mächtige Trauer drückte mich nieder, preßte mich gegen das Fensterbrett; nach und nach ward sie unerträglich. Seltene Male hatte ich so wie infolge jenes Argwohns gelitten, der mit einem Schlag meinen Glauben an Giuliana einstürzen ließ: einen Glauben, der dreißig Jahre überdauert hatte; seltene Male in meinem Leben hatte meine Seele so laut einem fliehenden Traum hinterhergerufen. Aber war er wirklich unwiederbringlich geflohen? Ich konnte, wollte mich davon nicht überzeugen. Mein ganzes verfehltes Leben war von der großen Illusion begleitet gewesen, die nicht nur den Erfordernissen meines Egoismus, sondern auch meinem einzigen ästhetischen Traum von moralischer Größe entsprach. »Die moralische Größe erwächst aus der Brutalität jener Qualen, die überwunden werden; damit sie Gelegenheit hatte, erhaben zu sein, war es nötig, daß sie erduldete, was ich an Qualen ihr zufügte.« Dieses Axiom, mit dem es mir viele Male gelang, meine Gewissensbisse zu besänftigen, war tief in meinem Denken verwurzelt und gebar dort ein Ideal, das von der besseren Hälfte meines Ichs in einer Art platonischer Verehrung aufgegriffen wurde. Ich – liederlich, nachlässig und kraftlos – erfreute mich daran, im Rahmen meines Daseins eine ernste, scharfsichtige und starke Seele, eine unverderbbare Seele kennenzulernen; und ich erfreute mich daran, das Objekt ihrer Liebe zu sein. Meine ganze Lasterhaftigkeit, all mein Elend und all meine Schwäche bauten auf dieser Illusion auf. Ich glaubte, daß sich für mich der Traum aller intellektuellen Männer auf die Wirklichkeit übertragen könnte: – einer beständig treuen Frau beständig untreu zu sein.

»Was suchst du? Alle Räusche des Lebens? Geh hinaus, geh, berausche dich! Wie ein verhülltes Bild in einer Wallfahrtskirche erwartet dich in deinem Haus, deiner eingedenk, das schweigsame Geschöpf. Die Lampe, in die du niemals einen Tropfen Öl gegossen, steht immer in Flammen.« Ist nicht dies der Traum aller intellektuellen Männer?

Und: »In welcher Stunde auch immer, nach welchem Glück auch immer du zurückkehrst, du wirst sie wiederfinden. Sie war sich deiner Rückkehr sicher, wird dir aber ihre Erwartung nicht erzählen. Du wirst dein Haupt auf ihre Knie legen; und sie wird dir mit den Fingerspitzen über die Schläfen streichen, um deinen Schmerz magnetisch zu lindern.«

Gut, eine solche Rückkehr schwebte mir vor: eine endgültige Rückkehr nach einer jener inneren Katastrophen, die einen Mann zu einem anderen machen. Und all meine Verzweiflung wurde von tiefstem Vertrauen in die unvergängliche Zufluchtsstätte gemildert; und von jener Frau, die durch die Liebe meines Ichs und *durch mein Werk* den Gipfel der Höhe erreicht hatte, weil sie in vollkommener Weise einer Erscheinungsform meiner Idealitäten entsprach, senkte sich etwas Licht zu all meiner Niedertracht in die Tiefe.

Genügte ein Zweifel, um alles in einem Augenblick zu zerstören?

Vom Moment meines Eintritts ins Zimmer bis zum Augenblick ihres Abgangs spielte ich noch einmal die gesamte Szene zwischen mir und Giuliana durch.

Obwohl ich einen Großteil meiner tiefsten Bewegtheit nur einem vorübergehenden besonderen nervösen Befinden zuschrieb, konnte ich den sonderbaren Eindruck nicht zerstreuen, der in Gänze durch folgende Worte ausgedrückt wird: »Sie erschien mir als *eine andere Frau.*« Sicher, irgend etwas Neues war an ihr. Aber was? Hatte Filippo Arborios Widmung nicht eher eine beruhigende Bedeutung? Behauptete sie nicht gerade das Uneindringbare in den TURRIS EBVRNEA? Der rühmende Appellativ war durch sie oder einfach durch die Erscheinungsform einer Reinheit, die den Namen Giuliana trug, oder durch einen fehlgeschlagenen Angriffsversuch und vielleicht durch das Zurückschlagen der erfolgten Belagerung beeinflußt. Der Elfenbeinturm mußte also noch unversehrt sein.

Während ich so räsonierte, um den Biß des Verdachts zu heilen, empfand ich tief in mir vage Angst, als würde ich das überraschende Sich-Erheben eines spöttischen Einwands fürchten. »Du weißt: Giulianas Haut ist außergewöhnlich weiß. Sie ist im Grunde *bleich wie ihr Nachthemd*. Der heilige Appellativ könnte auch eine unheilige Bedeutung haben ...« Aber jenes *nicht würdig?* »Ach, ach, wieviel Rabulistik!«

Jähzorniges, ungeduldiges Drängen unterbrach jene erniedrigende und sinnlose Erörterung. Ich zog mich vom Fenster zurück, zuckte die Schultern, zog zwei oder drei Kreise im Zimmer, schlug geistesabwesend ein Buch auf und wieder zu. Aber die Angst wurde nicht kleiner. »Also«, überlegte ich und blieb stehen, als böte ich einem unsichtbaren Gegner die Stirn, »wohin führt das alles? Entweder sie ist schon gefallen und der Verlust unersetzlich; oder sie ist in Gefahr, und ich kann in meinem jetzigen Zustand nicht eingreifen, um sie zu retten; oder sie ist rein, mit der Kraft, sich rein zu erhalten, und nichts ist verändert. In jedem Fall: ich habe keinerlei Tat zu vollbringen. Das, was ist, ist notwendig; das, was sein wird, wird notwendig sein. Diese Leidenskrise wird vorübergehen. Ich muß warten. Die weißen Chrysanthemen zuvor, auf Giulianas Tisch, wie waren sie schön! Ich werde ausgehen, um ihr ähnliche in großer Zahl zu kaufen. Das Stelldichein mit Teresa ist heute um zwei. Fast drei Stunden Zeit ... Sagte sie mir das letzte Mal nicht, sie wolle den Kamin brennend vorfinden? Es wird das erste Feuer im Winter sein, an einem so mildwarmen Tag. Sie hat ihre sanftmütige Woche, scheint mir. Wenn sie nur andauern würde! Aber, bei der ersten Gelegenheit werde ich Eugenio Egano provozieren.« Mit einigen plötzlichen Unterbrechungen und unvorhergesehenen Wendungen geriet mein Denken in neue Bahnen. Selbst zwischen den Bildern allernächster Wollust durchzuckte mich eine andere unreine Vorstellung: jene gefürchtete, jene, die ich fliehen wollte. Einige kühne und glühende Seiten aus *Cattolicissima* kamen mir wieder in den Sinn. Und der einen Qual entwuchs eine zweite. Und ich vermengte, trotz unterschiedlichem Schmerz, als gleichermaßen Befleckte die beiden Frauen sowie in demselben Maß Filippo Arborio und Eugenio Egano.

Die Krise verstrich, hinterließ mir, gemischt mit Ärger, in der Seele eine Art vager Verachtung für die *Schwester*. Ich entfernte mich immer weiter, machte mich immer härter, gleichgültiger, verschlossener. Meine traurige Leidenschaft für Teresa Raffo wurde immer ausschließlicher, beanspruchte all meine Fähigkeiten, ließ mir nicht einen Augenblick Ruhe. Ich war wahrhaftig ein besessener, ein von teuflischem Wahn ergriffener, von unbekannter und verborgener Krankheit verdorbener Mann. In meinem Gedächtnis sind die Erinnerungen an jenen Winter wirr, unzusammenhängend und von merkwürdiger, sonderbarer Dunkelheit durchsetzt.

In jenem Winter begegnete ich Filippo Arborio nicht einmal in meinem Haus; einige Male sah ich ihn in der Öffentlichkeit. Aber eines Abends traf ich ihn im Fechtsalon; und dort lernten wir uns kennen, wurden einander vom Fechtmeister vorgestellt, wechselten einige Worte. Das Gaslicht, das widerhallende Getäfel, das Klingeln und Funkeln der Klingen, die verschiedenen schludrigen oder eleganten Posen der Fechtenden, das rasche Ausfallen all jener angewinkelten Beine, die warme und scharfe Ausdünstung all jener Körper, die gutturalen Schreie, das heftige Rufen, die Lachsalven: all dies bildet mit einzigartiger Deutlichkeit in meiner Erinnerung die Szene, die um uns ablief, als wir Der-eine-vor-dem-anderen spielten und der Fechtmeister unsere Namen nannte. Wieder sehe ich die Handbewegung, mit der Filippo Arborio die Maske abnahm und das erhitzte, von Schweiß zur Gänze benetzte Gesicht zeigte. Während er in der einen Hand die Maske und in der anderen das Florett hielt, verbeugte er sich. Er keuchte stark, war erschöpft und zuckte ein bißchen nervös: wie jemand, der nicht die Angewohnheit besitzt, die Muskeln zu üben. Instinktiv dachte ich, daß er auf dem Duellierplatz kein zu fürchtender Gegner sei. Auch trug ich einen gewissen Hochmut zur Schau; im Büro richtete ich an ihn nicht einmal ein Wort, das seine Berühmtheit und meine Bewunderung betroffen hätte; ich verhielt mich, wie ich mich gegenüber jedem Unbekannten verhielt.

– Also – fragte mich der Fechtmeister lächelnd – auf morgen?

– Ja, um zehn.

– Ihr schlagt Euch? – meinte Arborio mit sichtlicher Neugier.

– Ja.

Er schwieg einen Augenblick; schließlich fügte er hinzu:

– Mit Eugenio Egano.

Ich merkte, daß er einiges mehr zu erfahren wünschte, ihn aber mein kühles und dem Anschein nach gleichgültiges Verhalten davon abhielt.

– Meister, ein Gang von fünf Minuten – sagte ich und wandte mich ab, um in den Umkleideraum zu gehen. Auf der Schwelle angelangt, hielt ich inne, um zurückzublicken, und entdeckte Arborio, der erneut zu fechten begonnen hatte. Ein kurzer Blick genügte mir, um zu erkennen, daß er in jenem Spiel nur Mittelmaß war.

Als ich unter den Augen aller Anwesenden mit dem Fechtmeister meinen Gang begann, bemächtigte sich meiner eine besondere nervöse Erregung, die meine Kraft verdoppelte. Und ich spürte Filippo Arborios Blick auf meiner Person haften.

Später, im Umkleideraum, sahen wir uns wieder. Der allzu niedrige Saal war bereits erfüllt von Dampf und einem äußerst scharfen, menschlichen, ekelerregenden Geruch. Alle dort drinnen, nackt, in ihren weiten weißen Bademänteln, rieben sich gemächlich die Brust, die Arme, die Schultern, rauchten, scherzten mit lauter Stimme, ließen ihrer Roheit in Zoten freien Lauf. Das Prasseln der Duschen wechselte sich ab mit dem schallenden Gelächter. Und zwei- oder dreimal, mit einem unbeschreiblichen Gefühl von Ekel – gleichsam als hätte mein Körper einen kräftigen Schlag erhalten – prallte ich zurück, da ich Arborios schmächtigen Leib erblickte, zu dem meine Augen unfreiwillig wanderten. Und von neuem nahm die verhaßte Vorstellung Gestalt an.

Ich hatte danach keine weitere Gelegenheit, ihm näherzukommen, geschweige denn, ihm zu begegnen. Weder kümmerte ich mich darum. Noch wurde ich von irgendeiner Äußerung in Giulianas Benehmen dazu veranlaßt. Von da an – bis zu dem engeren Lebensumfeld, in dem ich mich bewegte – war für mich nichts klar fühlbar, nichts klar verständlich. All die fremden Eindrücke stürzten an meinem Kopf vorüber wie Wassertropfen auf eine glühende Herdplatte: entweder sie verpufften oder verdampften.

Die Ereignisse überstürzten sich. Ende Februar, nach einem letzten und beschämenden Beweis, kam es zwischen mir und Teresa Raffo zum endgültigen Bruch. Ich reiste nach Venedig. Allein.

Dort blieb ich ungefähr einen Monat: in einem Zustand unbegreiflichen Unwohlseins, in einer Art Bewußtlosigkeit, die der Dunst und die Stille der Lagune verdichteten. Zwischen all den leblosen Gespinsten bewahrte ich nichts anderes in mir als die Empfindung meines abgekapselten Daseins. Für lange Stunden spürte ich nichts anderes als des Lebens schwere, erdrückende Unerbittlichkeit sowie das schwache Pulsieren einer Arterie in meinem Kopf. Für lange Stunden schlug mich jener merkwürdige Zauber in Bann, der – wie das fortwährende und eintönige Vorüberziehen undeutlicher Objekte die Gefühle – die Seele bestimmt. Es nieselte. Die Nebel über dem Wasser nahmen zuweilen grausige Formen an, waberten wie Gespenster mit langsamem und feierlichem Schritt. Wie in einem Sarg fand ich oft in der Gondel eine Art vermeintlichen Tods. Wenn der Mann am Ruder mich fragte, wohin er mich bringen solle, machte ich immer eine vage Handbewegung; und ich begriff in mir die verzweifelte Aufrichtigkeit folgender Worte: »*Wohin auch immer, hinfort aus der Welt!*«

Während der letzten Märztage kehrte ich nach Rom zurück. Ich hatte, wie nach langen Trübungen des Bewußtseins, ein neues Realitätsempfinden. Scheu, Verwirrung, grundlose Ängstlichkeit ergriffen mich bisweilen unversehens; und ich fühlte mich schwach wie ein Knabe. Mit ungewohnter Aufmerksamkeit blickte ich von neuem um mich, um die wahre Bedeutung der Dinge wieder zu begreifen, die richtigen Zusammenhänge aufzulesen, sowie dem, was anders, und dem, was verschwunden war, Rechnung zu tragen. Und wie ich nach und nach wieder in die Alltäglichkeit zurückfand, so festigte sich in meinem Denken wieder die Ausgewogenheit, erwachte wieder manch Hoffnung, stellte sich das Sich-Sorgen um die Zukunft wieder ein.

Ich fand Giuliana tief entkräftet, gesundheitlich stark verändert und traurig wie noch nie zuvor. Wir sprachen wenig, und ohne uns in die Pupillen zu blicken, ohne unsere Herzen zu öffnen. Beide suchten wir die Gesellschaft unserer zwei Kinder; sowohl Maria als auch Natalia erfüllten in glückseliger Unwissenheit die Stille mit ihren erfrischenden Stimmen. Eines Tages fragte Maria:

– Mama, fahren wir diesmal zu Ostern nach La Badiola?

– Ja, wir werden fahren – antwortete ich unmittelbar anstelle ihrer Mutter.

Da sprang Maria zum Zeichen der Freude durch das Zimmer und riß ihre Schwester mit sich. Ich blickte Giuliana an.

– Willst du, daß wir fahren? – fragte ich sie schüchtern, fast demütig.

Nickend stimmte sie zu.

– Ich sehe, dir geht es nicht gut – fügte ich hinzu. – Auch ich fühle mich nicht wohl. Vielleicht daß die Landschaft . . . der Frühling . . .

Sie saß hingestreckt in einem Sessel, die weißen Hände ruhten auf den Armlehnen; und ihre Haltung erinnerte mich an eine andere Haltung: an jene der Genesenden am Morgen der Offenbarung, doch nach der Verkündigung.

Die Abreise war beschlossen. Wir trafen die Vorbereitungen. Eine Hoffnung funkelte in der Tiefe meiner Seele, und ich wagte nicht, sie anzusehen.

I

Dies ist meine erste Erinnerung.

Ich meinte damit, als ich zu erzählen begann, ich meinte: dies ist meine erste Erinnerung, die sich auf etwas Furchtbares bezieht.

Also, es war April. Seit einigen Tagen befanden wir uns auf La Badiola.

– Ach, meine Kinder – hatte meine Mutter in ihrer großen Schlichtheit gemeint – wie angegriffen Ihr ausseht! Ach, dieses Rom, dieses Rom! Hier bei mir, auf dem Land, solltet Ihr bleiben, um Euch wieder zu erholen, und das recht lange . . . recht lange . . .

– Ja – hatte Giuliana lächelnd entgegnet – ja, Mama, wir bleiben, solange du willst.

Häufig trat jenes Lächeln in Gegenwart meiner Mutter wieder auf Giulianas Lippen; und obgleich die Wehmut in ihren Augen unverändert blieb, war jenes Lächeln so süß, so herzensgut, daß selbst ich mich verzaubern ließ. Und ich wagte, meine Hoffnung anzublicken.

Während der ersten Tage wich meine Mutter nicht einmal von der Seite ihrer geliebten weiblichen Gäste; es schien, als wolle sie sie mit Zärtlichkeit sättigen. Zweioder dreimal sah ich sie, und ich zitterte vor unfaßbarer Rührung, sah ich sie, mit ihrer gebenedeiten Hand Giulianas Haar liebkosen. Einmal hörte ich sie fragen:

– Mag er dich immer noch so?

– Armer Tullio! Ja – entgegnete Giuliana mit veränderter Stimme.

– Also ist es nicht wahr ...

– Was?

– Was mir zu Ohren gekommen ist.

– Was ist dir zu Ohren gekommen?

– Nichts, nichts ... Ich glaubte, Tullio hätte dir etwas Böses getan.

Sie unterhielten sich hinter der Öffnung eines Fensters, hinter den wehenden Vorhängen, während draußen die Ulmen rauschten. Bevor sie mich entdeckten, trat ich hinzu; ich schob einen Vorhang zur Seite und zeigte mich.

– Oh, Tullio! – rief meine Mutter aus.

Und etwas verlegen wechselten beide einen Blick.

– Wir sprachen von dir – fuhr meine Mutter fort.

– Von mir! Schlechtes? – fragte ich mit fröhlicher Miene.

– Nein, Gutes – antwortete Giuliana sofort; und in ihrer Stimme hörte ich die Absicht, die sie gewiß hatte: die Absicht, *mich in Sicherheit zu wiegen*.

Die Aprilsonne prallte auf die Brüstung des Fensters, funkelte in meiner Mutter grauem Haar, weckte auf Giulianas Schläfen manch zarten Schimmer. Die blendendweißen Vorhänge wehten, spiegelten sich in dem glitzernden Fensterglas. Von kleinen neuen Blättern überzogen, erzeugten die großen Ulmen auf dem freien Platz ein Flüstern, das einmal leise, dann laut war, und in dessen Takt sich die Schatten entweder leicht oder heftig wiegten. Selbst an den Mauern des Hauses, an denen sich zahllose Levkojen emporrankten, stieg, gleichsam als unsichtbarer Rauch von Myrrhe, österlicher Duft auf.

– Wie durchdringend dieser Geruch ist! – murmelte Giuliana, fuhr sich mit den Fingern über die Augenbrauen und schloß halb die Lider. – Er betäubt.

Ich stand etwas hinter ihnen, von ihr wie meiner Mutter gleichermaßen entfernt. Und mich überkam eine Lust, mich über die Brüstung zu beugen und die eine wie die andere mit meinen Armen zu umfassen. In jene schlichte Vertraulichkeit hätte ich all die Zärtlichkeit legen wollen, vor der mein Herz überquoll, und ich hätte Giuliana eine Vielzahl unaussprechlicher Dinge zu verstehen geben und sie allein mit jener Geste wiedergewinnen wollen. Aber noch hinderte mich ein fast krankhaftes Gefühl von Schüchternheit.

– Schau, Giuliana – sagte meine Mutter und zeigte auf einen Punkt am Hügel – dein Villalilla. Erkennst du's?

– Ja, ja.

Sie schirmte sich mit der Hand vor der Sonne, kniff die Augen zusammen; und ich, der sie beobachtete, bemerkte ein schwaches Zittern ihrer Unterlippe.

– Erkennst du die Zypresse? – fragte ich sie in der Absicht, ihre Erregung mit dieser Suggestivfrage zu steigern.

Und ich erblickte in meiner Vorstellung wieder die alte, ehrwürdige Zypresse, zu deren Füßen ein Rosenbusch und in deren Wipfel ein Chor Sperlinge hauste.

– Ja, ja, ich erkenne sie . . . kaum.

Sehr weit entfernt, auf einem Plateau inmitten der Anhöhe, erglänzte hell Villalilla. Die Hügelkette entfaltete sich vor uns in zarten und sanften Konturen, wodurch die Olivenbäume von außerordentlicher Schwerelosigkeit erschienen: Sie ähnelten einer graugrünen Versammlung ewig stehender Gestalten. Bäume in Blüte, weiße und rosa Triumphzüge, durchbrachen die Einförmigkeit. Der Himmel schien fortwährend zu erblassen, als ob in seinen Fluß sich fortwährend Milch ergösse und dann verlöre.

– Nach Ostern werden wir nach Villalilla fahren. Alles wird in Blüte stehen – sagte ich, um in jener Seele wieder den Traum zu beleben, den ich ihr brutal zerschlagen hatte.

Und ich wagte, mich zu nähern, mit meinen Armen Giuliana und meine Mutter zu umfassen, mich über die Brüstung zu lehnen: Und mein Kopf lag zwischen der einen wie der anderen Kopf; solcherart, daß der einen wie der anderen Haar mich streifte. Der Frühling, jenes Sanfte der Luft, jenes Erhabene der Stätten, jenes milde Verwandeln all der Geschöpfe durch eine mütterliche Macht und jener Himmel – göttlich durch seine Blässe und göttlicher, je blasser er wurde – flößten mir solch neues Lebensgefühl ein, daß ich bebend in mir dachte: »Ist es denn möglich? Ist es denn möglich? Trotz allem, was geschehen ist, trotz allem, was ich erlitten habe, trotz so vieler Schläge, so großer Schande kann ich im Leben noch diese Würze finden! Kann ich noch *hoffen*, kann ich noch die Vorahnung von Glück haben? Wer also hat mich gesegnet?« Mir war, als würde mein ganzes Wesen leichter, dehne sich, breite sich über seine Grenzen hinaus aus: in einer zarten, raschen und unaufhaltsamen Schwingung. Nichts kann einen Eindruck von diesem gehauchten Gefühl wiedergeben, das in mir ein Haar, welches die Wange mir streifte, erzeugte.

Ohne zu sprechen, verharrten wir einige Augenblicke in jener Haltung. Die Ulmen rauschten. Das zahllose Flimmern der gelben und violetten Blüten, welche die Mauer unterhalb des Fensters wie ein Mantel überzogen, verzauberte meine Pupillen. Und gleich dem Rhythmus von Atemzügen erhob sich in der Sonne dichter wie warmer Duft.

Ruckartig entzog sich Giuliana, wich zurück und sagte, blaß, mit etwas stumpfsinnigen Augen und wie von Ekel verzerrtem Mund:

– Dieser Geruch ist schrecklich. Er macht schwindelig. Schadet er dir nicht auch, Mama?

Und sie drehte sich, um sich zu entfernen; unsicher, schwankend tat sie einige Schritte; dann ging sie rascher und verließ, gefolgt von meiner Mutter, das Zimmer.

Noch gefangen von einem Rest der anfänglichen, träumerischen Stimmung, sah ich, wie sie sich durch die Flucht der Türen entfernten.

II

Von Tag zu Tag wuchs mein Vertrauen in die Zukunft. Ich erinnerte mich fast an nichts mehr. Meine allzu erschöpfte Seele vergaß, zu leiden. In gewissen Stunden vollkommener Hingabe verschwand alles, legte sich, vermengte sich mit meiner Urflüssigkeit, versank darin, wurde unkenntlich. Dann, nach dieser inneren Auflösung, glaubte ich, ein neuer Lebensbeginn wäre angebrochen, eine neue Macht hätte von mir Besitz ergriffen.

Eine Vielzahl ungewollter, unvermittelter, unbewußter, instinktiver Empfindungen bildete mein reales Dasein. Zwischen dem Außen und Innen festigte sich ein Wechselspiel winziger Aktionen und winziger, plötzlicher Reaktionen, die unendliche Rückwirkungen nach sich zogen; und jede dieser unberechenbaren Rückwirkungen verwandelte sich in ein staunenswertes psychisches Phänomen. Mein ganzes Wesen wurde von dem verändert, was in der Natur vorging: von einem Lufthauch, einem Schatten, einem Schimmern.

Die schweren Krankheiten der Seele sowie jene des Körpers erneuern den Mann; und die geistige Genesung ist nicht weniger süß und weniger wunderbar als die psychische. Vor einem blühenden Strauch, einem mit winzigen Knospen überzogenen Zweig, vor einem Schößling, der einem alten, fast erloschenen Baumstumpf entsproß, vor der unauffälligsten unter des Frühlings Verwandlungen: vor all dem hielt ich schlicht und betroffen inne!

Des Morgens ging ich häufig mit meinem Bruder aus. Zu diesem Zeitpunkt war alles feucht, lind, frei. Federicos Gesellschaft läuterte und stärkte mich wie die gute, rauhe Brise. Federico war nun siebenundzwanzig; fast immer hatte er auf dem Land ein genügsames und arbeitsreiches Leben gelebt; er schien die gesammelte sanfte Offenheit der Natur in sich zu tragen. Er besaß ihre Regula. Lew Tolstoj hätte ihn, auf die schöne heitere Stirn küssend, seinen Sohn genannt.

Ohne Ziel wanderten wir über die Felder und diskutierten selten. Er pries die Fruchtbarkeit unserer Güter, erklärte mir die für die Kulturen eingeführten Neuerungen und zeigte mir die Verbesserungen. Die Häuser unserer Bauern waren groß, luftig und gesund. Unsere Stallungen füllten sich mit gesundem und gutgenährtem Vieh. Unsere Meiereien befanden sich in makellosem Zustand. Häufig hielt er auf dem Weg inne, um eine Pflanze zu betrachten. Seine männlichen Hände waren von äußerster Sanftheit, wenn sie die kleinen grünen Blätter an der Spitze der neuen Sprößlinge berührten. Bisweilen durchquerten wir eine Obstpflanzung; die Bäume der Pfirsiche, Birnen, Äpfel, Kirschen, Pflaumen und Aprikosen trugen an ihren Armen Millionen von Blüten; darunter verwandelte sich das Licht durch die Transparenz der rosigen und silbrigen Blumenblätter in unbeschreiblich vage und zarte Gegenständlichkeit, fast würde ich sagen: in göttliche Flüssigkeit; durch die winzigen Zwischenräume der leichten Girlanden blinzelte lebhaft und zärtlich der Himmel.

Während ich die Blüten bewunderte und Federico sich die zukünftigen, hängenden Schätze vorstellte, meinte er:

– Du wirst sie sehen, wirst die Früchte sehen.

»Ich werde sie sehen«, wiederholte ich in mir. »Ich werde die Blüten fallen, die Blätter sprießen und die Früchte wachsen, sich färben, reifen und herabfallen sehen.« Diese Versicherung, die aus dem Mund meines Bruders kam, besaß für mich tiefe Bedeutung: als ob sie ein ich-weiß-nicht-welches verheißene und erwartete Glück beträfe, das sich gerade in jenem Abschnitt des Niederkommens der Bäume, in der Zeit, die zwischen Blüte und Frucht verstreicht, entwickeln müsse. »Bevor ich meine Absicht bekannt hatte, schien meinem Bruder schon selbstverständlich, daß ich nunmehr mit ihm, mit unserer Mutter hier auf dem Lande bliebe; denn er sagt, daß ich die Früchte seiner Bäume sehen werde. Er ist *sicher,* daß ich sie sehen werde! Also ist im Grunde wahr, daß für mich ein neues Leben begonnen hat und dieses Gefühl, das ich in mir hege, mich nicht trügt. In der Tat, alles erfüllt sich mit sonderbarer, ungewohnter Leichtigkeit, mit der Liebe Hingabe. Wie ich Federico liebe! Noch nie hab' ich ihn so geliebt.« Ein bißchen wirr, unzusammenhängend, manches Mal knabenhaft: so waren meine inneren Selbstgespräche infolge einer einzigen Gemütsverfassung, die mich dazu brachte, in jedem nebensächlichen Ereignis ein günstiges Vorzeichen, ein gütiges Omen zu sehen. Meine tiefste Freude lag in dem Wissen um die Ferne des Vergangenen, um die Ferne gewisser unzugänglicher Stätten, gewisser unzugänglicher Personen. Bisweilen roch ich den Frieden frühlingshafter Landschaft, vergegenwärtigte mir den Raum, der mich von der dunklen Welt, in der ich so sehr gelitten, und von so heftigen schlimmen Qualen trennte. Noch ergriff mich zuweilen unbestimmte Angst und ließ mich hastig die Beweise gegenwärtiger Sicherheit um mich herum suchen; und ich beeilte mich, meinen Arm unter den meines Bruders zu schieben und in seinen Augen die unanzweifelbare und schützende Wirkung zu lesen.

Blind vertraute ich auf Federico. Von ihm hätte ich nicht nur geliebt, sondern auch beherrscht werden wollen; ihm als würdigerem die Primogenitur überlassen, seinem Rat unterworfen leben, ihn als meinen Führer ansehen, ihm gehorchen: all dies hätte ich wollen. Nie mehr wäre ich an seiner Seite Gefahr gelaufen, mich zu verirren, denn er kannte den geraden Weg und ging ihn mit unfehlbarem Schritt; und er besaß auch einen mächtigen Arm und hätte mich verteidigt. Er war das Muster an Mann: gütig, stark, scharfsinnig. Für mich kam nichts an Vornehmheit dem Schauspiel jener Jugend gleich, die sich der Religion des »bewußt gut Handelns« weiht und der Liebe zur Scholle sich widmet. Seine Augen schienen eine klare pflanzliche Farbe aus der beharrlichen Betrachtung der grünen Dinge in sich aufgehoben zu haben.

– Jesus der Scholle – nannte ich ihn eines Tags lächelnd.

Es war ein Morgen voller Unschuld: einer jener Morgen, die einen Eindruck von den ersten Tagesanbrüchen aus der Erde Kindheit geben. Am Rain eines Feldes sprach mein Bruder mit einer Gruppe Bauern. In aufrechter Haltung sprach er und überragte all die Häupter der Umstehenden; und seine ruhige Gestik unterstrich die Einfachheit seiner Worte. In Weisheit ergraute, alte Männer und reife Männer, die auf des Alters Schwelle standen, lauschten jenem Jüngling. Alle trugen auf ihren kernigen Körpern die Spuren schwerer alltäglicher Arbeit. Da kein Baum in der Nähe war, da das Getreide niedrig in den Furchen stand, erstrahlte ihre Haltung makellos in des Lichtes Heiligkeit.

Als er mich auf sich zukommen sah, entließ mein Bruder seine Männer, um mir entgegenzugehen. Spontan entwischte meinen Lippen der Gruß:

– Hosianna, Jesus der Scholle!

Für all die pflanzlichen Geschöpfe hegte er unendliche Liebe. Keines entging seinen scharfen, allsehenden Augen. Auf unseren morgendlichen Wanderungen hielt er nach jedem Schritt inne, um ein kleines Blatt von einer Schnecke zu befreien. Eines Tages, ohne darauf zu achten, wohin, schlug ich im Gehen das Gras mit dem Fuß meines Stocks; und die zarten grünen Spitzen, die jeder Hieb abschnitt, welkten dahin. Federico litt darunter, da er, mit einer freundlichen Bewegung zwar, mir den Stock aus meiner Hand wand; und er errötete: Vielleicht dachte er, mir würde sein Mitleid als übertriebene, allzu gefühlvolle Weichheit erscheinen. Ach, welch Röte auf jenem so männlichen Antlitz!

An einem anderen Tag, während ich einen blühenden Zweig von einem Apfelbaum brach, ertappte ich in Federicos Augen eine Spur von Bedauern. Sofort hielt ich ein, zog die Hände zurück, sagte:

– Wenn dir mißfällt . . .

Er lachte laut.

– Aber nein, aber nein . . . Entblättere ruhig den ganzen Baum.

Inzwischen pendelte der bereits abgebrochene Zweig, von einigen seiner Lebensfasern gehalten, am Stamm; und im Grunde bot jener feuchte Lympheinriß einen schmerzlichen Anblick; und jene dünnen, etwas fleischfarbenen, etwas weißen Blüten zeigten – ähnlich den Dolden gemeiner Rosen, die zum Sterben verurteilt sind – in der Luft ein stetiges Zittern.

– Er ist für Giuliana – sagte ich nun, wie um das Grausame jener Verletzung zu mildern.

Und indem ich die letzten Lebensfaserchen zerriß, trennte ich den bereits gebrochenen Zweig ab.

III

Nicht nur jenen Zweig brachte ich Giuliana, sondern noch viele weitere. Ich kehrte immer mit Blumengeschenken beladen nach La Badiola zurück. Eines Morgens, einen Bund Weißdorn in Händen, begegnete ich im Vestibül meiner Mutter. Ich war ein bißchen außer Atem, erhitzt und von einem leichten Rausch ergriffen. Ich fragte:

– Wo ist Giuliana?

– Oben, in ihren Zimmern – antwortete sie lachend.

Im Laufschritt nahm ich die Stufen, durchquerte den Korridor, betrat unbefangen ihre Zimmerflucht und rief:

– Giuliana, wo bist du?

Unter großer Freude eilten Maria und Natalia mir entgegen, waren angesichts der Blumen vergnügt, aufgeregt und närrisch.

– Komm, komm – riefen sie mir zu – Mama ist hier, im Schlafgemach. Komm.

Und ich schritt über jene Schwelle, und mein Herz schlug höher; und ich befand mich in Gegenwart einer lächelnden und verlegenen Giuliana: Ich legte ihr den Bund zu Füßen.

– Schau!

– Oh, wie ist er schön! – rief sie aus und neigte sich über den frischen, duftenden Schatz.

Sie trug eine ihrer weiten Lieblingstuniken, die von einem Grün, das dem Grün der Aloeblätter gleicht. Noch ungekämmt wurde ihr Haar von den Nadeln mäßig gehalten; in dichten Strähnen bedeckte es ihr den Nacken, verbarg ihr die Ohren. Der Duft des Weißdorn, eine Mischung aus Thymian und bitterer Mandel, hüllte sie ein, verteilte sich in dem Gemach.

– Paß auf, daß du dich nicht stichst – sagte ich zu ihr. – Schau meine Hände an.

Und ich zeigte ihr die noch blutenden Risse, wie um die Gabe verdienstvoller zu machen. »Ach, wenn sie mich nun in die Arme schlösse«, dachte ich. Und in Gedanken zog an mir vage die Erinnerung an einen längst verflossenen Tag vorüber, an dem sie mir die von den Dornen aufgerissenen Hände geküßt hatte und die Blutbläschen hatte auflecken wollen, die, eines nach dem anderen, hervorperlten. »Wenn sie mich nun an den Händen nähme und allein in diese Geste all ihre Vergebung und all ihre Hingabe legen würde!«

Ständig hatte ich während jener Tage die Erwartung an einen ähnlichen Augenblick gehegt. Ich wußte wahrhaftig nicht, was mir ein solches Vertrauen einflößte; aber ich war sicher, Giuliana würde sich mir so, früher oder später, wiederschenken: mit einer einzigen schlichten, stummen Geste, in die sie »all ihre Vergebung und all ihre Hingabe« zu legen wüßte.

Sie lächelte. Ein Hauch von Leid erschien auf ihrem allzu blassen Antlitz, in ihren allzu tiefliegenden Augen.

– Fühlst du dich nicht etwas besser, seitdem du hier bist? – fragte ich sie, trat näher.

– Ja, ja, besser – antwortete sie.

Nach einer Pause:

– Und du?

– Oh, ich bin schon geheilt. Siehst du's nicht?

– Ja, es stimmt.

Wenn sie zu mir sprach in jenen Tagen, sprach sie mit einem einzigartigen Zögern, das für mich von Anmut erfüllt war, aber zu beschreiben mir unmöglich ist. Fast hatte es den Anschein, als wäre sie ständig beschäftigt, das Wort, das ihr auf die Lippen trat, zurückzuhalten, um ein anderes auszusprechen. Andererseits war ihre Stimme – wenn man so sagen kann – *weiblicher;* sie hatte die ursprüngliche Festigkeit und einen Teil ihrer Volltönigkeit verloren; ihr Klang war verhangen wie jener eines Instruments mit Sordine. Aber, wenn sie folglich mir gegenüber in all ihren Äußerungen so zärtlich war, was hinderte uns noch, uns zu berühren? Was hielt jene Wand zwischen mir und ihr aufrecht?

Zu jener Zeit, die in der Geschichte meiner Seele immer eine geheimnisvolle blieb, schien mein angeborener Scharfblick völlig aufgehoben. All meine grausamen analytischen Fähigkeiten, selbst jene, die mir so viele Qualen bereitet hatten, schienen versiegt. Die Macht dieser aufwühlenden Fähigkeiten war anscheinend verflogen. Zahllose Empfindungen, zahllose Gefühle jener Zeit sind mir heute unbegreiflich und unerklärlich, weil ich keinen Führer habe, um ihre Ursache aufzuspüren, um ihre Natur zu bestimmen. Zusammenhangslosigkeit sowie Verbindungsfehler liegen zwischen jenem Abschnitt meines Seelenlebens und den übrigen.

Einmal hörte ich im Verlauf einer Sage erzählen, daß ein junger Prinz nach langer abenteuerlicher Wanderschaft schließlich zu jener Frau gelangte, die er mit so tiefer Verehrung gesucht hatte. Vor Hoffen zitterte der Jüngling, während die Frau ihn aus der Nähe anlächelte. Doch ein Schleier machte die lächelnde Frau unberührbar. Es war ein Schleier aus unbekanntem Stoff, so dünn, daß er mit der Luft sich verquickte; und doch konnte durch einen solchen Schleier der Jüngling die Geliebte nicht berühren.

Dies Bild half mir ein bißchen, mir eine Vorstellung von jener besonderen Lage zu machen, in der ich mich nun, Giuliana vor Augen, befand. Ich spürte, daß irgend etwas Nicht-Erkennbares noch zwischen mir und ihr aufragte. Aber gleichzeitig vertraute ich auf die »schlichte, stumme Geste«, die früher oder später das Hindernis zerstören und mich glücklich machen mußte.

Wie mir Giulianas Gemach inzwischen gefiel! Es war mit hellem, etwas gealtertem, blumenbemaltem, ziemlich verblaßtem Stoff tapeziert und besaß einen tiefen Alkoven. Wie der Weißdorn dort duftete!

– Dieser Geruch ist scharf. Er steigt zu Kopf. Spürst du es nicht? – sagte sie allzu bleich.

Und sie schritt zum Fenster, um es zu öffnen.

– Maria, rufe Miss Edith – meinte sie dann.

Die Gouvernante erschien.

– Edith, ich bitte Sie, bringen Sie diese Blumen ins Klavierzimmer. Stellen Sie sie in eine Vase. Passen Sie auf, daß Sie sich nicht stechen.

Einen Teil des Straußes wollten Maria und Natalia tragen. Wir blieben allein zurück. Wieder trat Giuliana ans Fenster; sie lehnte sich gegen die Brüstung, wandte dem Licht ihre Schultern zu.

– Mußt du etwas erledigen? Möchtest du, daß ich gehe? – fragte ich sie.

– Nein, nein, bleib ruhig. Setz' dich. Erzähl mir von deinem Spaziergang heut' morgen. Bis wohin seit ihr gegangen?

Etwas hastig sprach sie diese Worte aus. Wie die Brüstung in Höhe ihrer Lenden war, so hatte sie die Ellbogen darauf gelegt; und ihr Oberkörper neigte sich zurück, trat ein in des Fensters Rechteck. In ihrem Gesicht, das mir voll zugewandt, sammelte sich Schatten, besonders in der Augen Höhlen; aber das Haar, auf dessen Wirbel das Licht fiel, bildete eine leichte Aureole; auch der Schultern Grat hellte sich auf. Der Fuß, auf dem das Körpergewicht verstärkt ruhte, schob den Saum des Kleides nach vorne, zeigte ein bißchen von dem aschfarbenen Strumpf und das funkelnde Pantöffelchen. Ihre ganze Gestalt – in jener Haltung, in jenem Licht – besaß außergewöhnlich verführerische Macht. Ein bläulicher, wonnevoller Streifen der Landschaft durchzog, von dem einen zum anderen Fensterstock, die Leere hinter jenem Haupt.

Da geschah es, daß plötzlich, wie als Folge blitzartiger Erhellung, ich in ihr die ersehnte Frau wiedersah und in meinem Blut sich die Erinnerung wie das Verlangen nach Zärtlichkeit wieder entzündete.

Ich redete mit ihr, während ich sie starr anblickte. Je genauer ich sie betrachtete, desto mehr spürte ich, wie sie mich erregte; und sie, ganz sicher, mußte es in meinem Blick lesen, da die Aufregung in ihr sich nach außen kehrte. Mit durchdringender innerer Sehnsucht dachte ich: »Wenn ich verglühen würde? Wenn ich mich zu ihr begäbe und sie in meine Arme nähme?« Auch mich verließ die äußerliche Unbefangenheit, die ich in meine unbeschwerten Worte zu legen versuchte. Ich brachte mich aus der Fassung. Jene Entbehrung wurde unerträglich.

Undeutlich drangen aus den angrenzenden Zimmern Marias, Natalias und Ediths Stimmen.

Ich erhob mich, trat ans Fenster, an Giulianas Seite: Ich war soweit, mich zu ihr zu beugen, um endlich die bereits so viele Male in mir während vorgestellter Gespräche wiederholten Worte auszusprechen. Aber die Angst vor einer möglichen Störung hielt mich ab. Ich dachte, daß jener Augenblick vielleicht ungelegen wäre, daß ich vielleicht nicht die Zeit gehabt hätte, ihr alles zu sagen, ihr all mein Herz auszuschütten, ihr von meinem Innenleben während der letzten Wochen, von der wunderbaren Heilung meiner Seele, vom Wiedererwachen der zartesten Fibern meines Körpers, vom Wiedererblühen meiner zärtlichsten Träume, von der Tiefe meines neuen Gefühls und der Beharrlichkeit meiner Hoffnung zu erzählen. Ich dachte, daß ich nicht die Zeit gehabt hätte, ihr von den kurzen neuen Erlebnissen zu erzählen, ihr jene kleinen wie schlichten Geständnisse zu machen, die für das Ohr der Frau, die liebt, so köstlich, die frisch von Wahrheit und überzeugender als jegliche Beredsamkeit sind. Tatsächlich mußte mir gelingen, sie zu überzeugen, daß diese, meine Rückkehr ohne Falsch, ehrlich, endgültig, aufgrund des Lebenswillens meines gesamten Ichs notwendig war. Ganz gewiß mißtraute sie immer noch; in diesem, ihrem Mißtrauen lag sicherlich der Grund für ihre Zurückhaltung. Noch schob sich der Schatten schrecklicher Erinnerungen zwischen uns. Ich mußte jene Schatten verjagen, meine Seele mit der ihren wieder so fest vereinen, daß sich nichts mehr zwischen sie drängen könnte. Und dies mußte zu günstiger Stunde, an einem geheimen, verschwiegenen Ort geschehen, den nur Erinnerungen bewohnten: auf Villalilla.

In dem Ausschnitt des Fensters schwiegen inzwischen wir beide: der Schlüssel an des Schlosses Seite. Undeutlich drangen aus den angrenzenden Zimmern Marias, Natalias und Ediths Stimmen. Des Weißdorns Duft war verflogen. Die Vorhänge, die von dem Bogen des Alkovens hingen, ließen das Bett dahinter erahnen: Durch den Halbschatten angestachelt, häufig, fast lüstern wanderten meine Augen dorthin.

Giuliana hielt ihr Haupt gesenkt, da vielleicht auch sie die süße und beklemmende Last des Schweigens fühlte. Die leichte Brise bewegte ihr auf der Schläfe ein Büschel loser Haare. Die Unruhe jenes dunklen, etwas löwenfarbigen Haars – dort, auf jener hostienbleichen Schläfe, wo einige Fäden gar golden wurden – ließ mich vergehen. Und schauend sah ich auf dem Hals das kleine dunkle Mal, von dem in anderer Zeit so viele Male der Versuchung Funke übergesprungen war.

Nun, da ich nicht mehr an mich halten konnte, hob ich, in einer Mischung aus Scheu und Verlangen, die Hand, um sie jenem Büschel zu nähern; und meine zittrigen Finger strichen über ihre Haare zum Ohr, zum Hals: aber sanft, ganz sanft, mit dem zärtlichsten allen Streichelns.

– Was machst du da? – fragte Giuliana, warf mir, von

Zucken geschüttelt, einen verwirrten Blick zu und zitterte vielleicht heftiger als ich.

Und sie entfernte sich vom Fenster; sie hörte, daß ich ihr folgte, und machte, wie zur Flucht, verloren einige Schritte.

– Ach, warum, warum das, Giuliana? – rief ich aus und blieb stehen.

Aber gleich darauf:

– Es ist wahr: Ich bin noch nicht würdig. Verzeih mir!

In diesem Moment begannen die zwei Glocken der Kapelle zu läuten. Und Maria sowie Natalia stürzten in das Gemach, auf die Mutter zu, juchzten vor Freude; und eine nach der anderen hängte sich ihr an den Hals und bedeckten ihr das Gesicht mit Küssen; und nach der Mutter eilten sie zu mir, und ich nahm sie, eine nach der anderen, auf meine Arme.

Laut läuteten die zwei Glocken; ganz La Badiola schien von dem erbebenden Erz beherrscht. Es war Ostersamstag, die Stunde der Auferstehung.

IV

Am Nachmittag desselben Samstags befiel mich eigentümliche Trauer.

Die Post war nach La Badiola gekommen; und ich sowie mein Bruder warfen im Billardsalon einen Blick in die Zeitungen. Zufällig trat mir Filippo Arborios Name unter die Augen, der in einem Bericht erwähnt wurde. Plötzliche Erregung bemächtigte sich meiner: so wie leichtes Rühren den Bodensatz eines abgeklärten Gefäßinhalts aufwühlt.

Ich erinnere mich: Es war ein dunstiger Nachmittag, der wie von einem matten, weißlichen Widerschein erhellt wurde. Draußen, vor der Glastüre, die auf den freien Platz führte, gingen Giuliana und meine Mutter vorüber – die eine am Arm der anderen – und plauderten. Giuliana trug ein Buch; und sie schritt mit müder Miene.

Mit der Zusammenhangslosigkeit von Bildern, die im Traume ablaufen, drangen wieder einige Splitter meiner Vergangenheit in mein Bewußtsein: Giuliana an jenem Novembertag vor dem Spiegel; der Strauß weißer Chrysanthemen; meine Sehnsucht beim Hören der *aria* des Orpheus; die auf den Frontispiz von *Il Segreto* geschriebenen Worte; die Farbe von Giulianas Kleidung; meine Gedanken am Fenster; Filippo Arborios Gesicht, das von Schweiß troff; die Szene im Umkleideraum, im Fechtsaal. Wie ein Mann, der sich unversehens über den Rand eines Abgrunds gebeugt wiederfindet, dachte ich mit ängstlichem Zittern:

»Kann ich mich denn nicht retten?«

Von Kummer überwältigt, drängte es mich, allein zu sein: Ich wollte in mich hineinschauen, wollte in das Gesicht meiner Angst blicken; ich grüßte meinen Bruder, verließ den Salon und ging auf meine Zimmer.

Meine Erregung war von zorniger Ungeduld durchsetzt. Ich glich einem Mann, der – inmitten des Gedeihens trügerischer Genesung und während der wiedergewonnenen Lebenssicherheit – schlagartig den Biß des bösen Alten spürt, das Noch-Lauern des untilgbaren Unheils in seinem Fleische bemerkt und gezwungen ist, sich genau zu beobachten, sich wieder zu wecken, um sich von der schrecklichen Wahrheit zu überzeugen. »Kann ich mich denn nicht retten? Aber warum?«

In dem sonderbaren Vergessen, das all die Vergangenheit in die Tiefe gedrückt hatte, in jener Art Verdunkelung, die scheinbar einen Innenbereich meines Bewußtseins befallen hatte, hatte sich auch der Argwohn gegenüber Giuliana – der hassenswerte Argwohn – verloren, verflüchtigt. Zu groß war das Bedürfnis meiner Seele, sich dem Traum hinzugeben und zu glauben wie zu hoffen. Während sie über Giulianas Haar strich, hatte für mich die gebenedeite Hand meiner Mutter um jenes Haupt die Aureole wieder entzündet. Durch einen jener häufigen, allzu gefühlvollen Fehler in den Stunden der Schwäche, beim Anblick des Atmens beider Frauen in demselben Umfeld und in so süßer Eintracht hatte ich sie mit derselben Ausstrahlung von Reinheit versehen.

Nun hatten ein kleines, zufälliges Ereignis, ein simpler in einer Notiz gelesener Name und das Wiedererwachen finsterer Erinnerungen genügt, um mich zu erregen, um mich zu erschrecken, um mich über einen Abgrund zu breiten; ich wagte nicht, einen entschlossenen wie tiefen Blick in ihn zu werfen, da der Traum vom Glück, der zäh an mir klebte, mich nach hinten zog. In dunkler, unbeschreiblicher Angst, die dann und wann die gefürchteten Blitze durchzuckten, schwankte ich zuerst hin und her. »Daß sie nicht rein ist, wäre möglich. Aber was dann? – Filippo Arborio oder ein anderer ... Wer weiß? – Könnte ich verzeihen, wenn ich um die Schuld wüßte? – Welche Schuld? Welches Verzeihen? Du hast nicht das Recht, sie zu verurteilen, hast nicht das Recht, die Stimme zu erheben. Zu viele Male hat sie geschwiegen, dieses Mal solltest du schweigen. – Und das Glück? – Träumst du dein Glück oder das von euch beiden? Ganz gewiß das von euch beiden, da ein einziger Widerschein *ihrer* Traurigkeit deine, jegliche Freude trüben würde. Du denkst, daß sie, bist du zufrieden, ebenfalls zufrieden wäre: du mit deiner Vergangenheit voll ständiger Zügellosigkeit, sie mit ihrer Vergangenheit voll ständigen Martyriums. Das Glück, das du träumst, beruht ganz auf dem Abschaffen der Vergangenheit. Warum also – falls sie tatsächlich nicht rein ist – kannst du nicht über ihre wie deine Schuld einen Schleier breiten oder einen

Stein darüberwälzen? Warum also – falls du vergessen machen willst – vergißt du nicht? Warum – wenn du ein neuer Mann und vollständig von der Vergangenheit losgelöst sein willst – kannst du sie nicht, zu gleichen Bedingungen, als eine neue Frau ansehen? Solch ungleiche Behandlung wäre vielleicht die schlimmste deiner Untaten. – Aber das Ideal? Aber das Ideal? Mein Glück wäre nur dann möglich, könnte ich in Giuliana ein absolut höheres, unfehlbares Geschöpf erkennen, das all meiner Anbetung würdig ist; und gerade in dem Gefühl dieser Überlegenheit, im Bewußtsein der ihr eigenen moralischen Größe findet sie den größten Teil ihres Glücks. Weder von meiner noch von ihrer Vergangenheit kann ich absehen, da dies besondere Glück ohne die Verwerflichkeit meines vorigen Lebens und ohne jenes unbesiegte, fast übermenschliche weibliche Heldentum – vor dessen Bild meine Seele immer gebeugt innehielt – nicht existieren kann. – Weißt du denn, wieviel Egoismus in diesem, deinem Traum steckt und wieviel von Erhebung zum Ideal? Verdienst du vielleicht das Glück, diesen wertvollen Preis? Aufgrund welcher Vorrechte? So hätte dich also dein langer Irrweg dem Lohne anstatt der Sühne entgegengeführt ...«

Ich schüttelte mich, um das Zwiegespräch zu unterbrechen. »Schließlich: wenn überhaupt, dann dreht es sich um einen alten, allzu vagen Zweifel, der nun zufällig aufgebrochen ist. Diese irrationale Erregung wird sich zerstreuen. Ich verleihe einem Schatten Gestalt. Nach Ostern, in zwei, in drei Tagen, werden wir nach Villalilla fahren; und dort werde ich wissen, werde ich unzweifelhaft die Wahrheit *fühlen*. – Aber jene tiefe, unerträgliche Wehmut, die sie in den Augen trägt, ist sie nicht *verdächtig?* Jene, ihre verlegene Miene, jenes Umwölktsein von einem ständigen Gedanken, der auf ihr zwischen den Wimpern lastet, jene grenzenlose Müdigkeit, die sich in ihrem Benehmen offenbart, jene Ängstlichkeit, die sie zu verleugnen nicht imstande ist, sobald du dich ihr näherst: ist all dies nicht *verdächtig?*« Solch zweideutige Phänomene ließen sich auch in einem günstigen Sinn deuten. Dennoch, ergriffen von einer Welle heftigen Schmerzes, erhob ich mich und trat ans Fenster: Instinktiv wünschte ich, in das äußere Schauspiel einzutauchen, um dort – entweder als Offenbarung oder zur Beruhigung – etwas zu finden, das dem Zustand meines Geistes entsprach.

Der Himmel war völlig weiß, glich einem Gefüge übereinandergelegter Schleier, in denen sich Wind fing, Wirbel bildeten und sich breit bewegende Falten erzeugten. Einige jener Schleier schienen sich dann und wann zu trennen, der Erde zu nähern, fast die Wipfel der Bäume zu streifen, sich zu zerreißen, sich in herabstürzende Streifen zu verwandeln, über des Bodens Oberfläche zu zittern und zu verschwinden. Die Linien der Erhebungen verloren sich in der Tiefe, teilten und vereinten sich wieder: in trügerischen Weiten, unwirklich wie eine Traumlandschaft. Bleierner Schatten nahm von dem Tal Besitz, und die Assòro beseelte es über ihre unsichtbaren Ufer hinaus mit ihrem Glitzern. Jener gewundene Fluß – der in jenem schattigen Busen leuchtete, während sich der Himmel darüber fortwährend langsam auflöste – zog meinen Blick an, besaß für meinen Geist den Reiz symbolhafter Bilder, da er die geheime Bedeutung jenes unklaren Schauspiels in sich zu bergen schien.

Mein Schmerz verlor nach und nach seine Stacheln, beruhigte und glättete sich. »Warum mit so heftigem Verlangen nach dem Glück streben, wenn man dessen unwürdig ist? Warum das ganze Gebäude zukünftigen Lebens auf Sand errichten? Warum mit solch blindem Vertrauen an ein nicht vorhandenes Vorrecht glauben? Vielleicht gelangen alle Männer, wenn sie leben, an einen entscheidenden Punkt, an dem den Klügsten zu verstehen gegeben wird, *wie ihr Leben sein müßte?* Du fandest bereits jenen Punkt. Entsinne dich des Augenblicks, in dem die weiße und treue Hand, welche die Liebe, die Nachsicht, den Frieden, den Traum, das Vergessen, all das Schöne und Gute barg, dir in der Luft *wie zur Darbringung des höchsten Opfers* entgegenzitterte . . .«

Das Dauern ließ mein Herz von Tränen überquellen. Ich stützte die Ellbogen auf die Fensterbrüstung, bettete das Haupt zwischen die Handflächen; während ich zu den Mäandern des Flusses in der Tiefe des bleifarbenen Tals starrte, während das Himmelsgefüge sich ruhelos auflöste, verharrte ich einige Minuten unter der Drohung nahe bevorstehender Qualen: Ich fühlte über mir ein unbekanntes Ereignis schweben.

Als, unerwartet, aus dem darunterliegenden Zimmer der Klang des Pianofortes zu mir drang, verschwand schlagartig die schwere Beklemmung; und mich packte – erstickenderweise – wirres Verlangen, in der all die Träume, all die Wünsche, all die Hoffnungen, all die Tränen, all die Gewissensbisse, all die Schrecken sich mit unvorstellbarer Geschwindigkeit vermengten.

Ich erkannte die Musik wieder. Es war eines der *Lieder ohne Worte,* die Giuliana am meisten liebte und Miss Edith häufig spielte; es war eine jener verschleierten, aber gehaltvollen Melodien, in denen die Seele dem Leben mit stets verschiedenen Ausdrücken dieselbe Frage stellt: »Warum hast du meine Erwartung getäuscht?«

Einem fast instinktiven Antrieb gehorchend, verließ ich eilig den Raum, durchquerte den Korridor, stieg die Stufen hinab, blieb vor der Türe stehen, durch die der Klang drang. Die Türe war angelehnt; ohne zu lärmen, trat ich ein; ich lugte durch die Vorhänge. War dort Giuliana? Meine Augen, die zuvor das Licht gestillt hatte, sahen nichts, bis sie sich an das Halbdunkel gewöhnt hatten, doch stach mich der scharfe Duft des Weißdorns: jene Mischung aus Thymian und bitterer Mandel, frisch wie die Milch eines Wilds. Ich spähte. Der grünliche Schimmer, welcher zwischen den Rippen der Rolläden einfiel, erleuchtete kaum das Zimmer. Miss Edith saß allein vor der Klaviatur; und sie fuhr fort in ihrem Spiel, ohne mich zu bemerken. Der Körper des Instruments funkelte im Halbdunkel; die Zweige des Weißdorns erglänzten weißlich. In jener versammelten Ruhe, in jenem Duft, den die Zweige aussandten, die mir den süßen morgendlichen Rausch und Giulianas Lächeln und mein Zittern in Erinnerung brachten, schien mir das Lied so wenig tröstlich wie noch nie.

Wo war Giuliana? War sie wieder heraufgekommen? War sie noch draußen?

Ich zog mich zurück; stieg die restlichen Stufen hinab; durchquerte das Vestibül, ohne jemandem zu begegnen. Ich verspürte den unbezähmbaren Drang, sie zu suchen, sie zu sehen; ich dachte, allein ihr Anblick würde mir die Ruhe wiederschenken, mir wieder Vertrauen einflößen. Als ich auf den Platz hinaustrat, bemerkte ich Giuliana in Gesellschaft Federicos unter den Ulmen.

Beide lachten mir zu. Sobald ich nahe genug war, meinte mein Bruder lächelnd:

– Wir sprachen von dir. Giuliana glaubt, du würdest La Badiolas bald überdrüssig sein . . . Nun, und unsere Pläne?

– Nein, Giuliana *weiß nicht* – entgegnete ich, während ich mich bemühte, meine gewohnte Ungezwungenheit wiederzufinden. – Aber du wirst sehen. Ich habe, statt dessen, Rom so satt . . . *und all das Andere.*

Ich blickte Giuliana an. Und eine wunderbare Veränderung vollzog sich in meinem Innern, da das Traurige, das mich bis zu jener Minute bedrückt hatte, in die Tiefe hinabstürzte, sich verdunkelte, sich auflöste und dem heilsamen Gefühl Platz machte, das in mir zu wecken allein ihr und meines Bruders Anblick ausreichte. Etwas in sich zusammengesunken hatte sie dagesessen, hielt auf ihren Knien ein Buch, das ich wiedererkannte, das Buch, das ich ihr wenige Tage zuvor gegeben hatte: *Krieg und Frieden*. Wahrlich, alles an ihr, an ihrer Haltung und in ihrem Blick war süß und gut. Und in mir regte sich, was dem Gefühl glich, das ich vielleicht empfunden hätte, hätte ich an genau dieser Stelle, unter den vertrauten Ulmen, die ihre toten Blüten verloren, die erwachsene Costanza, meine arme Schwester, an Federicos Seite geschaut.

Bei jedem Hauch ließen die Ulmen ihre zahllosen Blüten regnen. In dem weißen Licht vollzog sich der stete, äußerst langsame Fall durchsichtiger, fast unfühlbarer Häutchen, die – halb grünlich, halb ins Blonde übergehend – in der Luft verweilten, zauderten, wie Libellenflügel zitterten und so bei ihrem Anblick durch jene Stete wie jene Wandelbarkeit eine fast die Sinne täuschende Empfindung einflößten. Sie flatterten auf Giulianas Knie, auf ihre Schultern; von Zeit zu Zeit machte sie eine schwache Handbewegung, um irgendeine der Blüten abzustreifen, die in ihren Haaren, an ihrer Schläfe hängen blieben.

– Oh, falls Tullio auf La Badiola bleibt – sagte Federico zu ihr gewandt – werden wir große Dinge vollbringen. Wir werden die neuen Agrargesetze verkünden; wir werden die Basis für die neue Agrarverfassung legen . . . Du lächelst? Auch du wirst deinen Anteil an unserer Arbeit haben. Wir werden dir die Ausübung von zwei oder drei Vorschriften unserer Zehn Gebote anvertrauen. Auch du wirst arbeiten. Übrigens, Tullio, wann wollen wir mit diesem Noviziat beginnen? Du hast zu weiße Hände. Ach, die Risse gewisser Stacheln reichen nicht aus . . .

Er redete fröhlich: mit jener, seiner hellen und kräftigen Stimme, die sogleich jedem, der sie vernahm, ein Gefühl von Sicherheit und Vertrauen einflößte. Er sprach von seinen alten und neuen Plänen, von der Auslegung des urchristlichen Gesetzes über die zur Ernährung gehörige Arbeit: mit einer Ernsthaftigkeit im Denken und Fühlen, die von jener jünglingshaften Fröhlichkeit gemäßigt wurde, die einem Schleier aus Bescheidenheit gleicht – einem Schleier, den er selbst gegenüber dem Staunen und Lob dessen, der ihm zuhörte, ausbreitete. Alles an ihm erschien schlicht, leicht, kam von innen. Dieser Jüngling hatte allein, kraft seines Geistes, der von seiner angeborenen Sanftmut erleuchtet wurde, bereits seit einigen Jahren die Gesellschaftstheorie erfaßt, zu der Muschik Timofej Bondarew Lew Tolstoj angeregt hatte. Zu jener Zeit kannte er nicht einmal *Krieg und Frieden,* den großen Roman, der nach und nach im Westen erschienen war.

– Hier ist ein Buch für dich – sagte ich zu ihm, während ich den Band von Giulianas Knien nahm.

– Ja; du wirst es mir geben. Ich werde es lesen. Gefällt es dir? – meinte er zu Giuliana.

– Ja, sehr. Es ist traurig und tröstend zugleich. Ich liebe bereits Marija Bolkonskij, und auch Pierre Besuchow . . .

Ich setzte mich neben sie auf die Bank. Mir war, als dächte ich an nichts, hätte keinen klaren Gedanken; aber meine Seele war wach und sann nach. Ein deutlicher Gegensatz bestand zwischen meinem Empfinden des Jetzt, der Umgebung und dem Gefühl, das von Federicos Ausführungen, von jenem Buch und den Romanfiguren, die Giuliana liebte, ausging. In jenem wirren, weißlichen Dunst, in dem die Ulmen sich nach und nach entblühten, floß die Stunde langsam und zäh, fast träge dahin. Schwach und undeutlich drang der Klang des Flügels zu uns und verstärkte das Wehmütige des Lichts, wiegte die schlafeinflößende Luft fast hin und her.

Ohne mehr zu lauschen, schlug ich versunken jenes Buch auf, blätterte hier und dort, überflog die Anfänge einiger Seiten. Ich bemerkte, daß manche an den Ecken, gleichsam zur Erinnerung, eingeknickt waren; manch andere waren, entsprechend der mir bekannten Angewohnheit der Lesenden, vom Druck eines Fingernagels gezeichnet. Neugierig, fast ängstlich wollte ich nun lesen. Von der Szene zwischen Pierre Besuchow und dem unbekannten Alten auf der Post von Torschok waren viele Sätze mit einer Kerbe versehen.

»... Betrachten Sie mit ihrem geistigen Auge den Mann in Ihnen und fragen Sie sich selbst: Bin ich zufrieden mit mir? Was hast du erreicht, als du dich nur vom Verstand lenken ließest? Sie sind jung, Sie sind reich, Sie sind klug. Was haben Sie mit all den Gaben gemacht? Sind Sie mit sich und Ihrem Leben zufrieden?

– Nein, ich hasse es.

– Wenn Sie es hassen, dann verändern Sie es, reinigen Sie sich; und je nachdem wie Sie sich läutern, werden Sie lernen, die Weisheit zu erkennen. Wie haben Sie es gelebt, dieses Ihr Leben? In Orgien, in Ausschweifungen, in Verderbtheiten: alles haben Sie von der Gesellschaft empfangen, aber nichts gegeben. Wie haben Sie den Reichtum, den das Schicksal Ihnen schenkte, verwendet? Was haben Sie für Ihren Nächsten getan? Haben Sie an die Tausende Ihrer Sklaven gedacht? Haben Sie Ihnen sittlich und körperlich geholfen? Nein, oder? Sie haben ihre Arbeit ausgebeutet, um ein lasterhaftes Leben zu führen. Haben Sie versucht, sich zugunsten Ihres Nächsten zu verwenden? Nein. Sie haben sich dem Müßiggang hingegeben. Dann, Sie haben sich verheiratet: Haben Sie die Verantwortung angenommen, einer jungen Frau als Lenker zu dienen? Und nun? Anstatt ihr zu helfen, den Weg zur Wahrheit zu finden, haben Sie sie in einen Abgrund aus Lüge und Unglück gestoßen ...«

Von neuem kam die unerträgliche Last über mich und erdrückte mich; und sie peinigte mich fürchterlicher als die bereits erlittene Qual, da Giulianas Nähe den plötzlichen Ausbruch verstärkte. Der zitierte Abschnitt war an der Seite mit einem winzigen Zeichen gekennzeichnet. Sicherlich hatte ihn Giuliana damit versehen, da sie an mich, an meine Verfehlungen gedacht hatte. Aber bezog sich denn dieser Schluß auch auf mich, auf uns? Hatte ich sie hinabgestoßen, war sie »in einen Abgrund aus Lüge und Unglück« gestürzt?

Ich fürchtete, sie und Federico könnten das Pochen meines Herzens hören.

Eine weitere Seite war eingeknickt, hatte eine sehr auffällige Kerbe: jene Seite, die vom Tod der Fürstin Lisa auf Lissji Gory handelt.

»... Zwar waren ihre Augen geschlossen, aber der Ausdruck ihres fahlen Antlitzes war unverändert. Was habt Ihr mir angetan? schien es noch immer zu fragen. Fürst Andrej weinte nicht; doch er fühlte in seinem Herzen den Riß, da er dachte, er habe Schuld an den nie wiedergutzumachenden und unvergeßlichen Qualen. Auch der alte Fürst trat hinzu und küßte eine der zerbrechlichen wächsernen Hände, die über Kreuz lagen. Und es schien, als wiederhole jenes arme fahle Antlitz ihm gegenüber: Was habt Ihr mir angetan? ...«

Die süße und schreckliche Frage stach mich wie ein Dorn. »Was habt Ihr mir angetan?« Ich stierte auf die Seite, wagte nicht, mich zu drehen, um Giuliana anzublicken, und sehnte mich dennoch danach, sie zu schauen. Und ich fürchtete, sie und Federico könnten das Pochen meines Herzens hören und würden sich drehen, um mich anzublicken und meine Erregung bemerken. Sie war so stark, daß ich glaubte, einen wirren Blick zu haben, glaubte, mich nicht erheben und keine Silbe hervorbringen zu können. Einen einzigen, einen flüchtigen, einen schrägen Blick warf ich auf Giuliana; und ihr Profil beeindruckte mich so, daß ich es fortwährend auf der Seite des Buches zu sehen glaubte: neben dem »armen fahlen Antlitz« der toten Fürstin. Es war ein nachdenkliches Gesicht, das die Anspannung ernster gemacht hatte, das die langen Wimpern schattierten; und die geschlossenen Lippen, die in den Winkeln etwas nach unten hingen, schienen – unfreiwilligerweise – äußerste Erschöpfung und Traurigkeit zu offenbaren. Sie lauschte meinem Bruder. Und meines Bruders Stimme klang mir verworren im Ohr, schien mir weit weg, trotzdem sie so nah war; und all jene Blüten der Ulmen, die regneten, ohn' Unterlaß regneten, all jene toten, fast unwirklichen, fast nicht vorhandenen Blüten flößten mir ein unsagbares Gefühl ein, als versetze jene physische Erscheinung mich in ein unbekanntes inneres Phänomen und ich würde dem steten Vorüberziehen jener zahllosen unfühlbaren Schatten im tiefsten Himmel, in der tiefsten Tiefe meiner Seele beiwohnen. »Was habt Ihr mir angetan?« wiederholten die Tote wie die Lebende, ohne die Lippen zu bewegen. »Was habt Ihr mir angetan?«

– Was liest du denn jetzt, Tullio? – fragte Giuliana, drehte sich, nahm mir das Buch aus den Händen, klappte es zu, legte es von neuem auf ihre Knie: all dies mit einer Art nervöser Ungeduld.

Und unmittelbar darauf, ohne eine Pause, wie um jene Tat bedeutungslos zu machen:

– Warum gehen wir nicht hinauf zu Miss Edith, um ein bißchen zu musizieren? Hört ihr? Sie spielt gerade, scheint mir, *Marcia funebre per la morte di un Eroe*, jenen, der dir so gefällt, Federico . . .

Und sie spitzte die Ohren, lauschte. Wir lauschten alle drei. Einige Notenverbindungen erklangen bis zu uns in die Stille. Sie hatte sich nicht getäuscht. Sie erhob sich, ergänzte:

– Also, laßt uns gehen. Kommt ihr?

Ich erhob mich als letzter, um sie vor mir zu sehen. Sie bekümmerte nicht, die Blüten der Ulme von ihrem Gewand zu schütteln; sie hatten ringsum auf dem Boden einen weichen Teppich gebildet, während andere fortfuhren zu regnen, zu regnen ohn' Unterlaß. Aufrecht blieb sie dort einen Augenblick stehen: Das Haupt gesenkt, betrachtete sie die Schicht der Blüten, schuf mit der Spitze ihres kleinen Schuhs Kulen und häufelte sie, während auf sie noch weitere Blüten fortwährend regneten, regneten ohn' Unterlaß. Ich sah ihr Gesicht nicht. War sie mit jener müßigen Tat beschäftigt oder der Ratlosigkeit verfallen?

V

Am Morgen darauf war unter den anderen, die Ostergeschenke nach La Badiola brachten, Calisto: Der alte Calisto, Hüter von Villalilla, kam mit einem riesigen, noch sehr frischen und wohlriechenden Strauß Flieder. Und persönlich wollte er, mit seinen eigenen Händen, ihn Giuliana darreichen; und er erinnerte sie an die schönen Zeiten unseres Aufenthalts, bat sie um einen Besuch, um einen, wenn auch kurzen, Besuch. – Die Herrin habe dort einen so heiteren, so zufriedenen Eindruck gemacht! Warum sie nicht dorthin zurückkehre? Das Haus sei unangetastet geblieben, nichts sei verändert. Der Garten sei dichter geworden. Die Fliedersträucher – ein Wald! – stünden in voller Blüte. Gegen Abend, dringe da nicht der Duft bis La Badiola? Das Haus, der Garten würden regelrecht auf ihren Besuch warten. All die alten Nester unter den Dachtraufen seien voller junger Schwalben. Gemäß dem Wunsch der gnädigen Herrin seien jene Nester wie Heiligtümer geachtet worden. Aber eigentlich wären es schon zu viele. Jede Woche müsse er auf den Balkons, auf den Fensterbrüstungen die Schaufel benützen. Und was für ein Zwitschern: von Sonnenaufgang bis in die Dämmerung! Wann also komme die gnädige Herrin? Bald?

Ich sagte zu Giuliana:

– Möchtest du, daß wir am Dienstag hinfahren?

Zögernd, während sie angestrengt den maßlosen Strauß so hielt, daß er ihr Gesicht fast verbarg, antwortete sie:

– Ja, fahren wir, wenn du willst, Dienstag hin.

– Also, Calisto, wir kommen am Dienstag – sagte ich zu dem Alten in so lebhaftem Ton, daß ich davon selbst überrascht war, so unmittelbar und plötzlich hatte sich meine Seele geregt. – Erwarte uns für Dienstag vormittag. Das Picknick werden wir mitbringen. Du bereitest nichts vor, hast du verstanden? Laß das Haus verschlossen. Ich selbst wünsche die Türe zu öffnen; ich selbst wünsche die Fenster, eines nach dem anderen, zu öffnen. Hast du verstanden?

Eine unbekannte, völlig unbedachte Fröhlichkeit trieb mich, flößte mir kindische, fast törichte Worte ein, die ich zu unterdrücken versuchte. Ich hätte Calisto umarmen, ihm über den schönen weißen Bart streichen, am Arm nehmen und mit ihm – unter jener gütigen Ostersonne – über Villalilla, über Vergangenes, aber ausgiebig über »unsere Zeit« plaudern wollen. »Hier, vor mir, steht ein einfacher, ehrlicher Mann aus einem Guß: eine treue Seele!« dachte ich, während ich ihn anblickte. Und noch einmal fühlte ich mich sicher, als bilde die Herzlichkeit des Alten für mich einen weiteren guten Talisman gegenüber dem Schicksal.

Noch einmal, nach dem Sinken des gestrigen Tages, erhob sich meine Seele wieder, geschwängert von der großen Freude, die in der Luft lag, die in allen Augen glänzte, die aus allem strahlte. La Badiola schien an jenem Morgen das Ziel einer Pilgerfahrt. Keiner der Pächter hatte versäumt, das Geschenk und seinen Glückwunsch zu überbringen. Meine Mutter empfing auf ihren gebenedeiten Händen die zahllosen Küsse von Männern, von Frauen, von Kindern. An der Meßfeier in der Kapelle nahm eine dichte Menschenmenge teil, die über die Schwelle hinausreichte und sich unter dem himmelblauen Dom über den freien Platz ausdehnte. In der windstillen Luft erklangen die silbrigen Glocken in glücklicher, fast komponierter Harmonie. *Hora est benefaciendi* lautete die Inschrift der Sonnenuhr auf dem Turm. Und während jenes Morgens der Lobpreisung, an dem zum mütterlichen Haus all die Dankbarkeit, die langem Benefizium geschuldet ist, hinaufzupilgern schien, sangen diese drei Worte.

Wie also konnte ich diese Gemeinheit aus Zweifeln, Verdächtigungen, schmutzigen Vorstellungen, schändlichen Erinnerungen in mir hegen? Was konnte ich fürchten, nachdem ich meine Mutter mehrere Male ihre Lippen auf die Stirn einer lächelnden Giuliana hatte legen sehen? Nachdem ich meinen Bruder mit seiner starken und offenen Hand die schmale, weiße Hand jener hatte drücken sehen, die ihm als Costanzas zweite Inkarnation erschien?

VI

Der Gedanke an den Ausflug nach Villalilla beschäftigte mich ununterbrochen den ganzen Tag über; und auch den folgenden. Niemals – glaube ich – hatte mir das Warten auf die Stunde, die für das erste Stelldichein mit einer Geliebten abgemacht war, so heftiges, angstvolles Verlangen eingeflößt. »Böse Träume, böse Träume, die üblichen Auswirkungen der Aufregung!«: so beurteilte ich die Qualen des traurigen Samstags – mit außergewöhnlicher seelischer Leichtfertigkeit, mit vergessengeglaubter Flatterhaftigkeit, und vollkommen besetzt von der hartnäckigen Vorstellung, die stets, einmal verjagt, wiederkehrte und stets, einmal zerstreut, sich neu bildete.

Die sinnliche, verlangende Erregung selbst trug dazu bei, das Bewußtsein zu trüben, es abzustumpfen. Ich dachte nicht nur daran, Giulianas Seele, sondern auch ihren Leib wieder zu erobern; und zu meinem Verlangen gesellte sich die Ejakulation. Villalillas Name erregte in mir lustvolle Erinnerungen: nicht Erinnerungen an sanfte Idyllen, sondern von glühender Leidenschaft, nicht an Seufzer, sondern an Schreie. Ohne es zu bemerken, hatte ich vielleicht mein Verlangen mit den unvermeidlichen Vorstellungen angestachelt und verdorben, die der Argwohn gebar; ohne es zu bemerken, trug ich jenen giftigen Keim in mir verborgen. In der Tat, bis jetzt hatte sich die geistige Regheit als in mir vorherrschend gezeigt, und ich hatte mich, in Erwartung des großen Tags, an reinen, vorgestellten Zwiegesprächen mit einer Frau erfreut, von der ich Vergebung erhalten wollte. Statt dessen sah ich jetzt nicht so sehr die leidenschaftliche Szene zwischen mir und ihr vor meinen Augen, als vielmehr den lustvollen Akt, der unmittelbar darauf folgen sollte. In meinem Traum verwandelte sich die Vergebung in Vergehen, der ängstlich scheue Kuß auf die Stirn in ein gieriges Aufeinanderpressen der Lippen. Die Sinnlichkeit übermannte mein Denken. Und infolge raschen, unaufhaltsamen Erlöschens schloß nach und nach ein Bild – ein anhaltendes, sehr klares, bis in die kleinsten Besonderheiten deutliches Bild – all die anderen aus und ergriff und beherrschte mich. »Das Picknick ist vorüber. Ein Gläschen Chablis genügt, Giuliana zu erhitzen, sie, die sich des Alkohols fast enthält. Der Nachmittag wird immer heißer; der Duft der Rosen, der Schwertlilien, des Flieders wird übermächtig; die Schwalben kommen und gehen unter ohrenbetäubendem Zwitschern. Und wir sind allein, beide von unerträglichem inneren Beben gepackt. Und ich sage plötzlich zu ihr: – Willst du, daß wir gehen, um unser Zimmer wiederzusehen? – Es ist das alte Hochzeitsgemach, das ich listigerweise bei unserem Gang durch die Villa zu öffnen unterlassen habe. Wir treten ein. In ihm herrscht, wie ein tiefes Dröhnen, dasselbe Dröhnen, das in der Tiefe gewisser gewundener Muscheln zu herrschen scheint; und dies ist nichts anderes als das Pochen meiner Adern. Und auch sie vernimmt vielleicht jenes Dröhnen; und dies ist nichts anderes als das Pochen ihrer Adern. Alles Übrige ist Schweigen: Die Schwalben scheinen nicht mehr zu zwitschern. Ich will sprechen; und beim ersten heiseren Wort stürzt sie mir in die Arme, fast ohnmächtig ...«

Dieses träumende Sich-Vergegenwärtigen wurde ständig reichhaltiger, dichter, gaukelte Wirklichkeit vor, erreichte unglaubliche Deutlichkeit. Mir gelang nicht, jenem die vollkommene Herrschaft über mein Denken zu verwehren: Es schien, als würde in mir der alte Libertin wiederauferstehen, so tief saß die Lust, die ich beim Betrachten, beim Liebkosen der wollüstigen Vorstellung empfand. Die über einige Wochen – während jenes so glühenden Frühlings – durchgehaltene Enthaltsamkeit zeitigte nun in meinem wiederhergestellten Organismus seine Auswirkungen. Ein simple körperliche Erscheinung veränderte völlig meinen Bewußtseinszustand, gab meinen Gedanken eine vollkommen andere Richtung, verwandelte mich in einen anderen Mann.

Maria und Natalia hatten ihren Wunsch geäußert, uns auf dem Ausflug zu begleiten. Giuliana hatte zustimmen wollen. Ich widersetzte mich; ich wandte all mein Geschick und meinen Charme auf, um das Ziel zu erreichen.

Federico hatte vorgeschlagen: – Dienstag muß ich nach Casal Caldore fahren. Ich geleite Euch in der Kutsche bis Villalilla: Ihr bleibt dort, und ich fahre weiter. Dann, am Abend, wenn ich wieder vorbeikomme, nehme ich Euch in der Kutsche wieder mit; und wir kehren zusammen nach La Badiola zurück. – Giuliana hatte in meinem Beisein zugestimmt.

Ich überlegte, daß Federicos Gesellschaft, zumindest auf der Hinfahrt, nicht ungelegen käme; vielmehr würde sie eine gewisse Ratlosigkeit von mir nehmen. In der Tat: Worüber hätten wir, ich und Giuliana, uns unterhalten, wenn wir, während jener zwei oder drei Reisestunden, allein gewesen wären? Wie hätte ich mich ihr gegenüber verhalten? Ich hätte sogar unserer inneren Erregung die Frische rauben können. Hatte ich nicht davon geträumt, mich plötzlich, wie durch einen Zauber, auf Villalilla mit ihr wiederzufinden und dort das erste zarte wie geflüsterte Wort an sie zu richten? Federicos Anwesenheit hätte mir die Möglichkeit verschafft, die tapsigen Vorspiele, das lange quälende Schweigen und die Sätze, die unter Beachtung der Ohren des Kutschers mit leiser Stimme gesprochen würden, zu vermeiden: kurzum, all die kleinen Aufregungen und all die kleinen Martern. Wir werden zur Villa Flieder hinabschreiten und uns – der Schlüssel an des Schlosses Seite – dort, nur dort, vor der Pforte des verlorenen Paradieses endlich wiederfinden.

VII

So geschah es. Ich bin nicht imstande, mit Worten das Gefühl zu schildern, das ich empfand, als ich das Klingeln der Schellen und den Lärm der sich entfernenden Kutsche vernahm, die Federico in Richtung Casal Caldore trug. Während ich aus Calistos Händen die Schlüssel nahm, sagte ich zu ihm mit sichtlicher Ungeduld:

– Du kannst jetzt gehen. Ich werde später nach dir rufen.

Und ich persönlich schloß das Gitter hinter dem Alten, der mir einen etwas betrübten und unzufriedenen Eindruck ob jener fast brüsken Verabschiedung gemacht hatte.

– Wir sind da. Endlich! – rief ich aus, als ich und Giuliana alleine waren. Die ganze Welle von Glück, die mich durchdrungen hatte, schwang in meiner Stimme.

Ich war glücklich, glücklich, unsagbar glücklich; ich war wie von einem ungeahnten, unerwarteten, unverhofften Glücklichkeitswahn besessen, der mein ganzes Wesen verwandelte, erregte und so sehr vervielfachte, was mir an Sanftheit und Jugendlichkeit noch verblieben war; ein Glücklichkeitswahn, der mich von der Welt abschnitt, mein Leben schlagartig auf den Bereich der Mauern verdichtete, die jenen Garten umschlossen. Die Worte drängten sich mir auf den Lippen, waren ohne Zusammenhang und unaussprechlich; meine Vernunft verlor sich in einem blitzenden Wetterleuchten aus Gedanken.

Wie konnte Giuliana nicht bemerken, was in mir vorging? Wie konnte sie mich nicht verstehen? Wie konnte sie nicht von dem mächtigen Strahl meiner Freude ins Herz getroffen sein?

Wir blickten uns an. Noch sah ich den ängstlichen Ausdruck in jenem Antlitz, über das ein unsicheres Lächeln huschte. Sie sagte mit ihrer verhangenen, schwachen, stets zögernden Stimme – jenes eigenartige Zaudern, das von mir bereits andere Male bemerkt worden war und sie fast ständig als eine Frau erscheinen ließ, die darauf achtete, das Wort, das ihr auf die Lippen trat, zurückzuhalten, um ein anderes auszusprechen –, sie sagte:

– Laß uns, bevor wir das Haus aufschließen, ein bißchen durch den Garten wandern. Wieviel Zeit verstrichen ist, seitdem ich ihn so blühen sah! Das letzte Mal, daß wir hierher kamen, war vor drei Jahren, erinnerst du dich? Auch im April, während der Ostertage ... Vielleicht wollte sie ihre Erregung bezwingen, konnte es aber nicht; vielleicht wollte sie den Ausbruch von Zärtlichkeit zügeln, war aber dazu nicht in der Lage. Sie selbst hatte mit den ersten an diesem Ort gesprochenen Worten begonnen, die Erinnerung zu beschwören. Nach einigen Schritten hielt ich inne; und wir blickten uns an. Wie unterdrückte Leidenschaft glitt unbeschreibliche Erregung über ihre schwarzen Augen.

– Giuliana! – stieß ich hervor, konnte nicht mehr an mich halten, fühlte eine Flut leidenschaftlicher süßer Worte aus dem Innersten meines Herzens hervorquellen, empfand ein närrisches Bedürfnis, mich vor ihr auf die Knie zu werfen, sie an den Knien zu umarmen, ihr das Gewand, die Hände, den Puls zu küssen: im Rausch, ohne zu enden.

Mit einer flehenden Handbewegung gab sie mir zu verstehen, ich solle schweigen. Und sie fuhr fort, mit zu eiligem Schritt in die Allee einzutauchen.

Sie trug, gesäumt von dunklerer Spitze, ein Kleid aus beigem Stoff, einen grauen Filzhut und ein Schirmchen aus grauer, mit kleinen weißen Kleeblättern gemusterter Seide. Noch sehe ich ihre elegante Gestalt, in jener feinen und zarten Farbe, sich zwischen der dichten Fülle von Fliedersträuchern vorwärtsbewegen, die sich, beladen mit ihren unzähligen, halb dunkelblauen, halb violetten Rispen, ihr zuneigten.

Fast eine Stunde blieb noch bis Mittag. Es war ein warmer, frühzeitig warmer Vormittag, über dessen Azur einige leichte Wolken glitten. Die entzückenden Sträucher, die der Villa ihren Namen verliehen, blühten, wohin man sah, beherrschten den ganzen Park, bildeten einen Wald, der kaum, nur hie und da, von gelben Rosenbüschen und Ansammlungen von Schwertlilien unterbrochen wurde. Hie und da kletterten die Rosen auf ihren Ranken empor, verteilten sich zwischen den Zweigen, hingen kettengleich, girlandesque, traubenförmig und rebenartig verschlungen wieder herab; zu Füßen der Ranken erhoben die blühenden Irida inmitten der Blätter, die langen meergrünen Schwertern glichen, die breite und edle Form ihrer Zungen; die drei Düfte vermischten sich zu einem tiefen Dreiklang, den ich *wiedererkannte,* da er seit langer Zeit meinem Gedächtnis verhaftet war: deutlich wie der komponierte Akkord dreier Noten. In der Stille vernahm man nichts außer dem Zwitschern der Schwalben. Kaum erkannte man zwischen den Kegeln der Zypressen das Haus, und die Schwalben strömten ihm zu wie die Bienen ihrem Stock.

Nach kurzer Zeit verlangsamte Giuliana ihren Schritt. Ich trat an ihre Seite, so nah, daß sich von Schritt zu Schritt unsere Ellbogen berührten. Sie blickte um sich mit lebhaften und aufmerksamen Augen, als fürchte sie, ihr entginge etwas. Zwei oder drei Mal erspähte ich eine Bewegung ihrer Lippen, so, als wolle sie sprechen: der Anfangsbuchstabe eines Wortes zeichnete – tonlos – sich auf ihnen ab. Ich fragte sie mit leiser Stimme, scheu wie ein Liebhaber:

– Was denkst du?

– Ich denke, daß wir niemals von hier hätten fortgehen dürfen . . .

– Das ist wahr, Giuliana.

Mit einem Pfeifen, schnell und schimmernd wie gefiederte Pfeile: die Schwalben streiften uns fast bisweilen.

– Wie habe ich diesen Tag herbeigesehnt, Giuliana! Ach, niemals wirst du wissen, wie sehr ich ihn herbeigesehnt habe! – stieß ich nun hervor, war von so heftiger innerer Erregung gefangen, daß meine Stimme nicht wiedererkennbar sein mußte. – Siehst du, niemals, niemals in meinem Leben habe ich ein Verlangen gleich jenem empfunden, das mich seit vorgestern verzehrt, seit dem Augenblick, als du zustimmtest, hierher zu kommen. Erinnerst du dich an das erste Mal, als wir uns heimlich auf der Terrasse der Villa Oggeri trafen und küßten? Ich war verrückt nach dir: Du erinnerst dich daran. Trotzdem, das Warten auf jene Nacht scheint mir nichts dagegen ... Du glaubst mir nicht; du hast recht, mir nicht zu glauben, mir zu mißtrauen, aber ich will dir all das erzählen, was ich durchlitten, das, was ich gefürchtet, das, was ich gehofft habe. Oh, ich weiß: was ich durchlitten, ist im Vergleich zu dem, was ich dich durchleiden ließ, vielleicht nicht der Rede wert. Ich weiß es, ich weiß es; all meine Qualen wiegen den Schmerz kaum auf, wiegen deine Tränen nicht auf. Ich habe für meinen Fall nicht gesühnt und bin der Vergebung nicht würdig. Aber sag' du mir, sag' du mir, was ich tun soll, damit du mir vergibst! Du glaubst mir nicht; aber ich will dir alles sagen. In Wahrheit habe ich nur dich geliebt, mein ganzes Leben; dich allein liebe ich. Ich weiß es, ich weiß es: dies sind Worte, die Männer sagen, um sich vergeben zu lassen; und du hast recht, mir nicht zu glauben. Aber, siehst du, wenn du an unsere Liebe von einst denkst, wenn du an jene ersten drei Jahre ununterbrochener Zärtlichkeit denkst, wenn du dich erinnerst, wenn du dich erinnerst, siehst du, dann ist nicht möglich, daß du mir nicht glaubst. Auch während meiner so tiefen Stürze solltest du mir unvergeßlich sein; und meine Seele mußte sich dir zuwenden, mußte dich suchen und dich beweinen: Immer, verstehst du? Immer. Bemerktest du dies nicht selbst? Als du mir eine Schwester warst, bemerktest du da nicht manches Mal, daß ich vor Traurigkeit verging? Ich schwöre dir: fern von dir habe ich nie echte Freude empfunden, gab es nicht einen Augenblick, in dem ich alles vergaß; nie, ich schwöre dir, nie. Du warst meine ständige, tiefe, heimliche Göttin. Die bessere Hälfte meines Ich ist stets dein Ich gewesen; und stets glomm in ihm eine Hoffnung; die Hoffnung, mich von meinen Lastern zu befreien und meine erste, einzige unversehrte Liebe wiederzufinden ... Sag' mir, ach, daß ich nicht umsonst gehofft habe, Giuliana!

Äußerst langsam, ohne mehr nach vorne zu blicken, mit gesenktem Kopf, allzu bleich: so schritt sie einher. Ein winziges, schmerzliches Zucken erschien dann und wann in ihres Mundes Winkel. Und da sie schwieg, begann vage Unruhe tief in mir sich zu regen. Ein unbestimmtes, beklemmendes Gefühl begann, mich aus jener Sonne, aus jenen Blüten und Blumen, aus jenen Lauten dieser Schwalben, aus jenem schallenden Lachen des triumphierenden Frühlings zu befallen.

– Du antwortest mir nicht? – fuhr ich fort, nahm ihre Hand, die ihrer Seite herabhängend anlag. – Du glaubst mir nicht; du hast jegliches Vertrauen zu mir verloren; noch fürchtest du, daß ich dich enttäusche; du wagst nicht, dich mir wieder hinzugeben, da du stets an *jenes Mal* denkst ... ja, es ist wahr: es war die grausamste meiner Schändlichkeiten. Ich habe daher Gewissensbisse wie nach einem Verbrechen empfunden; und, auch wenn du mir verzeihen wirst, ich werde mir niemals verzeihen können. Aber bemerktest du nicht, daß ich krank, daß ich wahnsinnig war? Ein Fluch verfolgte mich. Und seit jenem Tag hatte ich nicht eine ruhige Minute, hatte nicht einen lichten Augenblick. Erinnerst du dich nicht? Erinnerst du dich nicht? Du weißt gewiß, daß ich außer mir, in einem Zustand des Wahnsinns war; weil du mich ansahst, wie man einen Verrückten ansieht. Mehr als einmal erspähte ich in deinem Blick nachdenkliches Mitleid, ich-weiß-nicht-welche Neugier und welche Angst... Erinnerst du dich nicht, wie verwandelt ich war? Nicht wiederzuerkennen... Nun, ich bin gesund, ich habe mich für dich gerettet: Ich habe das Licht sehen können. Endlich wurde Licht. Nur dich habe ich mein ganzes Leben geliebt; dich allein liebe ich. Verstehst du?

Ich sprach die letzten Worte mit ruhigerer und behutsamerer Stimme, wie um sie, eines nach dem anderen, der Seele jener Frau einzubrennen; und fest drückte ich die Hand, die ich bereits in der meinen hielt. Keuchend blieb sie stehen, wirkte wie eine Frau, die im Begriffe ist, sich fallen zu lassen. Später, nur später, während der Stunden, die folgten, begriff ich die ganze Todesangst, die aus jenem Keuchen sprach. Aber noch begriff ich nichts anderes als: »Die Erinnerung an den fürchterlichen Verrat, die ich hervorrief, erneuert ihren Schmerz. Ich habe in Wunden gerührt, die noch offen sind. Ach, könnte ich sie überreden, mir zu glauben! Könnte ich doch das Mißtrauen überwinden, an dem sie festhält! Hört sie denn nicht die Wahrhaftigkeit in meiner Stimme?«

Wir waren in der Nähe einer Abzweigung. Eine Bank stand dort. Giuliana murmelte:

– Wir wollen uns setzen, ein wenig.

Wir saßen. Ich weiß nicht, ob sie den Platz sogleich wiedererkannte. Verwirrt wie ein Mann, der für einige Zeit eine Augenbinde getragen hat, erkannte ich ihn nicht sofort wieder. Wir blickten uns beide um; dann sahen wir uns an und trugen in den Augen denselben Gedanken. Viele Erinnerungen voll Zärtlichkeit waren mit jener Bank verknüpft. Aber nicht aus Bedauern schwoll mir das Herz, sondern vor lechzender Lust, fast vor Lebenswut, was mir im Nu eine phantastische und wahnsinnige Vision einflößte. »Ach, sie weiß nicht, zu welch neuen Zärtlichkeiten ich fähig bin! Ich trage für sie das Paradies in meiner Seele!« Und der Liebe Ideal loderte in mir so stark, daß mir der Kamm schwoll.

– Du bereitest dir Schmerzen. Aber welche Frau auf der Welt, wird so geliebt, wie du geliebt wirst? Welche Frau hat je einen Liebesbeweis erhalten können, der diesem, den ich dir gebe, an Wert gleichkommt? Wir hätten niemals von hier fortgehen dürfen, sagtest du zuvor. Und vielleicht wären wir glücklich gewesen. Du hättest kein Martyrium durchlitten, hättest nicht so viele Tränen vergossen, hättest nicht so viel an Leben verloren; aber du hättest meine Liebe nicht kennengelernt, meine ganze Liebe . . .

Sie hielt ihren Kopf etwas gesenkt und die Lider leicht geschlossen; und regungslos hörte sie zu. Die Wimpern streuten Schatten auf ihrer Wangen Grat, was mich stärker erregte als ein Blick.

– Ich, selbst ich, hätte meine Liebe nicht kennengelernt. Als ich mich zum ersten Male von dir abwandte, glaubte ich da nicht bereits, daß alles zu Ende wäre? Ich suchte andere Leidenschaften, neues Fieber, neuen Rausch. Ich wollte das Leben mit einem Griff umarmen. Du genügtest mir nicht. Und über Jahre habe ich mich in furchtbarer Mühsal aufgezehrt, ach, so furchtbar, daß mir davor graut, wie einem Sträfling vor der Galeere graut, auf der er als jemand gelebt, der *jeden Tag stückchenweise stirbt.* Und über Jahre mußte ich Dunkelheit über Dunkelheit durchwandern, bevor mir diese große Wahrheit erschien. Ich habe nichts geliebt außer einer Frau: dich allein. Du allein auf der Welt besitzt die Sanftmut und Süße. Du bist das sanfteste und süßeste Geschöpf, das ich jemals geträumt habe; du bist die Einzige. Und du lebtest in meinem Haus, während ich fern dich suchte ... Verstehst du nun? Verstehst du? Du lebtest in meinem Haus, *während ich fern dich suchte.* Ach, sag' mir: Wiegt dies Geständnis nicht all deine Tränen auf? Würdest du nicht wünschen, von ihnen sogar mehr, mehr sogar, für einen solchen Beweis vergossen zu haben?

– Ja, mehr sogar – flüsterte sie so leise, daß ich sie kaum vernahm.

Es war ein Hauchen jener blutleeren Lippen. Und die Tränen perlten ihr aus den Augen, zogen ihr Spuren über die Wangen, näßten ihr den zuckenden Mund, tropften ihr auf den beklommenen Busen.

– Giuliana, meine Liebe, meine Liebe! – rief ich, erschaudernd vor höchstem Glück, während ich mich vor ihr auf die Knie warf.

Und ich umschlang sie mit meinen Armen, legte meinen Kopf in ihren Schoß, spürte in meinem ganzen Körper das Rasen jener Spannung, in der sich die nutzlose Anstrengung des Redens mit einer Tat, einer Bewegung, in der sich unsagbare innere Leidenschaft mit einem Streicheln löst. Ihre Tränen fielen auf meine Wange. Hätte die körperliche Wirkung jener heißen, lebendigen Tränen dem Gefühl entsprochen, das ich durch sie empfand, würde ich auf meiner Haut unauslöschliche Spuren tragen.

– Oh, laß mich sie trinken – bat ich.

Und mich wieder erhebend, näherte ich ihren Wimpern meine Lippen, tränkte sie in ihrer Feuchte während meine Finger wie Umherirrende Giuliana berührten. Eine sonderbare Geschmeidigkeit war in meine Gliedmaßen gefahren, eine Art unwirklicher Flüssigkeit, so daß ich das Hindernde der Kleidungsstücke nicht mehr bemerkte. Ich hielt mich für fähig, die geliebte Person in Gänze zu umfangen, zu umhüllen.

– Träumte ich – sagte ich zu ihr und spürte den salzigen Geschmack im Mund, der sich in meinem Innersten ausbreitete (später, in den Stunden, die folgten, wunderte ich mich, in jenen Tränen nicht unerträgliche Bitterkeit geschmeckt zu haben) –, träumte ich, so sehr geliebt zu werden? Träumte ich dieses Glück? Ich bin es, sieh mich an, ich bin es, der zu dir spricht; sieh mich gut an, ich bin es ... Wenn du wüßtest, wie sonderbar mir all dies scheint! Wenn ich es dir sagen könnte! ... Ich weiß, ich habe dich vor dieser Stunde gekannt, ich weiß, ich habe dich vor dieser Stunde geliebt; ich weiß, ich habe dich *wiedergefunden*. Und doch scheint mir, dich erst jetzt *gefunden* zu haben, vor einem Augenblick, als du gesagt hast: »Ja, mehr sogar ...« So hast du gesprochen, nicht wahr? Drei Worte nur ... ein einziges Hauchen ... Und ich lebe wieder, und du lebst wieder; und dies ist der Grund, daß wir glücklich sind, für immer glücklich sind.

Dies sagte ich ihr mit jener Stimme, die wie von weitem, ununterbrochen und unbestimmbar zu uns dringt; die so scheint, als trete sie über der Lippen Rand, indem sie die Worte nicht durch die Beschaffenheit unserer Organe, sondern durch die tiefsten Tiefen unserer Seele ausspricht. Und sie, die bis zu jenem Augenblick stumm ihre Tränen vergossen hatte, brach in Schluchzen aus.

Heftig, sehr heftig schluchzte sie: nicht wie eine Frau, die von grenzenloser Lust überwältigt wurde, sondern als stoße sie untröstliche Verzweiflung aus. Sie schluchzte so heftig, daß ich für einige Augenblicke in jenem Staunen ausharrte, das die übertriebenen Äußerungen, die heftigsten Ausbrüche innerer weiblicher Erregung hervorrufen. Bewußtlos fuhr ich etwas zurück; aber unmittelbar danach bemerkte ich jenen Riß, der sich zwischen ihr und mir aufgetan hatte; unmittelbar danach bemerkte ich, daß in einem Augenblick nicht nur die körperliche Berührung vorüber, sondern auch die

Empfindung, eins zu sein, gewichen war. Wir waren wie stets zwei deutlich unterscheidbare, getrennte, fremde Wesen. Sogar unsere unterschiedliche Körperhaltung vergrößerte den Riß. In sich selbst zusammengesunken, mit ihren beiden Händen das Taschentuch auf den Mund pressend: so schluchzte sie; und jeder Schluchzer schüttelte ihr den ganzen Körper, schien so ihre Zerbrechlichkeit zu offenbaren. Noch lag ich vor ihr auf den Knien, doch ohne sie zu berühren; und ich blickte sie an: erstaunt und trotzdem – sonderbarerweise – bei klarem Verstand; aufmerksam, um all das zu überschauen, was sich in mir abzuspielen drohte, und trotzdem auch mit all meinen Sinnen offen für die Wahrnehmung dessen, was um mich herum ablief. Ich hörte ihr Schluchzen und das Gezwitscher der Schwalben; und ich hatte genaue Kenntnis von Zeit und Ort. Und jene Blüten und jene Düfte und jene grelle, reglose Helle der Luft und jenes schallende Lachen des Frühlings flößten mir Bestürzung ein, die wuchs, wuchs und zu einer Art panischen Schreckens, zu einer instinktiven und blinden Angst wurde, der die Vernunft sich nicht widersetzen konnte. Und wie ein Blitz in einem Wolkenknäuel explodiert, so durchzuckte ein Gedanke jene angstvolle Verwirrung, blendete und schlug mich. »Sie ist unrein.«

Ach, warum stürzte ich nicht vom Blitz erschlagen nun nieder? Warum zerriß mir nicht meines Lebens Organ und lag ich nicht auf dem Kies, dort, zu Füßen der Frau, die im Zuge weniger Augenblicke mich vom Gipfel des Glücks gestoßen und kopfüber in einen Abgrund aus Elend gestürzt hatte?

– Antworte! – (Und ich packte ihre Gelenke, entblößte ihr das Gesicht, sprach zu ihr ganz nah; und meine Stimme war so dumpf, daß ich selbst sie kaum vernahm in dem Tosen meines Gehirns.) – Antworte: Was bedeutet dies Weinen?

Sie hielt mit Schluchzen inne und schaute mich an; und die Augen – obgleich von den Tränen entzündet – weiteten sich ihr und drückten äußerste Angst aus: als habe sie mich sterben sehen. Ich mußte, in der Tat, jegliche Lebensfarbe verloren haben.

– *Ist es vielleicht zu spät? Ist es allzu spät?* – fügte ich hinzu und hüllte in jene dunkle Frage meinen schrecklichen Gedanken.

– Nein, nein, nein ... Tullio, nein ... Es ist nichts. Wie konntest du dies denken! ... Nein, nein ... Ich bin so schwach, siehst du; ich bin nicht mehr wie einst ... Ich halte nichts aus ... Ich bin krank, weißt du; ich bin sehr krank. Ich konnte nicht widerstehen ... Dem, was du sagtest. Du verstehst ... Diese Aufregung kam so plötzlich über mich ... Es ist eine Nervensache ... Wie ein Krampf ... Ja, ein Krampf; man weiß nicht mehr, ob man aus Freude oder Leid weint ... Ach, mein Gott! ... Schau, es geht vorüber ... Steh auf, Tullio; komm her, an meine Seite.

Sie sprach zu mir mit einer Stimme, die vom Weinen heiser, noch von manch Schluchzern unterbrochen wurde; sie schaute mich an mit einem Ausdruck, den ich wiedererkannte, mit einem Ausdruck, den sie bereits andere Male beim Anblick meiner Not gehabt hatte. Es gab einst eine Zeit, da sie mich nicht leiden sehen konnte. Ihre Empfindsamkeit war in dieser Hinsicht so ausgeprägt, daß ich alles von ihr bekommen konnte, wenn ich mich leidend zeigte. Alles hätte sie gewährt, um Qualen, geringste Schmerzen von mir fernzuhalten. Häufig täuschte ich Kummer nur vor, aus Spiel, um sie zu rühren, um getröstet zu werden wie ein Knabe, um bestimmte Zärtlichkeiten zu erzwingen, auf die ich Lust hatte, um sie zu bestimmten Gunstbeweisen zu veranlassen, die ich anbetete. Und erschien nun in ihren Augen nicht derselbe zarte und besorgte Ausdruck?

– Komm her, an meine Seite und setz' dich. Oder möchtest du, daß wir unsere Wanderung durch den Garten fortsetzen? Noch haben wir nichts gesehen ... Laß uns zum Fischteich gehen. Ich will mir die Augen befeuchten ... Warum siehst du mich so an? Was denkst du? Sind wir nicht glücklich? Nun, siehst du, beginne ich mich wohl zu fühlen, so wohl. Aber ich müßte mir die Augen, das Gesicht befeuchten ... Wie spät wird es sein? Ist's Mittag? Federico wird gegen sechs wieder vorbeikommen. Wir haben Zeit ... Möchtest du, daß wir gehen?

Ohne zu stocken, noch etwas nervös zuckend, mit offensichtlicher Anstrengung, dem Wunsch, sich wieder zu sammeln, die Herrschaft über ihre Nerven zurückzugewinnen, in mir jeglichen Schatten zu zerstreuen, mir als Vertrauende und Glückliche zu erscheinen: so sprach sie. Das Scheue ihres Lächelns in den noch feuchten und geröteten Augen besaß eine nachdenkliche Süße, die mich verführte. In ihrer Stimme, in ihrer Haltung, in ihrem ganzen Körper lag diese Süße, die mich zu einem etwas sinnlichen Schmachten verführte und mich dadurch erregte. Unmöglich ist mir, die köstliche Verführung zu beschreiben, die sich aus jenem Geschöpf über mein Fühlen und Denken während jenes unentschlossenen und wirren Bewußtseinszustands ergoß. Stumm schien sie mir zu sagen: »Ich könnte nicht zärtlicher sein. Nimm mich also, der du mich doch liebst; nimm mich in deine Arme, aber behutsam, ohne mir weh zu tun, ohne mich zu stark zu drücken. Oh, ich vergehe danach, von dir liebkost zu werden! Aber ich glaube, du könntest mich töten!« Diese Vorstellung hilft mir ein bißchen, die Wirkung wiederzugeben, die sie mit jenem Lächeln in mir hervorrief. Ich sah ihren Mund, als sie mich fragte – Warum siehst du mich so an? – Als sie mich fragte – Sind wir nicht glücklich? –, empfand ich das blinde Bedürfnis nach fühlbarer Wollust, um darin die Enttäuschung zu stillen, der mich die letzte Erregung ausgesetzt hatte. Als sie sich erhob, nahm ich sie mit äußerst rascher Bewegung in meine Arme und preßte meinen Mund auf den ihren.

Jener Kuß, den ich ihr gab, war der Kuß eines Liebhabers: ein langer, tiefer Kuß, der das ganze Wesen unserer beiden Leben aufwühlte. Entkräftet ließ sie sich auf die Bank zurückfallen.

– Ach, nein, nein, Tullio: Ich bitte dich! Nicht mehr, nicht mehr! Laß mich erst ein bißchen Kraft schöpfen – flehte sie, streckte die Arme aus, als wolle sich mich abwehren. – Sonst bin ich nicht mehr in der Lage, mich von hier zu entfernen . . . Siehe, ich bin tot.

Aber in mir hatte sich ein außergewöhnlicher Vorgang abgespielt. Wie auf einem Ufer heftige Wogen jedwede Spuren mitreißen und den Sand glattgestrichen zurücklassen, so kam jenes Gefühl über meinen Geist. Es war wie ein plötzliches Wegwischen; und sofort bildete sich unter dem unmittelbaren Einfluß dessen, was um mich war, unter dem Drängen des von neuem wallenden Bluts ein anderer Zustand. Nichts anderes mehr war mir bewußt als folgendes: Die Frau, die ich begehrte, war dort, vor mir, zitterte, war niedergestreckt von meinem Kuß und mein ganzes Ziel; um uns blühte ein einzigartiger Garten voller Erinnerungen, voller Geheimnisse; ein verborgenes Haus erwartete uns, bewacht von den vertrauten Schwalben und jenseits der gedeihenden Bäume.

– Glaubst du, ich wäre nicht in der Lage, dich zu tragen? – fragte ich, nahm ihre Hände, schob meine Finger zwischen die ihren. – Einst warst du leicht wie eine Feder. Nun mußt du noch leichter sein . . . Versuchen wir's?

Etwas Dunkles glitt über ihre Augen. Sie schien sich für einen Augenblick in einem ihrer Gedanken zu verlieren: wie eine Frau, die überlegt und rasch verwirft. Dann schüttelte sie den Kopf; und sich zurücklehnend und sich mit ihren gestreckten Armen an mich hängend und lächelnd (etwas von ihrem blutleeren Zahnfleisch zeigte sich während des Lachens), meinte sie:

– Auf, zieh mich hoch!

Und als sie stand, warf sie sich an meine Brust; und in einer Art zuckenden Rasens, wie von plötzlichem Wahnsinn gepackt, fast als wolle sie in einem Zug einen Durst löschen, unter dem sie schrecklich litt, war sie es, die zuerst küßte.

– Ach, ich bin tot! – wiederholte sie, als sich ihr Mund von dem meinen löste.

Und jener feuchte, ein bißchen geschwollene, halbgeöffnete, gerötete, Verlangen gestehende Mund in jenem so blassen und so schmalen Gesicht machte auf mich wahrhaftig den unbeschreiblichen Eindruck einer Öffnung, die als einzige in dem Ebenbild einer Toten lebendig geblieben wäre.

Sie wandte die geschlossenen Augen nach oben (die langen Wimpern zitterten ihr, als perle unter den Lidern ein feines Lächeln), wisperte träumend:

– Bist du glücklich?

Ich drückte sie an mein Herz.

– Also, laß uns gehen. Bring mich, wohin du willst. Stütz' mich ein bißchen, Tullio, da mir die Knie versagen . . .

– Zu unserem Haus, Giuliana?

– Wohin du willst . . .

Ich stützte sie mit einem Arm fest im Rücken und schob sie. Sie glich einer Somnambule. Plötzlich schwiegen wir. Dann und wann wandten wir, der Schlüssel dem Schlosse, uns gleichzeitig zu, um uns anzuschauen. Sie erschien mir wahrhaftig als eine andere Frau. Kleinigkeiten erregten meine Aufmerksamkeit und hielten sie gefangen: ein kleines Mal, kaum sichtbar, auf ihrer Haut;

eine kleine Kerbe auf ihrer Unterlippe; der Halbmond der Wimpern; eine Ader der Schläfe; der Schatten, der ihre Augen umgab; das unendlich köstliche Ohrläppchen. Die dunkle Beere auf ihrem Hals wurde fast verborgen vom Rand der Spitze; durch manche Bewegung aber, die Giuliana mit dem Kopf vollführte, erschien sie zuweilen und verschwand dann; und das kurze Hin und Her beschleunigte mein Drängen. Ich war trunken und trotzdem – merkwürdigerweise – bei klarem Verstand. Ich hörte die unzähligen Schreie der Schwalben und das Plätschern der fallenden Wasser im so nahen Fischteich. Ich hörte das Leben fließen und die Zeit fliegen. Und jene Sonne und jene Blüten und jener Duft und jenes Tosen und jenes allzu schallende Lachen des Frühlings flößten mir zum dritten Mal das Gefühl unaussprechlichen Verlangens ein.

– Meine Weide! – rief Giuliana beim Fischteich aus und hörte auf, sich auf mich zu stützen, und beschleunigte ihren Schritt. – Schau, schau, wie groß sie ist! Erinnerst du dich? Sie war ein Steckling . . .

Und nach einer Pause des Nachdenkens ergänzte sie, flüsterte in einem anderen Ton:

– Ich hatte sie bereits wiedergesehen . . . Vielleicht weißt du's nicht: Ich kam nach Villalilla, *jenes Mal*.

Sie unterdrückte das Seufzen nicht. Aber sofort, wie um den Schatten zu verscheuchen, den sie mit jenen Worten zwischen uns geworfen hatte, wie um ihren Mund von jener Bitternis zu reinigen, beugte sie sich über einen der Abflüsse, trank einige Schlucke, und als sie sich wieder aufrichtete, schickte sie sich an, einen Kuß von mir zu verlangen. Ihr Kinn war naß, und ihre Lippen feucht. Beide beschlossen wir stumm in jenem Aneinanderpressen den nunmehr notwendigen Akt, die höchste Vereinigung, welche all die Fibern unserer Körper forderten, zu forcieren. Beide wiederholten wir, nachdem wir uns getrennt hatten, mit den Augen den berauschenden Beschluß. Das Gefühl, das Giulianas Gesicht offenbarte, war außergewöhnlich, aber für mich noch unbegreiflich. Erst später, in den Stunden, die folgten, konnte ich es verstehen: als ich wußte, daß die Vorstellung von Tod und Wollust in einem das arme Geschöpf in Rausch versetzt hatten und sie das Gelübde, zu sterben, abgelegt hatte, als sie dem Lechzen ihres Blutes nachgab. Ich sehe es, als wäre es vor mir: Immer werde ich jenes geheimnisvolle Antlitz in jenem Schatten sehen, den die dichte arboreische Behauptung verursachte und auf uns regnen ließ. Das Glitzern des Wassers in der Sonne, das zwischen den langen Ästen mit den lichten Blättern schillerte, verlieh dem Schatten ein traumhaftes Schwingen. Echos verschmolzen die Laute der hellklingenden Wasser zu dumpfer und anhaltender Eintönigkeit. All die Erscheinungen enthoben mein Wesen der Wirklichkeit.

Während wir uns auf das Haus zubewegten, sprachen wir nicht. So tief war mein heftig Verlangen geworden; und die Vorstellung des äußerst nahen Akts stürzte meine Seele in einen so heftigen Strudel der Lust, und so heftig wurde das Pulsieren in meinen Arterien, daß ich dachte: »Ist's Fieber? Nicht einmal in der ersten, der Hochzeitsnacht verspürte ich diesen Rausch, als ich den Fuß auf die Schwelle setzte ...« Zwei- oder dreimal befiel mich wildes Rasen wie plötzlich lodernder Wahnsinn, den ich, o Wunder, besiegte: Solchermaßen war mein körperliches Bedürfnis, jene Frau wieder zu besitzen. Auch in ihr mußte der Kleine Tod unaufschiebbar geworden sein, da sie stehenblieb und seufzte:

– Oh, mein Gott, mein Gott! Das ist zuviel.

Erstickt, überwältigt, griff sie nach meiner Hand und legte sie auf ihr Herz.

– Fühle!

Stärker als die Schläge ihres Herzens fühlte ich die Weichheit ihrer Brust; und meine Finger krümmten sich instinktiv, um die kleine Wölbung, die sie wiedererkannten, zu drücken. In Giulianas Augen sah ich im Weiß unter den Lidern, die niedersanken, die Irida sich verlieren. Aus Angst, sie würde ohnmächtig, hielt ich sie aufrecht, dann drängte ich sie – fast trug ich sie zur Gänze – bis zu den Zypressen, zu einer Bank, wo wir beide ermattet uns niederließen.

Wie in einem Traum erhob sich vor uns das Haus.

Sie legte ihre Hand wieder auf meine Schulter, sagte:

– Ach, Tullio, wie schrecklich! Glaubst nicht auch du, daß wir sterben könnten?

Schwer, mit einer Stimme, die wer-weiß-aus-welcher Tiefe ihres Ichs drang, fügte sie hinzu:

– Willst du, daß wir sterben?

Der einzigartige Schauer, der mich befiel, enthüllte mir, welch außerordentliches Gefühl in jenen Worten lag: vielleicht dasselbe Gefühl, das nach der Umarmung, nach dem Beschluß Giulianas Antlitz unter der Weide verwandelt hatte. Aber auch dieses Mal war ich nicht in der Lage, zu verstehen. Ich begriff nur, daß wir beide nunmehr von einer Art Fieber besessen waren und in einer geträumten Atmosphäre atmeten.

Wie in einem Traum erhob sich vor uns das Haus. Auf der ländlichen Fassade, all den Gesimsen, all den Vorkragungen längs der Regentraufe, oberhalb der Architrave, unter den Fensterbrüstungen, den Balkonplatten, zwischen den Konsolen, den Quadersteinen: überall hatten die Schwalben genistet. Nur wenige Stellen waren von den unzähligen Lehmnestern – alten wie neuen, und haufenweise aneinandergereiht wie die Waben eines Bienenstock – verschont geblieben. Wie von Kalk bespritzt glitzerte dort und auf den Streben der Jalousien und auf dem Eisengestänge der Geländer weißlich der Kot. Obwohl verschlossen und unbewohnt, lebte das Haus. Es lebte infolge eines ruhelosen, fröhlichen und zärtlichen Lebens. Die fidelen Schwalben umgarnten es, ohne Unterlaß, mit ihrem Flug, ihrem Gezwitscher, ihrem Schimmern, mit all ihrer Anmut und Zärtlichkeit. Während unermüdlich die flatternden Schwärme pfeilschnell durch die Luft einander nachjagten, wechselweise schrien, sich in einem Augenblick entfernten und näher kamen, die Bäume streiften, sich in die Sonne erhoben, ihr weißes Gefieder schlagartig funkelte, pulsierte in den Nestern und um sie herum ein anderes Leben. Von den brütenden Schwalben verharrten einige für manch Augenblick hängend in der Öffnung; andere reckten funkelnd die Flügel; andere staken zur Hälfte in ihnen und streckten – schwarzweiß auf gelblichem Lehm – den kleinen gegabelten Schwanz ins Freie, der lebhaft zitterte; andere lugten halb heraus und zeigten ein bißchen ihrer blanken Brust, ihrer rotblonden Kehle; andere, noch kurz zuvor unsichtbar, lösten sich flugs nach einem äußerst spitzen Schrei und schnellten los. Und all jene heftige und heitere Bewegung rings um das verschlossene Haus, all jenes Leben in den Nestern rings um unser altes Nest boten ein so süßes Schauspiel, ein so zartes, liebliches Wunder, daß wir bei dessen Betrachtung – wie während einer Unterbrechung unseres Fiebers – für einige Minuten einander vergaßen.

Ich brach den Bann, indem ich mich erhob.

– Hier ist der Schlüssel. Worauf warten wir? – sagte ich. – Ja, Tullio, laß uns noch etwas warten! – flehte sie ängstlich.

– Ich gehe öffnen.

Und ich begab mich zur Türe; ich stieg die drei Stufen empor, die denen eines Altars glichen. Während ich mit dem Beben eines Gläubigen, der den Reliquienschrein öffnet, mich anschickte, den Schlüssel zu drehen, hörte ich hinter mir Giuliana, die wie ein Schatten mir heimlich gefolgt war. Ich zuckte zusammen.

– Bist du's?

– Ja, ich bin's – flüsterte sie liebreich, während sie mir ihren Atem ins Ohr hauchte.

Und hinter meinem Rücken stehend, schlang sie die Arme mir um den Hals, so daß ihre entzückenden Gelenke sich unter meinem Kinn kreuzten.

Die heimliche Tat, jenes zitternde Lachen – das in ihrem Flüstern schwang und ihre mädchenhafte Freude darüber verriet, mich überrascht zu haben –, jene Art, mich zu verführen, all diese behenden Gunstbeweise erinnerten mich an die Giuliana von einst, an die junge und zärtliche Gefährtin in den Jahren des Glücks, an das köstliche Geschöpf mit dem langen Zopf und den Kinderliedern. Ein Hauch desselben Glücks umhüllte mich auf der Schwelle jenes Hauses voller Erinnerung.

– Soll ich aufschließen? – fragte ich und hatte die Hand noch am Schlüssel, um ihn zu drehen.

– Schließ' auf – antwortete sie, ohne mich loszulassen, während sie ihren Atem mir nun auf den Hals hauchte.

Beim Schnarren, das der Schlüssel im Schloß verursachte, banden mich ihre Arme noch fester, drückte sie sich gegen meinen Körper, verriet mir so ihr Beben. Die Schwalben zwitscherten über unseren Häuptern; und doch, wie in tiefer Stille, schien uns jenes zarte Pfeifen ganz deutlich.

– Tritt ein – wisperte sie, ohne von mir zu lassen. – Tritt ein, tritt ein.

Jene Stimme, die mit so nahen, doch unsichtbaren Lippen flüsterte, die wirklich war und doch verborgen blieb, die mir heiß und doch so innig ins Ohr hauchte, als spräche sie aus der Tiefe der Seele zu mir, die weiblich und süß wie keine andere Stimme je war: ich höre sie noch, werde sie immer hören.

– Tritt ein, tritt ein.

Ich stieß die Türe auf. Wir traten, gleichsam zu einer Person verschmolzen, langsam über die Schwelle.

Der Korridor wurde durch ein Rundfenster zusätzlich erhellt. Eine Schwalbe umflatterte uns, zwitscherte über unseren Häuptern. Wir hoben die Augen, waren überrascht. Ein Nest klebte zwischen den grotesken Malereien des Gewölbes. Eine Scheibe fehlte im Fenster. Zwitschernd entfloh die Schwalbe in den Park.

– Nun bin ich dein, dein, dein! – hauchte Giuliana, ohne sich von meinem Halse zu lösen, doch mich geschmeidig umkreisend, um an meiner Brust zu liegen, um meinem Mund zu begegnen.

Lange küßten wir uns. Trunken sprach ich:

– Komm. Laß uns hinaufgehen. Willst du, daß ich dich trage?

Obwohl berauscht, verspürte ich in den Muskeln die Kraft, sie ohn' Unterbrechung die Stufen hinaufzutragen.

– Nein. Ich kann aus eigener Kraft hinaufgehen – entgegnete sie.

Sie machte nicht den Eindruck, als könne sie es, wenn man sie hörte und ansah.

Ich umfaßte sie wie zuvor in der Allee: Und ich schob sie von Stufe zu Stufe, hielt sie so aufrecht. Wahrhaftig, es schien, als schwänge in dem Haus jenes dumpfe und von weither kommende Dröhnen, das gewisse tiefe Muscheln in sich bergen. Wahrhaftig, es schien, als dränge kein weiterer Laut von außen zu uns.

Nachdem wir den Treppenabsatz erreicht hatten, öffnete ich nicht die Tür gegenüber; sondern ich wandte mich nach rechts durch den dunklen Flur, zog sie mit der Hand, ohne zu sprechen. Sie keuchte so sehr, daß es mir weh tat und mir ihre Verängstigung verriet.

– Wohin gehen wir? – fragte sie mich.

– Auf *unser* Zimmer – antwortete ich.

Man sah hier fast nichts. Ich wurde wie von einem Instinkt geleitet. Ich fand den Türgriff wieder; ich öffnete. Wir traten ein.

Die Dunkelheit wurde von dämmrigem Licht durchbrochen, das durch Ritzen sickerte; und äußerst dumpf vernahm man hier das Dröhnen. Ich wollte zu jenen Zeichen eilen, um Licht zu schaffen, aber ich konnte nicht von Giuliana lassen; ich hatte den Eindruck, als könne ich mich von ihr nicht entfernen, könne auch nicht für einen Augenblick die Verbindung unserer Hände unterbrechen: als würden die äußersten Enden unserer Nerven durch die Haut magnetisch aneinanderkleben. Zusammen, als Blinde, bewegten wir uns vorwärts. Ein Hindernis stoppte uns in der Dunkelheit. Es war das Bett, das große Bett unserer Hochzeitsnacht und unserer Liebesspiele . . .

Bis wohin vernahm man den schrecklichen Schrei?

VIII

Es war drei Uhr nachmittags. Etwa drei Stunden waren seit dem Augenblick unserer Ankunft auf Villalilla verstrichen.

Ich hatte Giuliana für einige Minuten allein gelassen; ich war hinausgegangen, um Calisto zu rufen. Der Alte hatte den Picknickkorb gebracht; und nicht mehr mit einer verwunderlichen, sondern mit einer gewissen gutmütigen Schroffheit hatte ich ihn ein zweites Mal auf merkwürdige Art entlassen.

Wir, ich und Giuliana, der Schlüssel gegenüber dem Schlosse, saßen nun wie zwei Liebende bei Tisch und lächelten uns an. Vor uns hatten wir frisches Fleisch, eingemachtes Obst, Backwerk, Orangen und eine Flasche

Chablis. Der Saal mit seinem barockal verzierten Gewölbe, seinen hellen Wänden und seinen pastoralen Idyllen in den Sopraporti verbreitete eine gewisse ältliche Heiterkeit, einen Hauch des vergangenen Jahrhunderts. Durch den geöffneten Balkon trat genügend sanftes Licht, da sich über den Himmel lange milchartige Adern breiteten. »Die alte, ehrwürdige Zypresse, zu deren Füßen ein Rosenbusch und in deren Wipfel ein Chor Sperlinge hauste«, ragte in dem hellen Rechteck empor. Tiefer, zwischen den eisernen Rundungen des Geländers, erschien der herrliche Wald von lila Farbe: Villalillas Frühlingsherrlichkeit. Der dreifache Duft, Villalillas Frühlingsseele, durchwebte den Frieden in langsamen, gleichmäßigen Schwingungen.

– Erinnerst du dich? – fragte Giuliana.

– Erinnerst du dich? – wiederholte sie.

Die entlegensten Erinnerungen unserer Liebe kamen nach und nach über ihre Lippen: Von irgendeiner leisen Andeutung kaum heraufbeschworen, lebten sie sogleich mit außergewöhnlicher Intensität, inmitten der günstigen Umgebung, an ihrer Geburtsstätte auf. Aber jenes beängstigende Drängen, jene Lebenswut, die mich im Garten während der ersten Rast gefangen hatte, machten mich nun fast ungeduldig, flößten mir ausschweifende Bilder des Zukünftigen ein, die sich den allzu hartnäckigen Gespinsten der Vergangenheit entgegenstellten.

– Wir müssen morgen, in zwei, spätestens drei Tagen zurückkommen, um zu bleiben; aber allein. Du siehst: nichts fehlt uns hier; nichts ist fortgebracht worden. Würdest du wollen, könnten wir auch diese Nacht hier verbringen ... Aber du willst nicht! Nicht wahr, du willst nicht?

Mit meiner Stimme, meiner Gestik, meinem Blick suchte ich, sie zu verführen. Meine Knie berührten die ihren. Und sie blickte mich unverwandt an, ohne zu antworten.

– Stellst du dir *den ersten Abend* hier, auf Villalilla, vor? Hinausgehen, bis zum Ave Maria draußen bleiben und die erleuchteten Fenster sehen! Ach, du verstehst genau ... Die Lichter, die zum ersten Mal, *am ersten Abend*, in einem Haus entzündet werden! Stellst du dir's vor? Bis jetzt hast du nichts getan, als zu erinnern, erinnern. Sieh doch: all deine Erinnerungen wiegen mir nicht einen Augenblick von heute auf, werden nicht einen Augenblick von morgen aufwiegen. Zweifelst du vielleicht an dem Glück, das vor uns liegt? Nie habe ich dich so geliebt wie jetzt, Giuliana; nie, nie. Verstehst du? Nie bin ich so der Deine gewesen wie jetzt, Giuliana ... Ich will dir erzählen, will dir von meinen Tagesabläufen erzählen, damit du deine Wundertaten erkennst. Nach so viel Bösem, wer konnte da Ähnliches erhoffen? Ich will dir erzählen ... In manchen Stunden schien mir, ich wäre zurückgekehrt in meine Jünglingszeit, die Zeit meiner ersten Jugend. Ich fühlte mich so *unschuldig* wie ehedem: gut, sanft, zärtlich, einfach. An nichts erinnerte ich mich mehr. Alle, all meine Gedanken gehörten dir; all meine inneren Regungen bezogen sich auf dich. Manche Male genügte der Anblick einer Blume, eines kleinen Blattes, um meine Seele überquellen zu lassen: so voll war sie. Und du wußtest es nicht; du bemerktest wohl nichts. Ich will dir erzählen ... Vorvorgestern, Samstag, als ich in dein Zimmer trat mit jenem Weißdorn! Ich war schüchtern wie ein Neuverliebter und fühlte, wie ich innerlich aus Verlangen, dich in meine Arme zu schließen, verstarb ... Bemerktest du's nicht? Ich will dir alles erzählen; ich werde dich zum Lachen bringen. An jenem Tag ließen die Vorhänge des Alkoven dein Bett erkennen. Ich konnte die Augen nicht davon losreißen und zitterte. Wie ich zitterte! Du weißt es nicht ... Schon weitere zwei oder drei Male hatte ich dein Gemach betreten, allein, heimlich, mit starkem Herzklopfen; und ich hatte die Vorhänge zur Seite geschoben, um dein Bett zu betrachten, das Laken zu berühren, mein Gesicht in dein Kopfkissen zu pressen: wie ein schwärmerischer Liebhaber. Und in manchen Nächten, wenn auf La Badiola alle schon schliefen, wagte ich mich, ganz ganz leise, bis fast vor deine Tür; ich bildete mir ein, dein Atmen zu hören ... Sag mir, sag mir: Werde ich diese Nacht zu dir kommen können? Willst du mich? Sag: Wirst du mich erwarten? Könnten wir denn diese Nacht getrennt schlafen? Unmöglich! Deine Wange wird ihren Platz wieder auf meinem Busen finden, hier ... Erinnerst du dich? Wie sanft du schliefst!

– Tullio, Tullio, schweig! – unterbrach sie mich flehend, als hätten meine Worte ihr weh getan.

Lächelnd fügte sie hinzu:

– Du darfst mich nicht so berauschen ... Ich sagte es dir zuvor. Ich bin so schwach; ich bin eine arme Kranke ... Du machst mich schwindeln. Ich widerstehe nicht. Siehst du, wie du mir schon zugesetzt hast? Du hast mich halb entseelt ...

Ein müdes, schwaches Lächeln lächelte sie. Die Lider waren ein bißchen gerötet; aber unter jenen erschöpften Lidern brannten ihr die Augen in fiebriger Glut, blickten mich unverwandt an: mit fast unerträglicher Starrheit, die nur vom Schatten der Wimpern gemildert wurde. In ihrem ganzen Ausdruck lag etwas Unnatürliches, das aufzulesen weder mein Blick imstande war noch zu erklären mein Geist. Wann jemals hatte ihr Gesicht jenen beunruhigenden, geheimnisvollen Ausdruck gehabt? Es schien, als spiegele er Schritt für Schritt größere Verwirrung, verdunkle sich, bis er ein Rätsel wurde. Und ich dachte: »Sie wird von ihrem inneren Taumel gequält. Noch sieht sie in sich selbst nicht deutlich, was geschehen ist. Alles in ihr ist vielleicht in Erregung. Hat sich nicht ihr Dasein in einem einzigen Augenblick verändert?« Und jener tiefe Ausdruck zog mich immer mehr an, versetzte mich immer stärker in Leidenschaft. Das Brennende ihres Blicks drang mir wie alles verzehrendes Feuer bis tief ins Mark. Obwohl ich sie so ermattet sah, brannte ich darauf, sie wieder zu nehmen, wieder an mich zu pressen, einen weiteren Schrei zu hören, ihre ganze Seele zu trinken.

– Du ißt nichts – meinte ich zu ihr, während ich mich anstrengte, den Rausch zu zerstreuen, der mir heftig zu Kopfe gestiegen war.

– Du auch.

– Trink wenigstens einen Schluck. Entsinnst du dich nicht mehr an diesen Wein?

– Oh, ich erkenne ihn.

– Erinnerst du dich?

Und wir blickten uns in die Pupillen, erregt vom Beschwören der Liebe Erinnerung, über welche die Blume jenes köstlichen, würzigen weißen Weins schwang, den sie am meisten liebte.

– Also, laß uns zusammen trinken, auf unser Glück!

Wir stießen an mit unseren Gläsern, und ich trank hastig; sie aber, wie von unbezwingbarem Widerwillen ergriffen, benetzte nicht einmal ihre Lippen.

– Nun?

– Ich kann nicht, Tullio.

– Warum?

– Ich kann nicht. Zwing mich nicht. Ich glaube, sogar ein Schluck würde mich krank machen.

Leichenblässe hatte sich auf sie gelegt.

– Du fühlst dich nicht wohl, Giuliana.

– Ein wenig. Laß uns aufstehen. Laß uns auf den Balkon gehen.

Als ich sie umfaßte, spürte ich die Weichheit ihrer

Seite, da sie sich während meiner Abwesenheit ihres Korsetts entledigt hatte.

– Willst du dich aufs Bett legen? Du wirst dich ausruhen, und ich werde neben dir wachen ... – sagte ich zu ihr.

– Nein, Tullio. Schau, es geht mir bereits gut.

Und wir blieben, die Zypresse vor Augen, auf der Schwelle des Balkons stehen. Sie lehnte sich gegen den Türpfosten und legte mir eine Hand auf die Schulter.

Vor der Auskragung des Architravs, unterhalb des Sims, klebte eine Wabe von Nestern. Dort strömten die Schwalben zusammen und entfernten sich: in ununterbrochener Emsigkeit. Aber die Stille des Gartens unten war so tief, so regungslos war die Spitze der Zypresse vor uns, daß jenes Schwirren, jenes Huschen, jene Laute mich Ärger empfinden ließen, mir lästig wurden. Da alles in jenem sanften Licht sich milderte, sich verschleierte, sehnte ich mich nach einer Pause, einer langen Unterbrechung aus Schweigen, nach einer Möglichkeit, mich zu sammeln, um die ganze Süße der Stunde und Einsamkeit auszukosten.

– Werden die Nachtigallen noch hier sein? – fragte ich in Erinnerung der kraftvollen abendlichen Gesänge.

– Wer weiß! Vielleicht.

– Sie singen gegen Abend. Würde dir nicht gefallen, ihnen zu lauschen?

– Aber um wieviel Uhr wird Federico wieder vorbeikommen?

– Hoffentlich spät.

– Ach ja, spät, spät! – rief sie mit so warmer, wunschvoller Offenheit, daß freudiger Schauder mich packte.

– Bist du glücklich? – fragte ich sie und suchte in ihren Augen die Antwort.

– Ja, ich bin glücklich – antwortete sie und senkte die Lider.

– Weißt du, daß ich allein dich liebe, daß ich für immer ganz der Deine bin?

– Ich weiß es.

– Und nun du . . . Wie liebst du mich?

– Wie du es niemals erfahren kannst, armer Tullio!

Und während sie diese Worte sprach, löste sie sich von dem Türpfosten und lehnte sich voll an mich: mit einer jener nur ihr eigenen unbeschreiblichen Bewegungen, in der so viel an zärtlicher Hingabe lag, wie nur das weiblichste Geschöpf sie einem Manne entgegenbringen kann.

– Schöne, du! Schöne, du!

Sie sah wahrhaftig schön aus: schmachtend, hingebungsvoll, weich – fast würde ich sagen: so fließend, daß sie mich an die Möglichkeit denken ließ, sie nach und nach einzusaugen, in mich hinein zu trinken. Die Fülle des offenen Haars schien sich in Strömen über die Blässe ihres Gesichts zu ergießen. Die Wimpern streuten Schatten auf ihrer Wangen Grat, was mich stärker erregte als ein Blick.

– Auch du wirst es niemals erfahren . . . Wenn ich dir all die tollen Gedanken sagen würde, die in mir toben! Das Glück ist so groß, das es mich ängstigt und mir das Verlangen, zu sterben, einflößt.

– Sterben! – wiederholte sie halblaut mit schwachem Lächeln. – Wer weiß, Tullio, ob ich dir nicht sterbe . . . bald!

– Giuliana, ach!

Sie richtete sich gerade auf, um mich anzublicken; und sie ergänzte:

– Sag mir, was würdest du tun, wenn ich dir unversehens stürbe?

– Mädchen!

– Wenn, zum Beispiel, ich morgen tot wäre?

– Schweig doch!

Und ich faßte sie bei den Schläfen und begann, sie auf den Mund zu küssen, auf die Wangen, die Augen, die Stirn, das Haar: mit raschen, gehauchten Küssen. Schließlich, als ich einhielt, murmelte sie:

– Mehr!

– Laß uns in unser Zimmer zurückkehren – bat ich, zog sie mit mir.

Sie ließ sich ziehen.

Auch in unserem Zimmer stand die Balkontür offen. Mit dem Licht strömte der moschusartige Duft der gelben Rosen herein, die nicht weit entfernt blühten. Auf dem hellen Hintergrund der Tapeten waren die winzigen azurnen Blumen so verblaßt, daß man sie kaum bemerkte. Der Spiegel eines Schranks warf einen Streifen des Gartens zurück, entrückte ihn in trügerische Ferne. Giulianas Handschuhe, Hut und ein Armreif lagen auf einem Tisch, schienen bereits das Liebesleben von einst wiedererweckt, bereits ein neues intimes Flair verbreitet zu haben.

– Morgen, morgen müssen wir hierher zurückkehren; nicht später – sagte ich glühend vor Ungeduld und fühlte, daß mich all jene Dinge ich-weiß-nicht-wie reizten und lockten. – Wir müssen morgen hier schlafen. Du willst doch, nicht wahr?

– Morgen!

– In diesem Haus, in diesem Garten, in diesem Frühling die Liebe erneuern ... Die Liebe erneuern, als wüßten wir von nichts; unsere Zärtlichkeiten, eine nach der anderen, wieder suchen und in jeder einen neuen Reiz finden, als hätten wir sie noch nie gekostet; und viele Tage, viele Tage vor uns haben ...

– Nein, Tullio, nein; man spricht nicht von der Zukunft ... Weißt du nicht, daß dies ein schlechtes Vorzeichen ist? Heute, heute ... Denk an heute, an das jetzt, das vergeht ...

Und sie packte mich wie eine Verlorene mit unglaublicher Glut, während sie mir den Mund mit wilden Küssen verschloß.

IX

– Mir schien, als hätte ich die Schellen der Pferde vernommen – meinte Giuliana, während sie sich aufrichtete. – Federico kommt.

Wir lauschten. Sie mußte sich getäuscht haben.

– Ist es nicht Zeit? – fragte sie mich. – Ja, es ist fast sechs.

– Oh, mein Gott!

Von neuem lauschten wir. Man hörte nicht einen Ton, der die Kutsche angekündigt hätte.

– Besser, du gehst nachsehen, Tullio.

Ich verließ das Zimmer; stieg die Stufen hinab. Ich wankte ein bißchen; hatte Nebel vor Augen; hatte den Eindruck, als stehle Dunst sich mir aus dem Gehirn. Durch die kleine Seitenpforte der Einfriedungsmauer rief ich nach Calisto, der nicht weit davon seine Behausung hatte. Ich fragte ihn. – Die Kutsche sehe man noch nicht.

Gerne hätte der Alte mich zurückgehalten, um zu plaudern.

– Weißt du, Calisto, daß wir wahrscheinlich morgen hierher zurückkommen werden, um dazubleiben? – sagte ich.

Er streckte, zum Zeichen der Freude, die Arme gen Himmel.

– Wirklich?

– Wirklich. Wir werden Zeit zum Plaudern haben! Wenn du die Kutsche siehst, komm, um mir Bescheid zu sagen. Leb wohl, Calisto!

Und ich ließ ihn stehen, um wieder ins Haus zu gehen.

Der Tag neigte sich, die Schwalben verstärkten ihr Lärmen. Die Luft war feurig, und funkelnd durchschnitten sie heftig rauschende Schwärme.

– Nun? – fragte mich Giuliana, wandte sich ab vom Spiegel, vor dem sie bereits stand, um sich den Hut aufzusetzen.

– Nichts.

– Schau mich an. Bin ich noch zu zerzaust?

– Nein.

– Aber das Gesicht! Schau mich an.

Wahrhaftig, es schien, als habe sie sich von der Totenbahre erhoben, so verstört war sie. Ihre Augen hatten tiefe, veilchenblaue Ringe.

– Nun, ich lebe – fügte sie hinzu; und wollte lächeln.

– Du leidest?

– Nein, Tullio. Aber fast, ich weiß es nicht. Ich glaube, vollkommen leer zu sein, die Adern leer, das Herz leer . . . Du wirst sagen können, daß ich dir alles gegeben habe. Nichts habe ich für mich zurückbehalten, siehst du, außer den Hauch eines Anscheins von Leben . . .

Seltsam, sie lächelte, während sie solche Worte sprach; sie lächelte ein mattes und sibyllinisches Lächeln, das mich innerlich erregte und auf unbestimmbare Art beunruhigte. Allzu abgestumpft hatte mich die Wollust gemacht, allzu benebelt war ich vom Rausch; und meine geistige Regheit war deshalb träge und mein Bewußtsein trüb. Kein dunkler Verdacht durchzuckte mich noch. Ich sah sie voll Aufmerksamkeit an, musterte sie sogar ängstlich, ohne zu wissen, warum.

Sie wandte sich wieder zum Spiegel, richtete sich den Hut, dann ging sie zum Tisch, nahm den Armreif sowie die Handschuhe.

– Ich bin fertig – meinte sie.

Einige andere Dinge schien sie mit den Augen zu suchen.

– Ich hatte einen Schirm, oder? – fügte sie hinzu.

– Ich glaube, ja.

– Oh, ich hab's: Ich muß ihn dort unten gelassen haben, auf der Bank, bei der Weggabelung.

– Wollen wir ihn suchen gehen?

– Ich bin zu müde.

– Dann geh' ich allein.

– Nein, schick Calisto.

– Ich gehe. Ich werde einen Fliederzweig für dich brechen, einen Strauß gelber Rosen sammeln. Willst du?

– Nein, laß die Blumen sein . . .

– Komm her. Setz dich in der Zwischenzeit hin. Vielleicht wird sich Federico verspäten. Ich rückte ihr einen Sessel zum Balkon; und sie ließ sich in ihn sinken.

– Wenn du schon hinuntergehst – sagte sie zu mir – sieh nach, ob mein Mantel bei Calisto ist. Er wird nicht in der Kutsche geblieben sein, oder? Mir ist etwas kalt.

Tatsächlich: sie fröstelte.

– Möchtest du, daß ich dir die Balkontüre schließe?

– Nein, nein. Laß mich den Garten schauen. Wie schön er ist in dieser Stunde! Siehst du? Wie schön er ist!

Lieblich färbte sich der Garten hie und da gülden. Die blühenden Rispen der Fliedersträuche schwangen in stark violetter Farbe; und wie die übrige Fülle blühender Zweige halb in Grau, halb in zartem Dunkelblau in der Luft wogte, schienen sie der Widerschein von schillernder Seide. Über das Fischbecken beugten die Trauerweiden ihre süße Behauptung; und das Wasser dort strahlte den Glanz der Perlmutter. Jenes unbewegte Leuchten und jene große arboreische Pflanze und jener Wald aus so köstlichen Blüten bildeten – in jenem ersterbenden Gold – ein bezauberndes, verzauberndes, unwirkliches Bild.

Stumm, gebannt von jener Wirkung: so verharrten wir beide einige Minuten. Wirre Wehmut ergriff meine

Seele; dunkle Verzweiflung, die in der Tiefe jedes Mannes Liebe schlummert, beschlich mich. Jenes ideale Schauspiel vor Augen schienen meine körperliche Mattigkeit und Stumpfheit meiner Sinne noch drückender zu werden. Das Unwohlsein, die Enttäuschung, die unbestimmte Reue, welche auf das Ende äußerst geiler und äußerst langer Lust folgen, bemächtigten sich meiner. Ich litt.

– Schau, nun möchte ich die Augen schließen und nicht mehr öffnen.

Flüsternd fügte sie hinzu:

– Tullio, mir ist kalt. Geh.

Im Sessel versunken, zog sie sich in sich selbst zurück, wie um den fröstelnden Schauern zu widerstehen, die sie befielen. Besonders im Bereich ihrer Nasenlöcher war ihr Antlitz von der Lichtheit gewissen blaufleckigen Alabasters. Sie litt.

– Du fühlst dich krank, arme Seele! – sagte ich besorgt und etwas erschrocken zu ihr und starrte sie an.

– Mir ist kalt. Geh. Bring mir den Mantel, sofort ... Ich bitte dich.

Ich lief hinab zu Calisto, ließ mir den Mantel geben; sofort stieg ich wieder hinauf. Sie beeilte sich, ihn überzuziehen. Ich half ihr. Nachdem sie sich wieder hingesetzt hatte, und während sie die Hände in den Ärmeln verbarg, sagte sie:

– So geht es mir gut.

– Soll ich nun den Schirm holen gehen, von dort unten, wo du ihn gelassen hast?

– Nein. Wozu?

Ich hatte merkwürdige Lust, dorthin zurückzukehren, zu jener alten Steinbank, wo wir zum ersten Mal gerastet hatten, wo sie geweint hatte, wo sie die drei göttlichen Worte gesprochen hatte: »Ja, mehr sogar ...« War dies eine allzu gefühlvolle Regung? War es der Zauber, den der geheimnisvolle Anblick während jener letzten Stunde über mich ausübte?

– Ich gehe und bin in einer Minute zurück – sagte ich.

Ich verließ das Haus. Als ich unter dem Balkon stand, rief ich:

– Giuliana!

Sie zeigte sich. Sehr deutlich habe ich die stumme, dämmrige Erscheinung vor meiner Seele Augen: jene hohe Gestalt, die durch die Länge des amarantenen Mantels vergrößert ward; und über der dunklen Farbe jenes aschfahle Weißweiße. (Jacobos Worte zu Amanda sind in meinem Gedächtnis mit jenem Bild unlösbar verknüpft: *»So bleich heute Abend, Amanda! Habt Ihr Euch die Adern geöffnet, um Euer Kleid zu färben?«*)

Sie zog sich zurück; obgleich es – um das Gefühl zu beschreiben, das ich empfand – besser ist zu sagen: Sie verschwand. Und rasch schritt ich vorwärts durch die Allee, hatte keine genaue Kenntnis von dem, was mich trieb. Ich hörte meiner Schritte Widerhall in meinem Gehirn. Mir war so wirr, daß ich gezwungen war, stehenzubleiben, um die Wege wiederzuerkennen. Woraus erwuchs mir jenes Sich-blinde-Bewegen? Aus einem einfachen physischen Grunde vielleicht; aus einem besonderen Zustand meiner Nerven. So dachte ich. Unfähig, angestrengt nachzudenken, logisch abzuwägen und mich zu sammeln, war ich meiner Nervosität ausgeliefert; durch sie spiegelten sich die Erscheinungen wider, durch sie wurden, Wahnvorstellungen gleich, Gespinste von außergewöhnlicher Intensität erzeugt. Doch einige Gedankenblitze überlagerten deutlich die übrigen, unterschieden sich; sie verstärkten in mir jenes Gefühl von Ratlosigkeit, das bereits einige unvorhergesehene Zwischenfälle verursacht hatte. – Giuliana war mir an diesem Tag nicht als die erschienen, als die sie hätte erscheinen müssen, wenn sie noch das Geschöpf war, das ich kannte: »die Giuliana von einst«. Sie hatte, während gewisser bestimmter Momente, sich mir gegenüber nicht so verhalten, wie ich erwartet hatte. Ein fremdes Element, etwas Unbekanntes, Krampfartiges, Übertriebenes hatte ihre Persönlichkeit verändert und entstellt. Mußten diese Veränderungen einem krankhaften Zustand ihres Organismus zugeschrieben werden? »Ich bin krank, ich bin sehr krank«, hatte sie häufig wiederholt, als wollte sie sich rechtfertigen. Sicher, Krankheiten verursachten tiefgreifende Veränderungen, konnten ein weibliches Wesen nicht wiedererkennbar machen. Aber was war ihre Krankheit? Vielleicht die alte, beschwerliche, die das Eisen des Chirurgen nicht zerstört hatte? Eine unheilbare Krankheit? »Wer weiß, ob ich dir nicht *bald* sterbe!« hatte sie mit eigenartigem Ausdruck, der prophetisch hätte sein können, gesagt. Mehr als einmal hatte sie vom Tod gesprochen. Wußte sie also, daß sie einen tödlichen Samen in sich trug? War sie also von einem grausigen Gedanken beseelt? Vielleicht hatte er in ihr jenes dunkle, fast verzweifelte, fast wahnhafte Glühen entzündet, als sie in meinen Armen lag. Das starke, plötzliche Licht des Glücks hatte ihr vielleicht das Gespenst, das sie verfolgte, deutlicher und schrecklicher vor Augen geführt . . .

»Also könnte sie sterben! Also könnte sie in meinen Armen, inmitten der Glückseligkeit der Tod treffen!« dachte ich voller Angst, die mich erstarren ließ und für einige Augenblicke hinderte, weiterzugehen: als würde ich die nahe bevorstehende Gefahr spüren, als hätte Giuliana die Wahrheit prophezeit mit den Worten: »Wenn ich, zum Beispiel, *morgen* tot wäre?«

Die Dämmerung fiel weiter, Feuchtigkeit kam auf. Manch Brise strich durch die Sträucher, ahmte so das Rascheln nach, das hindurchhuschende Tiere dort erzeugt hätten. Noch stießen vereinzelt einige Schwalben ihre Laute aus, schnellten durch die Luft wie Steine von einer Schleuder. Am westlichen Horizont hielt sich hartnäckig das Licht, glich dem Abglanz einer unheilvollen, weitgefächerten Esse.

Ich erreichte die Bank, fand den Schirm; ich hielt mich nicht auf, obwohl die noch lebendigen, noch warmen Erinnerungen mir die Seele berührten. Dort hatte sie sich fallenlassen: ermattet, besiegt; dort hatte ich ihr die bedeutsamsten Worte gesagt, hatte ihr das berauschende Geständnis gemacht:. »*Du warst in meinem Haus, während fern ich dich suchte*«; dort hatte ich jenes Hauchen ihrer Lippen erhascht, durch das meine Seele den Gipfel der Lust erklommen hatte; dort hatte ich ihre ersten Tränen getrunken und ihre Schluchzer vernommen und die dunklen Fragen gestellt: »*Ist es vielleicht zu spät? Ist es allzu spät?*«

Wenige Stunden waren seitdem verstrichen, und all jene Dinge waren bereits so fern! Wenige Stunden waren seitdem verstrichen, und die Glückseligkeit schien schon verflogen! Mit neuem, nicht weniger schrecklichem Gehalt wiederholten sich in mir die Fragen: »*Ist es vielleicht zu spät? Ist es allzu spät?*« Und meine Angst wuchs; und jenes Zwielicht und jenes stumme Sich-Senken des Schattens und jene mehrdeutigen Geräusche zwischen den bereits in Dunkel getauchten Sträuchern und all dies Gaukelspiel der Dämmerung verdichteten sich in meinem Denken zu einer unheilvollen Bedeutung. »Wenn es wirklich allzu spät wäre? Wenn sie wirklich wüßte, sie wäre zum Tode verurteilt, wirklich wüßte, sie trüge das Sterben in sich? Des Lebens müde, des Leidens müde, nichts mehr von mir erhoffend, nicht wagend, sich mit einer Waffe oder Gift kurz und schmerzlos zu töten, hatte sie vielleicht ihre Krankheit gehegt, unterstützt, sie verborgen gehalten, damit sie sich ausbreite, damit sie sich vertiefe, damit sie unheilbar würde. Heimlich,

Schritt für Schritt, hatte sie der Erlösung, dem Ende zugeführt werden wollen. Sich genau beobachtend, hatte sie Kenntnis von ihrer Krankheit erlangt; und nun *weiß sie, ist sich sicher,* ihr erliegen zu müssen; vielleicht weiß sie auch, daß die Liebe, die Wollust, daß meine Küsse das Werk vorantreiben werden. Ich kehre für immer zu ihr zurück; ein unverhofftes Glück eröffnet sich vor ihr; sie liebt mich und weiß sich unendlich geliebt; an einem Tag ist für uns ein Traum zur Wirklichkeit geworden. Und plötzlich: ein Wort kommt über ihre Lippen: – Sterben! –« Wirr zogen die fürchterlichen Bilder an mir vorüber, die mich in den zwei Stunden meines Wartens an jenem Morgen des chirurgischen Eingriffs gepeinigt hatten, damals, als ich den Eindruck hatte, mir stünden deutlich wie die Körper in einem anatomischen Atlas all die verborgenen Abartigkeiten vor Augen, die den Krankheiten des weiblichen Schoßes entspringen. Und ein weiteres, noch ferneres Ereignis fiel mir wieder ein, zeitigte deutliche Bilder: – das halbdunkle Zimmer, das aufgerissene Fenster, die flatternden Vorhänge, die flakkernde Kerze gegenüber dem milchigen Spiegel – unheilverkündende Zeichen – und Giuliana: Aufrecht lehnte sie rücklings an einem Spiegelschrank und krümmte sich in krampfartigen Zuckungen, als habe sie Gift geschluckt ... Und die anklagende Stimme, dieselbe Stimme wiederholte sogar: » *Wegen dir, wegen dir wollte sie sterben. Du, du hast sie in den Tod getrieben.* «

Von blindem Entsetzen, von einer Art Panik ergriffen, als wären all jene Bilder unzweifelhaft Wirklichkeit, rannte ich in Richtung Haus.

Ich hob die Augen, sah das leblose Haus, sah die vom Schatten überzogenen Öffnungen, Fenster und Balkone.

– Giuliana! – schrie ich in höchster Angst, stürzte über die Stufen nach oben – als würde ich fürchten, ich käme nicht mehr rechtzeitig genug, um sie wiederzusehen.

Aber was hatte ich? Was für ein Wahnsinn war das?

Ich keuchte die fast dunklen Treppen hinauf. Hals über Kopf stürzte ich ins Zimmer.

– Was ist geschehen? – fragte mich Giuliana, während sie sich erhob.

– Nichts, nichts ... Ich glaubte, du hättest gerufen. Ich bin ein wenig gerannt. Wie geht es dir jetzt?

– Mir ist sehr kalt, Tullio; sehr kalt. Fühl meine Hände.

Sie reichte sie mir. Sie waren aus Eis.

– Alles an mir ist so eisig ...

– Mein Gott! Woher kommt diese Kälte? Was könnte ich tun, um dich zu wärmen?

– Quäl dich nicht, Tullio. Das ist nicht das erste Mal ... Es dauert nur Stunden und Stunden. Es gibt nichts, was hilft. Man muß warten, daß es vergeht ... Aber warum verspätet sich Federico so? Es ist fast Nacht.

Sie ließ sich wieder auf die Lehne zurücksinken, als hätte sie mit jenen Worten all ihre Kraft aufgezehrt.

– Ich mache jetzt zu – sagte ich und wandte mich zum Balkon.

– Nein, nein; laß offen ... Es ist nicht die Luft, die mich so unterkühlt. Im Gegenteil, ich muß atmen ... Komm lieber her, an meine Seite. Nimm dir den Hocker da.

Ich kniete mich nieder. Mit einer kraftlosen Handbewegung, mit ihren eisigen Fingern strich sie mir über das Haupt und murmelte:

– Mein armer Tullio!

– Sag mir doch, Giuliana, meine Liebe, meine Seele – stieß ich hervor, konnte nicht mehr an mich halten – sag mir die Wahrheit! Du verbirgst mir etwas. Ganz sicher hast du etwas, was du nicht offen sagen willst: einen hartnäckigen Gedanken, hier, inmitten der Stirn; eine

Angst, die dich niemals verlassen hat, seitdem wir hier sind, seitdem wir ... glücklich sind. Aber sind wir wirklich glücklich? Bist du, kannst du glücklich sein? Sag mir die Wahrheit, Giuliana! Warum willst du mich täuschen? Ja, es ist wahr; du bist krank gewesen, du bist krank; das ist wahr. Aber das ist es nicht, nein. *Es ist etwas anderes,* das ich nicht verstehe, das ich nicht kenne ... Sag mir die Wahrheit, auch wenn sie mich wie ein Blitz treffen sollte. Heute vormittags, als du schluchztest, habe ich dich gefragt: *»Ist es zu spät?«* Und du hast mir geantwortet: »Nein, nein ...« Und ich habe dir geglaubt. Aber könnte es nicht aus einem anderen Grunde *zu spät* sein? Was könnte dich hindern, dieses große Glück zu genießen, das sich heute aufgetan hat? Ich nehme an: etwas, das du kennst, bereits in deinem Gedächtnis verankert ist ... Sag mir die Wahrheit!

Und ich blickte sie fest an; und wie sie stumm blieb, sah ich nach und nach nichts mehr außer ihren großen, außerordentlich großen und tiefen und reglosen Augen. Darum herum verschwand alles. Und ich mußte die Lider schließen, um das Gefühl von Schrecken zu zerstreuen, den jene Augen mir eingeflößt hatten. Wie lange dauerte die Pause? Eine Stunde? Eine Sekunde?

– Ich bin krank – sagte sie schließlich mit kummervoller Mattigkeit.

– Aber wie krank? – stammelte ich außer mir, da ich glaubte, im Klang ihrer drei Worte das Geständnis zu hören, das meinen Verdacht bestätigte. – Wie krank? *Um daran zu sterben?*

Ich weiß nicht wie, ich weiß nicht, mit welcher Stimme, ich weiß nicht, mit welcher Geste ich diese letzte Frage aussprach; tatsächlich weiß ich nicht einmal, ob sie mir vollständig über die Lippen kam, ob sie Giuliana vollständig vernahm.

– Nein, Tullio; das wollte ich nicht sagen, nein,

nein ... Ich wollte sagen, daß es nicht meine Schuld ist, wenn ich so bin, ein bißchen merkwürdig bin ... Es ist nicht meine Schuld ... Du mußt Geduld mit mir haben, mußt mich so nehmen, wie ich bin ... Glaub mir, es ist nichts weiter; ich verheimliche dir nichts ... Schließlich, ich kann gesund werden; ich werde gesund ... Du wirst Geduld haben, nicht wahr? Du wirst lieb sein ... Komm her, Tullio, meine Seele. Auch du bist etwas merkwürdig, scheint mir; argwöhnisch ... Du erschrickst sofort; wirst bleich; wer weiß, was du denkst ... Komm her, komm her; gib mir einen Kuß ... Noch einen ... noch einen. So. Küß mich; wärme mich ... Bald kommt Federico.

Sie sprach stockend und etwas heiser: mit jenem unbeschreiblich zärtlichen, weichen, unruhigen Ausdruck, den sie mir bereits einige Stunden zuvor auf der Bank geschenkt hatte, um mich zu beruhigen, um mich zu trösten. Ich küßte sie. Da der Sessel breit und niedrig war, machte sie, die so mager war, mir an ihrer Seite Platz und drückte sich zitternd an mich und ergriff mit einer Hand ein Stück ihres Mantels und bedeckte mich. Wir saßen wie auf einem Ruhelager: umschlungen, Brust an Busen, vermischten wir unseren Atem. Und ich dachte: »Wenn mein Atem, wenn meine Berührung ihr all meine Wärme einflößen könnten!« Und ich konzentrierte voll Hoffnung meinen Willen, damit die Transfusion gelänge.

– Heute abend – flüsterte ich – heute abend, in deinem Bett, werde ich dich fester halten. Du wirst nicht mehr zittern ...

– Ja, ja.

– Du wirst sehen, wie ich dich zu halten weiß. Ich werde dich in den Schlaf wiegen. Du wirst die ganze Nacht an meinem Herzen schlafen ...

– Ja.

– Ich werde bei dir wachen, werde deinen Atem trinken, werde in deinem Antlitz die Träume lesen, die du träumen wirst. Vielleicht wirst du, im Traum, meinen Namen hauchen . . .

– Ja, ja.

– In einigen Nächten, *damals,* sprachst du im Traum. Wie gefielst du mir! Ach, welch Stimme! Du kannst es nicht wissen . . . Eine Stimme, die du nie hast vernehmen können und ich allein kenne, ich allein . . . Und ich werde sie wiederhören. Wer weiß, was sie sagen wird! Vielleicht wird sie meinen Namen flüstern. Wie herrlich ist die Form deines Mundes, wenn er das U meines Namens ausspricht! Er scheint zu küssen . . . Weißt du das? Und ich werde dir einige Worte ins Ohr träufeln, um deinen Traum zu betreten. Erinnerst du dich an *damals,* als ich an manchem Morgen einiges von dem erriet, was du geträumt? Ach, du wirst sehen, meine Seele: Ich werde zärtlicher als damals sein. Du wirst sehen, zu welch Zärtlichkeiten ich imstande sein werde, um dich zu heilen. Du brauchst soviel Zärtlichkeit, arme Seele . . .

– Ja, ja – wiederholte sie, vergehender Weise, sehr oft, begünstigte meinen letzten Traum, erhöhte jene Art wirrer Trunkenheit, die mir meine eigene Stimme und der Glaube einflößte, Giuliana würde von ihr geschaukelt wie von einem wollüstigen Wiegenlied.

– Hast du gehört? – fragte ich sie, reckte mich ein bißchen, um besser zu lauschen.

– Was? Kommt Federico?

– Nein. Hör hin.

Beide lauschten wir, blickten auf den Garten.

Der Garten hatte sich in einem violetten Meer verloren, das vom dunklen Schimmer des Wasserbeckens noch unterbrochen war. Ein Lichtstreif hielt sich noch hartnäckig am Horizont; ein breiter, dreifarbiger Streif: unten blutig, dann orange, schließlich grün – von jenem Grün einer welkenden Pflanze. Durch der Dämmerung

Stille erklang wieder, ähnlich einer präludierenden Flöte, ein fließender und kräftiger Ton.

Die Nachtigall sang.

– Sie sitzt in der Weide – flüsterte Giuliana mir zu.

Beide lauschten wir, blickten in die Richtung des äußersten Streifs, der unter der unfühlbaren Asche des Abends verblaßte. Meine Seele war in der Schwebe, als erwarte sie von jenen Tönen eine, irgendeine hehre Offenbarung der Liebe. Was empfand ich, das arme Geschöpf an meiner Seite, in jenen Minuten des Lauschens? Welch Gipfel an Schmerz erreichte jene arme Seele?

Die Nachtigall sang. Zuerst war es gleichsam eine wohlklingende, jubilierende Salve, eine Flut leichter Triller, die – wie über die Gläser einer Harmonika hüpfende Perlen klingend – durch die Luft wirbelten. Eine Pause trat ein. Wie als Beweis von Stärke, aus einem plötzlichen Anfall von Übermut, als Herausforderung eines unbekannten Rivalen: so hob ein äußerst hurtiger, außerordentlich lang gehaltener Trillerschlag an. Eine zweite Pause. Wie auf einer dünnen Schilfrohrflöte, wie auf einer Hirtenschalmei moduliert, durchlief ein Thema aus drei Noten, mit fragendem Inhalt, eine Kette leichter Variationen, welche die kurze Frage fünf- oder sechsmal wiederholten. Dritte Pause. Der Gesang wurde elegisch, entfaltete sich in Moll, ward zart wie ein Seufzen, ward so schwach wie ein Stöhnen, drückte die Trauer eines klagenden Liebhabers, ein betrübtes Sich-Sehnen, ein vergebliches Warten aus; ein letzter Lockruf erscholl: unversehens, durchdringend wie ein Angstschrei – und erlosch. Eine weitere, bedrückende Pause. Dann vernahm man einen neuen Tonfall, der nicht aus derselben Kehle zu stammen schien, so demütig, so scheu, so schwach war er: so sehr ähnelte er dem Gepiepse eines kaum geschlüpften Vogels, dem Zwitschern eines winzigen Sperlings; schließlich, mit wunderbarer Flatterhaftigkeit, verwandelte sich jener schlichte Tonfall in eine Klimax aus immer schnelleren Noten, die in Trillerwendungen funkelten, in reinen Trillerschlägen vibrierten, sich zu kühnsten Läufen fügten, abebbten, anschwollen, soprane Höhen erreichten. Der Sänger berauschte sich an seinem Gesang. Nach so kurzen Pausen, welche die Noten kaum mehr ausklingen ließen, verströmte er seinen Rausch in stets verschiedenen, leidenschaftlichen und zarten, leisen und schallenden, heiteren und schweren sowie bald von schwachen Seufzern, von klagenden, flehenden Bitten, bald von unerwarteten, opernhaften Ausbrüchen, von höchster Inbrunst unterbrochenen Melodien. Es schien, als lausche sogar der Garten, als verneige sich der Himmel über dem trauernden Baum, aus dessen Wipfel ein Dichter, ein unsichtbarer Dichter, solch Fluten voll Poesie aussandte. Der Blütenwald atmete tief, aber stumm. Manch gelbes Schimmern verweilte im Westen; und jener letzte Blick des Tages war traurig, fast finster. Aber voll funkelnd und zitternd wie ein Tropfen leuchtenden Taus ging ein Stern auf.

– Morgen – murmelte ich fast unbewußt, antwortete mit jenem Wort, das für mich so viele Verheißungen enthielt, auf ein inneres Drängen.

Da wir, um zu lauschen, uns ein wenig erhoben und in jener Haltung für einige Minuten versunken innegehalten hatten, spürte ich plötzlich, wie Giulianas Haupt, plump wie ein leblos Ding, auf meine Schulter fiel.

– Giuliana! – rief ich erschrocken. – Giuliana!

Und durch die Bewegung, die ich vollführte, kippte jenes Haupt plump wie ein leblos Ding, nach hinten.

– Giuliana!

Sie hörte nicht. Und ich bemerkte die Leichenblässe jenes Gesichts, das der letzte gelbliche Schimmer, der über den Balkon schwebte, beleuchtete, und ein furchtbarer Gedanke durchfuhr mich. Außer mir ließ ich Giulianas leblosen Körper auf die Lehne zurücksinken, hörte nicht auf, sie mit ihrem Namen zu rufen, öffnete voll Verlangen, ihren Herzschlag zu hören, mit fahrigen Fingern ihr das Kleid über dem Busen . . .

Aber die fröhliche Stimme meines Bruders rief.

– Täubchen, wo seid Ihr?

X

Sie war bald wieder bei Bewußtsein. Kaum in der Lage, aufrecht zu stehen, wünschte sie, sofort in die Kutsche zu steigen, um nach La Badiola zurückzukehren.

Nun saß sie, in unsere *plaids* gehüllt, zusammengekauert auf ihrem Platz und schwieg. Ich und mein Bruder blickten sie von Zeit zu Zeit besorgt an. Der Kutscher trieb die Pferde an. Und während des lauen Aprilabends hallte das scharfe Traben über die Straße, die hie und da blühende Hecken säumten, unter dem klaren Himmel wider.

– Wie fühlst du dich, Giuliana? – fragten wir, ich und Federico, von Zeit zu Zeit.

– Ach, es geht so . . . Ein bißchen besser – entgegnete sie.

– Frierst du?

– Ja . . . ein bißchen.

Sie antwortete mit sichtlicher Anstrengung. Es schien fast, als wären ihr unsere Fragen lästig; so sehr, daß sie, als Federico hartnäckig ein Gespräch beginnen wollte, schließlich sagte:

– Entschuldige, Federico . . . das Gerede nervt mich.

Da das Verdeck der Kutsche zugezogen war, saß sie – verborgen und steif unter den Decken – im Schatten. Mehr als einmal beugte ich mich zu ihr, um ihr Gesicht zu mustern, da ich entweder glaubte, sie wäre eingenickt, oder fürchtete, sie sei erneut in Ohnmacht gefallen. Jedes Mal empfand ich dasselbe unverhoffte Gefühl der Bestürzung, wenn ich im Schatten ihre starren, weitaufgerissenen Augen bemerkte.

Eine lange Spanne des Schweigens folgte. Auch ich und Federico waren verstummt. Der Trab der Pferde schien mir nicht scharf genug. Am liebsten hätte ich dem Kutscher befohlen, sie zum Galopp anzufeuern.

– Mach zu, Giovanni!

Es war fast zehn, als wir La Badiola erreichten.

Besorgt ob der Verspätung erwartete uns meine Mutter. Als sie Giuliana in jenem Zustand erblickte, sagte sie:

– Ich habe mir gedacht, daß die Anstrengung dir schaden würde ...

Giuliana versuchte, sie zu beruhigen.

– Es ist nichts, Mama ... Du wirst sehen, daß es mir morgen früh besser geht. Ein bißchen Müdigkeit ...

Als meine Mutter sie im Schein des Lichts sah, rief sie erschrocken aus:

– Mein Gott! Mein Gott! Dein Gesicht jagt einem Angst ein ... Du kannst dich nicht auf deinen Beinen halten ... Edith, Costanza, rasch, lauft hinauf, um das Bett vorzuwärmen. Komm, Tullio, wir wollen sie nach oben bringen ...

– Aber nein, aber nein – beharrte Giuliana sich widersetzend – nicht erschrecken, Mama, es ist nichts ...

– Ich fahre mit der Kutsche nach Tussi, um den Arzt zu holen – schlug Federico vor. – In einer halben Stunde bin ich wieder zurück.

– Nein, Federico, nein! – schrie Giuliana fast heftig und wie außer sich. – Ich will nicht. Der Arzt kann nichts für mich tun. Ich weiß selbst, was ich nehmen muß. Ich habe alles oben. Laß uns gehen, Mama. Mein Gott! Wie ihr euch gleich ängstigt! Laß uns gehen, Mama ...

Und mit einem Schlag schien sie die Kraft wiedererlangt zu haben. Ohne Hilfe machte sie einige Schritte. Über die Stufen hinauf stützten sie ich und meine Mutter. Auf dem Zimmer wurde sie von krampfartigem Erbrechen befallen, das einige Minuten andauerte. Die Frauen begannen, sie zu entkleiden.

– Geh, Tullio, geh – bat sie mich. – Komm später wieder, um mich zu sehen. Mama bleibt inzwischen hier. Quäl dich nicht ...

Ich ging hinaus. Ich blieb in einem der angrenzenden Zimmer, hatte mich auf einen Diwan gesetzt, um zu warten. Ich hörte die Schritte der vielbeschäftigten Frauen des Hauses; Ungeduld nagte an mir. »Wann werde ich wieder ins Zimmer gehen können? Wann werde ich mit ihr allein bleiben können? Ich werde bei ihr wachen; werde die ganze Nacht an ihrem Krankenbett weilen. Vielleicht wird sie sich in einigen Stunden beruhigen, wird sich besser fühlen. Wenn ich ihr über das Haar streichle, wird es mir vielleicht gelingen, sie in den Schlaf zu wiegen. Wer weiß! Nach einer Weile, halb wach, halb im Schlaf, wird sie zu mir sagen: – Komm.« Ich hatte merkwürdiges Vertrauen in meiner Zärtlichkeiten Macht. Noch hoffte ich, daß jene Nacht ein süßes Ende nehmen könnte. Und wie immer zeichnete sich inmitten der Angstgefühle, die mir der Gedanke an Giulianas Qualen einflößte, die sinnliche Vorstellung ab, wurde zu einer deutlichen und anhaltenden Vision. »*Bleich wie ihr Nachthemd,* im Schein der Lampe, die hinter den Vorhängen des Alkoven brennt, erwacht sie nach einem ersten kurzen Schlummer, erblickt mich mit halboffenen Augen und murmelt schmachtend: – Komm auch du schlafen ...« Federico trat ein.

– Nun? – fragte er voller Anteilnahme. – Scheint, daß nichts ist. Ich habe eben gerade auf der Treppe mit Miss Edith gesprochen. Willst du nicht hinuntergehen, um etwas zu essen? Unten haben sie gedeckt ...

– Nein, ich habe jetzt keinen Hunger. Vielleicht später. ... Ich warte, daß sie mich hineinrufen ...

– Ich gehe inzwischen, wenn man mich nicht benötigt.

– Geh ruhig, Federico. Ich werde dann später herunterkommen. Danke.

Mein Blick folgte ihm, während er sich entfernte. Und noch einmal flößte mir mein Bruder ein Gefühl von Vertrauen ein; und noch einmal wurde mir leichter ums Herz.

Ungefähr drei Minuten verstrichen. Die Pendeluhr, die mir gegenüber an der Wand stand, durchmaß tickend die Zeit. Ihre Zeiger standen auf drei Viertel zehn. Während ich mich ungeduldig erhob, um zu Giulianas Zimmer zu gehen, trat meine besorgte, innerlich erregte Mutter ein und flüsterte: – Sie hat sich beruhigt. Nun braucht sie Schlaf. Armes Töchterlein!

– Darf ich zu ihr? – fragte ich sie.

– Ja, geh ruhig; aber laß sie ruhen.

Als ich mich entfernte, rief sie mich zurück.

– Tullio!

– Was willst du, Mama?

Sie schien zu zögern.

– Sag mir ... seit jener Operation, hast du da mit dem Arzt gesprochen?

– Ach ja, einige Male ... Warum?

– Hat er dich über die Gefahr ... – sie zögerte – ... über die Gefahr aufgeklärt, der Giuliana bei einer neuen Entbindung ausgesetzt sein könnte?

Ich hatte mit dem Arzt nicht gesprochen; wußte nicht, was antworten.

– Warum? – wiederholte ich verwirrt.

Wieder zögerte sie.

– Hast du nicht bemerkt, daß Giuliana schwanger ist?

Wie von einem Keulenschlag mitten auf die Brust getroffen, erfaßte ich die Wahrheit zunächst nicht.

– Schwanger! – stammelte ich.

Meine Mutter nahm mich bei den Händen.

– Nun, Tullio?

– Ich wußte nicht ...

– Du machst mir Angst. Also der Arzt ...

– Ja, der Arzt ...

– Komm, Tullio, setz dich.

Und sie ließ mich auf dem Diwan Platz nehmen. Erschrocken blickte sie mich an, wartete, daß ich reden würde. Für einige Augenblicke – obwohl sie dort, vor meinen Augen, stand – sah ich sie nicht mehr. Grelles Licht flammte schlagartig in meinem Geist auf; und zeigte mir das Drama.

Wer gab mir die Kraft, mich zu wehren? Wer bewahrte mir die Vernunft? Vielleicht fand ich gerade in dem gleichzeitigen Übermaß des Schmerzes und des Entsetzens das heroische Gefühl, das mich rettete.

Kaum hatte ich die physische Empfindsamkeit, die Fähigkeit, das Äußere wahrzunehmen, wiedererlangt, sah ich meine Mutter, die mich aus der Nähe angstvoll anblickte, und begriff, daß es vorrangig vonnöten war, meine Mutter zu beruhigen.

– Ich wußte es nicht ... – sagte ich zu ihr. – Giuliana hat mir nichts gesagt. Ich habe nichts bemerkt ... Das ist eine Überraschung ... Der Arzt, ja, er hat einige Gefahren genannt ... Deshalb macht diese Nachricht solchen Eindruck auf mich ... Weißt du, Giuliana ist jetzt so schwach ... Aber der Arzt deutete wirklich nichts allzu Ernstes an; deshalb, weil die Operation gut verlaufen ist ... Wir werden sehen. Wir werden ihn herkommen lassen; wir werden ihn fragen ...

– Ja, ja; das ist notwendig.

– Aber du, Mama, bist du deiner Sache sicher? Hat dir's Giuliana vielleicht gestanden? Oder ...

– An den üblichen Anzeichen, weißt du, daran hab'

ich es gemerkt. Es ist unmöglich, sich zu täuschen. Bis vor zwei oder drei Tagen leugnete Giuliana oder zumindest sagte sie, sie sei nicht sicher ... Da sie weiß, wie besorgt du bist, bat sie mich, dir vorläufig nichts zu sagen. Aber ich wollte es dir mitteilen ... Giuliana ist, du kennst sie ja, ist so bekümmert um deine Gesundheit! Siehst du: Ich habe den Eindruck, als ginge es ihr hier von Tag zu Tag schlechter statt besser. Erinnerst du dich?

– Ja, das ist wahr.

– Man kann in solchen Fällen nicht vorsichtig genug sein. Du mußt sofort Doktor Vebesti davon schreiben.

– Ja, sofort.

Und da ich fühlte, daß ich mich nicht länger mehr hätte beherrschen können, stand ich auf und fügte hinzu:

– Ich gehe zu Giuliana.

– Geh; aber laß sie diese Nacht schlafen, laß sie in Ruhe. Ich gehe hinunter und komme dann wieder nach oben.

– Danke, Mama.

Und ich strich ihr mit den Lippen über die Stirn.

– Mein gesegneter Sohn! – murmelte sie und entfernte sich.

Auf der Türschwelle gegenüber blieb ich stehen und wandte mich um; und ich sah jene süße, noch aufrechte, in ihrem schwarzen Gewand so edle Gestalt verschwinden.

Ich empfand ein unbeschreibliches Gefühl, ähnlich jenem vielleicht, das ich bei dem blitzartigen Einsturz des ganzen Hauses empfunden hätte. Widerstandslos brach alles in mir wie um mich herum zusammen und ging zugrunde.

XI

»In einer Stunde habe ich zehn Jahre gelebt«: Wer hat nicht manches Mal unglückliche Männer einen Satz solchen Inhalts sagen hören? Er ist unbegreiflich. Dennoch, ich verstehe ihn. Verlebte ich in den wenigen Minuten jenes fast ruhigen Gesprächs zwischen mir und meiner Mutter nicht mehr als zehn Jahre? Die Schnelligkeit menschlichen Innenlebens ist das wundersamste und geheimnisvollste Phänomen des Universums.

Nun, was sollte ich tun? Närrische Ideen kamen mir: weit fort zu fliehen des Nachts oder auf meine Gemächer zu eilen, um allein zu bleiben, so über meinem Verderben zu brüten und es in seiner ganzen Tragweite zu erfassen. Aber ich wußte zu widerstehen. In jener Nacht offenbarte sich die Überlegenheit meiner Natur. Eine meiner männlichsten Fähigkeiten konnte ich vor dem wilden Schmerz bewahren. »Es ist vonnöten«, dachte ich, »daß keine meiner Handlungen meiner Mutter, meinem Bruder, jeder Person in diesem Haus sonderbar sowie unerklärlich erscheint.«

Unfähig, das Zittern meines Körpers, das mich schüttelte, zu zügeln, hielt ich vor Giulianas Zimmertür inne. Als ich den Klang näherkommender Schritte vom Korridor her vernahm, trat ich entschlossen ein.

Auf Zehenspitzen trat Miss Edith aus dem Alkoven. Sie bedeutete mir, keinen Lärm zu machen.

– Sie ist dabei, einzuschlafen – flüsterte sie mir zu.

Leise ging sie, leise zog sie die Türe hinter sich halb zu.

Die Lampe, die von der Mitte des Deckengewölbes herabhing, brannte in friedvoller, gleichmäßiger Helligkeit. Über einen Stuhl hatte man den amarantenen Mantel gelegt; auf einen anderen das Korsett aus schwarzem Atlas: das Korsett, dessen sich – während meiner kurzen Abwesenheit – Giuliana auf Villalilla entledigt hatte; auf einen weiteren das graue Kleid: dasselbe, welches sie mit so großer Anmut inmitten der zierlichen Fliederblüten getragen hatte. Der Anblick jener Kleidungsstücke löste in mir solch Qual aus, daß ich von neuem das Bedürfnis hatte, zu fliehen. Ich wandte mich dem Alkoven zu, schob die Vorhänge beiseite; ich sah das Bett, sah auf dem Kopfkissen die dunkle Flut der Haare, aber nicht das Gesicht: Ich sah die Erhöhungen des unter den Dekken verborgenen Körpers. Vor meinem geistigen Auge entfaltete sich die schreckliche Wahrheit in all ihrer widerwärtigen Brutalität. »Ein Anderer hat sie besessen, sie hat den Ausfluß eines Anderen empfangen, trägt den Samen eines Anderen im Bauch.« Und eine Folge hassenswerter lüsterner Bilder spulte sich vor den Augen meiner Seele ab, die abzuschotten ich nicht imstande war. Und es waren nicht nur die Bilder davon, was geschehen war, sondern auch davon, was notwendigerweise geschehen mußte. Mit unvermeidlicher Deutlichkeit mußte ich gar die zukünftige Giuliana (Meinen Traum! Mein Ideal!) schauen: von einem riesigen Bauch entstellt, mit einem ehebrecherisch gezeugten Fötus schwanger . . .

Wer hätte sich schrecklichere Qualen vorstellen können? Und alles war wahr, alles war *gewiß!*

Wenn der Schmerz die Kräfte übersteigt, sucht der Mann im Zweifel momentane Erleichterung von unerträglichem Leid; er denkt: »Vielleicht täusche ich mich; vielleicht ist mein Unglück nicht so, wie es mir erscheint.« Und indem er so die Ruhepause verlängert, meint der ratlose Geist, zu einem genaueren Erkennen der Wirklichkeit zu gelangen. Mir jedoch kamen nicht einmal einen Augenblick lang Zweifel: Ich hatte nicht einmal einen Augenblick lang Ungewißheit. Unmöglich ist mir, das Phänomen zu erklären, das sich in meinem sonderbarerweise klar gewordenen Bewußtsein abspielte. Es schien, als wären durch einen plötzlichen heimlichen Vorgang, der in einem unbekannten inneren Bereich ablief, all die unbeachteten Anzeichen, die sich auf diese furchtbare Angelegenheit bezogen, aneinandergereiht worden und würden so eine logische, alles umfassende, Zusammenhänge herstellende, endgültige, unwiderlegbare Erkenntnis bilden; eine Erkenntnis, die sich mir schlagartig offenbart hätte, weil sie in mein Bewußtsein mit der Geschwindigkeit eines Objekts eindrang, das – nicht mehr von unbekannten Fesseln auf dem Grunde gehalten – an die Wasseroberfläche steigt, um oben zu schwimmen, und dort unversenkbar bleibt. All die Indizien, all die Beweise lagen geordnet vor mir. Ich mußte keinerlei Anstrengung vollführen, um sie wiederzufinden, auszuwählen und zu verbinden. Unscheinbare, weit zurückliegende Ereignisse erschienen nun in neuem Licht; Bruchstücke aus der letzten Zeit bekamen eine neue Färbung. Und die ungewohnte Abneigung Giulianas gegenüber Blumen und Gerüchen, ihr eigenartiges Betrübtsein, ihr schlecht verhehlter Ekel, ihr plötzliches Erbleichen, jene Art ständiger Wolke zwischen ihren Augenbrauen, jene tiefe Müdigkeit in gewissen, ihren Bewegungen und die mit dem Nagel in dem russischen Roman gekennzeichneten Seiten – der Vorwurf des Alten gegenüber Graf Besuchow, die letzte Frage der kleinen Fürstin Lisa – und die Handbewegung, mit der sie mir das Buch aus der Hand genommen hatte; und dann die Szenen auf Villalilla, die Tränen, die Schluchzer, die zweideutigen Sätze, das sibyllinische Lächeln, das fast grausige Glühen, die fast törichte Flatterhaftigkeit, das Beschwören des Todes: all diese Anzeichen versammelten sich um meiner Mutter Worte, die inmitten meiner Seele eingebrannt waren.

Meine Mutter hatte gesagt: »*Es ist unmöglich, sich zu täuschen.* Bis vor zwei oder drei Tagen leugnete Giuliana oder zumindest *sagte sie, sie sei nicht sicher . . . Da sie weiß, wie besorgt du bist, bat sie mich, dir nichts zu sagen . . .«* Die Wahrheit konnte nicht deutlicher sein. Folglich war jetzt alles *gewiß!*

Ich trat in den Alkoven; näherte mich dem Bett. Die Vorhänge fielen hinter mir wieder zu; das Licht schien gedämpfter. Angst schnürte mir die Kehle zu, all mein Blut gefror mir in den Adern, als ich an das Kopfende trat und mich niederbeugte, um Giulianas Haupt aus der Nähe zu betrachten, welches das Linnen fast zur Gänze verbarg. Ich weiß nicht, was geschehen wäre, hätte sie in jenem Moment ihr Antlitz gehoben und gesprochen.

Schlief sie? Nur die Stirn, bis zu den Brauen, lag frei.

Aufrecht blieb ich für einige Minuten daneben stehen und wartete. Schlief sie denn? Sie bewegte sich nicht, lag auf der Seite. Der vom Linnen bedeckte Mund ließ mich keinerlei Anzeichen eines Atmens vernehmen. Nur die Stirn, bis zu den Brauen, lag frei.

Wie hätte ich mich beherrscht, hätte sie meine Anwesenheit bemerkt? Dies war nicht der Zeitpunkt für Fragen, der Zeitpunkt für eine Aussprache. Wenn sie geahnt hätte, daß mir alles bekannt war, zu welch äußerster Grenze hätte sie sich in jener Nacht gezwungen? Ich hätte also naive Zärtlichkeit heucheln, hätte einen vollkommen Unwissenden spielen und weiterhin jenes Gefühl an den Tag legen müssen, daß mir, vier Stunden zuvor, auf Villalilla so süße Worte eingeflößt hatte: »Heute abend, heute abend, in deinem Bett . . . Du wirst sehen, wie ich dich zu halten weiß. Ich werde dich in den Schlaf wiegen. Du wirst die ganze Nacht an meinem Herzen schlafen . . .«

Wirr ließ ich meine Blicke schweifen, bemerkte auf dem Teppich die hellen und feinen Schuhchen, über einer Stuhllehne die langen Strümpfe aus grauer Seide, die Strumpfbänder aus Moiré und ein weiteres Kleidungsstück verborgener Anmut: alles Dinge, an denen sich meine Augen – die Augen eines Liebhabers – bereits während der jüngsten Intimitäten ergötzt hatten. Und der Widerstreit der Sinne peinigte mich mit solch großer Wut, daß es ein Wunder war, wenn ich mich so beherrschte: mich nicht auf Giuliana stürzte, um sie zu wecken, ihr die törichten und grausamen Worte ins Gesicht zu schleudern, die mir der plötzliche Zorn einflößte.

Schwankend zog ich mich zurück, verließ die Bettnische. Mit blindem Entsetzen dachte ich: »Wie werden wir das beenden?«

Ich schickte mich an, zu gehen. »Ich werde hinuntergehen. Ich werde meiner Mutter sagen, daß Giuliana schläft, daß sie einen ruhigen Schlaf hat; ich werde ihr sagen, daß auch ich Ruhe brauche. Ich werde mich auf mein Zimmer zurückziehen. Morgen früh dann ...« Doch unfähig, die Schwelle zu überschreiten, und von unzähligen Ängsten befallen, blieb ich unschlüssig stehen. Mit einer plötzlichen Bewegung drehte ich mich wieder dem Alkoven zu, als hätte ich einen Blick auf mir gespürt. Ich hatte den Eindruck, als schwängen die Vorhänge hin und her; aber ich irrte mich. Doch etwas, das einer magnetischen Schwingung gleichkam, strömte durch diese Vorhänge, um mich zu durchdringen; etwas, dem ich nicht widerstand. Schaudernd betrat ich ein zweites Mal den Alkoven.

Giuliana lag in derselben Stellung da. Schlief sie? Nur die Stirn, bis zu den Brauen, lag frei.

Ich setzte mich an das Kopfende; und wartete. Ich betrachtete jene Stirn, die bleich wie das Linnen, die zart und rein wie eine kleine Hostie, die schwesterlich war, die meine Lippen so viele Male gläubig geküßt hatten, welche die Lippen meiner Mutter so viele Male geküßt hatten.

Kein Mal der Befleckung erschien dort; dem Anschein

nach war sie noch immer dieselbe. Doch nichts auf der Welt konnte jemals den Makel tilgen, den die Augen meiner Seele auf jener Blässe sahen!

Einige Worte, die ich während des letzten Rauschs ausgesprochen hatte, fielen mir wieder ein. »Ich werde bei dir wachen, werde in deinem Antlitz die Träume lesen, die du träumen wirst.« Und wieder dachte ich: »Sie wiederholte jedes Mal: – Ja, ja.« Ich fragte mich selbst: »Welches Leben lebt sie innerlich? Welche Absichten hat sie? Was hat sie beschlossen?« Und ich betrachtete ihre Stirn. Ich achtete nicht mehr auf meinen Schmerz; sondern brachte mich ganz dazu, mir ihren Schmerz vorzustellen, ihren Schmerz zu begreifen.

Sicher, ihre Verzweiflung mußte unmenschlich sein; ruhelos, grenzenlos. Meine Qual war auch ihre Qual, und für sie vielleicht sogar eine schrecklichere. Drüben, auf Villalilla, in der Allee, auf der Bank, im Haus: dort hatte sie in meinen Worten die Wahrheit gehört, hatte die Wahrheit in meinem Gesicht gelesen. Sie hatte an meine unermeßliche Liebe geglaubt.

»*... du warst in meinem Haus, während ich fern dich suchte*. Ach sag mir: Wiegt dies Geständnis nicht all deine Tränen auf. Würdest du nicht wünschen, von ihnen sogar mehr, mehr sogar für einen solchen Beweis vergossen zu haben?

– Ja, mehr sogar! ...«

Mit einem Hauchen, das mir wahrhaft göttlich vorgekommen war: so hatte sie geantwortet, so hatte ihre Seele geantwortet: *»Ja, mehr sogar! ...«*

Weitere Tränen hätte sie vergießen, hätte ein weiteres Martyrium für ein solches Geständnis erdulden wollen! Und als sie zu ihren Füßen den Mann schaute, der so leidenschaftlich wie nie, den sie seit Jahren verloren und über den sie seit Jahren geweint, als sie ein großes unbekanntes Paradies vor sich erstehen sah: da hatte sie sich unrein gefühlt, hatte das körperliche Empfinden ihrer Unreinheit gespürt, hatte mein Haupt in ihrem Schoß, der vom Samen eines Anderen befruchtet war, ertragen müssen. Ach, warum hatten ihre Tränen mir nicht tatsächlich das Gesicht mit Wunden übersät? Warum hatte ich sie trinken können, ohne mich zu vergiften?

In einem einzigen Augenblick durchlebte ich noch einmal der Liebe ganzen Tag. Noch einmal sah ich all die Regungen, auch die flüchtigsten, die Giulianas Antlitz seit unserem Betreten Villalillas gezeigt hatte; und ich verstand sie alle. Ein großes Licht war mir aufgegangen. »Ach, als ich ihr von Morgen, von der Zukunft sprach! . . . Welch schrecklich Wort mußte jenes Morgen auf meinen Lippen sein! . . .« Und das kurze Zwiegespräch kam mir wieder in den Sinn, das auf der Schwelle des Balkons, die Zypresse vor Augen, stattgefunden hatte. Voll Hingabe, mit schwachem Lächeln, hatte sie wiederholt: »Sterben!« Sie hatte vom allzu nahen Ende gesprochen. »Was würdest du tun, wenn ich dir unversehens stürbe? Wenn ich, zum Beispiel, morgen tot wäre?« hatte sie gefragt. Später, auf unserem Zimmer, als sie sich an mich preßte, hatte sie geschrien: »Nein, Tullio, nein . . . man spricht nicht von der *Zukunft* . . . Denk an heute, denk an das jetzt, das vergeht!« Verrieten solch Handeln, solch Worte nicht einen Entschluß voller Tragik: die Absicht, zu sterben? Es war offensichtlich, daß sie sich zu töten beschlossen hatte, daß sie sich töten würde: vielleicht noch in dieser Nacht, vor dem unentrinnbaren *Morgen,* da es keinen anderen Ausweg für sie gab.

Als der Schauder wich, den mir der Gedanke an die unmittelbar drohende Gefahr einflößte, blickte ich in mich selbst: »Was wäre härter: die Folgen von Giulianas Tod oder die ihres Weiterlebens? Da das Verhängnis unaufhaltsam ist und der Abgrund keinen Boden hat, ist eine unmittelbare Katastrophe vielleicht einer endlosen Verlängerung dieses schrecklichen Dramas vorzuziehen.« Und meine Vorstellungskraft machte mich zum Zeugen der Entwicklung von Giulianas Mutterschaft, ließ mich das neugezeugte Wesen schauen, jenen Eindringling, der meinen Namen tragen, vielleicht mein Erbe sein würde, der die Zärtlichkeiten meiner Mutter, meines Bruders, meiner Töchter an sich gerissen hätte. »Ganz gewiß, nur der Tod kann den verhängnisvollen Lauf der Ereignisse stoppen. Aber würde der Selbstmord verborgen bleiben? Womit würde sich Giuliana töten? Ist der Freitod einmal entdeckt, was würden meine Mutter, mein Bruder denken? Welch Schlag würde meine Mutter treffen? Und Maria? Und Natalia? Und was würde ich mit meinem Leben dann anfangen?«

Wahrlich, ich war nicht imstande, mir mein Leben ohne Giuliana vorzustellen. Ich liebte jenes arme Geschöpf sogar in seinem unreinen Zustand. Außer jenem plötzlichen Anfall von Zorn, den wollüstige Eifersucht erregt hatte: noch nie hatte ich ihr gegenüber ein Gefühl von Haß, Groll und Verachtung empfunden. Nicht ein Gedanke an Rache hatte mich durchzuckt. Statt dessen empfand ich tiefes Mitleid mit ihr. Von Anfang an nahm ich die volle Verantwortung für ihren Fall auf mich. Ein stolzes und edelmütiges Gefühl hob mich empor, adelte mich. »Sie hat verstanden, ihr Haupt unter meinen Schlägen zu beugen, hat verstanden, zu leiden, hat verstanden, zu schweigen; sie hat mir das Beispiel für weiblichen Mut, heroinenhafte Entsagung gegeben. Nun ist für mich die Wende gekommen. Ich schulde ihr Vergeltung. Ich muß sie um jeden Preis retten.« Und diese Seelengröße, diese Güte flößte sie mir ein.

Ich betrachtete sie aus der Nähe. Noch lag sie, mit entblößter Stirn, reglos in derselben Haltung. Ich dachte: »Schläft sie? Wenn sie statt dessen sich schlafend stellen würde, um jeglichen Verdacht fernzuhalten, einen ruhigen Eindruck zu machen und allein gelassen zu werden? Wenn ihre Absicht ist, das Morgen nicht zu erleben, versucht sie ganz sicher, die Ausführung mit allen Mitteln zu begünstigen. Sie täuscht den Schlaf vor. Wenn ihr Schlaf echt wäre, wäre er nicht so friedvoll, so fest: schließlich, ihre Nerven sind überreizt. Ich rüttle sie jetzt...« Doch ich zögerte: »Wenn sie tatsächlich schliefe? Zuweilen senkt sich nach einem großen Verschleiß an Nervenstärke der Schlaf wie eine Ohnmacht sogar über die heftigsten Sorgen des Geistes! Ach, hielte ihr Schlaf doch bis morgen an, wäre sie doch morgen imstande, mit neuem Mut und einigermaßen bei Kräften sich zu erheben, um die unvermeidliche Aussprache zwischen uns zu ertragen!« Ich starrte auf jene Stirn, die bleich wie das Linnen; und mich noch etwas tiefer beugend bemerkte ich, daß sie feucht wurde. Ein Schweißtropfen perlte über die Braue. Und jener Tropfen weckte in mir den Gedanken an kalten Schweiß, der das Wirken betäubender Gifte anzeigt. Sofort durchzuckte mich ein Verdacht. »Das Morphium!« Und instinktiv eilte mein Blick zum Nachttisch, von dort zum Kopfende, wie um das Glasfläschchen zu suchen, das mit dem kleinen schwarzen Schädel, dem bekannten Todessymbol, gekennzeichnet war.

Auf jenem Tisch befanden sich eine Karaffe mit Wasser, ein Glas, ein Kerzenständer, ein Taschentuch und einige kleine Scheren, die glitzerten; nichts anderes war dort. Rasch musterte ich den ganzen Alkoven. Quälende Angst packte mich. »Giuliana besitzt Morphium. Sie hat immer eine gewisse, flüssige Menge für die Spritzen. Ich bin sicher, daß sie daran gedacht hat, sich damit zu vergiften. Wo hält sie das Fläschchen verborgen?« In meinen Pupillen saß fest das Bild des kleinen Glasfläschchens, das ich einmal in Giulianas Händen gesehen hatte und mit jenem dunklen Zeichen versehen war, das die Apotheker zur Kennzeichnung von Gift verwenden. »Und wenn sie es bereits getrunken hätte?« flüsterte mir meine aufgeregte Phantasie zu. »Jener Schweiß . . .« Ich zitterte auf dem Stuhl; und ein heftiges Gespräch lief in mir ab. »Aber wann? Aber wie? Niemals ist sie allein geblieben. – Um ein Fläschchen zu leeren, genügt ein Augenblick. – Aber das Erbrechen wäre dann vielleicht nicht ausgeblieben . . . – Und zuvor, jener Anfall krampfartigen Erbrechens, kaum daß sie angekommen war? Sie hatte den Selbstmord vorher geplant: Vielleicht trug sie das Morphium bei sich. Kann es nicht sein, daß sie es in der Kutsche, im Schatten, vor der Ankunft auf La Badiola, getrunken hat? Sie hat in der Tat verhindert, daß Federico den Arzt holen fuhr . . .« Ich kannte die Symptome einer Morphiumvergiftung nicht genau. Während meiner Zweifel versetzten mich die bleiche und feuchte Stirn sowie die vollkommene Starrheit Giulianas in Panik. Ich schickte mich an, sie zu rütteln. »Aber wenn ich mich täusche? Sie erwacht, und ich, was sage ich zu ihr?« Mir schien, als müßten ihr erstes Wort, der erste Blick, der zwischen ihr und mir gewechselt würde, die erste direkte Kommunikation zwischen ihr und mir eine außergewöhnliche Wirkung von unvorhersehbarer, unvorstellbarer Gewalt verursachen. Mir schien, als hätte ich mich nicht beherrschen, nicht verstellen können und sie sofort bei meinem Anblick erraten, daß ich um alles wußte. Und dann?

Ich spitzte die Ohren, hoffte und fürchtete, meine Mutter käme herauf. Dann (so hätte ich nicht gezittert, wenn ich den Zipfel eines Leichentuchs gehoben hätte, um das Gesicht einer Verstorbenen noch einmal zu sehen) entblößte ich nach und nach jenes Antlitz.

Sie öffnete die Augen.

– Ach, bist du's, Tullio?

Sie sprach mit ihrer natürlichen Stimme. Ein unerwartetes Ereignis: ich konnte sprechen.

– Du schliefst? – fragte ich sie und vermied, ihr in die Pupillen zu blicken.

– Ja, ich war eingeschlafen.

– Also hab' ich dich geweckt . . . Verzeih mir . . . Ich wollte dir den Mund abdecken. Ich hatte Angst, du würdest nicht richtig atmen . . . die Decken würden dich ersticken . . .

– Ja, das ist wahr. Jetzt ist mir warm, allzu warm . . . Nimm eine dieser Decken von mir; ich bitte dich.

Und ich erhob mich, um sie von einigen dieser Decken zu befreien. Heute ist mir unmöglich, mein Bewußtsein zu bestimmen, das sich auf jene Handgriffe, die ich ausführte, auf jene Worte, die ich sagte und hörte, auf jene Dinge bezog, die auf natürliche Art geschahen – als hätte nichts sich verändert, als wären ich und Giuliana Unwissende und Unversehrte, als gäbe es dort drinnen, in jenem Alkoven, weder den Ehebruch noch die Enttäuschung, die Reue, die Eifersucht, die Angst, den Tod noch all die menschlichen Abscheulichkeiten.

– Ist es sehr spät? – fragte sie mich.

– Nein, es ist noch nicht Mitternacht.

– Ist Mama zu Bett gegangen?

– Noch nicht.

Nach einer Pause:

– Und du? . . . Gehst du nicht? Du mußt müde sein . . .

Ich wußte nicht, was antworten. Sollte ich antworten, daß ich blieb? Sie bitten, mich bleiben zu lassen? Ihr die zarten Worte wiederholen, die ich im Sessel auf *unserem* Zimmer in Villalilla gesprochen hatte? Aber wenn ich blieb, wie hätte ich die Nacht verbracht? Hier, auf dem Stuhl, um zu wachen, oder neben ihr im Bett? Wie hätte ich mich verhalten? Hätte ich bis zum Ende heucheln können?

– Es ist besser, du gehst, Tullio ... – fuhr sie fort. – Für diesen Abend ... Ich benötige nichts mehr; ich brauche nichts außer Schlaf. Wenn du bliebst ... das wäre nicht gut ... Es ist besser, du gehst für diesen Abend, Tullio.

– Aber du könntest etwas brauchen ...

– Nein. Und außerdem ist, für alle Fälle, Cristina hier, die nebenan schläft.

– Ich lege mich dorthin, aufs Kanapee, mit einer Decke ...

– Warum willst du dich quälen? Du bist sehr müde: Man sieht es an deinem Gesicht ... Und außerdem, wenn ich dich dort wüßte, würde ich nicht schlafen. Sei lieb, Tullio! Morgen vormittag wirst du früh kommen, um mich zu sehen. Jetzt brauchen wir alle beide Schlaf: einen tiefen Schlaf ohne Unterbrechung ...

Ihre Stimme war schwach, zärtlich und ohne irgendeinen ungewohnten Klang. Außer der Beharrlichkeit, mit der sie mich zum Gehen überreden wollte, bestätigte nichts weiter die tödliche Absicht in ihr. Sie schien von Anstrengungen aufgerieben, aber ruhig. Von Zeit zu Zeit schloß sie die Augen, als habe der Schlaf ihr die Lider beschwert. – Was tun? Sie verlassen? Aber gerade ihre Ruhe erschreckte mich. Nur die feste Absicht konnte ihr solch Ruhe einflößen. Was tun? Bedachte man alles, wäre auch meine Anwesenheit während der Nacht sinnlos gewesen. Sie hätte ihren Vorsatz sehr gut zu Ende bringen können, wenn sie sich vorbereitet und das Mittel zur Hand hatte. War dies Mittel aber wirklich Morphium? Und wo hielt sie das Fläschchen versteckt? Unter dem Kissen? In der Schublade des Nachttischs? Wie danach suchen? Man mußte alles aufdecken, mußte unversehens sagen: »Ich weiß, daß du dich töten willst.« Aber welche Szene würde darauf folgen? Das Übrige zu verbergen, wäre unmöglich gewesen. Und zu was für einer Nacht würde diese dann werden? – Solch tiefe Ratlosigkeit kostete mich meine ganze Kraft und zehrte sie auf. Meine Nervenstränge erschlafften. Die körperliche Ermattung wurde immer drückender. Mein ganzer Organismus erreichte jenen Zustand äußerster Erschöpfung, in dem jede bewußte Tätigkeit aufgegeben wird, in dem Aktionen und Reaktionen sich nicht mehr entsprechen oder nicht mehr abgeschlossen werden. Ich fühlte mich unfähig, mich noch weiter zu widersetzen, zu kämpfen und – auf welch nutzbringende Weise auch immer – zu handeln. Das Empfinden meiner Schwäche, das Empfinden der Notwendigkeit dessen, was geschah und zu geschehen im Begriffe stand, lähmten mich. Mein Wesen schien wie plötzlich paralysiert. Ich verspürte das blinde Bedürfnis, jener letzten dunklen Bewußtheit meines Ichs sogar zu entfliehen. Aber schließlich lösten sich all meine Qualen in einem verzweifelten Gedanken auf. »Komme, was wolle, es ist auch für mich der Tod.«

– Ja, Giuliana – sagte ich – ich laß dich in Frieden. Schlaf du. Wir sehen uns morgen.

– Du kannst dich nicht auf den Beinen halten!

– Ja, das ist wahr; ich kann mich nicht auf den Beinen halten ... Leb wohl. Gute Nacht!

– Gibst du mir keinen Kuß, Tullio?

Ein Schauer instinktiven Widerwillens zog durch meinen Körper. Ich zögerte.

In diesem Moment trat meine Mutter ein.

– Wie? Du bist wach? – rief meine Mutter aus.

– Ja, aber ich schlafe gleich wieder ein.

– Ich habe nach den Kindern gesehen. Natalia war wach. Sofort hat sie mich gefragt: »Ist Mama zurück?« Sie wollte mit mir kommen ...

– Warum sagst du nicht Miss Edith, daß sie Natalia zu mir bringen soll? Hat sich Edith zu Bett begeben?

– Nein. – Leb wohl, Giuliana – unterbrach ich.

Und ich trat näher, beugte mich, um sie auf die Wange

zu küssen, die sie mir darbot, während sie sich etwas auf die Ellbogen stützte.

– Leb wohl, Mama. Ich gehe, um mich schlafen zu legen; vor Müdigkeit bin ich ganz blind.

– Und du ißt nichts mehr? Federico ist unten geblieben, um auf dich zu warten ...

– Nein, Mama; ich habe keine Lust. Gute Nacht!

Und ich küßte auch ihre Wange. Und ging hinaus: unverzüglich, ohne Giuliana einen Blick zuzuwerfen; ich sammelte die wenigen Kräfte, die mir verblieben waren, und lief – kaum jenseits der Schwelle – aus Angst, niederzustürzen, ehe ich meine Türe erreicht hatte, in Richtung meiner Gemächer.

Ich warf mich mit dem Gesicht aufs Bett. Einer jener inneren Stürme schüttelte mich, die heftigen Tränenausbrüchen vorangehen, wenn sich der Angst Knoten lokkert, wenn die Spannung schwindet. Aber der Anfall hielt an, und die Tränen kamen nicht. Die Qual war schrecklich. Ungeheurer Druck befiel meinen ganzen Körper, ein Druck, den ich nicht auf mir lasten, sondern in mir fühlte: als wären meine Knochen und Muskeln zu festem Blei erstarrt. Aber mein Gehirn dachte noch! Und mein Bewußtsein war noch wach!

»Nein, ich durfte sie nicht verlassen, durfte mir nicht erlauben, so fortzugehen. Ganz sicher, sobald meine Mutter sich zurückziehen wird, wird sie sich töten. Dieser Ton in ihrer Stimme, als sie den Wunsch geäußert hat, Natalia wiederzusehen! ...« Eine wahnhafte Vorstellung bemächtigte sich ganz plötzlich meiner. – Meine Mutter ging aus dem Zimmer. Giuliana setzte sich im Bett auf, lauschte. Dann – sicher, endlich alleine zu sein – entnahm sie der Schublade des Nachttischs das Fläschchen Morphium; sie zögerte nicht einen Augenblick; mit einer entschlossenen Bewegung leerte sie es in einem Zug; sie schlüpfte wieder unter die Decken; legte sich auf den Rücken, um zu warten ... – Die bildliche Vision des Leichnams erreichte solch Intensität, daß ich wie toll aufsprang; ich drehte drei oder vier Runden im Zimmer, stieß gegen die Möbel, stolperte über die Teppiche, gestikulierte ängstlich. Ich öffnete ein Fenster.

Die Nacht war ruhig und vom eintönigen und anhaltenden Quaken der Frösche erfüllt. Die Sterne blinkten.

Deutlich funkelte der große Bär mir entgegen. Die Zeit verfloß.

Voller Erwartung verharrte ich einige Minuten an der Brüstung, blickte starr auf das große Sternbild, das sich meinem verstörten Blick zu nähern schien. Wahrhaftig, ich wußte nicht, worauf ich wartete. Ich verlor mich. Ich empfand als sonderbares Gefühl die Leere jenes unermeßlichen Himmels. Unversehens, während jener Art bewußtloser Unterbrechung, so als hätte in der Tiefe meines Unterbewußtseins irgendein dunkler Einfluß auf mein Wesen eingewirkt, tauchte plötzlich die Frage wieder auf, die ich noch nicht ganz begriffen hatte: » *Was habt ihr mir angetan?* « Und das Bild des Leichnams, das für kurze Zeit verschwunden war, erschien erneut.

Das Entsetzen war derart, daß ich – doch ohne zu wissen, was ich tun wollte – mich umdrehte, ohne Zögern das Zimmer verließ, den Weg zu Giulianas Zimmer einschlug. Auf dem Gang begegnete ich Miss Edith.

– Woher kommen Sie, Edith? – fragte ich sie.

Ich bemerkte, daß sie bei meinem Anblick stutzte.

– Ich habe Natalia zur gnädigen Frau, die ihre Tochter sehen wollte, gebracht; aber ich habe sie dort lassen müssen. Es ist nicht möglich gewesen, sie zur Rückkehr in ihr Bett zu bewegen. Sie hat so heftig geweint, daß die gnädige Frau beschlossen hat, ihre Tochter bei sich zu behalten. Hoffen wir, daß Maria jetzt nicht aufwacht ...

– Ach, dann ...

Mein Herz schlug so heftig, daß ich nicht weiterreden konnte.

– Ach, dann ist Natalia im Bett ihrer Mutter geblieben . . .

– Ja, gnädiger Herr.

– Und Maria . . . Wir wollen nach Maria sehen.

Die innere Erregung erstickte mich. Für jene Nacht war Giuliana gerettet! Es war unmöglich, daß sie daran dachte, in dieser Nacht zu sterben, wenn das Kind ihr zur Seite lag. Wie durch ein Wunder hatte Natalias Laune die Mutter gerettet. »Gesegnet sei sie! Gesegnet!« Bevor ich einen Blick auf die schlummernde Maria warf, betrachtete ich das leere Bettchen, in dem eine kleine Kuhle zurückgeblieben war. Seltsame Wünsche stiegen in mir auf: das Kopfkissen zu küssen, zu fühlen, ob die Kuhle noch warm wäre. Ediths Anwesenheit war mir lästig. Ich wandte mich Maria zu, hielt den Atem an und beugte mich hinab und betrachtete sie lange, suchte Stück für Stück die bekannten Ähnlichkeiten, die sie mit mir hatte; fast zählte ich die zarten Adern, die durch ihre Schläfen, durch ihre Wange, durch ihren Hals schimmerten. Sie schlief auf der Seite, und ihr nach hinten gesunkener Kopf lag so, daß der gesamte Hals unterhalb des nach oben gereckten Kinns unbedeckt war. Die Zähne, winzig wie geschälte Reiskörner, leuchteten in dem halboffenen Mund. Die Wimpern, so lang wie jene der Mutter, streuten von der Augen Höhe ihren Schatten aus, der ihrer Wangen Grat berührte. Einer wertvollen Blume Zärtlichkeit und äußerste Zartheit breiteten sich über jener Mädchengestalt aus, in der ich mein verdünntes Blut fließen *sah*.

Wann jemals, seitdem die beiden Geschöpfe lebten, wann jemals hatte ich für sie ein so tiefes, so süßes und so trauriges Gefühl empfunden?

Mühsam riß ich mich los. Ich hätte mich zwischen die

beiden Bettchen setzen und das Haupt auf jener Leere Rand betten wollen, während ich auf das *Morgen* wartete.

– Gute Nacht, Edith – sagte ich beim Hinausgehen; und meine Stimme zitterte ein neues Zittern.

Als ich in meinem Zimmer anlangte, warf ich mich von neuem mit dem Gesicht aufs Bett. Und wie ein Verlorener brach ich endlich in Schluchzen aus.

XII

Als ich aus schwerem – fast würde ich sagen: wildem Schlaf erwachte, der plötzlich, zu einer gewissen Stunde der Nacht mich bleiern übermannt hatte, hatte ich Mühe, mir wieder einen genauen Begriff von der Wirklichkeit zu machen.

Nach kurzer Zeit stellte sich meinem Geist, der nun von den nächtlichen Aufregungen frei, die Wirklichkeit als kalt, nackt, und unabänderlich vor. Was waren die jüngsten Ängste im Vergleich zu dem Entsetzen, das mich nun packte? – Ich mußte leben! Und es war, als reiche mir jemand einen tiefen Pokal mit den Worten: »Wenn du heute trinken willst, wenn du heute leben willst, mußt du hier hinein, aber bis zum letzten Tropfen, dein Herzblut pressen.« Unbeschreiblicher Widerwillen, unbeschreiblicher Ekel, unbeschreibliches Schaudern erfüllten mich aus dem Innersten meines Wesens. Und dennoch mußte ich leben, mußte sogar an jenem Morgen das Leben auf mich nehmen! Und mußte vor allem *handeln!*

Der Vergleich zwischen jenem tatsächlichen und jenem auf Villalilla tags zuvor geträumten, erhofften Erwachen, den ich in meinem Innern anstellte, vergrößerte meine Pein. »Es ist unmöglich«, dachte ich, »daß ich einen solchen Zustand akzeptiere; es ist unmöglich, daß ich mich erhebe, mich ankleide, das Zimmer verlasse, Giuliana wiedersehe, mit ihr spreche, fortfahre, mich vor meiner Mutter zu verstellen, auf die geeignete Stunde für eine endgültige Aussprache warte und während dieser die Bedingungen unseres zukünftigen Zusammenlebens festlege. Unmöglich ist das. Aber was dann? Die vollständige, schlagartige Vernichtung dessen, was in mir leidet ... Mich befreien, entfliehen ... *Es gibt keinen anderen Weg.*« Und während ich die Leichtigkeit solchen Handelns erwog, mir die rasche Durchführung, das Abdrücken der Waffe, die unmittelbare Wirkung des Bleis, die darauffolgende Dunkelheit vorstellte, empfand ich in meinem ganzen Körper eine sonderbare, ängstliche und doch mit einem Gefühl von Erleichterung, von Süße durchsetzte Anspannung. »*Es gibt keinen anderen Weg.*« Und obwohl mich das Verlangen zu wissen bewegte, dachte ich erleichtert, daß ich dann von nichts mehr etwas gewußt, daß alles schließlich ein Ende gehabt hätte.

Ich hörte ein Klopfen an meiner Tür. Und die Stimme meines Bruders rief:

– Tullio, bist du noch nicht aufgestanden? Es ist neun. Darf ich hereinkommen?

– Komm rein, Federico.

Er trat ein.

– Weißt du, daß es spät ist? Neun Uhr ist vorbei ...

– Ich bin spät eingeschlafen und war sehr müde.

– Wie fühlst du dich?

– Es geht ...

– Mama ist aufgestanden. Sie hat mir gesagt, daß es Giuliana einigermaßen gut geht. Willst du, daß ich dir das Fenster öffne? Es ist ein wunderbarer Morgen.

Weit öffnete er das Fenster. Eine Welle frischer Luft wogte ins Zimmer; die Vorhänge blähten sich wie zwei Segel; in der Öffnung erschien der Azur.

– Siehst du?

Vielleicht erhellte das lebendige Licht auf meinem Antlitz die Merkmale der Qual, da er hinzufügte:

– Hast du dich denn heute Nacht nicht wohl gefühlt?

– Ich glaube, ich habe etwas Fieber gehabt.

Federico musterte mich mit seinen klaren, meergrünen Augen; und in jenem Moment schien mir, als laste auf meiner ganzen Seele das Gewicht der zukünftigen Lügen und zukünftigen Heuchelei. Oh, wenn er gewußt hätte!

Aber wie immer vertrieb seine Anwesenheit die Feigheit, die mich bereits ergriffen hatte. Eine künstliche Stärke – wie nach einem Schluck herzstärkenden Tranks – richtete mich auf. – »Wie hätte er sich an meiner statt verhalten?« dachte ich. Meine Vergangenheit, meine Erziehung, selbst das Wesen meiner Natur standen jeglichem Vergleich im Weg; doch dies zumindest war sicher: – Im Falle eines ähnlichen oder nicht ähnlichen Unglücks würde er sich als starker und barmherziger Mann verhalten, hätte sich dem Schmerz heroisch entgegengestellt, hätte dem Opfer der anderen sich selbst als Opfer vorgezogen.

– Laß mich fühlen . . . – sagte er, kam näher.

Und er berührte mir mit der Handfläche die Stirn, fühlte meinen Puls.

– Jetzt hast du keines, scheint mir. Aber was für ein unregelmäßiger Puls!

– Laß mich aufstehen, Federico, es ist spät.

– Heute, nach Mittag, reite ich in den Wald von Assòro. Wenn du mitkommen willst, lasse ich dir Orlando satteln. Erinnerst du dich an den Wald? Schade, daß Giuliana sich nicht wohl fühlt! Ansonsten würden wir sie mitnehmen . . . Sie würde die glimmenden Meiler sehen.

Als er Giuliana erwähnte, schien seine Stimme liebevoller, zarter – fast würde ich sagen: brüderlicher – zu werden. Oh, wenn er gewußt hätte!

– Leb wohl, Tullio. Ich mache mich an die Arbeit. Wann beginnst du, mir zu helfen?

– Heute schon, morgen, wann du möchtest.

Er lachte.

– Was für ein Eifer! Gut, ich werde dich auf die Probe stellen. Leb wohl, Tullio. Und er ging hinaus mit jenem, seinem leichten und unbeschwerten Schritt, da ihn fortwährend die Mahnung auf der Sonnenuhr anspornte: – *Hora est benefaciendi.*

XIII

Es war zehn, als ich das Zimmer verließ. Die tiefe Helle jenes Aprilvormittags, die auf La Badiola durch die Fenster und weitgeöffneten Balkone flutete, beängstigte mich. Wie unter jenem Leuchten die Maske tragen?

Bevor ich Giulianas Zimmer betrat, suchte ich meine Mutter auf.

– Du bist spät aufgestanden – sagte sie, als sie mich sah. – Wie fühlst du dich?

– Gut.

– Du bist blaß.

– Ich glaube, ich habe letzte Nacht etwas Fieber gehabt, aber nun geht es mir gut.

– Hast du nach Giuliana gesehen?

– Noch nicht.

– Sie, das gebenedeite Töchterchen, wollte sich erheben! Sie meint, sie spüre nichts mehr; aber ihr Gesicht . . .

– Ich gehe zu ihr.

– Du darfst auf keinen Fall versäumen, dem Arzt zu schreiben. Hör nicht auf Giuliana. Schreib heute noch.

– Du hast ihr gesagt . . . daß ich's *weiß?*

– Ja, ich habe ihr gesagt, daß du's *weißt.*

– Ich gehe, Mama.

Ich ließ sie vor den großen Spiegelschränken aus Nußbaum zurück, die nach Veilchen rochen und in die zwei Mägde die schöne, frischgewaschene Wäsche – den großen Reichtum des Hauses Hermil – stapelten. Im Klaviersalon erhielt Maria von Miss Edith ihren Unterricht; und die chromatischen Tonleitern lösten einander geschwind und gleichmäßig ab. Weißhaarig, etwas gebeugt, kam Pietro, der treueste der Diener, vorüber, trug ein Tablett voller kristallener Gläser, die klirrten ob der zitternden Arme des Alten. Von Luft und Licht durchflutet, bot ganz La Badiola den Anblick friedlicher Freude. Ich weiß nicht, welches Gefühl von Güte sich dort bis in den letzten Winkel ausgebreitet hatte: vielleicht so etwas wie das zarte und unauslöschliche Lächeln der Laren.

Nie hatten jenes Gefühl, jenes Lächeln mir so die Seele durchdrungen. So tiefer Friede, so große Güte umwogten das häßliche Geheimnis, das wir, ich und Giuliana, in uns – ohne daran zu sterben – verbergen mußten.

»Und nun?« überlegte ich in äußerster Angst, irrte wie ein Fremder durch den Flur, konnte meinen Schritt nicht zu der angsteinflößenden Stätte lenken: als weigere sich mein Körper dem Drängen des Willens zu gehorchen. »Und nun?« Sie weiß, daß ich die Wahrheit kenne. Daher ist jegliches Heucheln zwischen uns sinnlos. Und es ist vonnöten, daß wir uns ins Gesicht sehen, daß wir uns über die furchtbare Angelegenheit aussprechen. Aber unmöglich ist es, daß dies Duell heute vormittag stattfinden soll. Die Folgen sind nicht absehbar. Und es ist vonnöten, mehr denn je ist es vonnöten, daß keine unserer Handlungen meiner Mutter, meinem Bruder, jeder Person in diesem Haus sonderbar sowie unerklärlich erscheine. Meine Erregung gestern abend, meine Unruhe, meine Traurigkeit läßt sich mit der Besorgnis ob der Gefahr erklären, der Giuliana als Schwangere entgegensieht; aber logischerweise muß ich mich ihr gegenüber zärtlicher, aufmerksamer, besorgter denn je verhalten. Heute muß meine Klugheit außerordentlich sein. Um jeden Preis muß ich heute eine Szene zwischen mir und Giuliana vermeiden. Ich muß heute den Möglichkeiten, mit ihr allein zu sein, aus dem Weg gehen. Aber ich muß auch einen Weg finden, um ihr das Gefühl verständlich zu machen, das dieses, mein Benehmen ihr gegenüber prägt und die Absicht bestimmt, die mein Verhalten leitet. Wenn sie jedoch an dem Vorsatz, sich zu töten, festhielte? Wenn sie die Ausführung um einige Stunden nur verschoben hätte? Wenn sie bereits auf die Gelegenheit warten würde? Diese Angst setzte meinem Zögern ein Ende und trieb mich an, zu handeln. Ich glich jenen morgenländischen Soldaten, die mit Peitschenhieben in die Schlacht getrieben worden waren.

Ich wandte mich Richtung Klaviersalon. Als Maria mich erblickte, unterbrach sie ihr Üben und lief vollkommen beschwingt und freudig auf mich wie einen Befreier zu. Sie besaß die Anmut, die Beweglichkeit, die Leichtigkeit geflügelter Wesen. Ich hob sie in meinen Armen hoch, um sie zu küssen.

– Nimmst du mich mit? – fragte sie mich. – Ich bin fix und fertig. Seit einer Stunde schon hält mich Miss Edith hier fest ... Ich kann nicht mehr. Nimm mich mit dir und von hier fort! *Let us take a walk before breakfast.*

– Wohin?

– *Where you please, it is the same to me.*

– Aber zuerst wollen wir zu Mama gehen ...

– Ach, gestern seid ihr nach Villalilla gefahren, und wir blieben auf La Badiola zurück. Du warst es, genau du, der uns nicht mitnehmen wollte; obwohl Mama es wollte. Du Böser, du! *We should like to go there. Tell me how you amused yourselves ...*

Sie sang lieblich wie ein Vogel und mit deren, nicht mit

ihrer Stimme. Dies ununterbrochene Zwitschern begleitete meine Angst, während wir zu Giulianas Gemächern gingen. Da ich zögerte, klopfte Maria gegen die Türe, während sie rief:

– Mama!

Sie, Giuliana, öffnete selbst, da sie meine Anwesenheit nicht vermutete. Sie erblickte mich. Sie zuckte heftig zusammen, als habe sie einen Geist, ein Gespenst, etwas Schreckliches gesehen.

– Du? – stammelte sie so leise, daß ich sie kaum verstand, während sie die Lippen beim Bewegen schürzte: Nachdem sie zusammengezuckt, war sie schlagartig starrer als eine Herme geworden.

Und wir blickten uns an, hier, auf der Schwelle; wir starrten uns an; hefteten gar für einen Augenblick auf uns, der Schlüssel auf das Schloß, unsere Seelen. Alles um uns verschwand; in einem Augenblick war zwischen uns beiden alles gesagt, verstanden, aufgedeckt worden.

Danach, was geschah danach? Ich weiß es nicht genau, entsinne mich nicht genau. Ich erinnere mich, daß – wie aufgrund kurzer aufeinanderfolgender Sonnenfinsternisse – für einige Zeit mein Bewußtsein hinsichtlich dessen, was geschah, fast würde ich sagen: ausgesetzt hatte. Es handelte sich, glaube ich, um ein Phänomen, welches zum Teil jenem gleicht, das durch bewußtes Abschalten der Außenwahrnehmung in bestimmten Kranken hervorgerufen wird. Ich verlor zeitweilig die Fähigkeit, mich zu konzentrieren: Ich sah nichts, hörte nichts, erfaßte den Sinn der Worte nicht mehr, begriff nichts mehr. Dann, nach kurzer Zeit, erlangte ich jene Eigenschaft wieder, musterte die Gegenstände und Personen um mich herum, wurde wieder zu einem aufmerksamen und bewußten Mann.

Giuliana saß; sie hatte Natalia auf ihren Knien. Auch ich saß. Und Maria ging ohn' Unterlaß von ihr zu mir und von mir zu ihr, plapperte ununterbrochen, neckte die Schwester, richtete eine Fülle von Fragen an uns, auf die wir – außer mit einem Kopfnicken – nicht antworteten. Jenes lebhafte Plaudern füllte unser Schweigen. In einem der Bruchstücke, die ich aufschnappte, sagte Maria zur Schwester:

– Ach, du hast bei Mama geschlafen, letzte Nacht. Oder?

Und Natalia:

– Ja, weil ich noch klein bin.

– Ach, aber heute Nacht, weißt du, bin ich dran. Oder, Mama? Du nimmst mich heute Nacht in dein Bett ...

Giuliana schwieg, lächelte nicht, war in sich versunken. Da Natalia auf ihren Knien saß, ihr den Rücken zuwandte, hielt Giuliana sie, indem sie die Arme um Natalias Taille gelegt hatte; und ihre Hände ruhten ineinander verschlungen im Schoß des Töchterleins, waren weißer als das weiße Kleidchen, auf dem sie lagen, und schmal und von Schmerz gezeichnet, so von Schmerz gezeichnet, daß allein sie unermeßliche Traurigkeit offenbarten. Da Natalias Kopf ihr bis übers Kinn reichte, schien sie, die nach vorne geneigt, die Lippen auf jene Locken zu pressen; so daß – warf ich ihr einen Blick zu – ich die untere Hälfte ihres Antlitzes nicht sah, den Ausdruck ihres Mundes nicht sah. Auch sah ich nicht einmal die Augen. Aber jedesmal sah ich die gesenkten, etwas geröteten Lider, die jedesmal mich innerlich erregten, als würden sie das Starren der Pupillen, die von ihnen bedeckt, durchscheinen lassen.

Erwartete sie, daß ich ein Wort sagen würde? Traten ihr inzwischen unaussprechliche Worte auf die verborgenen Lippen?

Als ich mich schließlich mühsam erhob, um mich jenem Zustand der Inaktivität zu entziehen, in dem außergewöhnliche Lichtheit und außergewöhnliche Dunkelheit einander abgelöst hatten, sagte ich (und ich hatte, glaube ich, den Ausdruck, den ich beim Fortführen eines bereits begonnenen Gesprächs, beim Anfügen neuer an bereits gesprochene Worte gehabt hätte), sagte ich leise:

– Mama will, daß ich Doktor Vebesti benachrichtige. Ich habe ihr versprochen, zu schreiben. Und ich werde schreiben.

Sie hob die Lider; blieb stumm. In ihrer tiefen Unwissenheit blickte Maria sie verwundert an; dann blickte sie zu mir.

Ich erhob mich, um zu gehen.

– Heute, nach Mittag, werde ich mit Federico in den Assòro-Wald reiten. Werden wir uns heute abend nach meiner Rückkehr sehen?

Da sie keine Anstalten machte, zu antworten, wiederholte ich mit einer Stimme, die all die unausgesprochenen Dinge enthielt:

– Werden wir uns heute abend nach meiner Rückkehr sehen?

– Ja – hauchten ihre Lippen in Natalias Locken.

XIV

In der Gewalt meiner verschiedenen und gegensätzlichen Stimmungen, während des ersten Ausbruchs von Schmerz, unter dem Drohen bevorstehender Gefahren, hatte ich mich mit dem Anderen gedanklich noch nicht befaßt. Aber von Anfang an hatte ich auch nicht den leisesten Zweifel an der Richtigkeit meines Verdachts. In meinem Geist hatte der Andere sofort das Aussehen Filippo Arborios angenommen; und während des ersten Anfalls wollüstiger Eifersucht, die mich innerhalb des Alkovens gepackt hatte, hatte sich sein abscheuliches

Bildnis mit jenem Giulianas in einer Reihe schrecklicher Visionen gepaart.

Nun, während wir, ich und Federico, entlang jenes sich schlängelnden Flusses, den ich an dem trüben Nachmittag des Ostersamstags betrachtet hatte, Richtung Wald ritten, trat der Andere zwischen uns. Zwischen mich und meinen Bruder hatte sich Filippo Arborios Gestalt gedrängt: von meinem Haß belebt, von meinem Haß so intensiv zum Leben erweckt, daß ich – da ich sie sah und *real empfand* – körperliche Erregung verspürte, etwas verspürte, das dem wilden Schauder glich, der mich zuweilen befiel, wenn ich mich auf dem Duellierplatz befand: beim Zeichen zum Angriff und den Gegner mit seinem entblößtem Oberkörper vor mir.

Die Nähe meines Bruders vertiefte meine Pein außerordentlich. Im Vergleich mit Federico schrumpfte die so schmächtige, so nervöse, so weibliche Gestalt jenes Mannes zusammen, wurde erbärmlich, wurde für mich zu einem verachtenswerten und gemeinen Objekt. Unter dem Einfluß jenes neuen Ideals aus männlicher Stärke und männlicher Schlichtheit, zu dem mich das brüderliche Vorbild inspirierte, haßte ich nicht nur jene komplizierte und zwielichtige Persönlichkeit, sondern verabscheute sie auch, obgleich sie im Grunde meiner Wesensart entsprach und mit mir einige Besonderheiten zerebraler Natur gemein hatte, wie Arborios künstlerisches Werk zeigte. Ich stellte ihn mir – in Anlehnung an eine seiner literarischen Figuren – als einen Mann vor, der von den bedauernswertesten Geisteskrankheiten befallen war: als gespalten, doppelzüngig, sensationslüstern; als jemand, der infolge der Gewohnheit, zu analysieren und ironisch zu reflektieren, unfruchtbar geworden war; als fortwährend besessen, die hitzigsten und plötzlichen Regungen der Seele in klare und kühle Begrifflichkeit zu verwandeln; als gewohnt, jedes menschliche Wesen zum Gegenstand rein psychologischer Spekulationen zu machen; als unfähig zu lieben; unfähig, edel zu handeln, zu entsagen, zu einem Opfer; als abgehärtet in der Lüge; als abgestumpft durch laszive, zynische und gemeine Widerwärtigkeiten.

Von einem solchen Mann war Giuliana verführt, war sie besessen worden. Jene auf den Frontispiz von *Il Segreto* geschriebene emphatische Widmung, jener einzige mir bekannte Beweis, welcher die einstige Beziehung zwischen dem Romancier und meiner Frau betraf: offenbarte er nicht sogar die *Art und Weise?* Ganz gewiß, Giuliana war in seinen Händen ein Gegenstand der Lüsternheit gewesen, nichts anderes. Den Elfenbeinturm zu Fall zu bringen, eine Frau – die allgemein als unverderbbar gepriesen – zu verderben, eine verführende Methode an einem so raren Objekt zu erproben: – ein schwieriges Unterfangen, aber voller Verlockungen, alles in allem eines raffinierten Schriftstellers, eines spitzfindigen Psychologen würdig, der *La Cattolicissima* und *Angelica Doni* geschrieben hatte.

Je länger ich überlegte, zeigten sich mir die Ereignisse in ihrer brutalen Grausamkeit. Ganz gewiß, Filippo Arborio war Giuliana in einer jener Perioden begegnet, in der die sogenannte Frau des Geistes – die unter langer Enthaltsamkeit gelitten – von dichterischen Einflüsterungen, von unbestimmten Sehnsüchten, von vagem Schmachten innerlich erregt ist; doch all dies bildet nichts anderes als die Larven, hinter denen sich die gemeinen Triebe sexuellen Hungers verstecken. Erfahren, und weil er die besondere körperliche Verfassung der Frau erraten hatte, die er besitzen wollte, hatte Filippo Arborio sich der herkömmlichsten und sichersten Methode bedient, die folgendermaßen aussieht: – man spricht von Idealität, höheren Sphären, mystischen Verbindungen und setzt gleichzeitig die Hände zur Erkundung anderer Geheimnisse ein; kurzum, man verbindet eine Dosis purer Beredsamkeit mit ergötzlichem Betasten. – Und Giuliana, der *Turris eburnea,* die große Schweigende, das Geschöpf, das aus geschmeidigem Gold und Stahl geschaffen, die Einzige: sie hatte sich zu jenem alten Spiel herabgelassen, sich von jener alten Verlogenheit täuschen lassen, hatte sogar das alte Gesetz von der Schwachheit des Weibes befolgt. Und das allzu gefühlvolle Duett hatte in einer wollüstigen, unglücklicherweise befruchtenden Vereinigung geendigt . . .

Furchtbarer Spott zerrte an meiner Seele. Der Krampf, den jenes Kraut bewirkt, das uns sterben läßt, indem es zum Lachen zwingt: er schien nicht in meinem Mund, sondern in meinem Ich zu wirken.

Ich gab dem Pferd die Sporen; und trieb es im Galopp auf dem Wall den Fluß entlang.

Der Wall war gefährlich: an den Windungen sehr eng, an einigen Stellen vom Abrutschen des Erdreichs bedroht, an anderen von wuchtigen Wurzeln, die das Erdreich durchbrochen hatten, quer überzogen. Ich war mir der Gefahr, der ich mich aussetzte, vollkommen bewußt; und anstatt es zu zügeln, trieb ich das Pferd immer stärker an – doch nicht in der Absicht, dem Tod zu begegnen, sondern weil mich danach verlangte, Ruhe vor der unerträglichen Qual zu finden. Ich kannte bereits die Wirkung solcher Tollheit. Zehn Jahre zuvor, als ich noch jung und als Attaché an der Botschaft in Konstantinopel war, ritt ich in mondbeschienenen Nächten – um bestimmten Anfällen von Traurigkeit, die von jüngsten Erinnerungen der Leidenschaft erzeugt worden waren – auf einem jener muselmanischen Friedhöfe, deren Gräber dicht gedrängt, über die glatten abschüssigen Steine und lief so unzählige Male Gefahr, mich bei einem Sturz zu töten. Saß er mir im Nacken, dann vertrieb der Tod all die anderen Sorgen.

– Tullio! Tullio! Halt an! – rief mir Federico von weitem zu. – Halt an!

Ich hörte nicht auf ihn. Mehr als einmal und wie durch ein Wunder vermied ich, daß meine Stirn gegen einen waagerechten Ast schlug. Mehr als einmal und wie durch ein Wunder verhinderte ich, daß mein Pferd gegen einen Stamm prallte. Mehr als einmal, in den schmalen Passagen, hatte ich den sicheren Sturz in den Fluß vor Augen, der unter mir glänzte. Aber als ich hinter mir das Schlagen der Hufe hörte und bemerkte, daß Federico in gestrecktem Galopp folgte, hatte ich Angst um ihn, riß mit kräftigem Ruck das arme Tier zurück, das sich nun aufbäumte, in diesem Bäumen – als stürze es in das Wasser – einen Augenblick lang verharrte und schließlich wieder auf seine Vorderbeine fiel. Ich war unversehrt.

– Bist du denn wahnsinnig? – rief äußerst blaß Federico mir zu, als er mich eingeholt hatte.

– Hab' ich dir Angst eingejagt? Verzeih mir. Ich glaubte, es wäre hier nicht gefährlich. Ich wollte das Pferd Probe reiten ... Schließlich konnte ich es nicht mehr zum Stehen bringen ... Es ist etwas hart im Maul ...

– Orlando hart im Maul!

Mit sorgenvoller Miene starrte er mich an. Ich versuchte zu lächeln. Seine ungewohnte Blässe tat mir weh und machte mich zärtlich.

– Ich verstehe nicht, daß du dir an einem dieser Bäume den Kopf nicht gespalten hast; verstehe nicht, daß du nicht gestürzt bist ...

– Und du?

Um mir nachzusetzen, war er dieselbe, vielleicht sogar größere Gefahr gelaufen, da sein Pferd schwerer war und er es zum gestreckten Galopp hatte antreiben müssen, um mich rechtzeitig einzuholen. Beide betrachteten wir den zurückgelegten Weg.

– Es ist ein Wunder – sagte er. – Ja, sich aus der Assòro zu retten, ist fast unmöglich. Siehst du nicht?

Beide betrachteten wir den todbringenden Fluß unter uns. Dunkel, glänzend, reißend sowie voller Wirbel und Strudel floß die Assòro zwischen den Wällen aus Lehm in einer Stille dahin, die den Fluß noch unheimlicher machte. Die Landschaft entsprach jenem trügerischen und bedrohlichen Anblick. Über eine Flur rötlicher Büsche, die der Frühling noch nicht bezwungen, hatte sich der nachmittägliche Himmel mit Dunst geschwängert und begann mit weitläufigem Widerschein in mattem Weiß zu schimmern. In dichtem, allegorischem Wirrwarr mischten sich die toten Blätter mit den frisch sprießenden, die trockenen dürren Zweige mit den Schößlingen, die welken mit den neugeborenen Pflanzen. Über dem ungebändigten Fluß, über der kontrastierenden Waldung schimmerte der Himmel in mattem, sich auflösendem Weiß.

»Ein plötzlicher Sturz; und mein Nachdenken hätte ein Ende gehabt, ich hätte nicht mehr gelitten, nicht mehr die Bürde meines erbärmlichen Fleisches getragen. Aber vielleicht hätte ich meinen Bruder – jenes edle Lebensgebilde: einen Mann – mit mir in die Tiefe gerissen. Ein Wunder hat mich gerettet, wie ihn ein Wunder gerettet hat. Mein Wahnsinn hat ihn äußerster Gefahr ausgesetzt. Eine Welt aus Schönheit und Güte wäre mit ihm versunken. Welch Schicksal will es, daß ich den Menschen, die mich lieben, solch Unglück bringe?«

Ich betrachtete Federico. Er war nachdenklich und ernst geworden. Ich wagte nicht, ihn zu fragen; aber ich empfand bitteren Kummer, ihn betrübt zu haben. – Was dachte er? Welcher Gedanke nährte seine Verwirrung? Hatte er vielleicht erraten, daß ich unaussprechliches Leid verbarg und nur der Stachel einer fixen Idee mich zu dem tödlichen Ritt gezwungen hatte?

Entlang des Walls ritten wir im Schritt weiter: der eine hinter dem anderen. Dann bogen wir in einen Weg, der in die Macchia führte; und da der Weg genügend breit war, galoppierten wir von neuem – der eine neben dem anderen –, während die Pferde schnaubten, da sie ihre Nüstern einander näherten, als besprechen sie sich heimlich, und den Schaum auf ihrem Zaum vermischten.

Während ich von Zeit zu Zeit Federico einen Blick zuwarf und ihn noch ernst schaute, dachte ich: »Ganz sicher, er würde mir nicht glauben, hätte ich ihm die Wahrheit enthüllt. Er wäre nicht imstande, an Giulianas Fall, an die Entehrung der Schwester zu glauben. Wirklich, ich kann nicht entscheiden, welche Zuneigung Giuliana gegenüber tiefer ist: die meines Bruders oder die meiner Mutter. Hat er nicht immer, wie zu einem Diptychon vereinigt und infolge derselben Anbetung, auf seinem Tisch die Bildnisse unserer armen Costanza und Giulianas stehen? Auch heute vormittag, wie zärtlich ward sein Stimme, als er ihren Namen aussprach!« Sogleich erschien mir, im Gegensatz dazu, das Schändliche noch viel abstoßender. Der Körper, den ich im Umkleideraum des Fechtsalons erblickt, war jener, der sich in meinen Visionen gebärdete. Und mein Haß arbeitete in jenen Vorstellungen wie Salpetersäure in den Gravuren einer Kupferplatte. Die Gravierung wurde immer schärfer.

Nun, während in meinem Blut die Aufregung des Galoppierens anhielt, fühlte ich aufgrund jenes Überflusses an physischem Mut und infolge jenes Instinkts ererbter Kampfeslust, die so häufig in mir während des rohen Kontakts mit anderen Männer erwachte: fühlte ich, daß ich auf eine Begegnung mit Filippo Arborio nicht verzichten konnte. »Ich werde nach Rom fahren, werde ihn suchen, werde ihn auf irgendeine Art und Weise provozieren, werde ihn zwingen, sich zu schlagen, werde alles daransetzen, ihn zu töten oder zum Krüppel zu machen.« Ich stellte ihn mir als Mann mit wenig Mut vor. Ich entsann mich einer etwas lächerlichen Bewegung, die er im Fechtsalon spontan gemacht hatte, als er vom Stoß des Fechtmeisters mitten auf die Brust getroffen worden war. Ich entsann mich seiner Neugier, als er mich um Informationen über mein Duell bat: jene knabenhafte Neugier, die denjenigen veranlaßt die Augen weit aufzureißen, der sich noch nie einer gefährlichen Herausforderung ausgesetzt sah. Ich entsann mich, daß er während meines Gangs seinen Blick immer starr auf mich gerichtet hatte. Das Wissen um meine Überlegenheit, die Gewißheit, ihn überrumpeln zu können, erleichterten mich. In meiner Vorstellung floß ein roter Bach über jenes bleiche, widerliche Fleisch. Einige Splitter tatsächlicher Empfindungen, die ich zu anderer Zeit gegenüber Männern verspürt hatte, trugen dazu bei, jenem vorgestellten Schauspiel, dem ich beiwohnte, etwas Besonderes zu verleihen. Und ich sah ihn blutüberströmt und leblos auf einem Strohsack in einem weitentlegenen Gehöft, während zwei finster blickende Ärzte sich über ihn beugten.

Wie viele Male hatte ich, Ideologe und Analytiker und Sophist in einer Epoche der Dekadenz, Gefallen daran gefunden, der Nachfahre jenes Raimondo Hermil de Penedo zu sein, der unter den Augen Karls des Fünften bei La Goletta Wunder an Tapferkeit und Grausamkeit vollbrachte! Die übermäßige Entwicklung meiner Intelligenz und *Vielbeseeltheit* hatte die Grundlage meines Wesens, das verborgene Substrat, in dem all die ererbten Charaktereigenschaften meiner Wesensart eingeprägt waren, nicht verwandeln können. In meinem Bruder, einem ausgewogenen Ganzen, begleitete der Gedanke immer die Tat; in mir herrschte das Denken vor, aber ohne meine Befähigung zur Tat zu zerstören – nicht gerade selten entfaltete sie sich mit außergewöhnlicher Macht.

Kurzum, ich war ein bewußt gewalttätiger und leidenschaftlicher Mann, in dem die Hypertrophie einiger zerebraler Zonen mir die notwendige Anpassung an ein normales Geistesleben unmöglich machte. Ich, ein äußerst hellsichtiger Beobachter meiner selbst, besaß all die unbändige Triebhaftigkeit primitiver Naturen. Mehr als einmal war ich von plötzlichen inneren verbrecherischen Suggestionen in Versuchung geführt worden. Mehr als einmal war ich vom plötzlichen Aufwallen eines bestimmten Instinkts überrascht worden.

– Hier ist die Kohlenbrennerei – sagte mein Bruder und ließ sein Pferd traben.

Man hörte das Schlagen der Äxte im Wald und sah den sich kräuselnden Rauch zwischen den Bäumen aufsteigen. Die Siedlung der Köhler grüßte uns. Federico befragte die umstehenden Arbeiter nach dem Fortgang der Arbeiten, riet ihnen, ermahnte sie, während er mit erfahrenen Augen die kleinen Öfen musterte. Alle standen in ehrerbietiger Haltung vor ihm und hörten ihm aufmerksam zu. Die Arbeit ringsum schien emsiger, leichter, freudvoller geworden zu sein: sie glich dem Prasseln des wirkenden Feuers. Die Männer liefen hierhin, dorthin, um Erde auf die Stellen zu schütten, wo der Rauch zu dicht austrat, liefen, um mit Erdbrocken die Löcher zu verstopfen, wo Explosionen sich ihren Weg gebahnt hatten; sie liefen und riefen. Gutturale Schreie der Holzfäller mischten sich mit jenen rauhen Stimmen. Im Waldesinnern hallte das Aufprallen manch gefällter Bäume wieder. Während einiger Pausen pfiffen die Gimpel. Und der riesige, regungslose Wald betrachtete die aufgeschichteten Haufen, die mit seinen lebenden Gliedern gespeist wurden.

Während mein Bruder die Prüfung der Arbeiten durchführte, entfernte ich mich, überließ meinem Pferd die Wahl der Wege, die sich im Dickicht verzweigten.

Der Lärm hinter mir begann zu erlöschen, das Echo erstarb. Tiefes Schweigen stieg von den Wipfeln herab. »Was soll ich tun, um mich wieder aufzurichten?« dachte ich. »Wie wird mein Leben ab morgen verlaufen? Werde ich im Haus meiner Mutter mit dem Geheimnis weiterleben können? Werde ich meine Lebensweise mit jener Federicos in Einklang bringen können? Wer oder was auf der Welt wird jemals wieder in meiner Seele einen Funken Vertrauen entzünden können?« Das Geräusch der Arbeiten hinter mir erlosch; die Einsamkeit ward vollkommen. »Arbeiten, Gutes tun, für andere leben . . . Könnte ich *jetzt* darin den wahren Sinn des Lebens wiederfinden? Und findet man des Lebens ganzen Sinn tatsächlich nicht im persönlichen Glück, sondern einzig in diesen Dingen? An jenem anderen Tag, als mein Bruder raisoniert hatte, glaubte ich, seine Worte verstanden zu haben; ich glaubte, daß sich mir die *Lehre von der Wahrheit* durch seinen Mund offenbaren würde. Der Katechismus der Wahrheit – gemäß den Worten meines Bruders – besteht nicht aus Gesetzen, besteht nicht aus Vorschriften, sondern schlicht und einzig aus der Sinngebung, die der Mann dem Leben verleiht. Mir schien, als hätte ich verstanden. Nun, schlagartig, bin ich in die Finsternis zurückgekehrt; bin ich wieder blind geworden. Nichts begreife ich mehr. Wer oder was auf der Welt wird mich jemals über das Gut hinwegtrösten, das ich verloren habe?« Und die Zukunft erschien mir schrecklich und ohne Hoffnung. Das unbestimmte Bild der Leibesfrucht schwoll an, breitete sich aus – wie jene furchtbaren unförmigen Gebilde, die wir zuweilen in Alpträumen schauen – und besetzte das gesamte Blickfeld. Es handelte sich nicht um ein Beweinen, um Reue, um eine unzerstörbare Erinnerung, um eine – welche auch immer – zu bittere innere Angelegenheit, sondern um ein lebendes Wesen. Meine Zukunft war an ein Lebewesen von zäher und bösartiger Lebendigkeit gebunden; war an einen Fremden, einen Eindringling, an ein verabscheuenswürdiges Wesen gebunden, gegen das nicht nur meine Seele, sondern auch mein Fleisch, all mein Blut und all die Fibern meines Körpers eine grausame, wilde, bis in und über den Tod hinausreichende unversöhnliche Abneigung entwickelten. »Wer hätte eine schlimmere Marter sich ausdenken können, um Seele und Fleisch zugleich mir zu quälen?« dachte ich. »Der in seinem Einfallsreichtum grausamste Tyrann hätte solch zynische Grausamkeiten nicht zu ersinnen gewußt, die allein des Schicksals sind. Es war anzunehmen, daß die Krankheit Giuliana unfruchtbar gemacht hatte. Nun gut, sie gibt sich einem Mann hin, vollzieht ihren ersten Fall und bleibt schwanger zurück: und dies mit – wie niedrig! – der Lockerheit jener brünstigen Weiber, welche die Bauern hinter den Hecken, auf der Wiese in Zeiten der Geilheit bespringen. Und während sie gerade mit ihren Ekelgefühlen schwanger geht, labe ich mich an Träumen, lösche meinen Durst mit Idealen, finde die Schlichtheit meiner Jünglingszeit wieder, befasse mich mit nichts anderem, als Blumen zu pflücken ... (Ach, jene Blumen, jene ekelerregenden Blumen, die ich mit solch großer Schüchternheit dargeboten!) Und nach einer tiefen Trunkenheit aus Gefühl und Sinnlichkeit, erhalte ich die süße Nachricht – von wem? – Von meiner Mutter! Und wie einer Figur aus einem Schundroman überkommt mich nach der Mitteilung eine Anwandlung von Generosität, spiele ich aus gütiger Treue eine edle Rolle und opfere mich voll Ehrfurcht! Was für ein Held! Was für ein Held!« Sarkasmus verzehrte mir die Seele, zog mir all die Fibern meines Körpers zusammen. Und von neuem fesselte mich nun der närrische Gedanke, zu fliehen.

Ich blickte nach vorne. In der Nähe, zwischen den Stämmen und wie eine Täuschung verblendeter Augen, glitzerte die Assòro. »Merkwürdig!« dachte ich und empfand ein sonderbares Frösteln. Ich hatte vor diesem Moment nicht bemerkt, daß das Pferd ohne Führung auf einem Pfad entlang geschritten war, der zum Fluß führte. Es schien, als zöge mich die Assòro an.

Ich schwankte einen Augenblick, ob ich bis ans Ufer weiterreisen oder umkehren sollte. Ich schüttelte den Zauber des Wassers und den schlimmen Gedanken von mir ab. Ich wendete das Pferd.

Tiefe Niedergeschlagenheit folgte auf meine innere Verkrampfung. Mir schien, als wäre meine Seele plötzlich zu einem armen, zerknitterten, runzeligen, geschrumpften Ding, zu einer elenden Sache verkommen. Ich wurde weich; hatte Mitleid mit mir; hatte Mitleid mit Giuliana, Mitleid mit all den Geschöpfen, denen der Schmerz seinen Stempel aufgedrückt, mit all den Geschöpfen, die – wie Besiegte unter der Faust des unerbittlichen Siegers – zittern, da sie das Leben hart anpackt. »Was sind wir? Was wissen wir? Was verlangen wir? Niemand hat jemals erhalten, was er geliebt hätte. Niemand wird jemals erhalten, was er lieben würde. Wir suchen die Sanftmut, die Tugendhaftigkeit, die Begeisterung; die Leidenschaft, die unsere Seele wieder füllen wird; den Glauben, der unsere Unsicherheit beruhigen wird; das Ideal, das wir mit all unserem Mut verteidigen werden; die Arbeit, der wir uns weihen werden; den Grund, für den wir mit Freuden sterben werden. Aber das Ende all der Anstrengungen besteht aus leerer Erschöpfung, aus der Empfindung, daß die Kräfte geschwunden und die Zeit vergeudet . . .« Und das Leben zeigte sich mir in jener Stunde als ferne, wirre und verschwommen scheußliche Vision. Der Wahnsinn, die Dummheit, die Armut, die Blindheit, all die Krankheiten, all das Unglück; das dunkle, fortwährende Walten unbewußter, atavistischer und tierischer Kräfte im Innersten unseres Wesens; die tiefsten, unsteten, flüchtigen, stets einem physischen Zustand untergeordneten, an die Funktion eines Organs gebundenen Ausflüsse des Geistes; die plötzlichen Verwandlungen, die von einer unmerklichen Ursache, von einem Nichts bewirkt werden; der unvermeidliche Anteil Egoismus in den vornehmsten Taten; die Nutzlosigkeit so vieler geistiger Energien, die auf ein ungewisses Ziel gerichtet sind; die Flüchtigkeit der Liebe, die man für ewig hält; die Brüchigkeit der Tugenden, die man für unerschütterlich hält; die Schwächen des gesundesten Willens; all die Schande, all das Elend zeigten sich mir in jener Stunde. »Wie kann man leben? Wie kann man lieben?« Die Schläge hallten im Wald wider: Ein kurzer und wilder Schrei begleitete jeden Hieb. In Gestalt von Kegelstümpfen oder rechteckigen Pyramiden rauchten hie und da, auf freien Plätzen, die großen Haufen. Die Rauchsäulen erhoben sich dick und gerade wie Baumstämme in die windstille Luft. Alles in jener Stunde wurde für mich zum Symbol.

Ich lenkte mein Pferd zu einem nahen Meiler, da ich Federico entdeckt hatte.

Er war abgestiegen; und sprach mit einem Alten von hohem Wuchs und bartlosem Gesicht.

– Ah, endlich! – rief er mir zu, als er mich sah. – Ich hatte Angst, du hättest dich verirrt.

– Nein, ich bin nicht weit weg geritten . . .

– Du siehst hier Giovanni di Scòrdio, einen Mann – sagte er, während er eine Hand auf die Schulter des Alten legte.

Ich betrachtete den Genannten. Ein eigenartiges, zartes Lächeln trat auf dessen welke Lippen. Noch nie hatte ich unter einer männlichen Stirn so traurige Augen gesehen.

– Leb wohl, Giovanni. Kopf hoch! – fügte mein Bruder mit jener Stimme hinzu, die zuweilen, wie bestimmte

Liköre, die Macht zu haben schien, die Lebensgeister zu erhöhen. – Wir, Tullio, können wieder den Weg nach La Badiola einschlagen. Es ist schon spät. Sie erwarten uns.

Er bestieg sein Pferd. Erneut verabschiedete er sich von dem Alten. Während er an den kleinen Öfen vorüberritt, gab er den Arbeitern für die Arbeiten in der nächsten Nacht, in der das *große Feuer* aufscheinen mußte, einige Warnungen an die Hand. Wir entfernten uns, galoppierten: der eine an der Seite des anderen.

Langsam öffnete sich der Himmel über unseren Häuptern. Die trüben Segel flatterten, zerteilten und vereinigten sich wieder, so daß der Azur fortwährend zu erblassen schien: als ob in seinen Fluß sich fortwährend Milch ergösse und dann verlöre. Es näherte sich jene selbe Stunde, in der ich und Giuliana tags zuvor auf Villalilla den Garten betrachtet hatten und er in idealem Licht wogte. Die Waldung um uns herum begann sich golden zu färben. Unsichtbar sangen die Vögel.

– Hast du Giovanni di Scòrdio, jenen Alten, genau betrachtet? – fragte mich Federico.

– Ja – antwortete ich. – Ich glaube, ich werde sein Lächeln und seine Augen nicht vergessen. Jener Alte ist ein Heiliger – fügte Federico hinzu. – Kein Mann hat soviel gearbeitet und erlitten wie jener Alte. Er hat vierzehn Söhne, und alle, einer nach dem anderen, haben sich von ihm gelöst, wie sich die reifen Früchte von einem Baume lösen. Seine Frau, eine Art Henkersweib, ist tot. Er ist allein geblieben. Die Söhne haben ihn ausgebeutet und verleugnet. All die männliche Undankbarkeit hat sich gegen ihn verschworen. Er hat nicht die Abartigkeit Fremder, sondern die seiner eigenen Geschöpfe erfahren. Verstehst du? Sein eigenes Blut hat sich in anderen Wesen zu Gift verwandelt – Wesen, die er immer geliebt, denen er immer geholfen hat, die er noch liebt, die er nicht verfluchen kann, die er in der Stunde seines Todes segnen wird, auch wenn sie ihn einsam sterben lassen werden. Ist dieses hartnäckige Verharren eines Mannes in seiner Güte nicht außergewöhnlich, fast unglaublich? Nach all dem, was er erlitten hat, hat er das Lächeln bewahren können, das du an ihm gesehen hast! *Du wirst gut daran tun, Tullio, jenes Lächeln nicht zu vergessen . . .*

XV

Die Stunde der Prüfung, die gefürchtete und einst ersehnte Stunde, rückte näher. Giuliana war bereit. Sie hatte sich standhaft Marias Launen widersetzt; allein hatte sie in ihrem Zimmer bleiben wollen, um mich zu erwarten. »Was werde ich ihr sagen? Was wird sie mir sagen? Welch Haltung werde ich ihr gegenüber einnehmen?« All die Vorsichtsmaßnahmen, all die Absichten verflüchtigten sich. Nichts war mehr in mir verblieben als unerträgliche Angst. Wer hätte den Ausgang der Aussprache vorhersagen können? Ich fühlte mich weder als Herr meiner selbst noch meiner Worte noch meiner Handlungen. Ich empfand in mir nur ein Gewirr aus dunklen und widersprüchlichen Gefühlen, die beim geringsten Antippen hervorbrechen mußten. Noch nie war ich mir so klar und verzweifelt meiner inneren widerstreitenden Gefühle bewußt, die mich zerrissen; noch nie hatte ich die Wahrnehmung der unversöhnbaren Bestandteile, die sich in meinem Wesen bewegten, sich – rebellisch gegen jegliche Bevormundung – wechselweise, in einem ständigen Konflikt, unterdrückten und zerstörten, so wie in dieser Stunde empfunden. Zur Erregtheit meines Geistes gesellte sich jene besondere der Sinne, gefördert durch Bilder, die mich an jenem Tag ohn' Unterlaß gequält hatten. Ich erkannte genau, allzu genau, jene Erregung, die stärker als alles andere die tiefste Hefe im

Manne aufwühlt; allzu genau erkannte ich jene Art niedrigen Verlangens, vor der nichts uns schützen kann: jenes furchtbare sexuelle Fieber, das mich für einige Monate an eine hassenswerte und zu verachtende Frau, an Teresa Raffo gefesselt hatte. Und nun bewegten sich die Gefühle der Sanftmut, des Mitleids und der Stärke in mir wie unbestimmte Dämpfe über schlammigem Grund, der voll des dumpfen, tückischen Gurgelns ist – Gefühle, die für mich notwendig waren, um die Begegnung mit Giuliana zu ertragen und die ursprüngliche Absicht nicht zu ändern.

Es war kurz vor Mitternacht, als ich mein Zimmer verließ, um Giuliana aufzusuchen. Jegliches Geräusch war erloschen. La Badiola schlief in tiefem Frieden. Lauschend blieb ich stehen; und fast hatte ich den Eindruck, als würde ich das ruhige Atmen jener unwissenden und reinen Wesen – meiner Mutter, meines Bruders, meiner kleinen Töchter – sich in die Stille erheben hören. Der schlafenden Maria Antlitz, das ich die Nacht zuvor geschaut, erschien mir wieder. Auch die übrigen Gesichter erschienen mir wieder; und auf jedem lag der Ruhe, des Friedens und der Güte Ausdruck. Plötzliche Rührung ergriff mich. Das unermeßliche Glück, das ich am Tag zuvor für einen Augenblick geschaut und dann verschwunden war, blitzte in meinem Geist wieder auf. Wenn nichts geschehen wäre, wenn ich ganz und gar in meiner Illusion weitergelebt hätte, zu welch Nacht wäre diese geworden! Ich wäre zu Giuliana wie zu einer Göttin gegangen. Und was hätte ich mir Süßeres wünschen können als jene Stille, die das Verlangen meiner Liebe umgab?

Ich kam durch das Zimmer, in dem mir am Abend zuvor der Mund meiner Mutter die unerwartete Offenbarung verkündet. Wieder vernahm ich die Pendeluhr, welche die Stunde angezeigt hatte; und – ich weiß nicht warum – jenes stets gleichmäßige Ticken erhöhte meine

Ängstlichkeit. Ich weiß nicht warum, aber ich hatte den Eindruck, als würde ich Giulianas Beklommenheit auf meine antworten hören: durch den Raum, der uns noch trennte, und mit der zunehmenden Geschwindigkeit in Einklang stehender Herzschläge. Ich schritt geradeaus, ohne mich weiter aufzuhalten, ohne das Geräusch meiner Schritte zu unterdrücken. Ich klopfte nicht an die Türe, sondern öffnete sie mit einem Ruck; ich trat ein. Dort, vor mir und aufrecht, stand Giuliana, stützte sich mit einer Hand auf die Ecke eines Tisches: regungslos, starrer als eine Herme.

Noch sehe ich alles. Nichts entging mir damals; nichts entgeht mir noch heute. Die wirkliche Welt war vollkommen verschwunden. Nichts blieb mehr zurück als eine künstliche, in der ich angstvoll, mit beklommenem Herzen und unfähig, eine Silbe hervorzubringen, aber trotz allem in einzigartiger Lichtheit – wie angesichts einer Theaterszene – atmete. Eine Kerze brannte auf dem Tisch, verlieh jenem Anblick szenischer Dichtkunst Deutlichkeit, da das unstete Flämmchen um sich herum jenen unbestimmten Schrecken zu wecken schien, den die Schauspieler eines Dramas mit großer Verzweiflungs- oder Drohgebärde im Raum hinterlassen.

Die seltsame Empfindung schwand, als ich endlich jenes Schweigen sowie Giulianas marmorne Reglosigkeit nicht mehr ertragen konnte und die ersten Worte sprach. Meine Stimme klang anders, als ich im Augenblick des Öffnens meiner Lippen geglaubt hatte. Ungewollt ist meine Stimme zärtlich, zittrig, fast schüchtern gewesen.

– Du hast mich erwartet?

Sie hielt die Wimpern gesenkt. Ohne sie zu heben, antwortete sie:

– Ja.

Ich betrachtete ihren Arm, jenen Arm, der – starr wie eine Stütze – oberhalb der auf der Tischecke ruhenden

Hand immer steifer zu werden schien. Ich fürchtete, jene zerbrechliche Stütze, welche die ganze Gestalt trug, würde von einem Moment auf den anderen nachgeben und Giuliana plötzlich zu Boden stürzen.

– Du weißt, weshalb ich gekommen bin – fuhr ich fort: ich sprach äußerst langsam, da ich die Worte mir nach und nach aus dem Herzen schnitt.

Sie schwieg.

– Ist es wahr – fügte ich hinzu – ist das wahr ... was ich von meiner Mutter erfahren habe? Sie schwieg noch immer. All ihre Kräfte schien sie zu sammeln. Seltsam: während jener Pause hielt ich es für vollkommen unmöglich, daß sie mit Nein antworten würde.

Sie antwortete (statt ihre Worte zu hören, sah ich sie auf den blutleeren Lippen sich abzeichnen):

– Es ist wahr.

Ich erhielt mitten auf meine Brust einen Schlag, der vielleicht heftiger war als jener, den mir die Worte meiner Mutter versetzt hatten. Alles wußte ich bereits; bereits seit vierundzwanzig Stunden hatte ich in dieser Gewißheit gelebt; doch jene so offene und deutliche Bestätigung streckte mich nieder, als hätte sich mir die unabänderliche Wahrheit zum ersten Mal offenbart.

– Es ist wahr! – wiederholte ich instinktiv, indem ich zu mir selbst sprach: Ich empfand ein Gefühl, das jenem vielleicht ähnelt, welches ich gehabt hätte, hätte ich mich in der Tiefe eines Abgrunds lebendig und bei vollem Bewußtsein wiedergefunden.

Giuliana hob nun ihre Lider; heftete ihr Pupillen auf die meinen in einer Art krampfhaften Zwangs.

– Tullio – sagte sie – hör mich an.

Aber ein Würgen lähmte ihre Stimme.

– Hör mich an. Ich weiß, was ich tun muß. Um dir diese Stunde zu ersparen, war ich zu allem entschlossen: Aber das Schicksal hat es gewollt, daß ich bis zu dieser

Stunde leben sollte, um das allzu Schreckliche zu erdulden, vor dem ich (ach, du verstehst mich) wahnsinnige Angst hatte, tausendmal mehr Angst als vor dem Tod: Tullio, Tullio, dein Blick ...

Neues Würgen stoppte sie in dem Augenblick, in dem ihre Stimme so quälend geworden war, daß sie mir das körperliche Gefühl vom Reißen der verborgensten Fibern meines Körpers einflößte. Ich ließ mich neben dem Tische auf einen Stuhl fallen; legte mein Haupt zwischen die Handflächen und wartete, daß sie fortführe.

– Ich mußte sterben, bevor diese Stunde kam. Seit so langer Zeit mußte ich sterben! Es wäre, ganz sicher, besser gewesen, wenn ich nicht hierher gekommen wäre. Es wäre besser gewesen, du hättest mich nach deiner Rückkehr aus Venedig nicht mehr vorgefunden. Ich wäre tot, und du hättest diese Schande nie erfahren; du hättest mich beweint, du hättest mich vielleicht für immer abgöttisch geliebt. Vielleicht wäre ich für immer deine große Liebe, deine – wie du mir gestern sagtest – *einzige* Liebe geblieben ... Weißt du, ich hatte vor dem Tod keine Angst; ich habe keine Angst. Aber der Gedanke an unsere Kinder, an unsere Mutter ließ mich die Tat von Tag zu Tag aufschieben. Und es ist eine Agonie, Tullio, eine unmenschliche Agonie gewesen, während der ich nicht ein, sondern tausend Leben lebte. Und ich bin noch am Leben!

Nach einer Pause fuhr sie fort:

– Wie ist es möglich, daß ich mich trotz solch elender Gesundheit so lange gegen das Leiden zur Wehr setzen konnte? Auch damit bin ich geschlagen. Schau: Ich dachte, als ich zustimmte, mit dir hierher zu fahren, ich dachte: »Ganz gewiß werde ich krank; wenn ich dort ankommen werde, werde ich mich ins Bett legen müssen; und werde mich nicht mehr erheben. Man wird den Eindruck haben, als stürbe ich eines natürlichen Todes. Tullio wird niemals etwas erfahren, niemals etwas ahnen. Alles wird zu Ende sein.« Statt dessen sehe ich mich noch auf den Beinen; und du weißt alles; und alles ist unwiederbringlich verloren.

Ihre Stimme war leise, sehr schwach und trotzdem herzzerreißend wie ein spitzer, anhaltender Schrei. Ich preßte mir die Schläfen und fühlte das Pulsieren so deutlich, daß ich fast ein Schaudern empfand, als hätten die Arterien die Haut aufgebrochen und würden bloß, mit ihrer weichen und warmen Hülle, auf meinen Handflächen kleben.

– Meine einzige Sorge war, die Wahrheit vor dir zu verbergen: nicht wegen mir, sondern deinetwegen, deiner Gesundheit wegen. Nie wirst du erfahren, welch Entsetzen mich erstarren ließ, welch Ängste mich erstickten. Seit dem Tag unserer Ankunft hier hast du gehofft, hast du geträumt, bist du fast glücklich gewesen. Aber stell dir mein Leben hier vor: mit meinem Geheimnis, an der Seite deiner Mutter, in diesem gesegneten Haus! Gestern, auf Villalilla, sagtest du mir, während wir bei Tische saßen und du mir jene so süßen Dinge erzähltest, die mir das Herz zerrissen, dort sagtest du mir: »Du wußtest nichts, du bemerktest nichts.« Ach, das ist nicht wahr! Ich wußte alles, ich erriet alles. Und als ich in deinen Augen die Zärtlichkeit las, spürte ich meinen Mut sinken. Hör mich an, Tullio. Ich sage dir die Wahrheit, die reine Wahrheit. Als Sterbende stehe ich hier vor dir. Ich könnte nicht lügen. Du glaubst, was ich sage. Ich denke nicht daran, die Schuld von mir zu weisen, denke nicht daran, mich zu verteidigen. Alles ist nun mehr zu Ende. Doch eines will ich dir sagen, und dies ist die Wahrheit. Du weißt, wie ich dich seit dem ersten Tag, an dem wir uns sahen, geliebt habe. Über Jahre, über Jahre war ich dir blind ergeben, und nicht nur in den Jahren des Glücks, sondern auch in jenen des Unglücks, als in dir die Liebe erkaltet war. Du weißt es, Tullio. Immer hast du mit mir machen können, was du wolltest. Immer hast du in mir, die zugunsten deiner Lust immer bereit zu jeglichem Opfer war, die Freundin, die Schwester, die Ehefrau, die Geliebte gefunden. Glaub mir, Tullio, glaub mir, nicht um dich anzuklagen, erinnere ich dich an meine lange Ergebenheit; nein, nein. Nicht einen Hauch Verbitterung hege ich in meinem Herzen gegen dich; verstehst du? Nicht einmal einen Hauch. Doch laß dich, in dieser Stunde, an die Ergebenheit und Zärtlichkeit erinnern, die so viele Jahre überdauert haben, und laß mich dir von Liebe sprechen, von meiner *ununterbrochenen, nie erloschenen* – verstehst du? – *nie erloschenen* Liebe. Ich glaube, meine Leidenschaft zu dir ist niemals so tief wie während dieser letzten Wochen gewesen. Du erzähltest mir gestern all jene Dinge ... Ach, wenn ich dir mein Leben während dieser letzten Tage erzählen könnte! Alles wußte ich von dir, alles erriet ich; aber ich war gezwungen, dich zu fliehen. Mehr als einmal war ich im Begriff, dir in die Arme zu fallen, die Augen zu schließen und mich in den Augenblicken äußerster Schwäche und äußerster Erschöpfung von dir nehmen zu lassen. An dem anderen Vormittag, dem Samstagvormittag, als du mit den Blumen hier eintratst, blickte ich dich an, und du erschienst mir als *jener von einst:* so entflammt, wie du warst, so lächelnd, so zuvorkommend und mit leuchtenden Augen. Und du zeigtest mir die Risse auf deinen Händen! Mich überkam der Drang, deine Hände zu ergreifen und sie dir zu küssen ... Wer verlieh mir die Kraft, an mich zu halten? *Ich fühlte mich nicht würdig.* Und ich sah all das Glück aufblitzen, das du mir mit jenen Blumen darbotest, all das Glück, dem ich für immer entsagen mußte. Ach, Tullio, mein Herz schlägt ganz sicher, wenn es bestimmten Nöten hat widerstehen können. Ich habe ein zähes Leben.

Diesen letzten Satz sprach sie mit einer so dumpfen Stimme und in unbeschreiblichem, fast ironischem und zornigem Ton. Ich wagte nicht, den Blick zu heben und sie anzusehen. Ihre Worte flößten mir fürchterliche Pein ein; dennoch verspürte ich Angst, wenn sie eine Pause machte. Ich verspürte Angst, daß ihr schlagartig die Kräfte versagen würden und sie nicht mehr fortfahren könnte. Und ich erwartete aus ihrem Mund weitere Enthüllungen, weitere Seelenenden.

– Welch großer Fehler – fuhr sie fort – welch großer Fehler, nach deiner Rückkehr aus Venedig noch am Leben zu sein. Aber die arme Maria, die arme Natalia: wie hätte ich sie zurückgelassen?

Sie zögerte etwas.

– Auch dich hätte ich, vielleicht, unter Schmerzen zurückgelassen ... Ich hätte dich manch Gewissensbissen ausgesetzt. Die Leute hätten dir die Schuld gegeben. Nichts hätten wir vor unserer Mutter verbergen können ... Sie hätte dich gefragt: »Warum hat sie sterben wollen?« Es wäre ihr gelungen, die Wahrheit zu erfahren, die wir bis jetzt verborgen haben ... Arme Heilige!

Vielleicht schnürte sich ihr die Kehle zu; denn ihre Stimme ward heiser und vom Zittern anhaltenden Weinens ergriffen. Derselbe Knoten zog sich in meiner Kehle zusammen.

– Daran dachte ich. Ich dachte auch, als du mich hierher bringen wolltest, ich wäre deiner Mutter nicht würdig, wäre nicht würdig, von ihr auf die Stirn geküßt, von ihr ›Töchterlein‹ genannt zu werden. Aber du weißt, wie schwach wir sind, wie leicht wir der Macht der Umstände erliegen. Ich erhoffte nichts mehr; wußte genau, daß es außer dem Tod für mich keinen anderen Ausweg gab; ich wußte genau, daß jeden Tag der Kreis immer enger wurde. Trotzdem ließ ich die Tage, einen nach dem anderen, verstreichen, ohne mich zu entschließen. Und ich besaß ein so sicheres tödliches Mittel!

Sie hielt inne. Einem plötzlichen Impuls gehorchend, hob ich mein Gesicht und starrte sie an. Heftiger Schauder schüttelte sie. Und der Schmerz, den ich ihr mit meinen Blicken bereitete, war so offensichtlich, daß ich von neuem die Stirn senkte. Ich nahm meine Haltung wieder ein.

Aufrecht hatte sie gestanden. Nun setzte sie sich.

Eine Pause des Schweigens folgte.

– Glaubst du – fragte sie mich qualvoll und scheu – glaubst du, die Schuld wiegt schwer, wenn die Seele nicht zustimmt?

Jene Betonung der *Schuld* genügte, um mit einem Schlag den finsteren Grund in mir aufzuwühlen, der sich gesetzt hatte; und eine Art überquellende Bitterkeit trat mir auf die Lippen. Sarkasmus entwich unabsichtlich meinem Mund, und ich sagte mit einem Anflug von Lächeln:

– Arme Seele!

Auf Giulianas Antlitz erschien ein Ausdruck solch tiefen Schmerzes, daß ich sogleich einen äußerst durchdringenden Stich von Reue verspürte. Ich bemerkte, daß ich ihr keine grausamere Wunde hätte schlagen können und Hohn in jener Stunde, gegenüber jenem demütigen Geschöpf, die schlimmste aller Gemeinheiten war.

– Verzeih mir – sagte sie und bot den Anblick einer tödlich getroffenen Frau (und im Grunde hatte ich den Eindruck, als besäße sie süße, traurige, fast mädchenhafte Augen, die ich einige Male bei sanft auf die Tragbahre gebetteten Verletzten gesehen hatte) – verzeih mir. Auch du sprachst gestern von Seele . . . Du denkst nun: *»Dies sind Worte, die Frauen sagen, um sich vergeben zu lassen.«* Aber ich suche nicht nach Vergebung. Ich weiß, daß vergeben unmöglich, daß vergessen unmöglich ist.

Ich weiß, daß es daraus keinen Ausweg gibt. Verstehst du? Ich wollte von dir nur Vergebung für die Küsse, die ich deiner Mutter geraubt ...

Noch war ihre Stimme leise, sehr schwach und trotzdem herzzerreißend wie ein spitzer, anhaltender Schrei.

– Ich spürte auf der Stirn einen Druck so großer Schmerzen, daß ich – nicht wegen mir, Tullio, sondern wegen jener Schmerzen, nur wegen jener Schmerzen – die Küsse deiner Mutter auf meiner Stirn entgegennahm. Und wenn ich unwürdig war, jene Schmerzen waren ihrer würdig. Du kannst mir verzeihen.

In mir regte sich Sanftmut, Mitleid, aber ich gab all dem nicht nach. Ich blickte ihr nicht in die Augen. Mein Blick fiel unwillkürlich auf ihren Schoß, wie um die Spuren jenes furchtbaren Ereignisses zu entdecken; und ich machte riesige Anstrengungen, um mich nicht in Krampfanfällen zu winden, mich nicht zu unbesonnenen Handlungen hinreißen zu lassen.

– An bestimmten Tagen verschob ich die Ausführung meiner Absicht von Stunde zu Stunde; und der Gedanke an dieses Haus, an das, was in diesem Haus danach geschehen würde, raubte mir den Mut. Und so schwand auch die Hoffnung, die Wahrheit vor dir verbergen zu können, dich vor ihr bewahren zu können; denn seit den ersten Tagen hatte Mama meinen Zustand erraten. Erinnerst du dich an jenen Tag, an dem mir dort, am Fenster, durch den Duft der Levkojen schwindelte? Damals bemerkte es Mama. Stell dir mein Entsetzen vor! »Wenn ich mich töte«, dachte ich, »wird Tullio die Wahrheit von seiner Mutter erfahren. Wer weiß, wie weit die Folgen der Sünde, die ich begangen habe, reichen!« Und Tag wie Nacht verzehrte sich meine Seele, um einen Weg zu finden, dich zu retten. Als du am Sonntag mich fragtest: »Willst du, daß wir am Dienstag nach Villalilla fahren?« stimmte ich zu, ohne nachzudenken, überließ ich mich dem Schicksal, vertraute auf die Macht des Zufalls und auf das Glück. Ich war sicher, daß dies mein letzter Tag sein würde. Diese Gewißheit erregte mich, flößte mir eine Art Wahnsinn ein. Ach, Tullio, denk noch einmal an deine Worte von gestern und sag mir, ob du mein Martyrium jetzt verstehst . . . Verstehst du es?

Sie neigte sich nach vorne, beugte sich zu mir herab, wie um ihre angstvolle Frage mir in die Seele zu bohren; und während sie die Finger ineinander verschränkte, verdrehte sie die Hände.

Noch nie hattest du so zu mir gesprochen; noch nie jene Stimme gehabt. Als du dort, auf der Bank, mich fragtest: »Ist es, vielleicht, allzu spät?« sah ich dich an, und dein Gesicht flößte mir Angst ein. Konnte ich dir antworten: »Ja, es ist viel zu spät«? Konnte ich mit einem Schlag dir das Herz brechen? Was wäre aus uns geworden? Und da wollte ich mich zum letzten Mal dem Rausch hingeben, ward toll und hatte nur mehr den Tod und meine Leidenschaft vor Augen.

Und sie war, sonderbarerweise, heiser geworden. Ich blickte sie an; und ich hatte den Eindruck, sie nicht wiederzuerkennen, so verwandelt war sie. Nervöses Zucken zerrte ihr die Gesichtszüge zusammen; ihre Unterlippe zitterte heftig; ihre Augen glühten in fiebrigem Glanz.

– Verdammst du mich? – fragte sie heiser und scharf. – Verachtest du mich wegen dem, was ich gestern tat?

Sie bedeckte ihr Gesicht mit den Händen. Dann, nach einer Pause, mit unbestimmbarem – zum Teil qualvollem, teilweise wollüstigem und entsetztem – Ausdruck, mit einem Ausdruck, der aus wer-weiß-welchem Abgrund ihres Wesens hervorbrach, fügte sie hinzu:

– *Um nicht zu zerstören, was mir von dir im Blut verblieben war,* zögerte ich gestern abend, das Gift zu nehmen.

Ihre Hände fielen wieder herab. Mit einer entschlossenen Bewegung schüttelte sie die Schwäche von sich ab. Ihre Stimme wurde fester.

– Das Schicksal hat gewollt, daß ich bis jetzt lebe. Das Schicksal hat gewollt, das du von deiner Mutter, von deiner Mutter, die Wahrheit erfährst! Gestern abend, als du wieder ins Zimmer kamst, wußtest du alles. Aber du schwiegst und küßtest vor deiner Mutter die Wange, die ich dir darbot. Laß mich, bevor ich sterbe, die Hände dir küssen. Ich verlange nichts anderes. Ich habe auf dich gewartet, um zu tun, was du befiehlst. Ich bin zu allem bereit. Rede.

– Du mußt leben – sagte ich.

– Unmöglich, Tullio; unmöglich – rief sie aus. – Hast du daran gedacht, *was geschehen würde, wenn ich am Leben bleibe?*

– Ich habe daran gedacht. Du mußt leben.

– Entsetzlich!

Und sie zuckte heftig zusammen: instinktiv schauderte ihr, da sie vielleicht in ihrem Bauch *jenes andere Leben* – die Leibesfrucht – spürte.

– Hör mich an, Tullio. Du weißt nunmehr alles; ich muß mich nun nicht mehr töten, um die Schande vor dir zu verbergen, um zu vermeiden, mich vor dir zu entblößen. Du weißt alles; und wir sind hier und können uns noch in die Augen sehen, können noch miteinander reden! Doch es handelt sich um etwas ganz anderes. Ich denke nicht daran, deine Wachsamkeit zu umgehen, um mich zu töten. Ich will sogar, daß du mir dabei hilfst, auf die natürlichste Art, die möglich ist, aus dem Leben zu scheiden, um keinerlei Verdacht hier, in diesem Hause, zu wecken. Ich besitze zwei Gifte: Morphium und Ätzsublimat. Vielleicht nützen sie nichts. Vielleicht ist es schwierig, eine Vergiftung geheim zu halten. Und mein Tod muß ungewollt scheinen: verursacht durch einen, welchen auch immer, einen Zufall, ein Unglück. Verstehst du? Auf diese Weise erreichen wir unser Ziel. Das Geheimnis wird unser Geheimnis bleiben ...

Rasch, mit einem Ausdruck ruhiger Ernsthaftigkeit, als spreche sie, um mich zur Annahme eines nutzbringenden Vertrags und nicht zu einem Todespakt oder zur Komplizenschaft bei der Verwirklichung eines unbesonnenen Plans zu überreden: so sprach sie nun. Ich ließ sie gewähren. Eine Art sonderbaren Zaubers zwang mich, zu bleiben und jenes so zerbrechliche, so bleiche, so kranke Geschöpf – das die Ströme moralischer Stärke so heftig durchdrangen – anzublicken sowie ihm zuzuhören.

– Hör mich an, Tullio. Ich habe eine Idee. Federico hat mir von deiner Tollheit heute erzählt, von der Gefahr, die du heute auf dem Wall der Assòro gelaufen bist: alles hat er mir erzählt. Ich dachte zitternd: »Wer weiß, aus welch schmerzlichem Anfall er sich in jenes Risiko stürzte!« Und während ich weiter nachdachte, glaubte ich zu verstehen. Ich habe eine Erleuchtung gehabt. Und all das weitere zukünftige Leid zeigte sich den Augen meiner Seele: Leid, vor dem nichts dich schützen könnte, Leid, das von Tag zu Tag untröstlicher, unerträglicher würde. Ach, Tullio, sicher hast du es bereits vorausgeahnt und denkst, daß du es nicht ertragen könntest. Ein Mittel nur gibt es, um dich, mich, unsere Seelen und unsere Liebe zu retten; ja, laß mich es sagen: *unsere Liebe*. Laß mich weiter an deine gestrigen Worte glauben und laß mich wiederholen: Ich liebe dich nun, wie ich dich noch nie geliebt habe. Gerade deshalb, gerade weil wir uns lieben, muß ich aus der Welt verschwinden, darfst du mich nicht mehr sehen.

Die moralische Größe war so außerordentlich, daß diese ihr, in jenem Augenblick, die Stimme hob, ihre gesamte Person erhöhte. Heftiges Schaudern bewegte mich; ein flüchtiger Traum bemächtigte sich meines Geistes. Ich glaubte, in jenem Augenblick würden sich wahrhaftig – unbefleckt von Schuld, unversehrt, frei von menschlichem Elend – meine Liebe und die Liebe jener Frau hocherhobenen Haupts auf einer unermeßlichen idealen Höhe treffen. Für einige Augenblicke verspürte ich dieselbe Empfindung wie zu Beginn, als vor mir die wirkliche Welt vollkommen verschwunden war. Schließlich trat, wie immer, das unvermeidliche Phänomen ein. Jener Bewußtseinszustand gehörte nicht mehr zu mir, wurde zu einem mir *fremden* Objekt.

– Hör mich an – fuhr sie fort und senkte die Stimme, als habe sie Angst, jemand höre zu. – Ich habe Federico meinen großen Wunsch zu verstehen gegeben, den Wald, die Meiler und all jene Örtlichkeiten wiederzusehen. Morgen vormittag wird Federico uns nicht begleiten können, da er nach Casal Caldore fahren muß. Wir beide werden allein ausreiten. Federico hat mir gesagt, ich könne *Favilla* reiten. Wenn wir auf dem Wall sind ... werde ich das tun, was du heute vormittag getan hast. Ein Unglück wird geschehen. Es sei unmöglich sich aus der Assòro zu retten, hat Federico gemeint ... Willst du?

Obwohl sie zusammenhängende Worte aussprach, schien sie das Opfer einer Art Fieberrauschs. Ungewohnte Röte brannte ihr auf der Wangen Grat, und ihre Augen funkelten sonderbar.

Rasch zog die Vision jenes dunklen Flusses an meines Geistes Augen vorüber.

– Willst du? – wiederholte sie und beugte sich zu mir.

Ich erhob mich, ergriff ihre Hände. Ich wollte ihr Fieber lindern. Unendliche Sorge und unendliches Mitleid bedrückten mich. Und meine Stimme war weich, war sanft; ich zitterte vor Zärtlichkeit.

– Arme Giuliana! Reize dich nicht so. Du leidest viel zu sehr; der Schmerz macht dich, arme Seele, unbesonnen! Du mußt sehr mutig sein; du darfst nicht mehr an das denken, was du gesagt hast ... Denk an Maria, an

Natalia ... Ich habe diese Strafe angenommen. Für all das Böse, das ich getan habe, verdiente ich vielleicht diese Strafe. Ich habe sie angenommen; ich werde sie ertragen. Aber du mußt leben. Versprich mir, Giuliana, um Maria und Natalia willen, bei all deiner Liebe zu Mama, bei all dem, was ich gestern dir sagte, versprich mir, in keiner Weise den Tod zu suchen.

Sie hielt ihren Kopf gesenkt. Und mit einem Ruck befreite sie ihre Hände, ergriff die meinen und küßte sie wie eine Rasende; und ich spürte auf meiner Haut die Wärme ihres Mundes, die Wärme ihrer Tränen. Und wie ich versuchte, mich ihr zu entziehen, stürzte sie von ihrem Stuhl auf die Knie, ohne meine Hände fahren zu lassen, und schluchzte und zeigte mir ihr verzerrtes Gesicht, über das die Tränen in Strömen flossen, auf dem des Mundes Kontraktion die unsagbaren Krämpfe enthüllte, die ihr ganzes Wesen in Zuckungen versetzt hatten. Und ohne sie hochziehen zu können, ohne mehr sprechen zu können, erstickt vom mächtigen Aufwallen des Kummers, niedergedrückt von der Macht jenes Krampfes, der an jenem armen, blassen Mund zerrte, befreit von jeglichem Groll, von jeglichem Hochmut – während ich nichts mehr empfand außer der blinden Angst vor dem Leben, ich nichts mehr an der niedergestreckten Frau und an mir gewahr wurde außer dem menschlichen Leid, dem ewigen menschlichen Elend, den Wunden der unvermeidlichen Grenzüberschreitungen, der Bürde unseres tierischen Fleischs, dem Grauenhaften der sogar in den Wurzeln unseres Wesens angelegten wie unumstößlichen Zwanghaftigkeiten und all der körperlichen Freudlosigkeit unserer Liebe –, stürzte auch ich infolge des instinktiven Drangs, mich niederzuwerfen, mich sogar in meiner Haltung jenem Geschöpf, das litt und mich leiden ließ, anzugleichen, stürzte auch ich vor ihr auf die Knie. Und auch ich brach in Schluchzen aus. Und noch einmal, nach so vielem, vermengten wir unsere Tränen, die – o weh! – so brennend waren und doch unser Schicksal nicht ändern konnten.

XVI

Wer wird mit Worten jene Empfindung aus trostloser Leere und Verwunderung jemals beschreiben, die nach dem sinnlosen Vergießen von Tränen, nach einem heftigen Anfall sinnloser Verzweiflung, im Manne zurückbleibt? Das Weinen ist ein vorübergehendes Phänomen: jegliche Krisis muß sich lösen, jedes Übermaß ist kurz; und vor der unbeugsamen Wirklichkeit findet sich der Mann erschöpft – fast würde ich sagen: ausgedörrt – wieder, ist mehr denn je von der eigenen Ohnmacht überzeugt, körperlich abgestumpft und traurig.

Ich hörte als erster zu weinen auf; als erster konzentrierte ich mich auf die Lage meines und Giulianas Körpers sowie auf all die uns umgebenden Gegenstände. Noch knieten wir – der Schlüssel vor dem Schlosse – auf dem Teppich; und noch schüttelten Giuliana einige Schluchzer. Die Kerze brannte auf dem Tisch, das Flämmchen bewegte sich dann und wann – wie von einem Lufthauch gebeugt. In der Stille vernahm mein Ohr das leise Geräusch einer Uhr, die sich irgendwo im Zimmer befinden mußte. Das Leben verfloß, die Zeit entfloh. Meine Seele war einsam und leer.

Nachdem die Heftigkeit der Empfindung, nachdem jener Rausch aus Schmerzen verflogen, besaß unsere Stellung keine Bedeutung, keine Daseinsberechtigung mehr. Ich mußte aufstehen, mußte Giuliana aufheben, ihr etwas sagen, damit jene Szene einen endgültigen Abschluß bekommen würde; aber ich fühlte gegen all das eine sonderbare Abneigung. Ich hatte den Eindruck, weder zur kleinsten körperlichen noch geistigen Anstrengung mehr fähig zu sein. Mich hier zu befinden, in jenen Zwängen, in jenen Schwierigkeiten, und gezwungen zu sein, dies andauern zu lassen, verdroß mich. Und vage begann sich tief in mir eine Art dumpfen Grolls gegen Giuliana zu regen.

Ich erhob mich. Ich half ihr, sich aufzurichten. Jeder Schluchzer, der sie dann und wann noch schüttelte, erhöhte in mir jenen unerklärlichen Groll.

Folglich ist es tatsächlich wahr, daß sich in der Tiefe jeglichen Gefühls, das zwei menschliche Wesen vereint – das heißt, zwei Egos einander annähert –, ein Anteil Haß verbirgt. Folglich ist es tatsächlich wahr, daß dieser nie fehlende Anteil Haß stets unsere zärtlichste Hingabe, unsere besten Anwandlungen entehrt. All das Schöne in unserer Seele trägt einen verborgenen Keim der Verderbtheit in sich und muß sich selbst verderben.

Ich sagte (und hatte Angst, die Stimme wäre gegen meinen Willen nicht zärtlich genug):

– Beruhige dich Giuliana. Du mußt jetzt stark sein. Komm, setz dich hierher. Beruhige dich. Willst du etwas Wasser trinken? Willst du irgend etwas zum Riechen? Sag's mir.

– Ja, etwas Wasser. Du findest es dort, im Alkoven, auf dem Nachttisch.

Noch hatte sie eine weinerliche Stimme; und sie trocknete sich das Gesicht mit einem Taschentuch, während sie auf einem niedrigen Diwan gegenüber dem großen Spiegel des Schrankes saß. Ihr Schluchzen hielt noch an.

Ich betrat den Alkoven, um das Glas zu holen. Im Halbdunkel sah ich das Bett. Es war schon zur Nacht bereitet: Ein Zipfel der Decken war aufgehoben und dann zurückgeschlagen, ein langes weißes Nachthemd neben das Kopfkissen gelegt worden. Sogleich nahm mein scharfes, wachsames Empfinden die zarte Duftnote des

Batists wahr: ein flüchtiger Duft von Lilien und Veilchen, den ich kannte. Der Anblick des Betts wie der bekannte Duft flößten mir tiefe Erregung ein. Eilig goß ich das Wasser ins Glas und ging hinaus, um es Giuliana, die wartete, zu bringen.

Sie trank mit Unterbrechungen einige Schluck, während ich sie, vor ihr stehend, betrachtete und so die Bewegung ihres Mundes wahrnahm. Sie sagte:

– Danke, Tullio.

Und sie reichte mir das nur zur Hälfte geleerte Glas. Da ich Durst hatte, trank ich das restliche Wasser. Diese unbedeutende, instinktive Tat genügte, um die Erregung in mir zu steigern. Auch ich setzte mich auf den Diwan. Und wir schwiegen: versunken in unsere Gedanken und durch einen kleinen Zwischenraum getrennt.

Im Spiegel des Schranks spiegelte sich der Diwan mit unseren Körpern. Ohne uns anzublicken, konnten wir – etwas undeutlich, da das Licht spärlich und flackernd war – unsere Gesichter schauen. Ich starrte auf Giulianas Gestalt in der weiten Tiefe des Spiegels: Nach und nach bekam sie, in ihrer Reglosigkeit, ein geheimnisvolles Aussehen, den beunruhigenden Zauber gewisser weiblicher Bildnisse, welche die Zeit hatte dunkeln lassen, nach und nach nahm sie das heftige Scheinleben der Wesen an, die von Wahnvorstellungen erzeugt werden. So kam es, daß jenes ferne Abbild nach und nach mir lebendiger schien als die wirkliche Person. So kam es, daß ich nach und nach in jenem Bild die liebkosende, lüsterne, liebende, treulose Frau erblickte.

Ich schloß die Augen. Der Andere tauchte auf. Eine der bekannten Visionen bildete sich.

Ich dachte: »Bis jetzt hat sie kein einziges Mal offen ihren Fall, das Wie ihres Falls erwähnt. Einen einzigen bedeutungsvollen Satz hat sie gesagt. – Glaubst du, die Schuld wiegt schwer, *wenn die Seele nicht zustimmt?* –

Ein einziger Satz! Und was hat sie damit sagen wollen? Es handelt sich um eine jener üblichen, spitzfindigen Differenzierungen, die dazu dienen, jeglichen Betrug und jegliche Schändlichkeit zu entschuldigen. Kurzum: Welche Art von Beziehung hatte sich – über jene unleugbar von Lüsternheit geprägte hinaus – zwischen ihr und Filippo Arborio abgespielt? Und unter welchen Umständen hatte sie sich hingegeben?« Schreckliche Neugier stach mich. Meine eigene Erfahrung flößte mir die Bilder ein. Ich entsann mich bestimmter, besonders sicherer Maschen beim Nachgeben, die einige meiner alten Geliebten angewandt hatten. Deutlich und rasch formten sich die Bilder, veränderten sich und liefen ab. Wieder sah ich Giuliana so, wie ich sie in fernen Tagen gesehen hatte: allein vor dem Ausschnitt des Fensters, ein Buch auf den Knien, mit dem ganzen Körper schmachtend, aschfahl, in der Haltung einer Frau, die dabei ist, in Ohnmacht zu fallen, während unbeschreibliche Erregung – gleich einem leidenschaftlichen Aufbrechen unterdrückter Triebe – über ihre allzu dunklen Augen glitt. – War sie während solch Schmachtens von ihm, in meinem eigenen Hause, überrascht worden? Hatte sie das gewaltsame Aufbrechen in einer Art Bewußtlosigkeit erduldet und beim Erwachen Grauen und Ekel ob des nicht-wieder- gut-zumachenden Akts empfunden? Hatte sie ihn aus dem Haus gejagt und nicht mehr wiedergesehen? Oder hatte sie eingewilligt, sich an irgendeinem geheimen Ort in eine kleine abgelegene Wohnung, vielleicht in eines der möblierten Gemächer zu begeben, in dem die Unzüchtigkeiten hunderter von Ehebrüchen in der Luft hingen? Hatte sie in ein- und demselben Bett all die Liebkosungen nicht nur ein, sondern mehrere Male, an vielen aufeinanderfolgenden Tagen, während fester Stunden und in der Sicherheit, die ihnen meine Sorglosigkeit beschert hat, empfangen und freizügig gespendet? – Und wieder sah ich Giuliana vor ihrem Spiegel an jenem Novembertag, sah ich ihre Haltung beim Feststekken des Schleiers auf ihrem Hut, die Farbe ihres Gewands und schließlich ihren behenden Schritt auf »dem Bürgersteig, der in der Sonne lag«. War sie vielleicht an jenem Vormittag zu einem Stelldichein gegangen?

Ich litt eine Qual, die keinen Namen hatte. Die Gier, zu wissen, nagte an meiner Seele, die körperlichen Bilder erbitterten mich. Der Groll gegen Giuliana wurde ätzender, die Erinnerung an die jüngste Sinnenlust, die Erinnerung an das Hochzeitsbett auf Villalilla und an das, was mir von ihr im Blute verblieben war, speisten eine dunkle Flamme. An dem Gefühl, das die Nähe von Giulianas Körper mir einflößte, an einem besonderen Zittern bemerkte ich, daß ich bereits jenem wohlbekannten Fieber sexueller Eifersucht verfallen war und – um nicht einem hassenswerten Drang zu erliegen – fliehen mußte. Doch plötzlich schien mein Wille gelähmt; ich war nicht Herr meiner selbst. Ich blieb sitzen, festgenagelt von zwei sich widersetzenden Kräften, von rein körperlicher Attraktion und Repulsion, von mit Ekel durchsetztem Verlangen, von einem dunklen Widerstand, den ich nicht schwächen konnte, da er sich auf der untersten Ebene meines tierischen Ichs entfaltete.

Seit dem Augenblick, da er aufgetaucht war, hatte der Andere mir ständig vor Augen geschwebt. War es Filippo Arborio? Hatte ich richtig geraten? Täuschte ich mich nicht?

Jäh wandte ich mich Giuliana zu. Sie blickte mich an. Die abrupte Frage blieb mir im Halse stecken. Ich schlug die Augen nieder, senkte mein Haupt; und mit derselben krampfartigen Anspannung, die ich verspürt hätte, wenn ich mir ein Stück lebendigen Fleischs aus einem Teil des Körpers reißen würde, wagte ich, zu fragen:

– Der Name *dieses Mannes?*

Meine Stimme zitterte heiser und schmerzte mich selbst.

Giuliana brach bei der unerwarteten Frage in sich zusammen; aber sie schwieg.

– Du antwortest nicht? – drängte ich sie, während ich mich bemühte, die Wut zu unterdrücken, die in mir aufzusteigen sich anschickte: jene blinde Wut, die bereits in der Nacht zuvor im Alkoven meinen Geist wie ein Feuerstoß durchdrungen hatte.

– Oh, mein Gott! – stöhnte sie verzweifelt, während sie auf die Seite fiel und das Gesicht in einem Kissen vergrub. Mein Gott, mein Gott!

Doch ich wollte wissen; wollte ihr um jeden Preis das Geständnis entreißen.

– Erinnerst du dich – fuhr ich fort – erinnerst du dich an jenen Vormittag, während der ersten Novembertage, als ich plötzlich in dein Zimmer trat? Erinnerst du dich? Ich weiß nicht, warum ich eintrat: weil du sangst. Du sangst die *aria* des Orpheus. Du warst fast ausgehfertig. Erinnerst du dich? Ich sah ein Buch auf deinem Schreibtisch, öffnete es, las auf dem Frontispiz eine Widmung ... Es war ein Roman: *Il Segreto* ... Erinnerst du dich?

Ohne zu antworten, lag sie betrübt auf dem Kissen. Ich neigte mich über sie. Schauder – ähnlich jenem, auf den die Kälte des Fiebers folgt – ließ mich erzittern. Ich ergänzte:

– Ist er es vielleicht?

Sie antwortete nicht, sondern sprang auf, von Verzweiflung getrieben. Sie schien eine Wahnsinnige. Sie schickte sich an, sich auf mich zu werfen, zügelte sich schließlich.

– Hab' Mitleid! Hab' Mitleid! – stieß sie hervor. – Laß mich sterben! Das, was du mich leiden läßt, ist schlimmer als jeder Tod. Alles habe ich ertragen, alles könnte ich ertragen; aber das nicht, nicht das ... Wenn ich am Leben bleibe, wird jede Stunde für uns zum Martyrium und jeder weitere Tag noch schrecklicher. Und du wirst mich hassen: All dein Haß wird über mich kommen. Ich weiß es, ich weiß es. Ich habe den Haß bereits in deiner Stimme gehört. Hab' Mitleid! Laß mich zuvor sterben!

Sie schien eine Wahnsinnige. Sie hatte das rasende Bedürfnis, sich an mich zu klammern; und es nicht wagend, rang sie – in ihrem ganzen Wesen erregt – die Hände, um sich zurückzuhalten. Doch ich ergriff ihre Arme, zog sie an mich.

– Ich werde also nichts erfahren? – sprach ich fast in ihren Mund, während auch ich wahnsinnig wurde und mich ein grausamer Instinkt anstachelte, der meine Hände zu groben Händen machte.

– Ich liebe dich, ich habe dich immer geliebt, stets bin ich die deine gewesen und büße mit diesen Höllenqualen eine Minute der Schwäche, verstehst du? *Eine Minute der Schwäche* ... Dies ist die Wahrheit. Fühlst du nicht, daß es die Wahrheit ist?

Ein lichter Augenblick noch; und dann die Folgen eines blinden, wilden, unaufhaltsamen Drängens.

Rücklings stürzte sie auf das Kissen. Meine Lippen erstickten ihr Schreien.

XVII

Jene gewaltsame Umarmung hatte vieles erstickt. »Wilder! Wilder!« Wieder sah ich die stummen Tränen, die Giulianas Augenhöhlen erfüllten; wieder vernahm ich das Röcheln, das sie während der höchsten Verzückung ausgestoßen hatte: der Stoßseufzer einer Sterbenden. Und wieder wogte durch meine Seele jene Traurigkeit, die nach dem Akt mich bedrückt hatte und keiner anderen ähnelt. »Ach, wahrhaftig, ein Wilder!« War eigentlich die Idee zu dem Verbrechen nicht damals in mir zum ersten Mal aufgetaucht? Hatte sich nicht, während meiner Raserei, in mein Bewußtsein eine mörderische Absicht eingeschlichen?

Und wieder dachte ich an Giulianas bittere Worte: »Ich habe ein zähes Leben.« Nicht die Zähigkeit ihres Lebens schien mir außer der Ordnung, sondern die des *anderen,* das sie austrug; und eben dieses erbitterte mich, und ich begann, gegen jenes Ränke zu schmieden.

Noch waren die äußeren Anzeichen an Giulianas Körper – die Verbreiterung der Hüften, das Schwellen des Bauchs – nicht sichtbar. Sie befand sich folglich noch in den ersten Monaten: vielleicht im dritten, vielleicht Anfang des vierten. Die Adhäsion von Fötus und Gebärmutter mußte noch schwach, ein Abortus sehr einfach sein. Warum hatten die heftige Erregtheit während des Tages auf Villalilla und in jener Nacht, die Anstrengungen, die Krämpfe, die Kontraktionen keinen Abgang herbeigeführt? Alles war gegen mich, all die Ereignisse hatten sich gegen mich verschworen. Und meine Feindseligkeit wurde erbitterter.

Die Geburt des Kindes zu verhindern, war mein heimlicher Plan. All das Grauenhafte unseres Zustands resultierte aus der Absehbarkeit jener Niederkunft, aus der drohenden Gefahr eines Eindringlings. Warum hatte Giuliana beim ersten Anzeichen nicht alles versucht, um die Folge der schändlichen Empfängnis zu zerstören? Hatte Aberglauben, Angst, ein instinktiver mütterlicher Widerwille sie zurückgehalten? Empfand sie mütterliche Gefühle für den ehebrecherisch gezeugten Fötus?

Und ich erwog das zukünftige Leben, das ich mit einer Art Hellsichtigkeit vorhersah. – Giuliana gebar einen Buben, den einzigen Erben unseres alten Namens. Der Sohn, der nicht der meine, wuchs unversehrt heran; er bemächtigte sich gewaltsam der Liebe meiner Mutter, meines Bruders; er wurde geherzt, angebetet, Maria und Natalia, meinen Geschöpfen, vorgezogen. Die Macht der Gewohnheit beruhigte Giulianas Gewissensbisse, und sie gab sich rückhaltlos ihren mütterlichen Gefühlen hin. Und der Knabe, der nicht der meine, wuchs in ihrer Obhut, unter ihrer ausdauernden Fürsorge heran; er wurde kräftig und schön; wurde launisch wie ein Despot; wurde Herr meines Hauses. – Diese Visionen wurden nach und nach detaillierter. Bestimmte wundersame Vorstellungen nahmen die Plastizität und Lebendigkeit einer realen Szene an; einige Splitter eines solchen Scheinlebens prägten sich so heftig meinem Bewußtsein ein, daß sie für eine gewisse Zeit mit all den realistischen Charakteristika dort aufgezeichnet blieben. Die Gestalt des Jungen war unendlich wandelbar; sein Tun, seine Gestik waren äußerst verschieden. Bald stellte ich ihn mir schwächlich, blaß, schweigsam, mit großem schweren Kopf, der auf die Brust hing, vor; bald war er völlig rosafarbig, rundlich, fröhlich, schwatzhaft, brav, voller Anmut sowie Schmeicheleien und besonders liebevoll zu mir; dann war er statt dessen vollkommen fahrig, reizbar, ein bißchen verschlagen wie ein Katze, voller Schlauheit und tückischer Instinkte, hartherzig gegenüber den Schwestern, grausam zu Tieren, unfähig zu Zärtlichkeiten und unerziehbar. Nach und nach überlagerte diese letzte Vorstellung die anderen, löschte sie Schritt für Schritt aus, festigte sich in einem genauen Typus, wurde von einem intensiven Scheinleben beseelt und erhielt schließlich einen Namen: den Namen, der bereits beizeiten für einen männlichen Erben festgelegt war – den Namen meines Vaters: Raimondo.

Das kleine abartige Gespenst war ein direkter Ausfluß meines Hasses; es legte mir gegenüber dieselbe Feindseligkeit an den Tag, die ich ihm gegenüber empfand; es war ein Feind, ein Gegner, und ich war im Begriffe, mit ihm den Kampf zu beginnen. Er war mein Opfer und ich das seine. Und ich konnte ihm nicht entfliehen, und er konnte mir nicht entfliehen. Beide waren wir in einem stählernen Ring eingeschlossen.

Seine Augen waren grau wie jene Filippo Arborios. Von seinen verschieden sprechenden Blicken traf mich – während einer vorgestellten Szene, die sich immer wieder wiederholte – einer am häufigsten. Die Szene war folgende: Ich trat ahnungslos in ein Zimmer, das in Schatten getaucht und von sonderbarer Stille erfüllt war. Ich glaubte, mich alleine darin zu befinden. Plötzlich, mich umwendend, bemerkte ich Raimondos Anwesenheit, der mich mit seinen grauen und tückischen Augen anstarrte. Sofort überfiel mich die Versuchung zum Verbrechen so heftig, daß ich floh, um mich nicht auf das kleine tückische Wesen zu stürzen.

XVIII

Der Pakt zwischen Giuliana und mir schien also geschlossen. Sie lebte. Beide fuhren wir fort, in Heuchelei und Verstellung zu leben. Wie Dipsomanen lebten wir zwei einander abwechselnde Leben: ein ruhiges, das sich zur Gänze aus zärtlichen Äußerlichkeiten, aus kindlichen Zärtlichkeiten, aus reinen Leidenschaften und gütigen Taten zusammensetzte; das andere war bewegt, fieberhaft, abgestumpft, ungewiß, hoffnungslos, war von dem fixen Gedanken beherrscht, stets von der Bedrohung verfolgt und stürzte einer unbekannten Katastrophe entgegen.

Ich hatte einige seltene Augenblicke, in denen sich die Seele dem Zugriff so großer Schlechtigkeit entzog, sich von dem Übel befreite, von dem sie wie von unzähligen

Tentakeln umwickelt war, und sich mit großem Verlangen zu dem hohen Ideal der Sanftmut, das sie mehrmals geahnt hatte, aufschwang. Ich entsann mich der eigenartigen Worte meines Bruders, die er hinsichtlich Giovanni di Scòrdios am Rande des Assòro-Walds gesagt hatte: *»Du wirst gut daran tun, Tullio, jenes Lächeln nicht zu vergessen.«* Und jenes Lächeln auf dem welken Mund des Alten bekam tiefe Bedeutung, begann außerordentlich hell zu leuchten, eroberte mich wie die Enthüllung einer höheren Wahrheit.

Fast immer, während jener seltenen Augenblicke, erschien mir wieder ein weiteres Lächeln: jenes der noch kranken Giuliana auf den Kissen – jenes unverhoffte Lächeln, das »schwächer wurde, schwächer wurde, ohne zu erlöschen«. Und die Erinnerung an jenen weit zurückliegenden ruhigen Nachmittag, an dem ich die arme Genesende mit den so weißen Händen trunken von trügerischem Rausche gemacht hatte; die Erinnerung an den Vormittag, an dem sie sich zum ersten Male erhoben hatte und mir inmitten des Zimmers in die Arme gestürzt war, während sie lächelte und keuchte; die Erinnerung an die wahrhaft göttliche Geste, mit der sie mir die Liebe, die Nachsicht, den Frieden, den Traum, das Vergessen, all das Schöne und Gute dargeboten hatte: Sie flößten mir endlose, verzweifelte Trauer und Gewissensbisse ein. Die süße und schreckliche Frage, die Andrej Bolkonskij auf dem erloschenen Antlitz der Fürstin Lisa gelesen hatte: ich las sie fortwährend auf dem noch lebendigen Antlitz Giulianas: »Was habt Ihr mir angetan?« Kein Vorwurf war über ihre Lippen gekommen; sie war nicht in der Lage gewesen, mir eine meiner Schandtaten vorzuwerfen, um die Schwere ihrer Schuld zu mildern: demütig war sie vor ihrem Henker gestanden, und nicht ein Tropfen Bitterkeit hatte ihre Stimme schärfer werden lassen; nur ihre Augen hatten mir gegenüber wiederholt gefragt: »Was hast du mir angetan?«

Die seltsame Lust, mich zu opfern, entzündete sich plötzlich in mir, trieb mich, mein Kreuz zu umarmen. Die Größe der Sühne schien mir meines Muts würdig. Ich fühlte ein Übermaß an Kraft, fühlte meine heroische Seele, meinen erleuchteten Intellekt. Wenn ich zu meiner schmerzensreichen *Schwester* ging, dachte ich: »Ich werde die richtigen Worte finden, um sie zu trösten, werde den brüderlichen Tonfall finden, um ihren Schmerz zu lindern und ihr Haupt wieder aufzurichten.« Doch sobald ich bei ihr, sprach ich kein Wort mehr. Meine Lippen schienen mit einem unaufbrechbaren Siegel beschwert; mein ganzes Wesen schien verhext. Das innere Licht erlosch plötzlich wie infolge eines eisigen Hauchs unbekannten Ursprungs. Und in der Dunkelheit begann sich vage jener dumpfe Groll zu regen, den ich schon allzu gut kannte und nicht unterdrücken konnte.

Dies war das Anzeichen eines Anfalls. Wirr stammelte ich dann einige Worte und vermied, Giuliana in die Augen zu blicken; und ich ging fort: Ich floh.

Mehr als einmal blieb ich. Wie ein Verlorener suchte ich, wenn die Entladung unaufhaltbar wurde, Giulianas Mund; und es waren Küsse, die sich bis zur Atemlosigkeit hinzogen: feste, fast wütende Küsse, die uns gebrochener, trauriger, von einem noch düsteren Abgrund getrennt und von einem weiteren Makel befleckt zurückließen.

»Wilder! Wilder!« Tödliche Absicht lag in der Tiefe jener Ausbrüche: eine Absicht, die ich mir selbst nicht einzugestehen wagte. – Wenn einmal wenigstens die Kontraktionen des Krampfes während einer jener Umarmungen den zähen Keimling von der Gebärmutter abgetrennt hätten! – Ich erwog nicht, welch tödlicher Gefahr ich Giuliana aussetzte. Es lag auf der Hand, daß – hätte sich etwas Derartiges ereignet – das Leben der Mutter ernstlich bedroht gewesen wäre. Trotzdem, in meinem Wahnsinn dachte ich von Anfang an nur an die Möglichkeit, das Kind zu vernichten. Erst viel später bedachte ich, daß das eine Leben Sklave des anderen war und ich mit meinen wahnsinnigen Versuchen dem einen und gleichzeitig dem anderen nach dem Leben trachtete.

Giuliana, die vielleicht ahnte, aus welch niederträchtigen Beweggründen sich mein Verlangen zusammensetzte, leistete mir keinen Widerstand. Die stummen Tränen der mißhandelten Seele füllten ihr die Augenhöhlen nicht mehr. Sie beantwortete meine Glut mit fast grausiger Inbrunst. Wahrlich, zuweilen hatte sie »die Schweißausbrüche einer Frau, die mit dem Tode rang, und das Aussehen einer Leiche«: Beides erschreckte mich. Und außer sich, schrie sie einmal mit erstickter Stimme:

– Ja, ja, töte mich!

Ich verstand. Sie erhoffte den Tod, erwartete ihn von mir.

XIX

Ihre Stärke, sich in Gegenwart der Unwissenden zu verstellen, war unglaublich. Ihr gelang noch, zu lächeln! Die bekannten Ängste um ihre Gesundheit ermöglichten mir, bestimmte Anfälle von Traurigkeit, die ich nicht zu verbergen wußte, zu rechtfertigen. Solch Ängste, die ich mit meiner Mutter und meinem Bruder gemein hatte, bewirkten, daß im Hause die neue Empfängnis nicht wie die früheren gefeiert wurde und die üblichen Vorhersagen sowie jegliches anzügliche Gespräch unterblieben. Und das war ein Glück.

Endlich traf Doktor Vebesti auf La Badiola ein.

Sein Besuch war beruhigend. Er fand Giuliana sehr geschwächt, konstatierte an ihr eine gewisse Erregbarkeit der Nerven, Blutmangel sowie eine allgemeine Ernährungsstörung; aber er versicherte, der Schwangerschaftsverlauf wiese ansonsten keine nennenswerten Anomalien auf und sogar die Niederkunft könne – wenn der allgemeine Zustand sich verbessert habe – ohne Komplikationen vonstatten gehen. Darüber hinaus tat er so, als habe er großes Vertrauen zu Giulianas außergewöhnlicher Konstitution, die schon in der Vergangenheit ihm ihre Widerstandsfähigkeit bewiesen hatte. Er verordnete Giuliana reinigende Diät, um sie wieder gesunden zu lassen, gestattete ihr, auf La Badiola zu bleiben, empfahl ihr regelmäßige Anwendung, nur leichte körperliche Bewegung und keinerlei geistige Anstrengung.

– Ich zähle dabei hauptsächlich auf Sie – sagte er ernst zu mir.

Ich war enttäuscht. Ich hatte meine Hoffnung auf Rettung auf ihn gesetzt, und nun das: Ich hatte sie verloren. Vor seiner Ankunft hatte ich gehofft: »Wenn er, um die Mutter zu retten, es für notwendig erklären würde, das noch unförmige und nicht lebendige Kind zu opfern! Wenn er es für notwendig erklären würde, künstlich einen Abgang einzuleiten, um die Katastrophe während der Zeit im Wochenbett zu verhindern! . . . Giuliana wäre gerettet, würde genesen; aber auch ich wäre gerettet, würde mich wie neugeboren fühlen. Ich glaube, ich könnte fast vergessen oder, zumindest, mich mit dem, was war, abfinden. Die Zeit heilt so viele Wunden, und die Arbeit tröstet über soviel Trauer hinweg. Ich glaube, ich könnte, nach und nach, den Frieden wiedergewinnen und mich bessern, ich könnte dem Beispiel meines Bruders folgen, ein Besserer, ein Mensch werden, für die anderen leben und den neuen Glauben in die Arme schließen. Ich glaube, ich könnte in diesem persönlichen Schmerz meine Würde wiederfinden. – Der Mann, dem auferlegt ist, mehr zu leiden als die anderen, ist für *würdig* befunden, mehr als die anderen zu leiden. – Lautet so nicht ein Spruch aus dem Evangelium meines Bruders? Darin also liegt das Auserwähltsein, zu leiden. Giovanni di Scòrdio zum Beispiel ist ein Auserwählter. Wer jenes Lächeln besitzt, besitzt eine göttliche Gabe. Ich glaube, ich könnte mir jene Gabe verdienen ...« Ich hatte gehofft. In Widerspruch zu meinem Sühneeifer hatte ich auf eine Verminderung der Qualen gehofft!

In der Tat: ich wollte zwar im Leiden wieder genesen, aber vor dem Leid hatte ich Angst: die schreckliche Angst, dem wahren Schmerz ins Auge zu blicken. Meine Seele war bereits erschöpft; und obwohl sie den langen Weg überblickte und von christlicher Buße getrieben war, begab sie sich auf einen abschüssigen Pfad, an dessen Ende unausweichlich der Abgrund gähnte.

Als ich mit dem Arzt sprach, mich hinsichtlich seiner versichernden Prognosen etwas ungläubig zeigte und meiner Besorgnis Ausdruck verlieh, fand ich einen Weg, ihm meine Gedanken darzulegen. Ich gab ihm zu verstehen, es sei mein Wunsch, jede Gefährdung Giulianas – koste es, was es wolle – auszuschließen und ich – wenn es notwendig sei – auf die Drittgeburt ohne Bedauern verzichten würde. Ich bat ihn, mir nichts zu verheimlichen.

Von neuem beruhigte er mich. Er erklärte mir, daß er – sogar in einem hoffnungslosen Fall – eine Abtreibung ausschließen würde, da in der Verfassung, in der sich Giuliana befand, eine Blutung äußerst perniziös sein würde. Er wiederholte mir gegenüber, man müsse vor allem die Regeneration des Bluts fördern und unterstützen, den geschwächten Organismus wiederherstellen sowie mit allen Mitteln versuchen, daß die Schwangere den Zeitpunkt der Geburt wieder bei Kräften, vertrauensvoll und innerlich ruhig erreiche. Er fügte hinzu:

– Ich glaube, daß die gnädige Frau hauptsächlich moralischer Unterstützung bedarf. Ich bin ein alter Freund. Ich weiß, daß sie viel erlitten hat. Sie könnten sie aufrichten.

XX

Meine Mutter lebte wieder auf und verdoppelte ihre Zärtlichkeiten gegenüber Giuliana. Sie verlieh ihrem innigen Traum und ihrer Vorahnung deutlich Ausdruck: Sie wartete auf ihren Enkel, den kleinen Raimondo.

Diesmal war sie sich *sicher.*

Auch mein Bruder wartete auf Raimondo.

Oft richteten Maria und Natalia an mich, ihre Mutter sowie ihre Großmutter naive und niedliche Fragen über ihren zukünftigen Gefährten.

So begann sich die Liebe der Familienmitglieder mit Vorhersagen, Glückwünschen und Hoffnungen um die unsichtbare Frucht, das noch ungestalte Wesen zu drehen. Und Giuliana begann um die Hüften herum dicker zu werden.

Eines Tages waren ich und Giuliana unter den Ulmen sitzen geblieben. Meine Mutter hatte uns gerade verlassen. In ihren liebevollen Reden hatte sie Raimondo erwähnt; sie hatte sogar den Diminuitiv Mondino erneuert, indem sie äußerst ferne Erinnerungen an meinen toten Vater aufwärmte. Ich und Giuliana hatten darüber gelächelt. Meine Mutter hatte geglaubt, ihr Traum wär' auch der unsrige. Sie hatte uns dort zurückgelassen, damit wir zu träumen fortführen.

Es war die Stunde, die auf das Verschwinden der Sonne folgt: eine helle, friedvolle Stunde. Das Laubwerk über unseren Häuptern bewegte sich nicht. Dann und wann durchschnitt mit rauschenden Flügeln und lautem

Gezwitscher ein Schwarm Schwalben die Luft – wie auf Villalilla.

Wir folgten mit unseren Augen der Heiligen, bis sie verschwand. Dann blickten wir uns an: schweigend, bestürzt. Niedergedrückt von der Unermeßlichkeit unserer Trauer verharrten wir einige Zeit in unserem Schweigen. Und während einer schrecklichen Anspannung meines ganzen Wesens, während Giulianas Körper verschwand, spürte ich die davon abgesonderte Kreatur neben mir leben, als ob in jenem Augenblick nichts anderes neben mir leben würde, nichts anderes. Und die Empfindung war keine eingebildete, sondern real und tief. Ein Schauder war es, der all die Fibern meines Körpers durchzog. Ich zuckte heftig; und von neuem richtete ich meinen Blick auf das Antlitz meiner Gefährtin, um jenes furchtbare Gefühl zu vertreiben. Verloren blickten wir uns an, wußten nicht, was sagen, wußten nicht, was tun gegen dies Übermaß an Qualen. Und ich sah, wie meine Angst sich in ihrem Antlitz spiegelte, und erriet mein Aussehen. Und nachdem meine Augen instinktiv zu ihrem Schoß gewandert waren, bemerkte ich – wie ich sie wieder hob – in ihrem Gesicht jenen Ausdruck panischen Entsetzens, den die an einem scheußlichen Leiden Erkrankten haben, wenn irgend jemand einen von einem unheilbaren Gebrechen mißgestalteten Körperteil betrachtet.

Nach einer Pause, in der wir beide unser Leid zu durchmessen versucht und kein Ende gefunden hatten, sagte sie mit leiser Stimme:

– Hast du bedacht, daß dies das ganze Leben dauern könnte?

Ich öffnete die Lippen; aber die Antwort ertönte entschlossen in mir: »Nein, das wird es nicht.«

– Denke daran, daß du mit einem Wort allem ein Ende machen und dich befreien kannst. Ich bin bereit. Denke daran – fuhr sie fort.

Ich schwieg noch immer; doch ich dachte. »Nicht du sollst sterben.«

– Ich kann dich nicht trösten! – fuhr sie mit einer Stimme fort, die vor schmerzlicher Zärtlichkeit zitterte. – Weder für dich noch für mich gibt es Trost; niemals wird es ihn geben können ... Hast du bedacht, daß *irgend jemand* ständig zwischen uns Zweien stehen wird? Falls der Wunsch der Mutter erhört würde ... Bedenke es! Bedenke es!

Aber meine Seele schauderte unter dem dunklen Aufblitzen eines einzigen Gedankens.

– Alle lieben es schon – sagte ich.

Ich zögerte. Rasch blickte ich Giuliana an. Während ich die Lider sogleich wieder senkte und mein Haupt neigte, fragte ich sie mit einer Stimme, die mir auf den Lippen erlosch:

– Liebst du es?

– Ach, welch Frage!

Ich mußte darauf bestehen, obwohl ich körperlich litt: so, als schlüge man den Nagel erneut in eine blutende Wunde.

– Liebst du es?

– Nein, nein. Ich verabscheue es.

Instinktiv empfand ich Freude, als hätte sie mit jenem Geständnis meine geheime Idee gebilligt, ja sich fast zur Komplizin gemacht. Aber war ihre Antwort auch wahr? Oder hatte sie aus Mitleid zu mir gelogen?

Grausame Gier packte mich, weiter zu bohren, sie zu einem umfangreichen und vollständigen Geständnis zu zwingen und bis in ihr Innerstes vorzudringen. Aber ihr Aussehen hielt mich zurück. Ich verzichtete. Ich empfand nun Milde für sie, obgleich sie in sich das Leben trug, von dem mein Urteilsspruch abhing. Mit einem Gefühl der Dankbarkeit neigte ich mich nun ihr zu. Ich hatte den Eindruck, als trenne jene Abscheu, die sie mit einem Schaudern bekannt, sie von dem Wesen, das von ihr genährt, und rücke sie näher zu mir. Und ich verspürte den Drang, ihr dies zu verstehen zu geben, die Abneigung gegen die Leibesfrucht – wie gegen einen Feind, der unversöhnlich zu uns beiden – in ihr zu schüren.

– Du richtest mich ein bißchen auf – sagte ich zu ihr und ergriff ihre Hand. – Ich bin dir dankbar. Du verstehst ...

Und indem ich meine tödliche Absicht hinter der Maske christlicher Hoffnung verbarg, ergänzte ich:

– Es gibt eine Vorsehung. Wer weiß! Sie kann unsre Erlösung sein ... Du verstehst, welche. Wer weiß! Bete zu Gott.

Es war ein Bitten um den Tod der Leibesfrucht; es war ein Wunsch. Und während ich Giuliana verleitete, Gott um Erhörung zu bitten, bereitete ich sie auf das traurige Ereignis vor, gewann ich in ihr eine Art Komplizin im Geiste. Ich dachte folgendes: »Wenn nach meinen Worten die Idee des Verbrechens in ihr Eingang fände sowie nach und nach so mächtig würde, sie mitzureißen! ... Ganz sicher könnte man sie von der schrecklichen Notwendigkeit überzeugen, könnte sie sich zu dem Gedanken aufschwingen, mich zu befreien, könnte sie einen Anfall wilder Tatkraft haben und das äußerste Opfer vollbringen. Hat sie nicht auch zuvor wiederholt, sie sei immer bereit, zu sterben? Ihr Tod bedeutet den Tod des Kindes. Folglich hält kein religiöses Vorurteil, keine Angst vor der Sünde sie ab; denn wenn sie auf den Tod vorbereitet ist, dann ist sie bereit, ein doppeltes Verbrechen zu begehen: jenes gegen sich selbst und jenes gegen die Frucht in ihrem Bauch. Aber sie ist überzeugt, daß ihr Dasein auf Erden vonnutzen ist, ja sogar nötig: wegen der Personen, die sie lieben und sie liebt; und sie ist überzeugt, daß die Existenz des kleinen Sohnes, der nicht der meine, unser Leben zu einem unerträglichen Martyrium machen wird. Sie weiß auch, daß wir uns wieder vereinen könnten, daß wir vielleicht im Vergeben und Vergessen manch Süße wiederfinden könnten, daß wir von der Zeit die Heilung der Wunde erhoffen könnten, wenn sich zwischen mir und ihr der Eindringling nicht erhöbe. Es würde also genügen, daß sie dies erwägt, damit sich bloßes Wünschen und wirkungsloses Beten schlagartig in Planen und Handeln verwandelt.« So dachte ich; und auch sie dachte, schwieg, hielt den Kopf gesenkt, und ihre Hand lag noch in der meinen, während der Schatten der reglosen Ulmen auf uns fiel.

Was dachte sie? Ihre Stirn war immer noch zart und rein wie eine Hostie. Fiel vielleicht ein weiterer Schatten außer jenem abendlichen auf sie?

Ich sah Raimondo: nicht mehr als abartigen und katzengleichen Knaben mit den grauen Augen, sondern als kleinen, rosafarbenen und weichen Körper, der kaum merklich atmete und den ein leichtes Zudrücken sterben lassen konnte.

Die Glocke von La Badiola tat den ersten Schlag des *Angelus*. Giuliana zog ihre Hand aus der meinen; und schlug das Zeichen des Kreuzes.

XXI

Der vierte Monat verstrich, der fünfte verstrich: Die Schwangerschaft entwickelte sich rasch. Giulianas schlanker, hoher und geschmeidiger Körper schwoll an und ward entstellt wie der einer Wassersüchtigen. Wie infolge einer beschämenden Krankheit wurde sie vor mir davon erniedrigt. Durchdringende Qual erschien auf ihrem Antlitz, sobald sie meine Augen dabei ertappte, daß sie auf ihren schwellenden Bauch starrten.

Ich fühlte mich erschöpft und unfähig, die Last jenes elenden Daseins noch weiter zu schleppen. Jeden Morgen, sobald ich die Augen nach einem bewegten Traum öffnete, war es wahrhaftig so, als reiche mir jemand einen tiefen Pokal mit den Worten: »Wenn du heute trinken willst, wenn du heute leben willst, mußt du hier hinein, aber bis zum letzten Tropfen, dein Herzblut pressen.« Unbeschreiblicher Widerwillen, unbeschreiblicher Ekel und unbeschreibliche Abscheu stieg bei jedem Erwachen aus dem Innersten meines Wesens in mir auf. Aber indessen mußte man leben!

Grausam schlichen die Tage dahin. Die Zeit verfloß nicht, sondern tröpfelte träge und schwerfällig. Und noch lag eine Ewigkeit, der Sommer und ein Teil des Herbstes, vor mir. Ich bemühte mich, dem Beispiel meines Bruders zu folgen, ihm bei dem großen Agrarwerk zu helfen, das er unternommen hatte, und mich durch seinen Glauben anzustacheln. Ganze Tage verbrachte ich hoch zu Roß wie ein Pferdehüter; ich langweilte mich bei ländlicher Arbeit, bei irgendwelchen leichten und eintönigen Betätigungen; ich versuchte, die Schärfe meines Bewußtseins abzustumpfen, indem ich mich zu den Menschen der Scholle, zu den schlichten und offenen Männern gesellte: zu jenen, deren Handlungen – so natürlich wie die Glieder eines Körpers – die wenigen ererbten moralischen Grundsätze erfüllten. Mehr als einmal besuchte ich Giovanni di Scòrdio, den heiligen Einsiedler; und ich wollte seine Stimme hören, wollte ihn nach seinem Unglück fragen, wollte seine so traurigen Augen und sein so zärtliches Lächeln wiedersehen. Aber er war verschwiegen und etwas scheu mir gegenüber; er antwortete nur mit einigen vagen Worten, liebte es nicht, über sich zu sprechen, liebte es nicht, sich zu beklagen, unterbrach nicht die Arbeit, mit der er befaßt war. Seine knochigen, mageren, braunen Hände, die aus beseeltem

Erz gegossen schienen, ruhten niemals, kannten vielleicht keine Müdigkeit.

– Aber wann ruhen sich deine Hände aus? – rief ich eines Tages.

Der redliche Mann betrachtete sie lächelnd; er musterte ihren Rücken und ihre Fläche, indem er ihr Innen und Außen zur Sonne drehte. Jener Blick, jenes Lächeln, jene Sonne und jene Handbewegung verliehen jenen großen schwieligen Händen erhabenen Adel. Schwielig von den Geräten des Ackerbaus, geheiligt durch das Gute, das sie gespendet, durch das umfangreiche Werk, das sie vollbracht hatten: jene Hände waren würdig, die Siegespalme zu tragen.

Der Alte kreuzte sie, gemäß dem christlichen Totenkult, über seiner Brust; und antwortete, noch immer lächelnd:

– In Kürze, gnädiger Herr, wenn Gott will. Wenn man sie mir so im Sarg zurechtlegen wird. Und so soll es sein.

XXII

All diese Genesungsversuche waren sinnlos. Die Arbeit machte mir keine Freude und spendete keinen Trost; sie war zu umfangreich, unregelmäßig verteilt, ohne System, fieberhaft und häufig von Perioden unbezwingbarer Trägheit, Niedergeschlagenheit sowie Langeweile unterbrochen.

Mein Bruder ermahnte mich:

– Das ist nicht nach Vorschrift. Du verbrauchst in einer Woche die Energie von sechs Monaten; nachher verfällst du wieder der Trägheit; dann stürzt du dich von neuem rückhaltlos in die Arbeit. Das ist nicht nach Vorschrift. Unser Werk muß ruhig, gleichmäßig und harmonisch sein, um Wirkung zu zeitigen. Verstehst du? Wir müssen uns eine Methode verordnen. Aber du hast den Fehler aller Novizen: den Übereifer. Mit der Zeit wirst du ruhiger werden.

Mein Bruder sagte:

– Du hast das Gleichgewicht noch nicht gefunden. Unter deinen Füßen spürst du den festen Boden noch nicht. Nur keine Angst. Früher oder später wirst du deine Bestimmung begreifen. Dies wird mit der Zeit, plötzlich und unerwartet, geschehen.

Er sagte auch:

– Ganz sicher wird dir Giuliana diesmal einen Erben schenken: Raimondo. Ich habe schon an den Paten gedacht. Giovanni di Scòrdio wird deinen Sohn über das Taufbecken halten. Keinen würdigeren Paten könnte es für ihn geben. Giovanni wird ihm Güte und Kraft einflößen. Sobald Raimondo in der Lage sein wird, zu begreifen, werden wir ihm von diesem großen Alten erzählen. Und dein Sohn wird der sein, der wir nicht haben sein können und nicht zu sein wußten.

Häufig kam er darauf zurück; häufig erwähnte er Raimondo; er wünschte, daß die Leibesfrucht die Inkarnation des idealen Mannes sei, des Typs, der von ihm ersonnen worden war: das Vorbild. Er wußte nicht, daß jedes seiner Worte mir einen Stich versetzte, meinen Haß noch mehr schürte und meine Verzweiflung noch heftiger machte.

Die Unwissenden: sie alle verschworen sich gegen mich, sie alle wetteiferten darin, mich zu verletzen. Wenn ich mich irgendeinem der Meinen näherte, fühlte ich mich ängstlich und furchtsam, als wäre ich gezwungen, an der Seite einer Person zu verweilen, welche, die furchtbarsten Waffen in Händen, weder deren Gebrauch noch deren Schrecklichkeit kannte. Ständig lebte ich in der Erwartung, getroffen zu werden. Ich mußte die Einsamkeit suchen, mußte weit weg von allen fliehen, um ein wenig Ruhe zu haben; aber in der Einsamkeit fand ich mich Auge in Auge mit meinem ärgsten Gegner wieder: mit mir selbst.

Ich fühlte mich still und leise dahinsiechen; ich hatte den Eindruck, als entwiche das Leben all meinen Poren. Zuweilen entwickelten sich wieder Leiden, die während des dunkelsten Abschnitts meiner nunmehr so weit zurückliegenden Vergangenheit aufgetreten waren. Ich bewahrte in meinem Innern zuweilen nichts anderes als die Empfindung meines isolierten Daseins inmitten der Phantasmen von all den unbeteiligten Dingen. Über lange Stunden fühlte ich nichts anderes als den schweren, erdrückenden Stillstand des Lebens und das schwache Pulsieren einer Arterie in meinem Kopf.

Dazwischen drängten sich schließlich – gegen mich selbst gerichtet – Ironie und Sarkasmus, drängten sich die plötzliche Lust, zu zerstören und zu vernichten, drängten sich erbarmungsloser Hohn, wilde Bösartigkeit und der säuerliche Geschmack der gärenden Hefe, dieser untersten Schicht meines Ichs. Ich hatte den Eindruck, als würde ich nicht mehr wissen, was Nachsicht, Barmherzigkeit, Zärtlichkeit und Sanftmut bedeuteten. All die inneren Quellen von Güte versiegten und trockneten aus wie ein verfluchter Born. Und in Giuliana sah ich dann nichts mehr als das brutale Faktum, den schwellenden Bauch, die Folge des Ausflusses eines anderen Mannes; mich selbst sah ich nur noch als den lächerlichen, betrogenen Gatten: den dummen, allzu gefühlvollen Helden eines schlechten Romans. Keine meiner Taten, keine von Giulianas Taten verschonte mein innerer Sarkasmus. Das Drama verwandelte sich für mich in eine bissige Komödie voller Spott. Nichts hielt mich mehr zurück; alle Bänder zerrissen; eine gewaltsame Trennung vollzog sich. Und ich dachte: »Warum hier bleiben? Um diese hassenswerte Rolle zu spielen? Ich werde weggehen, werde in die Welt zurückkehren, meinen früheren, meinen zügellosen Lebensstil wiederaufnehmen. Ich werde mich betäuben, mich verlieren. Was hat das noch für eine Bedeutung? Nichts anderes will ich sein als das, was ich bin: Schlamm im Schlamm. Pfui!«

XXIII

Während eines solchen Anfalls beschloß ich, La Badiola zu verlassen, auf gut Glück nach Rom abzureisen.

Mir bot sich ein Vorwand: Da eine so lange Abwesenheit nicht vorgesehen war, hatten wir das Haus in einem behelfsmäßigen Zustand zurückgelassen. Vieles mußte in Ordnung gebracht werden; alle Vorkehrungen mußten so getroffen werden, daß sich unsere Abwesenheit über einen festen Termin hinaus ausdehnen konnte.

Ich kündigte meine Abreise an. Ich überzeugte meine Mutter, meinen Bruder und Giuliana von dieser Notwendigkeit. Ich versprach, alles in wenigen Tagen zu erledigen. Ich traf meine Vorbereitungen.

Spät am Abend vor der Abreise hörte ich – während ich einen Koffer schloß – ein Klopfen an der Tür meines Gemachs.

– Herein! – rief ich.

Überrascht sah ich Giuliana eintreten.

– Ach, du bist's?

Ich ging ihr entgegen. Sie keuchte etwas: vielleicht hatten die Stufen sie angestrengt. Ich ließ sie sich setzen. Ich bot ihr eine Tasse kalten Tees mit einer dünnen Zitronenscheibe an: ein Getränk, das sie einst mochte und für mich bereit stand. Sie benetzte sich kaum die Lippen und reichte mir wieder die Tasse. Ihre Augen enthüllten ihre Unruhe. Endlich sagte sie schüchtern:

– Du reist also ab?

– Ja – antwortete ich – morgen früh, wie du weißt.

Eine lange Pause des Schweigens folgte. Durch die geöffneten Fenster trat köstliche Frische; der Vollmond fiel auf die Brüstungen; der choralartige Gesang der Grillen drang herein, glich dem Klang einer schnurrenden und unbestimmbar weit entfernten Flöte.

– Wann kommst du zurück? Sag mir die Wahrheit – fragte sie mich mit aufgeregter Stimme.

– *Ich weiß es nicht* – entgegnete ich.

Eine weitere Pause folgte. Eine leichte Brise kehrte von Mal zu Mal wieder und blähte die Vorhänge. Jeder Luftzug trug das Lüsterne der Sommernacht bis zu uns in das Zimmer.

– Verläßt du mich?

Ihre Stimme enthielt so große Niedergeschlagenheit, daß die Knoten der Verbitterung in mir sich ruckartig lösten; und Dauern und Mitleid ergriffen mich.

– Nein, Giuliana – antwortete ich – hab keine Angst. Aber ich brauche Ruhe. Ich kann nicht mehr. Ich brauche Ruhe.

– Du hast recht – sagte sie.

– Ich glaube, ich komme bald zurück, wie ich versprochen habe. Ich werde dir schreiben. Auch du wirst vielleicht erleichtert sein, wenn du mich nicht leiden siehst.

– Niemals mehr wird es Erleichterung für mich geben – meinte sie.

Ersticktes Weinen klang zitternd in ihren Worten. Und herzzerreißende Angst sprach aus ihren Worten, als sie plötzlich hinzufügte:

– Tullio, Tullio, sag mir die Wahrheit. Haßt du mich? Sag mir die Wahrheit!

Sie fragte mich mit den Augen, die noch angstvoller als ihre Worte. Für einen Augenblick schien sie sogar ihre Seele in mich zu bohren. Und jene armen aufgerissenen Augen, jene so reine Stirn, jener nervös zuckende

Mund, jenes abgemagerte Kinn, jenes ganze zarte, schmerzerfüllte Gesicht im Gegensatz zu der schändlichen Unförmigkeit ihres Unterleibs, und jene Hände, jene zarten, schmerzerfüllten Hände, die sich mir in flehender Gebärde entgegenreckten: all dies quälte mich wie noch nie und ließ mich Mitleid wie Rührung empfinden.

– Glaub mir, Giuliana, glaub mir für immer. Ich hege keinen Groll gegen dich, werde nie einen hegen. Ich vergesse nicht, was ich dir als Buße schulde; nichts vergesse ich. Habe ich dir dies nicht schon bewiesen? Beruhige dich. Denk nun daran, *dich zu befreien.* Und dann ... Wer weiß? Aber was auch geschieht, ich werde dich nicht verstoßen, Giuliana. Laß mich abreisen. Vielleicht werden mir einige Tage in der Ferne gut tun. Ich werde ruhiger zurückkommen. Denn danach wird viel Ruhe vonnöten sein. Du wirst all meine Hilfe brauchen ...

– Danke. Mach mit mir, was du willst – sagte sie.

Männergesang drang nun durch die Nacht, überdeckte die heiseren Klänge der wilden Flöte: – vielleicht ein Chor im Mondschein Dreschender auf irgendeiner fernen Tenne.

– Hörst du?

Wir lauschten. Der Wind strich durchs Zimmer. All das Lüsterne der Sommernacht ließ mein Herz überquellen.

– Willst, daß wir auf die Terrasse gehen, um uns dort niederzusetzen? – fragte ich Giuliana zärtlich.

Sie bejahte, erhob sich. Wir gingen in das andere Zimmer, wo kein anderes Licht als das des Vollmonds herrschte. Eine große Woge Helligkeit – etwas, das immaterieller Milch glich – flutete über den Boden. In jenem Fluß schritt sie vor mir, um auf die Terrasse zu gehen; und ich konnte ihren unförmigen Schatten sich dunkel in der Helle abzeichnen sehen.

Ach, wo war das zarte und geschmeidige Geschöpf, das ich zwischen meinen Armen an mich gedrückt? Wo war die Geliebte, die ich während eines Aprilnachmittags unter den Fliederblüten wiedergefunden hatte? – Während eines Augenblicks hatten all das Bedauern, all das Verlangen und all die Verzweiflung sich meines Herzens bemächtigt.

Giuliana hatte sich gesetzt und ihr Haupt gegen das eiserne Geländer gelehnt. Ihr zur Gänze erleuchtetes Gesicht war weißer als alles um sie herum, war weißer als die Wand. Die Lider hatte sie halb geschlossen. Die Wimpern streuten Schatten auf ihrer Wangen Grat, was mich mehr erregte als ein Blick.

Wie hätte ich sprechen können?

Ich wandte mich dem Tal zu, lehnte mich über das Geländer, umfaßte mit den Fingern das kalte Eisen. Eine unermeßliche Fülle verschwommener Erscheinungen sah ich vor mir, in denen ich einzig das Funkeln der Assòro klar erkannte. Abhängig vom Wehen der frischen Brise drang der Gesang manchmal zu uns, manchmal nicht; und während der Pausen vernahm man den Klang jener etwas schnarrenden und unbestimmbar weit entfernten Flöte. Keine Nacht war mir jemals so voller Süße und Leid erschienen. Und zu meinem verlorenen Glück hin brach aus der tiefsten Tiefe meiner Seele ein Schrei: so laut, und doch unhörbar.

XXIV

Kaum in Rom angekommen, reute es mich, gefahren zu sein. Ich fand die Stadt glühend, schwelend heiß, ja fast verödet vor; und ich erschrak darüber. Ich fand das Haus stumm wie eine Gruft, und die gewohnten Gegenstände – die Gegenstände, die ich genau kannte – hatten ein neues, fremdartiges Aussehen; und ich erschrak darüber. Ich fühlte mich in einer schrecklichen Einsamkeit einsam; aber ich machte mich nicht auf die Suche nach Freunden, wollte mich weder an sie erinnern noch sie wiedersehen. Ich begab mich nur auf die Jagd nach einem einzigen Mann, dem mich unversöhnlicher Haß entgegentrieb: auf die Jagd nach Filippo Arborio.

Ich hoffte, ihm sofort an irgendwelchen öffentlichen Stätten zu begegnen. Ich ging in die Trattoria, die er, wie ich wußte, häufig besuchte. Ich wartete auf ihn einen ganzen Abend und überlegte mir, wie ich ihn beleidigen könnte. Der Schritt jedes neu Eintretenden brachte mein Blut in Wallung. Aber er erschien nicht. Ich befragte die Kellner. Seit langem hatten sie ihn nicht gesehen.

Ich besuchte den Fechtsalon. Der Saal – leer und in grünlichen Schatten getaucht, den die geschlossenen Fensterläden erzeugten – war erfüllt von jenem besonderen Geruch, den das Befeuchten der Fußbodendielen verursacht. Der von seinen Schüler verlassene Fechtmeister empfing mich mit überschäumender Liebenswürdigkeit. Aufmerksam lauschte ich der ausführlichen Erzählung von den Triumphen, die in den Wettkämpfen der letzten Veranstaltung erzielt worden waren. Dann erkundigte ich mich nach einigen Freunden, die den Salon häufig besuchten; schließlich erkundigte ich mich nach Filippo Arborio.

– Er ist seit vier oder fünf Monaten nicht mehr in Rom – antwortete der Fechtmeister. – Es geht die Rede, daß er an einem sehr schweren Nervenleiden erkrankt ist und schwerlich genesen wird. Graf Galiffa erzählte dies. Aber mehr weiß ich nicht.

– Er war tatsächlich sehr schwächlich – fügte er hinzu. Hier, bei mir, hat er nur sehr wenige Unterrichtsstunden genommen. Er hatte vor dem Stich des Degens Angst; er konnte die Spitze vor seinen Augen nicht anblicken ...

– Ist Galiffa noch in Rom? – fragte ich.

– Nein, er ist in Rimini.

Nach einigen Augenblicken verabschiedete ich mich. Die unerwartete Nachricht hatte mich getroffen. Ich dachte: »Wär' es doch wahr!« Und ich wünschte mir, daß es sich um eine jener schrecklichen Erkrankungen des Rückenmarks oder Gehirns handelt, durch die ein Mann den niedrigsten Stufen des Daseins, der Idiotie, den traurigsten Formen des Wahnsinns verfällt und schließlich stirbt. Die Kenntnisse, die ich durch wissenschaftliche Bücher erworben hatte, und die Erinnerungen an einen Besuch in der Irrenanstalt und die noch deutlicheren Bilder, die sich mir anläßlich eines besonderen Falls – meines armen Freundes Spinelli – eingeprägt hatten: all dies tauchte nun blitzartig in meinem Gedächtnis auf. Und ich erblickte den alten Spinelli wieder, der – in irdener Blässe erbleicht, mit völlig starren Gesichtszügen und mit geweitetem, offenem Mund, der von unverständlichem Gestammel beseelt und voller Spucke – in einem großen Sessel aus rotem Leder saß. Und ich sah die Geste wieder, die er unaufhörlich vollführte, um in dem Taschentuch jenen Speichel aufzufangen, der ihm ständig aus den Mundwinkeln troff. Und ich erblickte die Gestalt der blonden, schmächtigen und schmerzerfüllten Schwester wieder, die dem Kranken, wie einem Kind, eine Serviette unter das Kinn hielt und mit der Schlundsonde ihm die Nahrung, die er nicht hätte schlucken können, in den Magen einführte.

»Ich kann nur gewinnen«, dachte ich. »Hätte ich ein Duell mit einem so gefeierten Gegner, würde ich ihn schwer verwunden, ihn gar töten, dann würde die Tat ganz sicher nicht verborgen bleiben; sie würde in aller Munde sein, würde verbreitet und von allen Zeitungen hämisch kommentiert. Und der wahre Grund des Duells könnte sogar ans Licht kommen! Diese von der Vorsehung geschickte Krankheit statt dessen bewahrt mich vor jeglicher Gefahr, vor jeglicher Sorge und vor jeglichem Klatsch. Ich kann auf lüsternen Blutdurst, auf eine Züchtigung, die meine Hand vollzieht, gut verzichten (und bin ich mir des Ausgangs überhaupt sicher?), wenn ich den Mann, den ich verabscheue, von der Krankheit paralysiert und in die Knie gezwungen weiß. Ist das, was ich erfuhr, aber auch wahr? Und wenn es sich um vorübergehende Beschwerden handeln würde?« Mir kam eine glänzende Idee. Ich sprang in eine Droschke und ließ mich zur Buchhandlung des Verlegers fahren. Auf der Straße erwog ich in meinem Kopf (und mit sicherem Wunsch) die zwei schrecklichsten zerebralen Störungen für einen Schriftsteller, einen Wortkünstler, einen Stilisten: – den Verlust des Sprach- und Schreibvermögens. Und ich hatte die gespenstische Vision von den Symptomen.

Ich betrat den Buchladen. Meine Augen, vom Licht der Straße noch geblendet, erkannten zunächst nichts. Ich vernahm eine näselnde Stimme mit ausländischem Akzent, die mich fragte:

– Der Herr wünschen? . . .

Ich bemerkte hinter dem Ladentisch eine Art Albino: einen weißblonden, mageren und farblosen Mann unbekannten Alters; ich wandte mich an ihn, indem ich die Titel einiger Bücher nannte. Ein paar von ihnen kaufte ich. Dann fragte ich nach dem letzten Roman von Filippo Arborio. Der Albino reichte mir *Il Segreto*. Nun gebärdete ich mich als fanatischer Bewunderer des Romanciers.

– Dies ist das letzte?

– Ja, mein Herr. Vor einigen Monaten hat unser Haus ein neues von ihm annonciert: – *Turris eburnea*.

– Ach, *Turris eburnea!*

Mein Herz tat einen Hüpfer.

– Aber ich glaube nicht, daß wir es veröffentlichen können.

– Warum nicht?

– Der Autor ist sehr krank!

– Krank? Woran leidet er?

– An einer progressiven Bulpärparalyse – antwortete der Albino, indem er die zwei fürchterlichen Worte, mit der gewissen Ziererei eines Alleswissers, deutlich voneinander trennte.

»Oh, Giulio Spinellis Krankheit!«

– Ein ernster Fall also.

– Sehr ernst – meinte der Albino. – Sie wissen, daß die Paralyse nicht aufzuhalten ist.

– Aber sie ist nur im ersten Stadium.

– Im ersten Stadium; aber an der Art des Leidens besteht kein Zweifel. Das letzte Mal, als er hier war, hörte ich ihn sprechen. Unter Schwierigkeiten sprach er bereits einige Worte aus.

– Ach, Ihr habt ihn gehört?

– Ja, mein Herr. Er hatte bereits eine verwaschene Sprache, und die Stimme zitterte leicht bei einigen Wörtern . . .

Mit äußerster, fast bewundernder Aufmerksamkeit, die ich seinen Antworten schenkte, spornte ich den Al bino an. Ich glaube, er hätte mir aus freien Stücken die Konsonanten gesondert dargelegt, bei denen die Zunge des berühmten Autors ins Stocken geraten war.

– Und wo ist er jetzt?

– In Neapel. Die Ärzte haben ihm eine Elektrotherapie verordnet.

– Ach, eine Elektrotherapie! – wiederholte ich in naivem Erstaunen wie ein Unwissender, um die Eitelkeit des Albino zu kitzeln und das Gespräch in die Länge zu ziehen.

Wahrhaftig, durch die korridorähnlich enge und lange

Buchhandlung wehte – vorteilhaft für eine Begegnung – ein Hauch von Kühle. Das Licht war gedämpft. Im Schatten einer Erdkugel, das Kinn auf der Brust, schlief ein Angestellter selig auf einem Stuhl. Niemand trat ein. So weißblond, wie er war, und mit jenen abgenagten Lippen sowie jener näselnden Stimme: der Buchhändler hatte etwas Lächerliches an sich, das mich amüsierte. Und in dieser Bibliotheksruhe den von so großer Bestimmtheit geprägten Ausführungen über die unheilbare Krankheit des verabscheuten Mannes zu lauschen, war sehr wohltuend.

– Die Ärzte haben also noch Hoffnung, ihn zu retten – sagte ich, um den Albino anzustacheln.

– Unmöglich.

– Wir müssen hoffen, daß es möglich ist, zum Ruhme der Literatur . . .

– Unmöglich.

– Aber ich glaube, daß bei progressiver Paralyse Fälle von Genesung vorkommen.

– Nein, mein Herr, nein. Er wird noch zwei, drei, vier Jahre leben können; aber nicht gesunden.

– Trotzdem, ich glaube . . .

Ich weiß nicht, woher jene seelische Erleichterung bei mir kam, während ich mit meinem Informanten spielte, noch weiß ich den Grund jenes sonderbaren Wohlbehagens beim Auskosten einer grausamen Empfindung. Ganz sicher, ich genoß sie. Und der Albino, angestachelt von meinem Widersprechen, stieg, ohne ein weiteres Wort zu erwidern, auf eine kleine Holzleiter, die er gegen ein hohes Regal gelehnt hatte. Schlank wie er war, glich er einer jener streunenden Katzen, die abgezehrt und mit kargem Fell auf den Traufen der Dächer hängen. Während er hinaufkletterte, stieß er mit dem Kopf gegen ein Band, das von einer Ecke der Buchhandlung zur anderen gespannt war, um den Fliegen als Ruhestätte zu dienen.

Eine Fliegenwolke wirbelte unter heftigstem Summen um mich herum auf. Er stieg herab und brachte ein Buch mit: die Autorität, die zugunsten des Todes sprach. Und die erbosten Fliegen kamen mit ihm herunter.

Er zeigte mir den Frontispiz. Es handelte sich um eine besondere medizinische Abhandlung aus dem Bereich der Pathologie.

– Nun werden Sie's hören.

Er lugte zwischen die Seiten. Da das Buch unaufgeschnitten war, trennte er mit den Fingern zwei zusammenhängende Seiten; und während er seine weißlichen Augen zusammenkniff, las er daraus vor: *»Bei progressiver Bulbärparalyse ist die Prognose negativ . . .«*

– Sind Sie nun überzeugt? – fügte er hinzu.

– Ja. Wie schade! Ein so seltenes Talent!

Die Fliegen beruhigten sich nicht. Alle zusammen summten verärgert. Sie setzten sich auf mich, den Albino und den schlummernden Angestellten unter der Erdkugel.

– Wie alt *war* er? – fragte ich und irrte mich unabsichtlich im Tempus des Verbs, so als spräche ich von einem Verstorbenen.

– Wer, mein Herr?

– Filippo Arborio.

– Fünfunddreißig, glaube ich.

– So jung!

Ich verspürte die sonderbare Lust, zu lachen, verspürte eine knabenhafte Lust, dem Albino ins Gesicht zu lachen und den Verdutzten dann stehen zu lassen. Es handelte sich um einen äußerst einzigartigen, etwas krampfartigen, noch nie empfundenen und unbestimmbaren Kitzel. Etwas, das jener launenhaften und zügellosen Heiterkeit gleicht, die uns manches Mal anläßlich der Überraschungen innerhalb zusammenhangloser Träume übermannt, reizte meinen Geist. Aufgeschlagen lag die Abhandlung auf dem Ladentisch; und ich beugte mich vor, um die Vignette auf einer Seite zu betrachten: ein menschliches Antlitz, das infolge einer gräßlichen und seltsamen Grimasse verzerrt war. »*Linksseitige Hemitrophie des Gesichts.*« Und die erbosten Fliegen summten, summten ohne Unterlaß.

Aber nochmals tauchte in mir eine Sorge auf.

– Hat der Verleger das Manuskript von *Turris eburnea* noch nicht erhalten? – fragte ich.

– Nein, mein Herr. Es wurde zwar angekündigt, aber außer dem Titel existiert nichts.

– Nur der Titel?

– Ja, mein Herr. Die Annonce wurde in der Tat zurückgezogen.

– Danke. Lassen Sie mir diese Bücher bitte im Laufe des heutigen Tages zustellen.

Ich gab ihm meine Adresse und ging.

Auf dem Bürgersteig empfand ich ein eigenartiges Gefühl von Verwirrung. Ich hatte den Eindruck, ein Stück künstlichen, scheinhaften, ja falschen Lebens hinter mir zurückgelassen zu haben. Das, was ich getan hatte, wie das, was ich gesagt hatte, zusammen mit der Gestalt des Albino, seiner Stimme und seiner Gestik: all dies schien mir künstlich, wurde inexistent wie ein Traum, nahm den Charakter eines Eindrucks an, den mir die jüngste Lektüre und nicht die Begegnung mit der Wirklichkeit eingeflößt hatte.

Ich bestieg die Droschke; kehrte nach Hause zurück. Das vage Gefühl verflüchtigte sich. Ich sammelte mich, um zu überlegen. Ich versicherte mich, daß alles real und unanzweifelbar war. In Anlehnung an jene, welche die Erinnerung an den armen Spinelli in mir hervorrief, nahmen die Bilder des Kranken Gestalt an. Neuerliche Neugier stichelte in mir. »Wenn ich nach Neapel führe, um ihn zu sehen?« Und ich stellte mir den jämmerlichen Anblick jenes Intellektuellen vor, den die Krankheit herabgewürdigt hatte, da er lallte wie ein Schwachsinniger. Ich empfand keinerlei Freude mehr. Jegliche Regung von Haß war erloschen. Dumpfe Trauer legte sich bleiern auf mich. – Der Untergang jenes Mannes beeinflußte meinen Zustand nicht: er hielt meinen Untergang nicht auf. In mir, an meinem Daseins und meinen Aussichten für die Zukunft hatte sich nichts geändert.

Und wieder dachte ich an den Titel von Filippo Arborios annonciertem Buch: *Turris eburnea.* Zweifel füllten mir den Geist. – Handelte es sich um eine rein zufällige Übereinstimmung mit dem Appellativ der bekannten Widmung? Oder hatte der Schriftsteller beabsichtigt, eine literarische Figur in Anlehnung an Giuliana Hermil zu erschaffen und sein jüngstes Abenteuer zu schildern? – Und von neuem tauchte die quälende Frage in mir auf. – Wie hatte sich jenes Abenteuer von Anfang bis Ende abgespielt?

Und wieder vernahm ich die Worte, die Giuliana in jener unvergeßlichen Nacht geschrien hatte: »Ich liebe dich, ich habe dich immer geliebt, stets bin ich die deine gewesen und büße mit diesen Höllenqualen eine Minute der Schwäche, verstehst du? Eine Minute der Schwäche . . . Dies ist die Wahrheit. Fühlst du nicht, daß es die Wahrheit ist?«

O weh, wie viele Male glauben wir in einer Stimme, die lügt, die Wahrheit zu hören! Nichts kann uns vor einer Täuschung schützen. Wenn jedoch das, was ich in Giulianas Stimme gespürt hatte, die reine Wahrheit war, war sie dann von ihm, während ihre Sinne schmachteten, in meinem eigenen Haus überrascht worden, hatte sie das gewaltsame Aufbrechen in einer Art Bewußtlosigkeit erduldet, beim Erwachen Grauen und Ekel ob des nicht wiedergutzumachenden Akts empfunden, ihn aus dem Hause gejagt und nicht mehr wiedergesehen?

Für diese Vorstellung sprachen in der Tat alle Wahrscheinlichkeiten; gerade sie ließen vermuten, daß jegliches Band zwischen Giuliana und ihm seit langer Zeit endgültig gerissen war.

»In meinem eigenen Haus!« dachte ich indessen wieder. Und in dem Haus, das stumm wie eine Gruft, in den verödeten wie durch und durch schwülen Zimmern wurde ich von unvermeidbaren Bildern verfolgt.

XXV

Was tun? Noch in Rom bleiben, um darauf zu warten, daß der Wahnsinn – inmitten jenes Feuers, unter jener wütenden Hitze – aus meinem Gehirn hervorbrach? Ans Meer oder in die Berge reisen? In den eleganten Sommertreffpunkten unter Menschen das Vergessen trinken? In mir, auf der Suche nach einer neuen Teresa Raffo, nach irgendeiner eitlen Geliebten, den alten Wüstling wiedererwecken?

Zwei- oder dreimal verweilte ich in der Erinnerung an die Goldene, die doch aus meinem Herzen und sogar – für eine lange Zeitspanne – aus meinem Gedächtnis vollständig verschwunden war. »Wo wird sie sein? Ist sie noch mit Eugenio Egano liiert? Was würde ich innerlich empfinden, säh' ich sie wieder?« Es war bloße Neugier. Ich erkannte, daß mein einziges und tiefes und unbezwingbares Verlangen darin bestand, in mein Haus der Qualen, an die Stätte meiner Strafe, zurückzukehren.

In höchster Eile traf ich die nötigen Vorkehrungen; ich besuchte Doktor Vebesti, telegraphierte meine Rückkehr nach La Badiola; und reiste ab.

Ungeduld verzehrte mich; eine durchdringende Sehnsucht stach mich, als führe ich einer außerordentlichen Neuigkeit entgegen. Endlos erschien mir die Fahrt. Zurückgesunken in die Kissen, erdrückt von der Hitze, erstickt von dem Staub, der durch die Ritzen drang, dachte ich an die nächsten Ereignisse, erwog ich die zukünftigen Möglichkeiten, versuchte ich, die große Dunkelheit zu erforschen, während das monotone Geräusch des Zuges sich zu dem eintönigen Gesang der Zikaden gesellte, ohne meine Unruhe zu beschwichtigen. Der *Vater* war vom Tod gezeichnet. Welches Los erwartete den *Sohn*?

XXVI

Auf La Badiola nichts Neues. Meine Abwesenheit war sehr kurz gewesen. Meine Rückkehr wurde gefeiert. Giulianas erster Blick drückte mir gegenüber unendliche Dankbarkeit aus.

– Du hast gut daran getan, sofort zurückzukehren – meinte meine Mutter lächelnd zu mir. – Giuliana hatte keine Ruhe. Nun wirst du, hoffentlich, nicht mehr fortfahren.

Und während sie auf den Bauch der Schwangeren deutete, fügte sie hinzu:

– Siehst du nicht den Fortschritt? Ach, bei dieser Gelegenheit, hast du an die Spitzen gedacht? Nein? Du Vergeßlicher!

Sofort, seit den ersten Augenblicken, begann mein Martyrium wieder.

Kaum waren ich und Giuliana allein, sagte sie zu mir:

– Daß du so rasch zurückkommen würdest, erwartete ich nicht. Wie dankbar bin ich dir!

Scheue Hingabe offenbarte sie auf zärtliche Weise mit ihrem Benehmen, mit ihrer Stimme. Der Gegensatz zwischen ihrem Antlitz und ihrer restlichen Gestalt schien mir noch auffallender. Ständig las ich in ihrem Gesicht den besonderen, leidvollen Ausdruck, der das Unerträgliche jener verunstaltenden und entehrenden Schwangerschaft – die ihren Körper quälte – in ihr offenbarte. Jener Ausdruck schwand nie: er war sichtbar mitten unter all den anderen, die vorübergingen und – so deutlich sie auch waren – ihn nicht tilgen konnten; er blieb ständig auf ihrem Gesicht haften; und er erbarmte mich; und löste meinen Groll auf und übertünchte jene Brutalität, die sich mir zuweilen in Augenblicken scharfsichtiger Ironie offenbarte.

– Was hast du in diesen Tagen gemacht? – fragte ich sie.

– Auf dich gewartet. Und du?

– Nichts. Mich verlangte, zurückzukommen.

– Wegen mir? – fragte sie mich scheu und hingebungsvoll.

– Wegen dir.

Sie schloß halb die Lider, und der Anflug eines Lächelns schimmerte auf ihrem Antlitz. Ich fühlte, daß ich so wie in diesem Augenblick noch nie geliebt worden war.

Nach einer Pause sagte sie, während sie mich mit feuchten Augen ansah:

– Danke.

Ihr Ausdruck, das Gefühl, das aus ihm sprach, erinnerten mich an ein anderes *Danke:* an jenes, das sie an einem sehr weit zurückliegenden Vormittag der Genesung ausgesprochen hatte – an dem Vormittag meines ersten Verbrechens.

XXVII

So begann auf La Badiola mein beschwerliches Leben wieder und floß ohne bemerkenswerte Ereignisse trübselig dahin, während die Stunden auf dem Zifferblatt der

Sonne schleppend vergingen: Stunden, auf denen das monotone Zirpen der Baumgrillen in den Ulmen lastete. *Hora est benefaciendi!*

Und in meinem Geist wechselten die üblichen widerstreitenden Krisen einander ab: das Gären, die Trägheit, die Sarkasmen, das sinnlose Sehnen – kurzum: der Überfluß und der Mangel. Und mehr als einmal dachte ich in Anbetracht jener grauen, neutralen, mittelmäßigen, fließenden und allmächtigen Angelegenheit, die das Leben ist: »Wer weiß! Der Mensch ist ein Lebewesen, das sich vor allem anpaßt. Es gibt nichts Schändliches oder Schmerzhaftes, womit er sich nicht abfinden würde. Es kann sein, daß es auch mir gelingt, mich anzupassen. Wer weiß!«

Mit zahlreichen Ironien betäubte ich mich. »Wer weiß, ob Filippo Arborios Sohn nicht, wie man sagt, *ganz mein Ebenbild* ist? Die Anpassung wird mir dann sogar leichter fallen.« Und die bedauerliche Lust, zu lachen, fiel mir wieder ein, die mich befallen hatte, als ich hörte, wie von einem kleinen Buben in Gegenwart seiner legitimen Eltern (ich wußte mit Sicherheit, daß er die Frucht eines Ehebruchs) »Ganz sein Vater!« gesagt wurde. Und die Ähnlichkeit war außerordentlich, war die Folge jenes geheimnisvollen Gesetzes, das die Physiologen *Erblichkeit durch seelischen Einfluß* nennen.

Infolge jenes Gesetzes ähnelt der Sohn zuweilen weder dem gesetzlichen Vater noch der Mutter, sondern dem Mann, mit dem die Mutter eine Beziehung gehabt hat, bevor sie vom Gatten befruchtet wurde. Eine in zweiter Ehe verheiratete Frau gebärt drei Jahre nach dem Tod des ersten Gatten Söhne, die zur Gänze die Züge des verstorbenen Mannes tragen und in nichts dem ähneln, der sie gezeugt hat.

»Es ist also möglich, daß Raimondo meinen Stempel trägt und wie ein echter Hermil aussieht«, dachte ich.

»Kann sein, daß ich besondere Glückwünsche bekomme, weil ich dem Erben mit solcher Macht das Familiensiegel aufgedrückt habe!«

»Und wenn die Erwartungen meiner Mutter, meines Bruders enttäuscht würden? Wenn Giuliana ein drittes Mädchen zur Welt brächte?« Diese Möglichkeit beruhigte mich. Ich hatte den Eindruck, als würde mich eine Neugeborene weniger abstoßen, als würde ich sie vielleicht sogar ertragen können. Im Laufe der Zeit hätte sie sich aus meinem Haus entfernt, einen anderen Namen angenommen und inmitten einer anderen Familie gelebt.

Je näher der Termin rückte, desto stärker wurde inzwischen meine Ungeduld. Ich war es leid, immer jenen riesigen Bauch vor Augen zu haben, der ohne Maßen wuchs. Ich war es leid, mich immer in denselben Ängsten und derselben Ratlosigkeit mit denselben fruchtlosen Aufregungen herumzuschlagen. Ich hätte mir gewünscht, die Ereignisse würden sich überstürzen und eine Katastrophe – welche auch immer – würde sich endlich ereignen. Jegliche Katastrophe war jener entsetzlichen Agonie vorzuziehen.

– Nun? Wie lange noch? – fragte eines Tages mein Bruder Giuliana.

– Einen Monat noch! – antwortete sie.

»Ist die Geschichte von jener Minute der Schwäche wahr, dann muß sie den Tag der Empfängnis genau kennen.«

Es war September. Der Sommer begann zu sterben. Die Tagundnachtgleiche des Herbstes, der süßesten Jahreszeit, war nahe: jene Zeit, die – verbreitet von reifen Trauben – eine Art luftiger Trunkenheit mit sich zu bringen scheint. Nach und nach durchdrang mich der Zauber, erweichte meine Seele; manches Mal flößte er mir das rasende Bedürfnis nach Zärtlichkeiten, nach köstlichen Ergüssen ein. Auf meinen Zimmern oder auf dem

Lande verbrachten Maria und Natalia lange Stunden mit mir, nur mit mir. Noch nie hatte ich sie mit so tiefer und inniger Liebe geliebt. Aus jenen Augen, die von kaum bewußten Gedanken erfüllt waren, senkte sich manches Mal in die tiefste Tiefe meines Geistes ein Friedensstrahl.

XXVIII

Auf der Suche nach Giuliana durchstreifte ich eines Tages La Badiola. Es war während der ersten Stunden des Nachmittags. Nachdem ich sie in ihren Gemächern nicht angetroffen, sie nirgendwo angetroffen hatte, betrat ich die Zimmerflucht meiner Mutter. Die Türen standen offen; weder Stimmen noch andere Geräusche waren zu hören; die leichten Vorhänge der Fenster wogten; durch deren Ausschnitte blickte das Grün der Ulmen; ein Atemhauch von Frische wehte zwischen den hellen Wänden.

Vorsichtig näherte ich mich der heiligen Stätte. Für den Fall, daß meine Mutter schliefe, schritt ich leise, um sie nicht zu stören. Ich schob die Türvorhänge beiseite, trat auf die Schwelle. In der Tat, ich vernahm das Atmen eines schlafenden Menschen. In einem Sessel neben dem Fenster sah ich meine Mutter schlafen; oberhalb der Rückenlehne eines zweiten Sessels erblickte ich Giulianas Haare. Ich trat ein.

Die eine saß der anderen gegenüber, und zwischen ihnen stand ein niedriger Tisch, auf dem ein Korb voll kleiner Hauben lag. Ein Häubchen, in dem eine Nadel glänzte, hielt meine Mutter noch in den Fingern. Während sie beschäftigt, war der Schlaf gekommen, ihr das Haupt zu beugen. Mit dem Kinn auf dem Busen schlief sie; träumte vielleicht. Der weiße Zwirn war zur Hälfte vernäht, aber vielleicht spann sie im Traum einen kostbareren Faden.

Auch Giuliana schlief, doch war ihr Haupt auf die Rückenlehne zurückgesunken, während die Hände auf den Armlehnen ruhten. Ihre Gesichtszüge waren wie entspannt unter der Süße des Traums; aber ihr Mund bewahrte den trauervollen Zug, barg eine Spur Schmerz: halbgeschlossen zeigte sich ein bißchen des blutleeren Zahnfleischs; und die kleine Kerbe, die der große Schmerz oberhalb der Nasenwurzel, zwischen den Augenbrauen, gegraben, war ihr verblieben. Und ihre Stirn war feucht: ein Tropfen perlte langsam über eine Schläfe. Und ihre Hände, weißer als der Musselin, aus dem sie hervorlugten, schienen mit ihrer Pose – einzig die Hände – unermeßliche Erschöpfung zu offenbaren. Mit keiner dieser geistigen Erscheinungen hielt ich mich so auf wie mit ihrem Schoß, der das nun bereits fertige Wesen enthielt. Und noch einmal – während Giulianas Körper, während jene Erscheinungen vor meinen Augen verschwanden – spürte ich die davon abgesonderte Kreatur leben, als ob in jenem Augenblick nichts anderes neben mir, in mir leben würde, nichts anderes. Und noch einmal war die Empfindung keine eingebildete, sondern real und tief; ein Schauder war es, der all die Fibern meines Körpers durchzog.

Ich ließ meine Blicke schweifen; und wieder sah ich in den Fingern meiner Mutter das Häubchen, in dem eine Nadel glänzte; wieder sah ich in dem Korb all jene duftigen Spitzen und jene rosafarbenen wie blauen Bänder, die im Windhauch zitterten. Das Herz zog sich mir so heftig zusammen, daß ich zu sterben glaubte. Wieviel Zärtlichkeit offenbarten die Finger meiner Mutter, während sie über jenem niedlichen weißen Kleidungsstück träumte, welches das Haupt des kleinen Sohnes, der nicht der meine, bedecken sollte!

Einige Minuten blieb ich dort. Jener Raum war wahrhaftig das Tabernakel des Hauses: das Allerheiligste. An einer Wand hing das Bildnis meines Vaters, dem Federico sehr ähnelte; und an der anderen das Costanzas, der Maria ein bißchen ähnlich sah. Beide Gestalten – Lebende des höheren Lebens, das die Erinnerungen der Lieben an ihre dahingeschiedenen Lieben erschaffen – besaßen eine Art alles sehender Augen: besaßen magnetische Augen, die alles verfolgten. Weitere Reliquien der beiden Verschiedenen weihten diese Stätte. In einem Eck lag auf einem Sockel, von Scheiben umschlossen und mit schwarzem Flor bedeckt, die Maske, die dem Leichnam des Mannes abgenommen worden war, den meine Mutter mit einer Liebe liebte, die stärker als der Tod. Und dennoch war nichts Trauriges in diesem Raum. Hier herrschte erhabener Frieden und schien sich auf harmonische Weise wie aus einem Herzen, von dem das Leben ausgeht, im ganzen Haus zu verteilen.

XXIX

Ich erinnere mich an den Ausflug nach Villalilla während eines etwas verhangenen Vormittags mit Maria, Natalia und Miss Edith. Es ist eine in der Tat verschwommene, undeutliche, wirre Erinnerung: wie an einen langen, herzzerreißenden und süßen Traum.

Der Garten besaß nicht mehr seine Myriaden bläulicher Rispen, geschwunden waren sein köstlicher Blütenwald, sein dreifacher Duft, der harmonisch wie komponierte Musik, sein helles Lachen sowie das ständige Lärmen der Schwalben. Nichts Fröhliches gab es außer den Stimmen und dem Tollen der beiden unwissenden Mädchen. Viele Schwalben waren fortgeflogen; weitere flogen fort. Wir waren zur rechten Zeit gekommen, um den letzten Schwarm zu grüßen.

All die Nester waren verlassen und leer und ohne Leben. Einige waren zerbrochen, und auf den Überbleibseln aus Lehm zitterten einige flaumige Federn. Der letzte Schwarm hatte sich auf dem Dach entlang der Traufen versammelt und wartete noch auf einige verstreute Gefährten. Die kleinen Wanderer saßen in einer Reihe auf der Rinne: Die einen wandten den Schnabel, die anderen das Bürzel uns zu, so daß sich die kleinen gegabelten Schwänze mit den kleinen weißen Kehlen abwechselten. Und während sie so warteten, schleuderten sie ihre Lockrufe durch die stille Luft. Und nach und nach, zu zweit, zu dritt, langten die verspäteten Gefährten an. Und die Stunde des Abflugs rückte näher. Die Lockrufe verstummten. Ein matter Blick der Sonne senkte sich auf das verschlossene Haus und auf die verödeten Nester. Nichts war trauriger als jene toten flaumigen Federn, die hier und dort, dem Lehm verhaftet, zitterten.

Wie von einer plötzlichen Windböe, einem Windstoß aufgescheucht, stieg der Schwarm mit lautem Flügelschlag auf, erhob sich in Form eines Strudels in die Lüfte, stand einen Augenblick senkrecht über dem Haus; dann – ohne Zaudern: so als zöge sich eine Spur vor ihm hin – machte er sich geschlossen auf die Reise, entfernte sich, ward kleiner, verschwand.

Maria und Natalia standen aufrecht auf einer Bank, um mit ihren Blicken den Fliehenden noch länger zu folgen, streckten die Arme aus und riefen:

– Lebt wohl, Schwalben, lebt wohl, lebt wohl!

Verschwommen, wie an einen Traum, entsinne ich mich an all das, was sonst noch geschah.

Maria wollte ins Haus gehen. Ich selbst öffnete die Tür. Hierher, über jene drei Stufen, war mir – leicht wie ein Schatten – Giuliana heimlich gefolgt, hatte mich umschlungen, hatte gewispert: »Tritt ein, tritt ein.« Im Korridor, zwischen den grotesken Malereien des Gewölbes, klebte noch das Nest. »Nun bin ich dein, dein, dein!« hatte sie gehaucht, ohne sich von meinem Hals zu lösen, doch mich geschmeidig umkreisend, um an meiner Brust zu liegen, um meinem Mund zu begegnen. – Der Korridor war verstummt, die Stufen waren verstummt; Stille hatte das gesamte Haus besetzt. Hier hatte ich jenes dumpfe und von weither kommende Dröhnen vernommen, das jenem gleicht, welches gewisse tiefe Muscheln in sich bergen. Aber nun glich die Stille jener des Grabes. Mein Glück lag hier begraben.

Maria, Natalia schwatzten ohne Unterlaß, hörten nie auf, mich zu befragen, zeigten sich voller Neugier für alles, öffneten die Schubläden der Kommoden, die Spiegelschränke. Miss Edith folgte ihnen, um sie zu bremsen.

– Schau, schau, was ich gefunden habe! – schrie Maria, während sie mir entgegenlief.

Auf dem Boden einer Schublade hatte sie ein Sträußchen Lavendel und einen Handschuh gefunden. Es war ein Handschuh Giulianas; die Enden der Finger hatten schwarze Flecken; auf dem Saum stand in noch lesbarer Schrift: *»Die Brombeeren: 27. August 1880. Denke daran!«* Blitzartig entsann ich mich deutlich an die Episode mit den Brombeeren: eines der fröhlichsten Erlebnisse während unseres ursprünglichen Glücks – der Splitter eines Idylls.

– Ist das nicht ein Handschuh von Mama? – fragte mich Maria. – Gib ihn mir wieder, gib ihn mir wieder. Ich will ihn Mama bringen . . .

Verschwommen, wie an einen Traum, entsinne ich mich an all das, was sonst noch geschah.

Über vieles sprach Calisto, der alte Wächter, mit mir;

und fast nichts begriff ich. Mehrere Male wiederholte er mir gegenüber den Wunsch:

– Einen Buben, einen schönen Buben, und Gott segne ihn! Einen schönen Buben!

Als wir im freien waren, verschloß Calisto das Haus.

– Und diese gebenedeiten Nester? – fragte er, während er sein weißbehaartes Haupt schüttelte.

– Rühr' sie nicht an, Calisto.

All die Nester waren verlassen und leer und ohne Leben. Die letzten Gäste waren gegangen. Ein matter Blick der Sonne senkte sich auf das verschlossene Haus und die verödeten Nester. Nichts war trauriger als jene toten flaumigen Federn, die hier und dort, dem Lehm verhaftet, zitterten.

XXX

Der Termin rückte näher. Des Oktobers erste Hälfte war verstrichen. Doktor Vebesti war benachrichtigt worden. Von einem Tag auf den anderen konnten die Geburtswehen einsetzen.

Meine Angst wuchs von Stunde zu Stunde, wurde unerträglich. Häufig war ich von Wahnsinnsanfällen gepackt worden, die jenem glichen, der mich auf dem Wall der Assòro mitgerissen hatte. Weit floh ich La Badiola, verbrachte lange Stunden zu Pferd, zwang Orlando, über Hecken und Gräben zu setzen, jagte ihn im Galopp über gefährliche Wege. Schweißtriefend und erschöpft, aber stets unversehrt, kehrten wir, ich und das arme Tier, zurück.

Doktor Vebesti kam an. Alle auf La Badiola atmeten auf, faßten wieder Vertrauen, hofften das Beste. Nur Giuliana wurde nicht von neuem belebt. Mehr als einmal entdeckte ich in ihren Augen den Anflug eines dunklen Gedankens, das trübe Schimmern der fixen Idee, das Entsetzen grausiger Vorahnung.

Die Wehen setzten ein; hielten, von einigen Ruhepausen unterbrochen, einen ganzen Tag an, waren bald heftig, bald schwach, bald erträglich, bald reißend. Indem sie sich bald an einen Tisch, bald rücklings gegen einen Spiegelschrank lehnte, hielt sie sich auf den Beinen, während sie die Zähne zusammenbiß, um nicht zu schreien; oder sie saß in einem Sessel und verblieb dort fast regungslos, das Gesicht zwischen den Händen, während sie von Zeit zu Zeit ein schwaches Stöhnen von sich gab; oder sie schwieg statt dessen ununterbrochen, schritt von einer Ecke zur andern, stand hier und dort still, um sich mit ihren zuckenden Fingern an einen Gegenstand – welchen auch immer – zu klammern. Das Schauspiel ihrer Qual zerfleischte mich. Es nicht mehr ertragen könnend, verließ ich das Zimmer, hielt mich für einige Minuten fern; dann, fast gegen meinen Willen, ja davon angezogen, betrat ich es wieder; und ich blieb dort, um sie leiden zu sehen, ohne ihr helfen, ohne ihr ein Wort des Trostes sagen zu können.

– Tullio, Tullio, das ist entsetzlich! Ach, ist das entsetzlich! Noch nie habe ich so gelitten, nie, nie.

Es war gegen Abend. Meine Mutter, Miss Edith und der Arzt waren in das Speisezimmer hinuntergegangen. Ich und Giuliana waren allein geblieben. Die Leuchter waren noch nicht gebracht worden. Die violette Oktoberdämmerung trat ins Zimmer; der Wind rüttelte dann und wann an den Fenstern.

– Hilf mir, Tullio! Hilf mir! – schrie sie außer sich vor Krämpfen, streckte die Arme nach mir aus, sah mich mit weitaufgerissenen Augen an, in denen das Weiß – in jenem Halbschatten, der das Gesicht schwarzblau färbte – außerordentlich weiß war.

– Sag es mir! Sag es mir! Was könnte ich tun, um dir zu

helfen? – stammelte ich verwirrt, und ohne zu wissen, was tun, während ich ihr mit einer Handbewegung, in die ich übernatürliche Kräfte hätte legen wollen, über die Haare an den Schläfen strich. – Sag es mir! Sag es mir! Was?

Sie klagte nicht mehr; als denke sie nicht mehr an ihren Schmerz, und fast bestürzt, getroffen vielleicht vom Klang meiner Stimme, vom Ausdruck meiner Verwirrung und meiner Angst, vom Zittern meiner Finger auf ihrem Haar, von der verzweifelten Zärtlichkeit jener wirkungslosen Geste, blickte sie mich an und hörte mir zu.

– Du liebst mich, nicht wahr? – sagte sie und hörte nicht auf, mich so anzublicken, als habe sie Angst, ihr könnte irgendeine Regung meines inneren Bewegtseins entgehen. – Du verzeihst mir alles.

Von neuem erregte sie sich und stieß hervor:

– Du mußt mich lieben, du mußt mich jetzt sehr lieben, denn morgen werde ich nicht mehr hier sein, denn in dieser Nacht, vielleicht schon an diesem Abend, werde ich sterben; und du würdest bereuen, mich nicht geliebt zu haben, mir nicht verziehen zu haben, ach, ganz sicher würdest du es bereuen ...

Sie schien sich so sicher, zu sterben, daß ich vor Schreck sofort starr innehielt.

– Du mußt mich lieben. Schau: es kann ja sein, daß du dem, was ich dir eines Nachts sagte, keinen Glauben geschenkt hast, es kann ja sein, daß du mir auch jetzt nicht glaubst; aber ganz sicher wirst du mir Glauben schenken, sobald ich nicht mehr hier sein werde. Dann wird dir die Erleuchtung kommen, dann wirst du die Wahrheit erkennen; und du wirst bereuen, mich nicht genug geliebt zu haben, mir nicht vergeben zu haben ...

Ein Weinkrampf erstickte sie.

– Weißt du, warum es mir leid tut, zu sterben? Weil ich sterbe, ohne daß du weißt, wie sehr ich dich geliebt habe ... Vor allem, wie sehr ich dich danach geliebt habe ... Ach, welch Strafe! Verdiente ich dies Ende?

Sie verbarg ihr Gesicht zwischen den Händen. Aber sie entblößte es sogleich wieder. Aschfahl starrte sie mich an. Es schien, eine noch schrecklichere Idee hätte sie blitzartig durchzuckt.

– Und wenn ich stürbe – stammelte sie – wenn ich stürbe, *während es lebt* ...

– Schweig!

– Du verstehst ...

– Schweig, Giuliana!

Ich war geschwächter als sie. Der Schrecken hatte mich überwältigt und ließ mir sogar keine Kraft mehr, ein tröstendes Wort auszusprechen, jener Vorstellung, zu sterben, ein Wort des Lebens entgegenzusetzen. Auch ich war mir des schrecklichen Endes sicher. Ich betrachtete im violetten Dunkel Giuliana, die mich betrachtete; und in jenem armen, entkräfteten Gesicht glaubte ich die Anzeichen der Agonie, die Anzeichen eines bereits fortgeschrittenen und unaufhaltsamen Zerfalls zu erkennen. Und sie konnte eine Art Aufheulen, das nichts Weibliches mehr an sich hatte, nicht unterdrücken; und sie klammerte sich an meinen Arm.

– Hilf mir, Tullio! Hilf mir!

Sie preßte ihn heftig, sehr heftig; doch für mich, der ich das Eindringen ihrer Fingernägel in meinem Arm hatte spüren wollen, nicht heftig genug, da mich nach körperlichem Zucken dürstete, das sich mit ihrem paarte. Und während sie ihre Stirn gegen meine Schulter stemmte, stieß sie ununterbrochenes Heulen aus. Es besaß jenen Klang, der unsere Stimme im Übermaß körperlichen Leidens unkenntlich macht – jenen Klang, der den Menschen, der leidet, dem wilden Tier, das leidet, gleichstellt: die instinktive Klage jedes von Schmerzen gepeinigten menschlichen wie tierischen Fleischs.

Ab und zu fand sie ihre Stimme wieder, um zu wiederholen: – Hilf mir!

Und sie teilte mir die heftigen Bewegungen ihrer Qual mit. Und ich spürte die Berührung ihres Bauchs, in dem das kleine boshafte Wesen unversöhnlich, ohne ihr Ruhe zu gönnen, gegen das Leben der Mutter arbeitete. Eine Welle des Hasses entsprang der Tiefe meines Wesens und schien mit dem Trieb, zu töten, zur Gänze in meine Hände zu fließen. Doch die Zeit für diesen Trieb war noch nicht reif; doch die Vorstellung von dem bereits vollbrachten Verbrechen blitzte in mir auf. »Du wirst nicht leben.«

– Oh, Tullio, Tullio, ersticke mich, bring mich um! Ich kann nicht, ich kann nicht, verstehst du? Ich kann es nicht ertragen; ich will nicht mehr leiden.

Sie schrie verzweifelt, während sie mit den Augen einer Verrückten so um sich blickte, als suche sie etwas oder irgend jemanden, der ihr die Hilfe gewähre, die ich ihr nicht gewähren konnte.

– Beruhige dich, Giuliana, beruhige dich ... Vielleicht ist der Augenblick gekommen. Mut! Setz dich hierher. Mut, meine Seele! Nur noch ein bißchen! Ich bin hier, bei dir. Hab' keine Angst.

Und ich eilte, um das Glöckchen zu läuten.

– Den Arzt! Der Arzt soll sofort kommen!

Giuliana klagte nicht mehr. Anscheinend hatte ihr Leiden schlagartig aufgehört, oder zumindest schien sie, von einem neuen Gedanken überrascht, nicht darauf zu achten. Irgend etwas erwog sie auf sichtbare Weise; sie war in sich versunken. Doch ich hatte kaum Zeit, die plötzliche Veränderung wahrzunehmen.

– Höre, Tullio. Wenn ich ins Delirium verfiele ...

– Was meinst du?

– Wenn ich danach, im Fieber, ins Delirium verfiele und phantasierend stürbe ...

– Nun?

Solch Schrecken zeigte sie, so voller Leid war ihr abruptes Schweigen, daß ich – gleichsam von Panik ergriffen – zitterte wie Espenlaub, wie Espenlaub, da ich noch nicht begriff, worauf sie hinauswollte.

– Nun?

– Alle werden dort sein, um mich herum . . . Wenn ich im Delirium reden würde, etwas verriet . . . Verstehst du? Verstehst du? Ein Wort würde genügen. Und im Delirium weiß man nicht, was man sagt. Du müßtest . . .

Meine Mutter, der Arzt und die Hebamme kamen in diesem Moment dazwischen.

– Ach, Doktor – seufzte Giuliana – ich glaubte, zu sterben.

– Mut, Mut! – sagte der Arzt mit seiner herzlichen Stimme. – Keine Angst. Alles wird gut gehen.

Und er blickte mich an.

– Ich glaube – fuhr er lächelnd fort – daß es Ihrem Gatten schlechter geht als Ihnen. Und er wies mir die Türe.

– Gehen Sie, gehen Sie. Es ist nicht notwendig, daß Sie hier sind.

Ich begegnete den besorgten, betroffenen und mitleidvollen Augen meiner Mutter.

– Ja, Tullio; es ist besser, du gehst – sagte sie. – Federico erwartet dich.

Ich blickte zu Giuliana. Ohne sich um die anderen zu kümmern, starrte sie mich mit leuchtenden, von einem merkwürdigen Schimmern erfüllten Augen an. In jenem Blick lag die ganze Eindringlichkeit der verzweifelten Seele.

– Ich werde mich nicht aus dem benachbarten Zimmer bewegen – erklärte ich fest, während ich fortfuhr, Giuliana anzusehen.

Im Hinausgehen bemerkte ich die Hebamme, welche

die Kissen auf dem Bett der Qualen, dem Bett des Elends anordnete; und wie unter dem Hauch des Todes erschauderte ich.

XXXI

Es war zwischen vier und fünf Uhr morgens. Bis zu jenem Zeitpunkt hatten sich die Wehen, von einigen Ruhepausen unterbrochen, hingezogen. Gegen drei hatte mich plötzlich auf dem Diwan, auf dem ich im angrenzenden Zimmer saß, der Schlaf überrascht. Cristina weckte mich; Giuliana wolle mich sehen, sagte sie zu mir.

Noch schlaftrunken und durcheinander infolge des Weckens sprang ich auf die Füße.

– Habe ich geschlafen? Was ist denn passiert? Giuliana ...

– Sie brauchen nicht zu erschrecken. Nichts ist passiert. Die Schmerzen haben sich gelegt. Kommen Sie und sehen Sie selbst.

Ich trat ein. Sogleich fiel mein Blick auf Giuliana.

Bleich wie ihr Nachthemd und fast entseelt lag sie hingestreckt auf den Kissen. Sogleich begegnete ich ihren Augen, denn meiner harrend waren sie auf die Tür gerichtet. Sie schienen mir größer, unergründlicher, lagen tiefer in ihren Höhlen, waren von stärkeren schattigen Ringen umrahmt.

– Du siehst – sagte sie mit sterbender Stimme – mein Zustand ist noch derselbe.

Und sie hörte nicht auf, mich anzublicken. Ihre Augen sprachen wie jene der Fürstin Lisa: »Hilfe erwartete ich von dir, und du, nicht einmal du, hilfst mir!«

– Der Arzt? – fragte ich meine Mutter, die mit niedergeschlagener Miene dort stand.

Sie deutete auf eine Tür. Geradewegs ging ich auf diese zu. Ich trat ein. Ich sah den Arzt neben einem Tisch, auf dem sich verschiedene Arzneien, ein schwarzes Futteral, ein Thermometer, Binden, Kompressen, Fläschchen und einige Schläuche von besonderer Form befanden. Der Arzt hielt einen elastischen Schlauch in Händen, an den er einen Katheter anfügte; mit leiser Stimme gab er Cristina Anweisungen.

– Und nun? – fragte ich ihn brüsk. – Was ist los?

– Bis jetzt nichts Alarmierendes.

– Und all diese Vorbereitungen?

– Vorsichtsmaßnahmen.

– Aber wie lange dauert dieser Kampf noch?

– Wir sind am Ende angelangt.

– Sprechen Sie ganz offen zu mir; ich bitte Sie. Befürchten Sie ein Unglück? Sprechen Sie ganz offen zu mir.

– Bis jetzt deutet nichts auf eine ernste Gefahr hin. Ich befürchte jedoch eine Blutung; und treffe meine Vorsichtsmaßnahmen. Ich werde sie zum Stillstand bringen. Haben Sie Vertrauen zu mir und beruhigen Sie sich. Ich habe bemerkt, daß Ihre Anwesenheit Giuliana sehr erregt. Während dieses letzten kurzen Abschnitts benötigt sie all die Kraft, die ihr verblieben ist. Es ist notwendig, daß Sie sich entfernen. Versprechen Sie mir, mir zu gehorchen. Sie können hereinkommen, sobald ich Sie rufe.

Ein Schrei drang zu uns.

– Die Wehen setzen wieder ein – sagte er. – Wir sind da. Also beruhigen Sie sich! Und er schritt Richtung Türe. Ich folgte ihm. Beide näherten wir uns Giuliana. Sie packte mich am Arm und umklammerte ihn wie ein Schraubstock. Verblieb ihr also noch diese Kraft?

– Mut! Mut! Wir sind da. Alles wird gut gehen. Nicht wahr, Doktor? – stammelte ich.

– Ja, ja. Es ist keine Zeit zu verlieren. Erlaubt, Giuliana, daß Euer Gemahl geht.

Mit weitaufgerissenen Augen blickte sie den Arzt und mich an. Sie ließ meinen Arm los.

– Mut! – wiederholte ich erstickt.

Ich küßte sie auf die von Schweiß benetzte Stirn und wandte mich ab, um zu gehen.

– Ach, Tullio! – schrie sie hinter mir her: ein herzzerreißender Schrei, der bedeutete: »Ich werde dich nicht mehr sehen.«

Ich schickte mich an, zu ihr zurückzugehen.

– Hinaus, hinaus – befahl der Arzt mit gebieterischer Gebärde.

Ich folgte gehorsam. Irgend jemand schloß die Türe hinter mir. Ich blieb einige Minuten dort stehen, um zu lauschen; aber meine Knie schlotterten und das Pochen meines Herzens übertönte jegliches andere Geräusch. Ich ging, um mich auf den Diwan zu werfen; ich steckte mir das Taschentuch zwischen die Zähne, vergrub mein Gesicht in einem Kissen. Auch ich litt körperliche Qualen, die vielleicht jenen einer schlecht praktizierten und allzu langsamen Amputation ähneln. Die Schreie der Gebärenden drangen durch die Türe zu mir. Und bei jedem jener Schreie dachte ich: »Dies ist der letzte.« In den Pausen vernahm ich das Murmeln weiblicher Stimmen: vielleicht die tröstenden Worte meiner Mutter oder der Hebamme. Ein Schrei, noch spitzer und unmenschlicher als die anderen. »Dies ist der letzte.« Und entsetzt sprang ich auf die Füße.

Nicht einen Schritt konnte ich tun. Einige Minuten verstrichen; unberechenbare Zeit verging. Wie huschende Blitze durchzuckten Gedanken und Bilder mein Hirn. »Ist es geboren? Und wenn sie tot wäre? Und wenn beide tot wären? Mutter und Kind? Nein, nein. Sie ist ganz sicher tot; und es ist am Leben. Aber warum kein

Wimmern? Die Blutung, das Blut ...« Ich sah die rote Lache und, in ihr sterbend, Giuliana. Ich überwand den Schrecken, der mich gelähmt hatte, und stürzte der Türe entgegen. Ich öffnete sie, trat ein.

Sogleich hörte ich die scharfe Stimme des Chirurgen, der schrie:

– Kommen Sie nicht näher! Regen Sie sie nicht auf! Wollen Sie sie töten!

Giuliana, bleicher als ihr Kissen und reglos, schien tot. Meine Mutter war über sie gebeugt und legte ihr eine Kompresse auf. Große Blutflecken röteten das Bett, Flekken von Blut färbten den Boden. Mit ruhiger und gewissenhafter Fürsorge bereitete der Chirurg einen Irrigator vor: – seine Hände zitterten nicht, obgleich seine Stirn in Falten lag. Ein Kessel kochenden Wassers dampfte in einer Ecke. Cristina schöpfte mit einer Kelle das Wasser in ein anderes Gefäß, in das sie das Thermometer eingetaucht hielt. Eine weitere Frau trug ein Bündel Watte ins Nebenzimmer. Der Geruch von Salmiakgeist und Essig lag in der Luft.

Die geringsten Einzelheiten dieser Szene, die ich mit einem einzigen Blick erfaßte, blieben mir unauslöschlich eingebrannt.

– Bis fünfzig Grad – sagte der Arzt zu Cristina gewandt. – Achten Sie darauf!

Da ich kein Wimmern vernahm, ließ ich meine Blicke schweifen. *Irgend jemand* fehlte hier drinnen.

– Und das Kind? – fragte ich zitternd.

– Es ist dort, im anderen Zimmer. Gehen Sie hin, um es zu sehen – antwortete der Arzt. – Und bleiben Sie dort.

Ich deutete auf Giuliana mit einer verzweifelten Geste.

– Haben Sie keine Angst. Her mit dem Wasser, Cristina.

Ich ging ins andere Zimmer. Kaum vernehmbar drang äußerst schwaches Wimmern an mein Ohr. Unter den mageren Armen der Hebamme, die ihm den Rücken und seine Fußsohlen rieben, erblickte ich auf einem wattierten Überzug einen kleinen rötlichen Körper, der hier und dort bläulich gefleckt war.

– Kommen Sie, kommen Sie, gnädiger Herr; kommen Sie und sehen Sie selbst – sagte die Hebamme, während sie zu reiben fortfuhr. – Kommen Sie und schauen Sie: Was für ein hübscher Bub. Er atmete nicht; aber jetzt besteht keine Gefahr mehr. Schauen Sie, was für ein Bub!

Sie drehte den Kleinen auf den Rücken und zeigte mir sein Geschlecht.

– Schauen Sie!

Sie hob das Kind hoch und bewegte es in der Luft. Das Wimmern wurde etwas stärker.

Doch in meinen Augen herrschte ein sonderbares Flimmern, das mich hinderte, gut zu sehen; mein ganzes Wesen war von sonderbarer Teilnahmslosigkeit erfüllt, die mich hinderte, all jene wirklichen und verletzenden Dinge genau wahrzunehmen.

– Schauen Sie! – wiederholte die Hebamme noch einmal, während sie den Kleinen, der heulte, wieder auf den wattigen Untergrund legte.

Jetzt kreischte er heftig. Er atmete, lebte! Ich beugte mich über jenen kleinen bebenden Körper, der nach Bärlapp duftete; ich beugte mich vor, um ihn anzusehen, ihn zu prüfen, um die verhaßte Ähnlichkeit zu erkennen. Aber das kleine geschwollene, noch etwas blau unterlaufene Gesicht mit den vorspringenden Augäpfeln, den wulstigen Lippen und dem schiefen, unförmigen Kinn hatte fast kein menschliches Aussehen; und außer Abscheu flößte es mir nichts ein.

– Kaum geboren – stammelte ich – kaum geboren, atmete es nicht ...

– Nein, gnädiger Herr. Eine leichter Schlagfluß ...

– Warum?

– Die Nabelschnur hatte sich um den Hals geschlungen. Und dann, vielleicht die Wirkung des Blutstaus ...

Sie sprach, während sie sich um die Pflege des Kleinen kümmerte; und ich betrachtete jene dürren Hände, die es gerettet hatten und jetzt zart die Nabelschnur mit einem Wundläppchen, das mit Butter bestrichen war, abbanden.

– Gib mir die Binde, Giulia.

Und während sie den Bauch des Kindes verband, fuhr sie fort:

– Nun ist es außer Gefahr. Gott segne es!

Und ihre erfahrenen Hände nahmen den kleinen, noch weichen Kopf, wie um ihn zu formen. Der Kleine schrie immer lauter; schrie in einer Art Wut, warf sich zur Gänze hin und her, behielt jenes apoplektische Erscheinungsbild, jene violette Röte, jenes Aussehen eines widerlichen Etwas. Er schrie immer lauter, wie um mir einen Beweis seiner Lebendigkeit zu geben, wie um mich herauszufordern, zu erbittern.

Er lebte, lebte. Und die Mutter?

Von Sinnen ging ich plötzlich in das andere Zimmer zurück.

– Tullio!

Es war Giulianas Stimme: schwach wie die einer Frau, die im Sterben liegt.

XXXII

Die stete Wirkung kalten Wassers hatte die Blutung nach ungefähr zehn Minuten gestoppt. Nun ruhte die Wöchnerin innerhalb des Alkovens in ihrem Bett. Der Tag war klar.

Ich saß neben dem Bett; und betrachtete sie voll Ehrfurcht und Schmerz. Sie schlief – vielleicht – nicht. Doch äußerste Schwäche verhinderte jegliche Regung, raubte ihr jegliches Lebenszeichen; ließ sie gleichsam entseelt scheinen. Während ich ihre wächserne Totenblässe schaute, sah ich noch jene Blutflecken, sah noch all jenes arme vergossene Blut, das die Laken getränkt, die Matratzen durchdrungen und die Hände des Chirurgen rot gefärbt hatte. »Wer wird ihr all dies Blut zurückgeben?« Instinktiv setzte ich zu einer Bewegung an: Ich wollte sie berühren, da mir schien, sie müsse kalt, zu Eis geworden sein. Aber die Angst, sie zu stören, hielt mich zurück. Während meines steten Betrachtens und unter plötzlichen Anfällen von Angst machte ich mehr als einmal Anstalten, mich zu erheben, um den Arzt zu rufen. In Gedanken zwirbelte ich eine Baumwollflocke zwischen meinen Fingern, trennte sie bis ins Kleinste auf; und von Zeit zu Zeit, aus unbezähmbarer Unruhe, näherte ich sie mit unendlicher Vorsicht Giulianas Lippen und ermaß aus dem Auf und Ab der leichten Fäden die Stärke der Atmung.

Sie lag auf dem Rücken, das Haupt auf einem niedrigen Kissen. Das kastanienbraune, etwas offene Haar umrahmte ihr Antlitz, machte ihre Gesichtszüge feiner und wächserner. Sie trug ein am Hals, an den Handgelenken geschlossenes Hemd; und ihre Hände ruhten auf dem Laken, willfährig, so bleich, daß nur die azurnen Venen sie von dem Linnen unterschieden. Übernatürliche Sanftmut verströmte jenes arme, ausgeblutete und regungslose Geschöpf, eine Sanftmut, die mein ganzes Wesen durchdrang, das Herz mir erfüllte. Und sie schien zu wiederholen: »Was hast du mir angetan?« Ihr welker und ausgedörrter Mund – der in den Winkeln nach unten hing und tödliche Erschöpfung offenbarte –, den so viele Krämpfe gepeinigt hatten, den so viele Schreie gequält hatten, schien ständig zu wiederholen: »Was hast du mir angetan?«

Ich erwog die Schwächlichkeit der Person, deren Gestalt sich von dem planen Bett kaum abhob. Da das Ereignis sich vollzogen hatte, da sie von der häßlichen Last endlich befreit war, da das *andere Leben* sich von dem ihren endlich für immer getrennt hatte, erhoben sich jene instinktiven Regungen von Widerwillen und jene plötzlichen Spuren von Groll nicht mehr, um meine Zärtlichkeit und mein Mitleid zu trüben. Nun empfand ich für sie – wie für das gütigste und unglücklichste aller weiblichen Geschöpfe – nur noch ein Gefühl von unendlicher Zärtlichkeit, von unendlichem Mitleid. Meine gesamte Seele hing nun an jenen armen Lippen, die von einem Moment auf den anderen ihren letzten Seufzer hätten tun können. Mit tiefer Aufrichtigkeit dachte ich, während ich jene Blässe betrachtete: »Wie glücklich wäre ich, könnte ich ihren Adern die Hälfte meines Bluts zu trinken geben!«

Ich vernahm das zarte Schlagen einer Uhr, die auf dem Nachttisch stand, hörte in jenem Fliehen gleichlanger Minuten das Verströmen der Zeit und dachte: »Aber *er* lebt.« Und das Fliehen der Zeit flößte mir einzigartige Sehnsucht ein, die sich so sehr von der anderer Male unterschied.

»Er lebt, und sein Leben ist zäh«, dachte ich. »Kaum geboren, atmete er nicht. Als ich ihn gesehen habe, zeigte sein Körper noch all die Merkmale des Erstickens. Hätten die heilenden Maßnahmen der Hebamme ihn nicht gerettet, wäre er jetzt nur noch ein kleiner Kadaver mit dunklen Flecken, ein unschädlicher, belangloser und vielleicht aus dem Gedächtnis löschbarer Gegenstand. Mit nichts anderem müßte ich mich befassen als Giulianas Genesung. Ich würde nie von ihrer Seite weichen, wäre der ausdauerndste und zärtlichste aller Krankenpfleger, und mir würde es gelingen, des Lebens Transfusion, das Wunder kraft meiner Liebe zu vollbringen. Sie könnte nur noch gesund werden. Nach und nach würde sie wiederauferstehen: genesen und mit neuem Blut. Als neues Geschöpf würde sie erscheinen: frei von jeglichem Makel. Nach so langer und so schmerzensreicher Sühne würden wir beide uns – der Schlüssel des Schlosses würdig – als Gereinigte fühlen. Die Krankheit und die Genesung würden die traurige Erinnerung in unendlich weite Ferne rücken. Und selbst die Spur einer Erinnerung würde ich aus ihrer Seele tilgen; in der Liebe würde ich ihr vollkommenes Vergessen schenken. Im Vergleich zu unserer Liebe würde nach dieser großen Prüfung jegliche andere menschliche Liebe nichtig erscheinen.« Ich erhob mich in das fast mystische Strahlen jener vorgestellten Zukunft, während Giulianas Antlitz unter meinen starrenden Augen eine Art Körperlosigkeit, einen Ausdruck übernatürlicher Sanftmut annahm: so, als wäre Giuliana der Welt schon entrückt, als hätte sie mit jener springenden Flut von Blut all das mitausgespült, was noch an Schärfe und Unreinheit in ihrem Wesen war, und sich in Gegenwart des Todes in ein rein geistiges Wesen verwandelt. Die stumme Frage »Was hast du mir angetan?« traf mich nicht mehr, schien mir nicht mehr schrecklich. »Bist du nicht durch mein Werk *die Schwester des Schmerzes* geworden?« entgegnete ich. »Hat deine Seele im Leid nicht eine schwindelnde Höhe erklommen, von der sie die Welt in ungewohntem Licht schauen konnte? Hast du durch mich nicht die Offenbarung der höchsten Wahrheit empfangen? Was zählen unsere Verfehlungen, unsere Stürze, unsere Schuld, da es uns gelungen, einige Schleier von unseren Augen zu reißen, da es uns gelungen, all das zuzulassen, was in unserem elenden Wesen am wenigsten Niedertracht besitzt? Die größte Freude, nach der die Auserwählten auf der Erde streben können, wird uns zuteil werden: auf bewußte Art wiedergeboren zu werden.«

Ich erhöhte mich selbst. Der Alkoven war in Schweigen gehüllt, der Schatten geheimnisvoll, und Giulianas Antlitz schien mir verklärt; und meine Betrachtung schien mir feierlich, da ich in der Luft die Anwesenheit des unsichtbaren Tods spürte. Meine gesamte Seele hing an jenen fahlen Lippen, die von einem Moment auf den anderen ihren letzten Seufzer hätten tun können. Und ihr Mund verkrampfte sich, ein Stöhnen entfuhr ihm. Die schmerzhafte Kontraktion veränderte die Züge ihres Gesichts, hielt für einige Zeit an. Die Stirnfalten vertieften sich, die Haut der Lider zeigte leichtes Zucken, und etwas Weiß schimmerte unter den Wimpern.

Ich beugte mich über die Leidende. Sie öffnete die Augen und schloß sie sogleich. Es schien, als hätte sie mich nicht gesehen. Die Augen waren, wie von Blindheit geschlagen, ohne Blick gewesen. Hatte infolge der Anämie sie vielleicht Amaurose befallen? War sie auf einen Schlag blind geworden?

Ich hörte Leute das Zimmer betreten: »Wär's doch der Arzt!« Ich verließ den Alkoven. Tatsächlich, ich sah den Arzt, meine Mutter und die Hebamme, die behutsam eintraten. Ihnen folgte Cristina.

– Ist sie ruhig? – fragte mich der Arzt mit flüsternder Stimme.

– Sie hat Beschwerden. Wer weiß, wie stark sie noch leidet!

– Hat sie etwas gesagt?

– Nein.

– Man darf sie in keinster Weise aufregen. Erinnern Sie sich daran!

– Sie hat vorhin für einen Moment die Augen geöffnet. Es schien, als sähe sie nichts.

Der Arzt trat in den Alkoven und bedeutete uns, draußen zu bleiben. Meine Mutter sagte zu mir:

– Komm. Die Verbände müssen jetzt erneuert werden.

Komm mit. Laß uns nach Mondino sehen. Federico ist bei ihm.

Sie nahm mich bei der Hand. Ich ließ mich führen.

– Er ist eingeschlafen – fügte sie hinzu. – Er schläft friedlich. Heute, nach Mittag, wird die Amme kommen.

Obgleich sie ob Giulianas Zustand traurig und besorgt war, lächelten ihre Augen, wenn sie von dem Kleinen sprach; ihr ganzes Gesicht leuchtete vor Zärtlichkeit.

Auf Anweisung des Arztes war ein Zimmer gewählt worden, das weit entfernt von jenem der Wöchnerin: ein großes, luftiges Zimmer, das viele Erinnerungen unserer Kindheit barg. Als ich eintrat, fiel mein Blick sofort auf Federico, Maria und Natalia, die gemeinsam um die Wiege herum nach vorne gebeugt den kleinen Schläfer betrachteten. Federico wandte sich an mich und fragte vor allen anderen Dingen:

– Wie geht es Giuliana?

– Schlecht.

– Ist sie unruhig?

– Sie leidet.

Gegen meinen Willen antwortete ich brüsk. Eine Art Ernüchterung hatte sich plötzlich meiner Seele bemächtigt. Ich empfand nur noch unbezähmbare, nicht zu verhehlende Abneigung gegenüber dem Eindringling und Bitterkeit wie Ungeduld ob der Qualen, welche die unwissenden Personen mir zufügten. Doch so sehr ich mich bemühte, es gelang mir nicht, mich zu verstellen. Wir – ich, meine Mutter, Federico, Maria und Natalia – standen nun um die Wiege herum, um Raimondos Schlaf zu betrachten.

Er war von Windeln umwickelt, und sein Kopf von einem mit Spitzen wie Bändern geschmückten Häubchen bedeckt. Das Gesicht schien weniger aufgedunsen, aber noch rötlich und licht wie die Epidermis jüngst verheilter

Wunden. Etwas Speichel rann aus den Winkel des geschlossenen Mundes; die wimpernlosen, an den Rändern geschwollenen Lider verdeckten die vorspringenden Augäpfel; die Wurzel der noch unförmigen Nase war von einem blauen Fleck gezeichnet.

– Aber wem ähnelt er? – sagte meine Mutter.

– Ich kann noch keinerlei Ähnlichkeiten finden ...

– Er ist noch klein – meinte Federico. – Man muß einige Tage warten.

Meine Mutter blickte mich und das Baby zwei- oder dreimal an, wie um die Gesichtszüge zu vergleichen.

– Nein – sagte sie. – Vielleicht ähnelt er mehr Giuliana.

– Keinem sieht er jetzt ähnlich – unterbrach ich. – Er ist häßlich. Siehst du das nicht?

– Häßlich! Er ist sehr schön! Schau nur, wie viele Haare!

Und sie zog, äußerst behutsam, mit den Fingern das Häubchen ab und entblößte den weichen Schädel, an dem wenige braune Haare klebten.

– Laß mich ihn anfassen, Oma! – bat Maria und streckte die Hand nach dem Kopf des Bruders aus.

– Nein, nein. Willst du ihn wecken?

Jener Schädel schien aus Wachs zu bestehen, das von der Wärme etwas aufgeweicht, schmierig und schwärzlich war; und anscheinend hätte die geringste Berührung dort eine Spur hinterlassen. Meine Mutter bedeckte ihn wieder. Dann beugte sie sich vor, um ihm mit unendlicher Zärtlichkeit die Stirn zu küssen.

– Ich auch, Oma – bat Maria.

– Aber, um Gottes willen, sanft!

Die Wiege war zu hoch.

– Heb mich hoch! – sagte Maria zu Federico.

Federico hob sie in seinen Armen hoch; und ich sah die schönen rosigen Lippen meiner Tochter sich zum

Kusse spitzen, ehe sie jene Stirn erreichten, berührten; und ich sah die langen Locken auf die weißen Windeln regnen.

Auch Federico gab ihm seinen Kuß. Dann sah er mich an. Ich lächelte nicht.

– Und ich? Und ich?

Es war Natalia, die sich an den Rand der Wiege klammerte.

– Sanft, um Gottes willen!

Federico hob auch sie hoch. Und wieder sah ich, während jenes letzten zarten Niederbeugens, die langen Lokken auf die weißen Windeln regnen. Fast versteinert stand ich daneben: und mein Blick mußte ganz sicher das dunkle Gefühl ausdrücken, das mich beherrschte. Jene Küsse mir so teurer Lippen hatten keineswegs jenes widerliche Aussehen von dem Eindringling genommen, sondern ihn mir sogar verhaßter gemacht. Ich fühlte, daß es mir unmöglich sein würde, jenes fremde Fleisch zu berühren und einer Regung – welcher auch immer – nachzugeben, die von väterlicher Liebe zeugte. Besorgt blickte mich meine Mutter an.

– Du küßt ihn nicht? – fragte sie mich.

– Nein, Mama, nein. Zu sehr hat er Giuliana weh getan. Ich kann ihm nicht vergeben . . .

Und mit einer instinktiven Bewegung, mit einer Bewegung offensichtlichen Ekels zog ich mich zurück. Betroffen blieb meine Mutter für einen Augenblick sprachlos.

– Aber was sagst du da, Tullio? Was kann dies arme Kind dafür? Sei gerecht!

Ganz gewiß hatte meine Mutter die Echtheit meiner Abneigung bemerkt. Mir gelang nicht, mich zu beherrschen. All meine Nerven sträubten sich dagegen.

– Ich kann jetzt nicht, kann nicht . . . Laß mich in Ruhe, Mama. Es wird vorübergehen.

Meine Stimme war rauh und entschlossen. Ich zuckte

am ganzen Körper. Ein Knoten schnürte mir den Hals zu, die Muskeln meines Gesichts verzerrten sich. Nach so vielen Stunden gewaltsamer Erregung hatte mein Wesen Entspannung nötig. Ich glaube, ein heftiger Ausbruch in Weinen hätte mir geholfen: doch der Knoten war zu stark.

– Du tust mir sehr weh, Tullio – sagte meine Mutter.

– Du willst, daß ich es küsse? – stieß ich außer mir hervor. Und ich näherte mich der Wiege, beugte mich über das Kind und küßte es.

Der Kleine erwachte; er schrie: zunächst schwach, dann mit einer Art wachsender Wut. Ich sah, daß die Haut seines Gesichts röter und unter der Anstrengung runzlig wurde, während die weißliche Zunge in seinem aufgerissenen Mund zitterte. Obwohl ich den Gipfel der Verzweiflung erreicht hatte, erkannte ich den begangenen Fehler. Ich spürte die unerträglichen Blicke Federicos, Marias und Natalias auf mir haften.

– Verzeih mir, Mama – stammelte ich. – Ich weiß nicht mehr, was ich tue. Ich bin unvernünftig. Verzeih mir.

Sie hatte das Baby aus der Wiege gehoben und hielt es auf ihren Armen, ohne es beruhigen zu können. Spitz trafen mich die Schreie und zerrissen mich.

– Laß uns gehen, Federico.

Rasch ging ich hinaus. Federico folgte mir.

– Giuliana geht es sehr schlecht. Ich begreife nicht, wie man in diesen Augenblicken an etwas anderes als an sie denken kann – sagte ich, wie um mich zu rechtfertigen. Du hast sie nicht gesehen. Man hat den Eindruck, sie liege im Sterben.

XXXIII

Für einige Tage pendelte Giuliana zwischen Leben und Tod. Solchermaßen war ihre Schwäche, daß auf die leichteste Anstrengung eine Ohnmacht folgte. Sie war gezwungen, vollkommen regungslos ständig auf dem Rücken zu liegen. Jeder Versuch, sich zu erheben, bewirkte Anzeichen einer zerebralen Anämie. Nichts konnte den Ekel besiegen, der sie befiel, nichts konnte ihr den Alpdruck vom Busen nehmen und das Sausen, das sie fortwährend vernahm, abstellen.

Stets wachsam und von unermüdlicher Energie – die selbst mich verwunderte – auf den Beinen gehalten, verbrachte ich Tag und Nacht an ihrem Krankenbett. Mit all meinen Lebenskräften stützte ich jenes Leben, das im Begriffe war, zu verlöschen. Ich hatte den Eindruck, als läge auf der anderen Seite des Bettes der Tod auf der Lauer, um den geeigneten Augenblick abzupassen, die Beute an sich zu reißen. Bisweilen war mir tatsächlich, als würde ich in den zerbrechlichen Körper der Kranken schlüpfen, ihr etwas von meiner Stärke übermitteln und ihr müdes Herz anregen. Nie flößte mir das Elend ihrer Krankheit irgendwelchen Abscheu, nie irgendwelchen Ekel ein. Keinerlei Ausscheidung verletzte je die Zartheit meiner Sinne. Meine allzu geschärften Sinne waren auf nichts anderes gerichtet, als die geringsten Veränderungen im Zustand der Kranken wahrzunehmen. Bevor sie ein einziges Wort sprach, bevor sie eine einzige Geste tat, erahnte ich ihren Wunsch, ihr Wollen sowie den Grad ihrer Qualen. Hellseherisch und ohne jeglichen ärztlichen Rat war ich dahin gelangt, neue wie erfinderische Mittel und Wege zu finden, einen Schmerz ihr zu lindern, einen Krampf ihr zu lösen. Ich allein wußte, sie zum Essen zu überreden, wußte, sie zum Schlafen zu überreden. Auf meine ganze Kunst des Bittens und Schmeichelns griff ich zurück, um sie zu bewegen, manch Schluck Brühe zu trinken. Ich bedrängte sie so, daß sie sich, nicht mehr weigern könnend, zu der heilsamen Prozedur entschließen und die Übelkeit besiegen mußte. Und nichts war für mich süßer als das sehr dünne Lächeln, mit dem sie sich meinem Willen beugte. Jedes, ihr kleinstes Zeichen von Gehorsam versetzte mein Herz in tiefste Erregung. Wenn sie mit jener so schwachen Stimme flüsterte: – Ist es so recht? Bin ich lieb? – verschloß sich mir der Hals, verschleierten sich mir die Augen.

Häufig klagte sie über pochenden Schmerz in den Schläfen, der ihr keine Ruhe gönnte. Ich strich ihr mit meinen Fingerspitzen die Schläfen entlang, um ihren Schmerz zu magnetisieren. Sanft liebkoste ich ihr Haar, um sie in den Schlaf zu wiegen. Wenn ich an ihrem Atmen bemerkte, daß sie schlief, empfand ich die Illusion, gelabt zu werden: als erstrecke sich das Wohltuende des Schlafs auch auf mich. Vor jenem Schlaf wurde ich fromm, war von unendlicher Inbrunst ergriffen, verspürte den Drang, an ein höheres, allsehendes, allmächtiges Wesen zu glauben, an das ich meine Wünsche richtete. In christlichem Gewande entsprangen dem Innersten meiner Seele Anzeichen von Anbetung. Zuweilen erhob mich der innere Redefluß auf den Gipfel des wahren Glaubens. All die mystischen Neigungen, die mir durch eine lange Reihe katholischer Ahnen vererbt worden waren, erwachten in mir.

Während meines stillen Betens betrachtete ich die Schlafende. Noch immer war sie bleich wie ihr Nachthemd. Ob der Lichtheit ihrer Haut hätte ich ihre Adern auf den Wangen, dem Kinn und dem Hals zählen können. Ich betrachtete sie fast in der Hoffnung, die wohltuende Wirkung des Schlafs, das langsame Sich-Verteilen des neuen Bluts, das durch die Speise erzeugt, und die ersten Anzeichen beginnender Genesung aufzuspüren.

Mittels übernatürlicher Fähigkeiten hätte ich dem geheimnisvollen, fortwährenden Heilungsprozeß beiwohnen wollen, der sich in jenem erschöpften Körper abspielte. Und stets hoffte ich: »Wenn sie erwachen wird, fühlt sie sich kräftiger.«

Es schien, als empfinde sie große Erleichterung, wenn sie meine Hand in ihren kalten Händen hielt. Sie ergriff sie zuweilen, legte sie auf das Kopfkissen und bettete mit mädchenhafter Bewegung ihre Wange darauf; und während sie so blieb, schlummerte sie nach und nach ein. Ich war imstande, die Bewegungslosigkeit des abgestorbenen Arms für langelange Zeit beizubehalten, um sie nicht zu wecken.

Bisweilen sagte sie:

– Warum schläfst nicht auch du hier, bei mir? Du schläfst nie!

Und sie wollte, daß mein Haupt auf ihrem Kopfkissen läge.

– Also, laß uns schlafen.

Ich stellte mich schlafend, um ihr ein gutes Beispiel zu geben. Sobald ich die Augen wieder öffnete, begegnete ich ihren starren Augen, die mich ansahen.

– Nun? – rief ich aus. – Was tust du? –

– Und du? – antwortete sie.

In ihren Augen lag ein Ausdruck solch sanfter Zärtlichkeit, daß ich mich vergehen fühlte. Ich spitzte die Lippen und küßte ihr die Lider. Sie wollte dasselbe mit mir tun. Danach wiederholte sie:

– Jetzt laß uns schlafen.

Und ein Schleier des Vergessens senkte sich zuweilen über unser Unglück.

Häufig waren ihre armen Beine kalt wie Eis. Ich berührte sie unter den Decken, und sie schienen mir aus Marmor. Sie sagte tatsächlich:

– Sie sind tot.

Sie waren knochig, leicht und so dünn, daß sie meine Finger fast umschließen konnten. Ich empfand großes Mitleid mit ihnen. Ich selbst wärmte das wollene Tuch für die Füße über dem Kohlebecken und wurde nicht müde, mich um sie zu kümmern. Mit meinem Atem hätte ich ihre Füße wärmen, mit Küssen sie bedecken wollen. Und in mein Mitleid mischten sich die fernen Erinnerungen der Liebe, die Erinnerungen an die glückliche Zeit, als ich es – infolge einer fast weihevollen Gewohnheit – niemals versäumte, auf Knien und mit meinen eigenen Händen ihnen des Morgens die Strümpfe überzuziehen sowie sie des Nachts zu entblößen.

Eines Tages war ich nach langem Wachen so müde, daß unwiderstehlicher Schlaf mich in dem Augenblick traf, als ich, die Hände unter den Decken, die kleinen *toten* Füße mit dem warmen Tuch umwickelte. Mein Haupt fiel vornüber, und ich verblieb so: eingeschlafen inmitten meiner Tätigkeit.

Als ich erwachte, erblickte ich meine Mutter, meinen Bruder und den Arzt im Alkoven: Sie sahen mich lächelnd an. Ich war verwirrt.

– Armes Söhnchen! Er kann nicht mehr – sagte meine Mutter, während sie mir mit einer ihrer liebevollsten Gesten das Haar ordnete.

Und Giuliana:

– Mama, bring du ihn fort. Federico, bring ihn fort.

– Nein, nein, ich bin nicht müde – wiederholte ich ständig. – Ich bin nicht müde.

Der Arzt kündigte seine Abreise an. Er erklärte die Wöchnerin für außer Gefahr: sie sei auf dem sicheren Wege der Besserung. – Man müsse fortfahren, mit allen Mitteln die Regeneration des Bluts zu fördern. Sein Kollege Jemma aus Tussi, mit dem er gesprochen habe und mit dem er zu demselben Ergebnis gekommen sei, würde die Pflege fortführen, die im übrigen sehr einfach sei. Mehr als auf die Arzneien vertraue er auf die strikte Beachtung der reinigenden Diät, die dieser angeordnet habe.

– In Wahrheit – fügte er hinzu und deutete auf mich – könnte ich mir keinen klügeren, wachsameren und hingebungsvolleren Krankenpfleger wünschen. Er hat Wunder vollbracht und wird noch weitere vollbringen. Ich reise beruhigt ab.

Ich hatte den Eindruck, das Herz hüpfe mir in den Hals und ersticke mich. Das unerwartete Lob jenes ernsten Mannes – in Gegenwart meiner Mutter, meines Bruders – versetzte mich in tiefe Erregung; es war eine außerordentliche Belohnung. Ich blickte Giuliana an und sah, daß ihre Augen von Tränen erfüllt waren. Und unter meinem Blick brach sie unversehens in Weinen aus. Ich machte übermenschliche Anstrengungen, um an mich zu halten, aber es gelang mir nicht. Mir schien, als löse sich mir die Seele auf. Alle Sanftmut der Welt befand sich zu jener unvergeßlichen Stunde versammelt in meiner Brust.

XXXIV

Langsam gewann Giuliana von Tag zu Tag wieder ihre Kräfte. Meine Ausdauer ließ nicht nach. Vielmehr bediente ich mich der Erklärungen, die Doktor Vebesti gemacht hatte, um die Dauer meines Pflegedienstes zu verlängern, um nicht zuzulassen, daß andere meine Stelle einnahmen, um mich meiner Mutter und meinem Bruder zu widersetzen, die mir zur Ruhe rieten. Mein Körper hatte sich nunmehr an die harte Kasteiung gewöhnt und wurde fast nie mehr müde. All mein Leben befand sich zwischen den Wänden jenes Zimmers, in der Vertrautheit jenes Alkovens: in dem Bereich, in dem die teuere Kranke atmete.

Da sie absolute Ruhe benötigte und – um sich nicht zu ermüden – nur wenig sprechen durfte, bemühte ich mich, sogar die vertrauten Personen von ihrem Bett fernzuhalten. So blieb jener Alkoven abgetrennt vom übrigen Haus. Für Stunden und Aberstunden blieben wir, ich und Giuliana, allein. Und da sie von der Krankheit gefesselt und ich mit meinem frommen Dienst beschäftigt war, geschah es zuweilen, daß wir unser Unglück vergaßen, uns der Begriff für die Wirklichkeit verlorenging und wir nichts anderes mehr im Bewußtsein behielten als unsere unermeßliche Liebe. Zuweilen hatte ich den Eindruck, als existiere jenseits der Vorhänge nichts mehr, so groß war die Anspannung all meines Wesens gegenüber der Leidenden. Nichts geschah, um mich an das Furchtbare zu erinnern. Vor mir sah ich eine Schwester, die litt, und ich empfand keine andere Sorge, als ihre Pein zu lindern.

Nicht selten wurden diese Schleier des Vergessens gewaltsam zerrissen. Meine Mutter sprach von Raimondo. Die Vorhänge öffneten sich, um den Eindringling einzulassen.

Meine Mutter trug ihn auf den Armen. Und ich war da. Ich fühlte das Erbleichen, denn all mein Blut floß meinem Herzen zu. Was fühlte Giuliana?

Ich erblickte jenes rötliche Gesicht, das so groß wie eines Mannes Faust und zur Hälfte von dem gesteppten Häubchen verborgen war; und mit schrecklichem Haß, der jegliches andere Gefühl in meiner Seele aufhob, dachte ich: »Wie mache ich es, um mich von dir zu befreien? Warum starbst du nicht durch Ersticken?« Mein Haß kannte keine Zurückhaltung; er war instinktiv, blind, unbezähmbar – fast würde ich sagen: lustvoll; in der Tat schien es, als habe er seinen Sitz nicht in meinem

Fleisch, sondern entspringe all den Fibern meines Körpers, all meinen Nerven, all meinen Adern. Nichts konnte ihn unterdrücken, nichts ihn zerstören. Zu welcher Stunde, bei welcher Gelegenheit auch immer: die Anwesenheit des Eindringlings genügte, daß sich in meinem Innern eine Art plötzlicher Überlagerung vollzog und ich nur noch von einem einzigen Gefühl besessen war: dem Haß auf ihn.

– Schau, wie er sich in wenigen Tagen verändert hat! – meinte meine Mutter zu Giuliana. – Er ähnelt mehr dir als Tullio; aber keinem von Euch beiden sehr. Er ist noch zu klein. Bald werden wir sehen ... Willst du ihm einen Kuß geben?

Sie näherte die Stirn des Babys den Lippen der Kranken. Was fühlte Giuliana?

Aber das Kind begann zu weinen. Ich hatte die Kraft, meiner Mutter ohne Schärfe zu sagen:

– Bring es weg; ich bitte dich. Giuliana braucht Ruhe. Diese Aufregungen tun ihr sehr weh.

Meine Mutter verließ den Alkoven. Die Schreie schwollen an und ließen mich stets nur dasselbe schmerzhafte Zerrissenwerden sowie die Lust empfinden, sie eilends zu ersticken, um sie nicht mehr zu vernehmen. Wir hörten sie für einige Augenblicke, bis sie in der Ferne verklangen. Nachdem sie endlich verstummt waren, schien mir die Stille enorm; sie brach auf mich herein wie ein Felsblock und erdrückte mich. Doch ich verharrte nicht in jener Pein, denn sogleich dachte ich, daß Giuliana Hilfe benötigte.

– Ach, Tullio, Tullio, es ist unmöglich ...

– Schweig, Giuliana, schweig, wenn du mich liebst. Schweig; ich bitte dich.

Mit meiner Stimme, mit Gesten bat ich sie. Meine ganze feindselige Wallung war in sich zusammengefallen; an nichts anderem litt ich als an Giulianas Schmerz, nichts anderes fürchtete ich als das Unheil, das man der Kranken zufügte, die Wunde, die man jenem so zerbrechlichen Leben schlug.

– Wenn du mich liebst, dann darfst du an nichts anderes denken als an deine Genesung. Siehst du: Ich denke an nichts außer an dich, leide nur deinetwegen. Du darfst dich nicht quälen; du mußt dich all meiner Zärtlichkeit hingeben, um zu genesen . . .

– Aber wer weiß, was du in dir fühlst! Du arme Seele! – sagte sie mit ihrer zitternden wie schwachen Stimme.

– Nein, nein, Giuliana, quäl dich nicht! Ich leide nur deinetwegen, leide nur beim Anblick deiner Qualen. Doch wenn du lächelst, vergesse ich alles. Wenn du dich wohl fühlst, bin ich glücklich. Folglich, wenn du mich liebst, mußt du gesund werden, mußt du ruhig, gehorsam und geduldig sein. Sobald du gesund sein wirst, sobald du kräftiger sein wirst, dann . . . *Wer weiß!* Gott ist gütig.

– Gott, erbarme dich unser – murmelte sie.

»Aber wie?« Ich dachte: »Indem er den Eindringling sterben läßt.« Wir beide erhoben also einen Todeswunsch, auch sie sah folglich keinen anderen Ausweg als die Vernichtung des kleinen Sohns. Es gab keinen anderen Ausweg. Und ich entsann mich des kurzen Zwiegesprächs, das wir an einem lange zurückliegenden Sonnenuntergang unter den Ulmen geführt hatten; und ich entsann mich des schmerzlichen Geständnisses. »Aber nun, da *er* geboren ist, verabscheut sie ihn noch? Ist sie imstande, echte Abneigung gegenüber dem Fleisch ihres Fleisches zu empfinden? Betet sie ehrlich zu Gott, damit er ihr Geschöpf wieder zu sich nimmt?« Und wieder stellte sich die wahnsinnige Hoffnung ein, die an jenem tragischen Abend in mir aufgeblitzt war: »Wenn die Idee des Verbrechens in ihr Eingang fände sowie nach und nach so mächtig würde, sie mitzureißen! . . .« Hatte ich nicht für einen Augenblick an den mißlungenen Versuch eines Verbrechens gedacht, da ich die Hebamme den kleinen violetten Körper des ohnmächtigen Kleinen an Rücken und Fußsohlen reiben sah? Auch dies war ein wahnsinniger Gedanke gewesen. Giuliana hätte ganz sicher nicht gewagt . . .

Und ich sah ihre Hände entlang des Lakens: willfährig, so bleich, daß nur die azurnen Venen sie von dem Linnen unterschieden.

XXXV

Nun, da es der Kranken von Tag zu Tag besser ging, plagte mich sonderbare Betrübnis. Auf dem Grund meines Herzens regte sich vages Bedauern, daß die grauen, traurigen Tage im Alkoven vorübergingen, während sich zu der herbstlichen Landschaft die dumpfe Eintönigkeit des Regens gesellte. Obgleich sie so trübsinnig, besaßen jene Vormittage, jene Abende, jene Nächte eine, ihre ernste Süße. Mein wohltätiges Werk schien mir jeden Tag schöner. Ein Reichtum an Liebe überflutete mir die Seele, ertränkte zuweilen die dunklen Gedanken, ließ mich zuweilen das Furchtbare vergessen und weckte in mir manch tröstende Illusion, manch unbestimmten Traum. Bisweilen empfand ich dort drinnen ein Gefühl, das jenem gleicht, das man im Dunkel verborgener Kapellen empfindet: Ich fühlte mich wie in einem Refugium, geschützt vor den gewaltsamen Mächten des Lebens, vor den Möglichkeiten zur Sünde. Bisweilen schien mir, die leichten Vorhänge würden mich von einem Abgrund trennen. Plötzliche Ängste vor dem Unbekannten befielen mich. Des Nachts vernahm ich das Schweigen des ganzen Hauses um mich herum; und mit meiner Seele Augen sah ich in der Tiefe eines abgeschiedenen Raums, im Schein einer Lampe, die Wiege, in welcher der Eindringling, die Liebe meiner Mutter, mein Erbe, schlief. Vor Entsetzen schüttelte mich heftiger Schauer; und lange verharrte ich erschrocken unter dem dunklen Aufblitzen eines einzigen Gedankens. Die Vorhänge trennten mich von einem Abgrund.

Aber nun, da es Giuliana von Tag zu Tag besser ging, schwanden auch die Gründe für diese Abgeschiedenheit; und Schritt für Schritt drang das gemeinsame häusliche Leben in das ruhige Zimmer. Meine Mutter, mein Bruder, Maria, Natalia und Miss Edith traten immer häufiger ein, hielten sich immer länger dort auf. Raimondo erzwang sich die mütterliche Zärtlichkeit. Weder mir noch Giuliana war es mehr möglich, ihn zu meiden. Reichlich mußte man ihm die Küsse geben, mußte ihm zulächeln. Kunstvoll mußte man heucheln und sich verstellen, mußte die ganze, allzu raffinierte Grausamkeit der Lage ertragen, mußte langsam zugrunde gehen.

Gestillt mit gesunder wie nahrhafter Milch und umhegt von unendlicher Fürsorge, verlor Raimondo nach und nach sein – jenes widerliche – Aussehen, begann zuzunehmen, bleicher zu werden, ausgeprägtere Formen anzunehmen und seine grauen Augen schön offen zu halten. Doch all seine Bewegungen, vom Saugen der Lippen an den Brustwarzen bis zum wirren Fuchteln der kleinen Hände, waren mir verhaßt. Niemals entdeckte ich Anmut, Zärtlichkeit; niemals hatte ich einen Gedanken, der nicht feindselig war. Wenn ich gezwungen war, ihn zu berühren, wenn meine Mutter ihn mir reichte, damit ich ihn küßte, verspürte ich auf meiner ganzen Haut denselben Schauder, den die Berührung eines schmutzigen Tieres verursacht hätte. All die Fibern meines Körpers rebellierten; und die Anstrengungen, die ich machte, ließen mich verzweifeln.

Jeder Tag brachte mir neue Martern; und meine Mutter war die mächtige Scharfrichterin. Einmal, als ich unversehens wieder ins Zimmer kam und die Vorhänge des Alkovens beiseite schob, fiel mein Blick auf den Kleinen, der an Giulianas Seite ruhte. Niemand sonst war anwesend. Nur wir drei waren hier vereint. Das Kind, von weißen Windeln umwickelt, schlief friedlich.

– Mama hat es hier gelassen – stammelte Giuliana.

Ich floh wie ein Verrückter.

Ein anderes Mal kam Cristina, um mich zu holen. Ich folgte ihr in das Gemach mit der Wiege. Dort saß meine Mutter und hielt das nackte Kind auf den Knien.

– Ich habe es dir vor dem Wickeln zeigen wollen – sagte sie zu mir. – Guck!

Der Kleine, der sich befreit fühlte, bewegte Beine und Arme, verdrehte hierhin wie dorthin die Augen und steckte sich die Finger in den sabbernden Mund. Von Puder bedeckt, zeigten sich an den Handgelenken, an den Fußknöcheln, unterhalb der Knie und über den Leisten ringförmige Speckröllchen; weiß von Puder und unförmig trat aus dem runden Bauch noch der Nabel hervor. Die Hände meiner Mutter betasteten mit Wonne die winzigen Glieder, zeigten mir eine Besonderheit nach der andern und verweilten auf jener ob des jüngsten Bads reinen und glatten Haut. Und es schien, als genieße das Kind dies.

– Fühle, fühle, wie hart es schon ist! – sagte sie und lud mich ein, es zu betasten.

Ich mußte es berühren.

– Fühle, wie schwer es ist!

Und ich mußte es hochheben, mußte das Zucken jenes kleinen, lauwarmen und weichen Körpers mit meinen Händen spüren, die von einem Zittern ergriffen waren, das nicht von Zärtlichkeit herrührte.

– Schau! Und meine lächelnde Mutter kniff mit Zeigefinger und Daumen die kleinen Papillen auf jener zarten

Brust, die das zähe Leben – das unheilvollen Wesen zu eigen – umschloß.

– Du Liebling, Liebling, du Liebling deiner Oma! – wiederholte sie, während sie das Kind, das nicht zu lachen verstand, mit einem Finger am Kinn kitzelte.

Das teure, graue Haupt, das sich bereits mit demselben Ausdruck über zwei gebenedeite Wiegen gebeugt hatte, beugte sich nun – etwas ergrauter – unwissend über den kleinen Sohn eines anderen: über einen Eindringling. Ich hatte den Eindruck, als hätte sie Maria und Natalia gegenüber, den wahren Geschöpfen meines Bluts, sich nicht so zärtlich gezeigt.

Sie selbst wollte ihn wickeln. Des Kreuzes Zeichen zeichnete sie auf seine Brust.

– Du bist noch kein Christ!

Und sie wandte sich mir zu:

– Wir müssen nunmehr den Tag der Taufe festlegen.

XXXVI

Doktor Jemma, Ritter des Ordens vom Heiligen Grabe, ein hübscher fröhlicher Alter, brachte Giuliana als Morgengabe einen Strauß weißer Chrysanthemen.

– Oh, die Blumen, die ich am meisten liebe! – sagte Giuliana. – Danke. – Sie nahm den Strauß und betrachtete ihn lange, während sie die schmalen Finger in ihm vergrub: Und eine traurige Übereinstimmung bestand zwischen ihrer Blässe und dem Weiß der herbstlichen Blumen. Es waren – gleich offenen Rosen – große, dichte, füllige Chrysanthemen; sie besaßen die Farbe kränklichen, blutlosen, fast verwesenden Fleisches, besaßen das bläuliche Weiß, das die Wangen der bettelnden Kleinen bedeckt, die starr vor Frost. Einige waren zart violett geädert, andere spielten leicht etwas ins Gelbliche.

– Nimm – sagte sie zu mir. – Stell' sie ins Wasser.

Es war vormittag; es war November; vor kurzem erst hatte sich der unglückliche Tag gejährt, an den jene Blumen erinnerten.

Che farò senza Euridice? . . .

Während ich die weißen Chrysanthemen in eine Vase stellte, erklang in meinem Gedächtnis die *aria* des Orpheus. Einige Splitter der besonderen Szene, die sich vor einem Jahr abgespielt hatte, kamen mir wieder in den Sinn; und wieder sah ich Giuliana in jenem goldähnlichen und milden Licht, in jenem so süßen Duft, inmitten all jener Gegenstände, die durchdrungen von weiblicher Anmut: ich sah sie dort, wo das Gespinst der alten Melodie den Herzschlag eines geheimen Lebens zu übertragen, den Schatten eines was-weiß-ich-welchen Geheimnisses zu verbreiten schien. – Hatten jene Blumen auch in ihr manche Erinnerungen geweckt?

Tödliche Trauer lastete mir auf der Seele: die Trauer eines untröstlichen Liebhabers. Der Andere erschien wieder. Seine Augen waren grau wie jene des Eindringlings.

– Sie können das Fenster öffnen – sagte der Arzt aus dem Alkoven zu mir. – Es ist wichtig, daß das Zimmer gut durchlüftet ist und viel Sonne hereinkann.

– Oh, ja, ja, öffne es! – rief die Kranke.

Ich öffnete es. In diesem Augenblick trat meine Mutter mit der Amme ein, die Raimondo auf ihren Armen trug. Ich blieb zwischen den Vorhängen, neigte mich über die Brüstung und betrachtete die Landschaft. Hinter mir hörte ich die vertrauten Stimmen.

Der November neigte sich dem Ende zu, und auch die Zeit der armen Seelen war bereits vorüber. Große, leere Helligkeit breitete sich über die feuchte Landschaft, über den edlen und friedvollen Zug der Hügel. Es schien, als zöge durch die undeutlichen Wipfel der Olivenhaine silbriger Dunst. Hier und dort schimmerten einige Rauchfäden weißlich in der Sonne. Manchmal, und manchmal nicht, trug der Wind das Knistern fallender Blätter mit sich. Der Rest war friedvolles Schweigen.

»Warum sang sie an jenem Vormittag?« dachte ich. »Warum empfand ich, als ich sie hörte, jene Erregung, jenes Verlangen? Sie erschien mir als *eine andere Frau.* Liebte sie ihn also? Welchem Zustand ihrer Seele entsprach jener ungewohnte Ausbruch? Sie sang, weil sie liebte. Vielleicht täusche ich mich auch. Doch niemals werde ich die Wahrheit erfahren!« Dies war nicht mehr die finstre Eifersucht der Sinne, sondern tiefste Betrübnis, die sich aus dem Innersten meiner Seele löste. »Welche Erinnerung hat sie an ihn?« dachte ich. »Wie viele Male hat die Erinnerung sie geplagt? Der Sohn ist eine lebende Fessel. Irgend etwas von dem Mann, der sie besessen hat, findet sie in Raimondo wieder: Sie wird sicherlich Ähnlichkeiten finden. Daß sie Raimondos Vater vergißt, ist unmöglich. Vielleicht hat sie ihn stets vor Augen. Was würde sie empfinden, wenn sie erführe, daß er zum Tode verurteilt ist?«

Und ich hielt mich damit auf, mir das Fortschreiten der Paralyse vorzustellen, mir – in Anlehnung an jene, die mir die Erinnerung an den armen Spinelli einflößte – Bilder von ihm auszumalen. Und ich stellte in mir vor, wie er in einem großen Sessel aus rotem Leder saß: in irdener Blässe erbleicht, mit völlig starren Gesichtszügen und mit geweitetem, offenem Mund, der von unverständlichem Gestammel beseelt und voller Spucke. Und ich sah ihn unaufhörlich dieselbe Geste vollführen, um in dem Taschentuch jenen Speichel aufzufangen, der ihm ständig aus den Mundwinkeln troff . . .

– Tullio!

Es war die Stimme meiner Mutter. Ich drehte mich um und ging zum Alkoven.

Sehr niedergeschlagen und schweigend lag Giuliana auf dem Rücken. Der Arzt untersuchte auf dem Kopf des Kindes beginnenden Milchschorf.

– Wir werden also übermorgen die Taufe vollziehen – sagte meine Mutter. – Der Arzt glaubt, daß Giuliana noch einige Zeit im Bett zubringen muß.

– Wie finden Sie sie, Doktor? – fragte ich den Alten und deutete auf die Kranke.

– Ihre Genesung scheint mir ein wenig stillzustehen – antwortete er, während er das schöne weißhaarige Haupt schüttelte. – Ich finde sie schwach, sehr schwach. Sie muß mehr Nahrung zu sich nehmen, muß sich mehr Mühe geben . . .

Giuliana unterbrach ihn, während sie mich mit äußerst mattem Lächeln anblickte:

– Er hat mein Herz abgehört.

– Nun? – fragte ich und wandte mich sogleich an den Alten.

Ich hatte den Eindruck, auf seiner Stirn den Anflug eines Schattens zu sehen.

– Es ist ein äußerst gesundes Herz – antwortete er sofort. – Sie braucht nichts anderes als Blut . . . und Ruhe. Auf, auf, mein Seele! Wie war der Appetit an diesem Morgen?

Die Anämische bewegte – fast angeekelt – die Lippen. Sie starrte durch das offene Fenster auf jenen köstlichen Himmelsstreifen.

– Ist der Tag heute kalt? – fragte sie mit einer Art Scheu, während sie die Hände unter die Decken schob.

Und sie schauderte sichtlich.

XXXVII

Am Tag danach machten wir, ich und Federico, uns auf den Weg, um Giovanni di Scòrdio zu besuchen. Es war der letzte Nachmittag des Novembers. Wir gingen zu Fuß über die gepflügten Äcker.

In Gedanken schritten wir schweigsam einher. Langsam senkte sich die Sonne am Horizont. Goldener, unfühlbarer Staub tränkte die windstille Luft über unseren Köpfen. Die feuchte Erde war von lebhaft brauner Farbe, besaß das Aussehen friedvoller Stärke – fast würde ich sagen: das gelassene Wissen um ihre Kraft. Sichtbarer Atem – gleich dem, der den Nüstern der Rinder entweicht – stieg von den Schollen auf. Alles, was von weißer Farbe, färbte sich in jenem sanften Licht so außerordentlich weiß wie das Weiß des Schnees. Eine Kuh in der Ferne, das Gewand eines Bauern, ein ausgebreitetes Leintuch, die Mauern einer Meierei: sie erglänzten wie im Lichte des Vollmonds.

– Du bist traurig – sagte Federico sanft zu mir.

– Ja, mein Freund: sehr traurig. Ich bin verzweifelt.

Wieder folgte langes Schweigen. Aus den Sträuchern erhoben sich flatternd Vogelschwärme. Das anhaltende Geläute einer fernen Herde drang schwach zu uns.

– Worüber bist du verzweifelt? – fragte mich mein Bruder so gütig wie zuvor.

– Über Giulianas Wohlergehen, über mein Wohlergehen.

Er schwieg. Wir schritten über einen von Bäumen gesäumten Weg; und das herabgefallene Laub knisterte unter unseren Schritten; und dort, wo keine Blätter lagen, hallte der Boden dumpf wider, als befänden sich Höhlen unter der Erde.

– Wenn sie tot ist – fügte ich hinzu – was soll dann aus mir werden?

Plötzlicher Schrecken – eine Art Panik – packte mich; und ich blickte meinen Bruder an, der schwieg und finster schaute, blickte infolge der stummen Trostlosigkeit jener Tagesstunde um mich; und so wie in jenem Augenblick hatte ich des Lebens schreckliche Leere noch nie empfunden.

– Nein, Tullio, nein – sagte mein Bruder – Giuliana *kann nicht sterben.*

Eine leere Behauptung stellte er auf, die angesichts des Urteils, welches das Schicksal gefällt, keinerlei Bedeutung hatte. Und dennoch: er hatte jene Worte mit einer Schlichtheit gesprochen, die mich erschütterte, so sonderbar schien sie mir. So sprechen bisweilen Knaben plötzlich unerwartete und schwerwiegende Worte aus, die uns mitten ins Herz treffen; und es scheint, als spräche eines Propheten Stimme mit ihren unwissenden Lippen.

– Liest du die Zukunft? – fragte ich ihn ohne einen Anflug von Ironie.

– Nein. Doch dies ist eine Vorahnung; und ich glaube ihr.

Noch einmal senkte sich von meinem gütigen Bruder ein Hoffnungsstrahl auf mich; noch einmal weitete sich durch ihn der feste Ring, der das Herz mir umschloß. Das Aufatmen war kurz. Während des restlichen Wegs sprach er zu mir von Raimondo.

Als wir in der Nähe von Giovanni di Scòrdios Behausung anlangten, bemerkte er auf dem Acker die hohe Gestalt des Alten.

– Schau! Dort ist er. Er sät. Wir bringen ihm die Einladung zu feierlicher Stunde.

Wir näherten uns. Heftig zitterte ich in meinem Innersten, als würde ich mich anschicken, etwas Heiliges zu schänden. Und in der Tat: ich war dabei, etwas Schönes und Erhabenes zu entweihen; ich schickte mich an, die geistige Vaterschaft jenes ehrwürdigen Alten für einen kleinen, ehebrecherisch gezeugten Sohn zu erbitten.

– Schau, welch Gestalt! – rief Federico aus, während er stehen blieb und auf den Säer deutete. – Er hat die Größe eines Mannes und scheint doch ein Riese.

Hinter einem Baum, am Rain des Ackers, verharrten wir, um zuzusehen. Mit seiner Arbeit beschäftigt, hatte Giovanni uns noch nicht erblickt. Mit gleichmäßiger Langsamkeit schritt er über den Acker geradewegs auf uns zu. Ein Barett aus grüner und schwarzer Wolle mit zwei Klappen, die – nach altem phrygischen Brauch – an den Ohren herabfielen, bedeckte sein Haupt. Um seinen Hals hatte er an einem Lederband ein weißes Säckchen voller Samen hängen, das sich auf der Höhe seiner Hüfte befand. Mit der Linken hielt er es offen, mit der Rechten nahm er das Saatgut und verteilte es.

Seine Bewegung war weitläufig, kraftvoll, wohlbedacht und wurde von einem gleichmäßigen Rhythmus bestimmt. Der Samen, welcher der Faust entflog, glitzerte bisweilen in der Luft wie goldene Funken und fiel gleichmäßig verteilt in die feuchten Furchen. Langsam näherte sich der Säer, während seine nackten Füße in der weichen Erde versanken und er sein Haupt in die Heiligkeit des Lichts reckte. Seine Bewegung war weitläufig, kraftvoll und wohlbedacht; seine ganze Erscheinung war schlicht, heilig und großartig.

Wir betraten den Acker.

– Sei gegrüßt, Giovanni! – rief Federico aus, während er dem Alten entgegenschritt. – Gebenedeit sei deine Aussaat. Gesegnet sei dein künftig Brot.

– Sei gegrüßt! – wiederholte ich.

Der Alte hielt in seiner Arbeit inne; er entblößte das Haupt.

– Bedecke dich, Giovanni, wenn du nicht willst, daß wir unser Haupt entblößen – sagte Federico.

Verwirrt, fast ängstlich bedeckte der Alte lächelnd sein Haupt. Demütig fragte er:

– Warum soviel Ehre? Ich entgegnete, während ich mich um eine feste Stimme bemühte:

– Ich bin gekommen, um dich zu bitten, meinen kleinen Sohn aus der Taufe zu heben.

Verblüfft sah der Alte mich, dann meinen Bruder an. Seine Verwirrung wuchs.

– Soviel Ehre für mich! – murmelte er.

– Was antwortest du mir?

– Ich bin dein Knecht. Gott lohne dir diese Ehre, die Ihr mir heute erweist, und Gott sei für diese Freude gepriesen, die er meinem Alter gewährt. All des Himmels Segen senke sich auf deinen kleinen Sohn!

– Danke, Giovanni.

Und ich reichte ihm die Hand. Und ich sah, daß jene traurigen, tiefen Augen vor Zärtlichkeit feucht wurden. Unermeßliche Angst ließ mein Herz überquellen.

– Wie nennst du ihn? – fragte mich der Alte.

– Raimondo.

– Nach deinem Vater, seligen Angedenkens. Das war ein Mann! Und Ihr beide ähnelt ihm.

– Du säst allein das Korn – meinte mein Bruder.

– Allein. Ich werfe es aus und decke es zu.

Und er deutete auf den Zweizack sowie die Egge, die beide auf der braunen Erde leuchteten. Darum herum sah man Samen, die noch nicht bedeckt waren: die guten Keime künftiger Ähren.

– So fahre fort – sagte mein Bruder. – Wir überlassen dich deiner Arbeit. Du wirst morgen früh nach La Badiola kommen. Leb wohl, Giovanni. Gebenedeit sei deine Aussaat.

Beide ergriffen wir jene unermüdlichen Hände, die geweiht waren von der Saat, die sie austeilten, von all dem Guten, das sie ausgeteilt hatten. Der Alte machte Anstalten, uns bis zum Feldweg zu begleiten. Aber plötzlich blieb er stehen. Er sagte:

– Ich bitte Euch um eine Gunst.

– Sprich, Giovanni.

Er öffnete den Sack, der an seinem Halse hing.

– Nehmt eine Faust voll Korn und schleudert es über meinen Acker.

Ich tauchte die Hand als erster in das Getreide, nahm davon soviel, wie ich konnte, und säte es aus. Mein Bruder folgte meinem Beispiel.

– Dies nun sage ich Euch – fuhr Giovanni di Scòrdio mit bewegter Stimme fort, während er das übersäte Erdreich betrachtete. – Gebe Gott, daß mein Patensohn so gedeiht wie das Brot, das diesem Samen entstammen wird. So sei es.

XXXVIII

Am nächsten Vormittag ging, aus Rücksicht auf Giuliana, die Zeremonie der Taufe ohne Festlichkeit, ohne Pomp vonstatten. Das Kind wurde durch den inneren Verbindungsgang in die Kapelle getragen. Meine Mutter, mein Bruder, Maria, Natalia, Miss Edith, die Hebamme, die Amme und Ordensritter Jemma wohnten der Taufe bei. Ich blieb am Bette der Kranken.

Tiefe Schläfrigkeit hielt sie gefangen. Der Atem entwich keuchend dem halbgeöffneten Mund, der bleich wie die bleichste der Rosen, die im Schatten erblüht sind. Schatten beherrschte den Alkoven. »Ich werde sie also nicht retten können?« dachte ich, während ich sie betrachtete. »Ich hatte den Tod verscheucht; und siehe da, der Tod kehrt zurück. Wenn nicht eine plötzliche Veränderung eintritt, wird sie ganz sicher sterben. Anfangs, als es mir gelang, Raimondo von ihr fernzuhalten, als es mir gelang, ihr manch Träume und Vergessen mit meiner Zärtlichkeit zu schenken, da schien es, als wolle sie genesen. Aber seitdem sie den kleinen Sohn sieht, seitdem ihre Marter wieder begonnen hat, schwindet sie von Tag zu Tag mehr dahin, schwindet ihr Blut immer mehr, so als würde ihre Blutung weiter andauern. Ich wohne ihrem Todeskampf bei. Sie hört nicht mehr auf mich so wie einst, gehorcht mir nicht mehr so wie einst. Wer wird ihr den Todesstoß versetzen? Er. Er, er wird sie töten, ganz gewiß . . . .« Eine Welle des Hasses entsprang der Tiefe meines Wesens und schien mit dem Trieb, zu töten, zur Gänze in meine Hände zu fließen. Ich sah – umhegt von unendlicher Fürsorge – das kleine unheilvolle Wesen, das sich mit Milch vollsog und – bar aller Sorgen – in Frieden gedieh. »Meine Mutter liebt es mehr, als sie Giuliana liebt! Meine Mutter kümmert sich mehr um das Kind als um die arme Sterbende! Oh, ich muß es um jeden Preis aus der Welt schaffen.« Und die Vorstellung des bereits vollbrachten Mordes durchzuckte mich: Die Vision des toten Kindes in seinen Windeln, des kleinen unschädlichen Kadavers auf der Bahre. »Die Taufe ist sein Sterbesakrament. Und Giovanni trägt es auf seinen Armen . . .«

Plötzliche Neugier packte mich. Das schmerzliche Schauspiel zog mich an. Giuliana schlief noch. Behutsam verließ ich den Alkoven; verließ das Zimmer, rief nach Cristina, schickte sie, um acht zu geben; dann machte ich mich mit schnellen Schritten und einem Verlangen, das mich erstickte, auf den Weg zum kleinen Chor.

Die Pforte stand offen. Ich bemerkte einen Mann, der vor dem Gitter kniete. Ich erkannte Pietro, den alten treuen Diener, der mich aufwachsen sehen und meiner Taufe beigewohnt hatte. Etwas mühsam erhob er sich.

– Bleib, bleib, Pietro – sagte ich halblaut zu ihm, während ich ihm eine Hand auf die Schulter legte, um ihn zu veranlassen, sich wieder hinzuknien.

Und ich kniete mich neben ihn, legte meine Stirn auf das Gitter, und blickte hinab in die Kapelle. Alles sah ich mit vollkommener Deutlichkeit; ich vernahm die rituellen Sätze.

Die Zeremonie hatte bereits begonnen. Von Pietro wußte ich, daß das Kind das Salz bereits empfangen hatte. Don Gregorio Artese, Pfarrherr von Tussi, hielt die Messe. Er und der Pate: hintereinander sprachen sie das Credo, der eine mit lauter, der andere mit leiser Stimme. Giovanni hielt den Kleinen in seinem rechten Arm: mit der Hand, die tags zuvor das Getreide angesät hatte. Die Linke lag zwischen den Bändern und weißen Spitzen. Und jene knochigen, mageren, braunen Hände, die aus beseeltem Erz gegossen schienen, jene Hände, die schwielig von den Geräten des Ackerbaus, geheiligt durch das Gute, das sie gespendet, durch das umfangreiche Werk, das sie vollbracht hatten: sie zeigten beim Halten jenes Kindes solch liebevolles Zartgefühl, ja fast solch liebevolle Scheu, daß ich nicht ablassen konnte, sie zu betrachten. Raimondo weinte nicht; er bewegte laufend den Mund, welcher voller Speichel, der ihm über das Kinn auf das gesteppte Brusttuch rann.

Nach der Beschwörung, benetzte der Pfarrer seinen Finger mit dem Speichel und berührte die rosa Ohrläppchen, während er das Wunderwort sprach:

– *Ephetha.*

Dann berührte er die Nasenflügel mit den Worten:

– *In odorem suavitatis . . .*

Anschließend tauchte er den Daumen in das Katechumenen-Öl; und während das Kind rücklings in Giovannis Armen lag, salbte es der Geistliche, indem er das Kreuz auf die Brust des Kleinen zeichnete; und wie Giovanni das Kind auf den Bauch drehte, salbte es der Geistliche, indem er das Kreuz zwischen die Schulterblätter auf den Rücken des Kleinen zeichnete; und er sprach:

– *Ego te linio oleo salutis in Christo Jesu Domino nostro . . .*

Und mit einer Baumwollquaste reinigte er die Partien, die er gesalbt hatte.

Dann legte er die violette Stola ab, deren Farbe Schmerz und Trauer bezeichnet; und er nahm die weiße Stola, das Zeichen der Freude, um anzuzeigen, daß er sich anschickte, den Makel der Erbsünde zu tilgen. Und er nannte Raimondo beim Namen und stellte ihm die drei feierlichen Fragen. Und der Pate antwortete:

– *Credo, credo, credo.*

Die Kapelle war auf einzigartige Weise voll Klang. Durch eines der hohen ovalen Fenster flutete die Sonne, schien auf einen marmornen Stein im Fußboden, unter dem tief die Grabstätten waren, in denen viele meiner Ahnen in Frieden ruhten. Hinter Giovanni standen, Seite an Seite, meine Mutter und mein Bruder; neugierig, lachend und untereinander flüsternd, reckten sich Maria und Natalia auf ihren Zehenspitzen, um den Kleinen sehen zu können. Mit einer Güte, die all die unsagbare greisenhafte Zärtlichkeit – von der das große Herz dieses verlassenen Großvaters überfloß – gegenüber den Kindern offenbarte, drehte sich Giovanni einige Male bei jenem Flüstern leicht um.

– *Raymunde, vis baptizari?* – fragte der Geistliche.

– *Volo* – antwortete der Pate, indem er das vorgesagte Wort aufgriff.

Der Meßdiener brachte die silberne Schale, in der das Taufwasser glitzerte. Meine Mutter nahm dem Täufling das Häubchen ab, während der Pate ihn bäuchlings der Taufspendung darbot. Der runde Kopf, auf dem ich den weißlichen Ausschlag des Milchschorfs erkennen konnte, baumelte über dem Rund. Und nachdem der

Geistliche das Wasser mit einer Muschel geschöpft hatte, goß er es dreimal in Form des Kreuzes über jenes Haupt.

– *Ego te baptizo in nomine Patris et Filii et Spiritus Sancti.*

Raimondo begann laut zu schreien; schrie noch lauter, als sie ihm den Kopf trockneten. Und wie ihn Giovanni wieder zu sich hob, sah ich jenes vom Blutandrang und von der Anstrengung gerötete Gesicht, das von den Mundbewegungen verzerrt wurde und auch auf der Stirn weißliche Flecken zeigte. Und die Schreie ließen mich stets nur dasselbe schmerzhafte Zerrissenwerden, dieselbe zornige Verbitterung empfinden. Nichts an ihm erregte mich so wie seine Stimme, wie jenes hartnäckige Miauen, das mich zum ersten Mal an dem trüben Oktobermorgen so grausam verletzt hatte. Es war ein unerträglicher Schlag für meine Nerven.

Der Geistliche tauchte seinen Daumen in den heiligen Chrisam und salbte dem Täufling die Stirn, während er den rituellen Satz sprach, dessen Worte die Schreie überdeckten. Dann legte er dem Kind das weiße Taufkleid an, das Symbol der Reinheit.

– *Accipe vestem candidam ...*

Er reichte nun dem Paten die geweihte Kerze.

– *Accipe lampadem ardentem ...*

Der Reine beruhigte sich. Seine Augen hefteten sich auf die kleine Flamme, die auf der langen bemalten Kerze flackerte. In schlichter, ernster Haltung, und während er den Pfarrer, der die Formel vortrug, ansah, trug Giovanni di Scòrdio auf seinem rechten Arm den neuen Christen und hielt in der linken Hand das Symbol des göttlichen Lichts. Er überragte die Umstehenden um Haupteslänge. Nichts um ihn herum war so weiß wie sein Haar, nicht einmal das Gewand des Reinen.

– *Vade in pace, et Dominus sit tecum.*

– *Amen.*

Meine Mutter nahm den Reinen von der Hand des Alten, drückte ihn an ihren Busen und küßte ihn. Auch mein Bruder küßte ihn. All die Umstehenden, einer nach dem anderen, küßten ihn.

Pietro, der noch an meiner Seite kniete, weinte. Erregt und außer mir sprang ich auf die Beine, eilte hinaus, durchquerte im Laufen die Korridore und trat unversehens in Giulianas Zimmer.

– Was ist geschehen, gnädiger Herr? – fragte mich Cristina erschrocken mit halblauter Stimme.

– Nichts, nichts. Ist sie wach?

– Nein, gnädiger Herr. Es scheint, sie schläft.

Ich schob die Vorhänge beiseite und trat behutsam in den Alkoven. In dem schattigen Dunkel konnte ich anfangs nur die strahlende Reinheit des Kopfkissens erkennen. Ich näherte mich und beugte mich darüber. Giuliana hatte die Augen geöffnet und starrte mich an. Vielleicht erriet sie bei meinem Anblick all meine Ängste; aber sie sprach kein Wort. Sie schloß die Augen wieder, wie um sie nie mehr zu öffnen.

XXXIX

Mit jenem Tag begann der letzte wilde Abschnitt jenes hellen Wahnsinns, der mich zu dem Verbrechen treiben sollte. Mit jenem Tag begann ich, über die leichteste und sicherste Art, den Reinen sterben zu lassen, nachzudenken.

Es war ein kühles, scharfes und beharrliches Überlegen, das all meine mir innewohnenden Fähigkeiten beanspruchte. Mit unglaublicher Macht und unglaublicher Zähigkeit hielt die fixe Idee mich völlig gefangen. Während höchste Erregung mein ganzes Wesen aufwühlte, geleitete mich die fixe Idee – gleichsam über eine freie und starre stählerne Klinge – ohne Sturz bis ins Ziel. Mein Scharfblick schien sich verdreifacht zu haben. Nichts entging mir, weder in meinem Innern noch äußerlich. Meine Umsicht ließ nicht einen Augenblick nach. Nichts sagte ich, nichts tat ich, was Verdacht erregen, ein Stutzen hätte verursachen können. Ich heuchelte und verstellte mich ohne Unterlaß: nicht nur meiner Mutter, meinem Bruder und den anderen Unwissenden gegenüber, sondern auch gegenüber Giuliana.

Ich zeigte mich vor Giuliana als Mann, der sich in sein Schicksal gefügt, seine Ruhe gefunden, ja zuweilen alles fast vergessen hatte. Gewissenhaft vermied ich jegliche Anspielung auf den Eindringling. Ich versuchte, sie auf jede erdenkliche Weise wieder zu beleben, ihr Vertrauen einzuflößen und sie zur Beachtung der Vorschriften, die ihr die Gesundheit wiedergeben sollten, anzuhalten. Ich verdoppelte meine Bemühungen. So tiefe und so vergessenmachende Zärtlichkeit wollte ich ihr entgegenbringen, daß sie in ihr die frischeste und natürlichste Würze des Lebens wieder kosten konnte. Noch einmal war mir, als würde ich in den zerbrechlichen Körper der Kranken schlüpfen, ihr etwas von meiner Stärke übermitteln und ihr müdes Herz anregen. Es schien, als triebe ich sie von Tag zu Tag an, zu leben, indem ich ihr – in Erwartung der tragischen und befreienden Stunde – eine künstliche Stärke einflößen würde. In meinem Innern wiederholte ich ständig: »Morgen!« Und das Morgen kam, zog dahin und ging vorüber, ohne daß die Stunde geschlagen hätte. »Morgen!« wiederholte ich.

Ich war überzeugt, daß die Rettung der Mutter im Tod ihres kleinen Sohnes bestand. Ich war überzeugt, daß – war der Eindringling verschwunden – sie genesen würde. »Sie könnte nur noch gesund werden«, dachte ich. »Nach und nach würde sie wiederauferstehen: genesen und mit neuem Blut. Als neues Geschöpf erschiene sie:

frei von jeglichem Makel. Nach so langer und so schmerzensreicher Sühne würden wir beide uns als Gereinigte fühlen. Die Krankheit und die Genesung würden die traurige Erinnerung in unendlich weite Ferne rücken. Und selbst die Spur einer Erinnerung würde ich aus ihrer Seele tilgen; in der Liebe würde ich ihr vollkommenes Vergessen schenken. Im Vergleich zu unserer Liebe würde nach dieser großen Prüfung jegliche andere menschliche Liebe nichtig erscheinen.« Solch Vorstellungen der Zukunft erfüllten mich mit Ungeduld. Mein Zaudern wurde mir unerträglich. Das Verbrechen zeigte sich mir ohne Grauen. Voll Bitterkeit warf ich mir meine Unentschlossenheit vor, in der ich, da allzu vorsichtig, dahinlebte; aber noch hatte kein Geistesblitz mein Gehirn durchzuckt, noch war es mir nicht gelungen, eine sichere *Methode* zu finden.

Raimondo mußte eines scheinbar natürlichen Todes sterben. Auch den Arzt durfte keinerlei Verdacht durchzucken. Von den verschiedenen erwogenen *Methoden* schien mir keine wählbar, keine praktikabel. Und statt dessen – während ich auf die Erleuchtung, den glänzenden Einfall wartete – fühlte ich mich zu dem Opfer durch einen seltsamen Zauber hingezogen.

Häufig betrat ich unerwartet das Zimmer der Amme, während mein Herz so heftig schlug, daß ich fürchtete, sie würde die Schläge hören. Sie hieß Anna; stammte aus Montegorgo Pausula; und gehörte zu jener Sorte bergstämmiger Mannweiber. Bisweilen sah sie wie eine kupferne Kybele aus, der die mit stadtmauerartigen Türmen bekränzte Krone fehlte. Sie trug die Tracht ihrer Region: einen Rock aus scharlachrotem Stoff mit reichlichem, geradem und symmetrischem Faltenwurf, ein schwarzes Mieder mit Goldstickereien, an dem zwei schulterfreie Ärmel hingen, die sie nur selten über die Arme zog. Ihr dunkles Haupt ragte aus einem sehr weißen Hemd; aber das Weiß der Augen und das Weiß der Zähne übertrafen das Weiß des Leinen an Intensität. Ihre Augen schienen aus Email, bewegten sich kaum, waren ausdruckslos, gedankenleer und nie verträumt. Der Mund war füllig, halb geschlossen, schweigsam und mit einem Gehege dichter wie gleichmäßiger Zähne geschmückt. Die Haare – so schwarz, daß sie bläulich widerschienen, und die über der gedrungenen Stirn gescheitelt – mündeten in zwei Zöpfe, die hinter den Ohren wie die Hörner eines Widders geflochten waren. Fast ständig saß sie und hielt, weder traurig noch fröhlich, in statuenhafter Haltung den Saugenden.

Ich trat ein. Meistens herrschte im Zimmer Schatten. Ich sah Raimondos Windeln auf den Armen der finstren kräftigen Frau leuchten, die mich – ohne zu sprechen und ohne zu lächeln – mit den Augen eines leblosen Götzen anstarrte.

Zuweilen blieb ich dort, um den an der runden Brust Saugenden zu betrachten: Brüste, die im Vergleich zum Gesicht von einzigartigem Weiß waren und bläuliche Adern durchzogen. Er saugte mal langsam, mal heftig, mal lustlos und manchmal von plötzlicher Gier getrieben. Die weichen Wangen begleiteten die Bewegung der Lippen, der Kehlkopf hüpfte bei jedem Zug, und die Nase verschwand fast durch den Druck der schwellenden Brust. Mir schien, als sähe ich das Wohlbehagen, mit dem der Strom jener frischen, gesunden, nahrhaften Milch jenen Körper erfüllte. Mir schien, als würde das Leben des Eindringlings mit jedem Zug zäher, widerstandsfähiger und unheilbringender. Ich verspürte dumpfe Betrübnis, da ich merkte, daß er wuchs, gedieh und keinerlei Anzeichen einer Krankheit zeigte außer jenem weißlichen, unschädlichen, leichten Milchschorf. »Aber als er noch im Bauch war«, dachte ich, »haben ihm da all die Aufregungen und all die Qualen der Mutter nicht geschadet? Oder hat er tatsächlich ein organisches Gebrechen, das sich zwar noch nicht geäußert, aber in der Folgezeit sich entwickeln und ihn töten könnte?«

Eines Tags, nachdem ich meinen Widerwillen überwunden und ihn ohne Windeln in der Wiege gefunden hatte, betastete ich ihn, untersuchte ihn vom Kopf bis zu den Fußsohlen und legte mein Ohr auf seine Brust, um das Herz abzuhören. Er zog die kleinen Füße an und streckte sie heftig aus; er fuchtelte mit den Händen, die voller Grübchen und Falten; er steckte sich die Finger in den Mund, an deren Ende sich winzige Nägelchen befanden, die als kleine helle Kreise austraten. An den Handgelenken, den Fußknöcheln, unterhalb der Knie, auf den Schenkeln, den Leisten und über dem Schambein zeigten sich die Ringe weicher Speckröllchen.

Mehr als einmal betrachtete ich ihn auch lange, während er schlief, und dachte und dachte – abgelenkt von der Vorstellung des kleinen Kadavers in seinen Windeln, der inmitten weißer Chrysanthemenkränze sowie vier brennender Kerzen auf der Bahre lag – an die *Methode.* Er besaß einen äußerst ruhigen Schlaf. Er lag auf dem Rücken und hatte, den Daumen innen, die Fingerchen zu Fäusten geballt. Dann und wann machten seine feuchten Lippen eine saugende Bewegung. Wenn mir die Unschuld jenes Schlafs zu Herzen ging, wenn die unbewußte Bewegung jener Lippen mich zu Mitleid rührte, sagte ich zu mir, wie um meine Absicht zu bekräftigen: »Er muß sterben.« Und ich vergegenwärtigte mir die seinetwegen bereits erduldete Pein sowie die jüngsten und bevorstehenden Qualen, vergegenwärtigte mir, wieviel an Zuneigung er zum Schaden meiner Kinder usurpierte, vergegenwärtigte mir Giulianas Todeskampf und all die Schmerzen und all das Bedrohliche, das die unbekannte Wolke über unseren Häuptern in sich barg. Und so schürte ich von neuem meinen Vorsatz, zu töten; erneuerte so über dem Schlafenden das Todesurteil. Schweigend und unbeweglich wie ein Götzenbild saß in einer Ecke und im Schatten als Aufsicht das Weib aus Montegorgo; und das Weiß ihrer Augen und das Weiß ihrer Zähne leuchteten so hell wie die breiten goldenen Kreise auf ihrem Mieder.

XL

Als wir, ich und Federico, eines Abends (es war der 14. Dezember) nach La Badiola zurückkehrten, bemerkten wir vor uns in der Allee einen Mann und erkannten ihn ihm Giovanni di Scòrdio.

– Giovanni! – rief mein Bruder.

Der Alte blieb stehen. Wir traten näher.

– Guten Abend, Giovanni. Was gibt es Neues?

Als hätten wir ihn auf frischer Tat ertappt, lächelte der Alte scheu und verlegen.

– Ich kam – stammelte er – ich kam . . . wegen meines kleinen Patensohns.

Er war sehr schüchtern. Und es schien, als wolle er uns wegen solch Kühnheit um Verzeihung bitten.

– Möchtest du ihn sehen? – fragte ihn Federico mit sanfter Stimme, wie um ihm einen vertraulichen Vorschlag zu machen, da er das süße und traurige Gefühl, welches das Herz jenes verlassenen Großvaters bewegte, ganz sicher verstanden hatte.

– Nein, nein . . . Ich kam nur, um zu fragen. . . .

– Du willst ihn also nicht sehen.

– Nein . . . Ja . . . Ich störe vielleicht zu sehr . . . zu dieser Stunde.

– Laßt uns gehen – beschloß Federico das Gespräch,

während er den Alten wie einen Knaben bei der Hand nahm. – Komm und sieh ihn dir an.

Wir betraten das Haus. Wir stiegen über die Treppe bis zum Zimmer der Amme.

Meine Mutter war dort. Gütig lächelte sie Giovanni an. Sie winkte uns, keinen Lärm zu machen.

– Er schläft – sagte sie.

Sie wandte sich zu mir und fügte beunruhigt hinzu:

– Er hat heute, gegen Abend, etwas gehustet.

Die Neuigkeit verwirrte mich; und meine Verwirrung war so offensichtlich, daß meine Mutter glaubte, mich mit den Worten beruhigen zu müssen:

– Aber nur ein bißchen, weißt du? Kaum der Rede wert, nichts von Belang.

Federico und der Alte waren bereits an die Wiege getreten und betrachteten im Schein der Lampe den kleinen Schlafenden. Der Alte stand tief gebückt. Und nichts um ihn herum war so weiß wie sein Haar.

– Küß ihn – flüsterte Federico.

Der Alte erhob sich, blickte mich und meine Mutter mit verwirrter Miene an; dann strich er sich mit einer Hand über den Mund und über das stoppelige, schlecht rasierte Kinn.

Mit unterdrückter Stimme sagte er zu meinem Bruder, zu dem er größeres Vertrauen hatte:

– Wenn ich ihn küsse, pieke ich ihn. Und er wacht ganz sicher auf.

Mein Bruder sah, daß der arme verlassene Alte sich vor Sehnsucht, das Kind zu küssen, verzehrte, und ermutigte ihn mit einer Geste. Da neigte sich jenes große weißhaarige Haupt ganz langsam, ganz ganz langsam, über die Wiege.

XLI

Als wir, ich und meine Mutter, in dem Zimmer allein vor der Wiege standen, in der Raimondo trotz des Kusses auf die Stirn noch schlief, meinte sie voll Mitleid:

– Armer Alter! Weißt du, daß er fast jeden Abend kommt? Aber heimlich. Pietro, der ihn um das Haus streifen sah, hat mir das erzählt. Am Tag der Taufe wollte er, daß ihm Pietro von außen das Fenster dieses Zimmers zeige: vielleicht um zu kommen, wenigstens dieses zu sehen ... Armer Alter! Wie tut er mir leid!

Ich hörte Raimondo atmen. Er schien mir unverändert. Sein Schlaf war sanft.

– Er hat also heute gehustet ... sagte ich.

– Ja, Tullio, ein bißchen. Aber mach dir keine Sorgen.

– Vielleicht hat er sich erkältet ...

– Ich halte es für unwahrscheinlich, daß er sich, bei soviel Vorsicht, erkältet hat!

Ein Blitz durchfuhr mein Gehirn. Unversehens überfiel mich innerlich heftiges Zittern. Unerträglich wurde mir schlagartig die Nähe meiner Mutter. Ich war verwirrt, aufgeregt, hatte Angst, mich zu verraten. Der Gedanke durchzuckte mich mit solch Klarheit, mit solch Intensität, daß ich fürchtete: »Irgend etwas davon muß in meinem Gesicht zu sehen sein.« Die Furcht war unbegründet, aber mir gelang nicht, mich zu beherrschen. Ich trat einen Schritt vor und beugte mich über die Wiege.

Irgend etwas an mir, das zu meinen Gunsten sprach, fiel meiner Mutter auf, da sie meinte:

– Wie ängstlich du bist! Hörst du nicht sein ruhiges Atmen? Siehst du nicht, wie tief er schläft?

Doch während sie nur dies sagte, war ihre Stimme unruhig und konnte ihr Besorgtsein nicht vor mir verhehlen.

– Ja, es ist wahr; es wird nichts sein – antwortete ich, indem ich mich zusammennahm. – Bleibst du hier?

– Bis Anna zurückkommt.

– Ich gehe.

Ich ging. Ich ging zu Giuliana. Sie erwartete mich. Alles war für ihr Abendessen vorbereitet, an dem ich gewöhnlich teilnahm, damit das bescheidene Krankenmahl ihr weniger langweilig schien und mein Beispiel sowie mein Eifer sie zum Essen anhielten. Ich zeigte mich in meinen Handlungen, meinen Worten übertrieben, fast heiter und unausgeglichen. Ich war das Opfer besonderer Überreiztheit, war mir dessen vollkommen bewußt und konnte mich überwachen, aber nicht mäßigen. Ich trank, entgegen meiner Gewohnheit, zwei oder drei Gläschen Burgunder, der Giuliana verordnet worden war. Ich wollte, daß auch sie einige Schluck mehr davon trinke.

– Du fühlst dich ein bißchen besser, oder?

– Ja, ja.

– Wenn du gehorsam bist, verspreche ich dir, dich soweit zu bringen, daß du an Weihnachten aufstehen kannst. Bis dahin sind es noch zehn Tage. In zehn Tagen wirst du, wenn du willst, wieder bei Kräften sein. Trink noch einen Schluck, Giuliana.

Sie blickte mich etwas erstaunt sowie etwas neugierig an und bemühte sich, mir ihre ganze Aufmerksamkeit zu leihen. Sie war vielleicht bereits ermattet; vielleicht begannen ihr die Lider schwer zu werden. Nach einer bestimmten Zeit zeitigte jene aufrechte Haltung in ihr noch zuweilen die Symptome einer Blutarmut des Gehirns.

Sie befeuchtete ihre Lippen an dem Glas, das ich ihr reichte.

– Sag mir – fuhr ich fort – wo würde es dir gefallen, die Kur zu verbringen?

Sie lächelte schwach.

– An der Riviera? Möchtest du, daß ich Augusto Arici schreibe, damit er uns eine Villa sucht? Wenn die Villa Ginosa frei wäre! Erinnerst du dich?

Sie lächelte noch schwächer.

– Bist du müde? Vielleicht macht dich meine Stimme müde . . .

Ich bemerkte, daß sie im Begriffe stand, in Ohnmacht zu fallen. Ich stützte sie, entfernte ihr die Kissen, die sie aufrecht hielten, legte sie sanft nieder, wobei ich ihren Kopf tiefer bettete, und half ihr in der gewohnten Weise. Nach kurzer Zeit schien sie wieder zur Besinnung zu kommen.

– Ja, ja, laß uns fahren . . . – murmelte sie wie im Traum.

XLII

Sonderbare Unruhe hielt mich gefangen. Zuweilen war es Freude, ein Anfall wirrer Freude. Zuweilen war es durchdringende Ungeduld, unerträgliches Rasen. Zuweilen war es das Bedürfnis, irgend jemanden zu sehen, das Bedürfnis, sich auf die Suche nach irgend jemand zu machen, zu reden und mich auszusprechen. Zuweilen war es das Bedürfnis nach Einsamkeit, das Bedürfnis, an einen sicheren Ort zu eilen, um mich abzuschotten, um mit mir allein zu bleiben, um richtig in mich hineinzugehen, meinen Gedanken zu entwickeln, all die Besonderheiten des nächsten Ereignisses zu bedenken wie abzuwägen und mich vorzubereiten. Im Geiste und mit außerordentlicher Geschwindigkeit lösten diese verschiedenen und gegensätzlichen sowie weitere zahllose unbestimmbare wie unerklärliche Schwankungen rasch einander ab.

Der Blitz – jenes finster leuchtende Zucken, das mein Gehirn durchzogen hatte – schien schlagartig einen Bereich meines Bewußtseins beleuchtet zu haben, der – zwar in Dunkel gehüllt – bereits vorher bestanden hatte: er schien eine tiefe Schicht in meiner Erinnerung geweckt zu haben. Ich fühlte, *wie ich mich erinnerte;* aber so sehr ich mich auch anstrengte: es gelang mir nicht, die Ursprünge der Erinnerung aufzuspüren, noch deren Wesen zu enthüllen. *Ich erinnerte mich,* ganz sicher. War es die Erinnerung an eine zurückliegende Lektüre? Hatte ich in irgendeinem Buch einen analogen Fall beschrieben gefunden? Oder hatte mir einst irgend jemand von diesem Fall, der sich im wirklichen Leben so zugetragen hatte, erzählt? Oder war jenes Gefühl des Sich-Erinnerns nur Trug, nur die Folge einer geheimnisvollen Verknüpfung von Ideen? Mir schien ganz sicher, daß die *Methode* mir von irgendeinem Fremden eingeflößt worden war. Mir war, als wäre plötzlich irgend jemand aufgetaucht, um mich mit folgenden Worten aus jeglicher Ohnmacht zu reißen: *»Du mußt so handeln, wie jeder andere an deiner Stelle handeln würde.«* Aber wer war *jener andere?* Ganz sicher, ich mußte ihn auf irgendeine Art kennengelernt haben. Aber so sehr ich mich auch anstrengte, es gelang mir nicht, mich von ihm zu trennen, ihn zu objektivieren. Den besonderen Bewußtseinszustand, in dem ich mich befand, genau zu bestimmen, war mir unmöglich. Ich besaß die vollständige Kenntnis einer Begebenheit in all ihren Entwicklungsphasen, das heißt, ich besaß die Kenntnis einer Reihe von Maßnahmen, die ein Mann zum Zweck der Umsetzung einer bestimmten Absicht getroffen hatte. Aber jener Mann, mein Vorgänger, war mir unbekannt; und ich konnte keine zugehörigen Bilder mit diesem Wissen in Verbindung bringen, ohne selbst die Rolle dieses Mannes zu spielen. Ich sah also mich selbst jene besonderen, bereits von einem anderen getroffenen Maßnahmen treffen, sah mich die Ausführung nachahmen, die ein anderer in einem dem meinen ähnlichen Fall versucht hatte. Das Gefühl ursprünglicher Spontaneität fehlte mir.

Als ich Giulianas Zimmer verließ, brachte ich einige Minuten in dieser Ungewißheit zu, während ich auf gut Glück durch die Korridore irrte. Ich begegnete niemandem. Ich wandte meine Schritte in Richtung des Zimmers der Amme. Ich lauschte an der Türe; hörte meiner Mutter Stimme; entfernte mich. Hatte sie sich vielleicht nicht von der Stelle gerührt?

Hatte vielleicht das Kind einige ernstere Hustenanfälle gehabt? Den Bronchialkatarrh Neugeborener, diese Krankheit mit ihren trügenden Anzeichen, kannte ich genau. Ich erinnerte mich an die Gefahr, in der Maria während des dritten Lebensmonats schwebte, erinnerte mich an all die Symptome. Auch Maria hatte anfangs einige Male geniest, leicht gehustet: und eine starke Neigung, zu schlafen, an den Tag gelegt. »Wer weiß?« dachte ich. »Wenn ich warte, mich nicht hinreißen lasse, greift mit der Zeit vielleicht *der gütige Gott* ein, und ich bin gerettet.« Ich ging wieder zurück; lauschte von neuem; hörte wieder die Stimme meiner Mutter; trat ein.

– Nun, wie geht es Raimondo? – fragte ich, ohne mein Zittern zu verbergen.

– Gut. Er ist ruhig; hat nicht mehr gehustet: sein Atem geht gleichmäßig, und seine Körpertemperatur ist normal. Schau her. Er trinkt.

Meine Mutter schien mir tatsächlich unbesorgt und ruhig.

Anna, die auf dem Bette saß, stillte das Kind, das gierig saugte, wobei es mit den Lippen von Zeit zu Zeit ein leichtes Geräusch von sich gab. Die Augen auf den Boden geheftet, hielt Anna in bronzener Unbeweglichkeit ihren Kopf nach vorne geneigt. Die niedrig flackernde

Flamme der Lampe warf ihr Licht auf sie, und der rote Rock lag im Dunkeln.

– Ist es hier drinnen nicht zu heiß? – sagte ich und roch die leichte Stickigkeit.

In dem Gemach war es tatsächlich sehr heiß. Auf dem gewölbtem Deckel eines Kohlebeckens trockneten in einer Ecke einige kleine Tücher und eine Windel. Auch vernahm man das Brodeln kochenden Wassers. Dann und wann hörte man das Klirren der Scheiben unter den pfeifenden oder heulenden Windstößen.

– Hör nur, wie der Nordwind rast! – murmelte meine Mutter.

Ich vernahm keine anderen Geräusche mehr. In ängstlicher Aufmerksamkeit lauschte ich dem Wind. Als hätte mich ein Hauch jener Kälte durchdrungen, lief mir manch Schauder durch Mark und Bein. Ich ging zum Fenster. Während ich einen Fensterladen öffnete, zitterten mir die Finger. Ich lehnte meine Stirn gegen die eisige Scheibe und blickte nach draußen, doch das Beschlagen, das mein Atem sogleich hervorrief, hinderte mich, zu sehen. Ich hob die Augen und sah den Sternenhimmel durch die oberste Scheibe glitzern.

– Es ist klar draußen – sagte ich und trat vom Fensterausschnitt zurück.

In mir sah ich das Bild der diamantenen und todbringenden Nacht, während meine Augen zu Raimondo wanderten, der noch immer an der Brust hing.

– Hat Giuliana heute abend gegessen? – fragte mich meine Mutter mit liebevollem Ton.

– Ja – entgegnete ich schroff; und dachte: »Den ganzen Abend über hast du nicht eine Minute Zeit gefunden, um nach ihr zu sehen! Es ist nicht das erste Mal, daß du sie vernachlässigst. Raimondo hast du dein Herz geschenkt.«

XLIII

Am nächsten Vormittag untersuchte Doktor Jemma das Kind und erklärte es für völlig gesund. Er maß – nachdem meine Mutter sie anführte – der Tatsache, daß es hustete, keinerlei Bedeutung bei. Obwohl er über die übertriebene Fürsorge und die übertriebene Angst lächelte, mahnte er zur Vorsicht in jenen Tagen grausamer Kälte, mahnte er zu äußerster Umsicht beim Waschen und Baden.

Während er vor Giuliana darüber sprach, war ich anwesend. Blitzschnell trafen sich zwei- oder dreimal meine Augen flüchtig mit den ihren.

Von der *Vorsehung* war also keine Hilfe zu erwarten. Folglich mußte man handeln, mußte den geeigneten Moment abpassen und das Ereignis beschleunigen. Ich traf meine Entscheidung. Entschlossen, das Verbrechen zu begehen, wartete ich auf den Abend.

Ich sammelte all die Energie, die mir noch verblieben war, spitzte meinen Scharfblick und überlegte mir all meine Worte, all meine Handlungen. Nichts sagte ich, nichts tat ich, was Verdacht erregen, ein Stutzen verursachen konnte. Meine Umsicht ließ nicht einen Augenblick nach. Meine innere Empfindsamkeit war unterdrückt und erstickt worden. Mein Geist konzentrierte all seine nutzbringenden Fähigkeiten auf die Vorbereitung, um die Liquidierung eines materiellen Problems herbeizuführen. Es war vonnöten, daß ich am Abend für einige Minuten und unter gewissen bestimmten Sicherheitsvorkehrungen mit dem Eindringling allein gelassen würde.

Während des Tages betrat ich mehrmals das Zimmer der Amme. Anna war, wie eine unempfindliche Aufseherin, immer zur Stelle. Einsilbig antwortete sie mir, wenn ich irgendwelche Fragen an sie richtete. Sie hatte eine rauhe Stimme von einzigartigem Timbre. Ihr Schweigen, ihre Leblosigkeit irritierten mich.

Meistens entfernte sie sich nur zu den Stunden ihrer Mahlzeit. Sie wurde dann meist von meiner Mutter oder Miss Edith oder Cristina oder irgendwelchen anderen Dienstmägden vertreten. Im letzteren Fall hätte ich mich leicht der Zeugin entledigen können, indem ich ihr eine Anweisung gab. Doch die Gefahr, daß irgend jemand in der Zwischenzeit unversehens dazwischenkam, bestand weiterhin. Außerdem war ich vom Zufall abhängig, da ich mir Annas Stellvertreterin nicht selbst aussuchen konnte. Es war wahrscheinlich, daß dies an dem heutigen Abend, so wie an den nachfolgenden Abenden, meine Mutter sein würde. Andererseits schien es mir unmöglich, meine Vorsicht und meine Ängste bis auf unbestimmte Zeit zu verlängern, eine ungewisse Zeit lang auf der Lauer zu liegen und in ständiger Erwartung der verhängnisvollen Stunde zu leben.

Während ich mich ratlos im Zimmer befand, trat Miss Edith mit Maria und Natalia ein. Belebt von dem Spaziergang in der frischen Luft, eingehüllt in ihre Zobelmäntel, die Barette aus demselben Pelz auf ihren Köpfen, Handschuhe an den Händen und die Backen hochrot vor Kälte, stürzten die zwei kleinen Grazien – kaum hatten sie mich gesehen – heiter und leichtfüßig auf mich zu. Und für einige Minuten war der Raum von ihrem Schwatzen erfüllt.

– Weißt du, die Leute aus den Bergen sind angekommen – verkündete mir Maria. – Heute abend beginnen in der Kapelle die Novenen vor Weihnachten. Wenn du nur die Krippe sehen würdest, die Pietro aufgestellt hat! Weißt du, daß Oma uns einen Weihnachtsbaum versprochen hat? Nicht wahr, Miss Edith? Er muß in Mamas Zimmer aufgestellt werden ... Mama wird an Weihnachten gesund sein, oder? Oh, mach sie gesund!

Natalia war stehengeblieben, um Raimondo anzuschauen; und von Zeit zu Zeit lächelte sie über seine Grimassen, während er ohne Unterlaß mit den Beinen strampelte, als wolle er sich aus den Windeln befreien. Plötzlich hatte sie einen Einfall.

– Ich will ihn auf den Arm nehmen!

Und um ihn zu bekommen, schlug sie Krach. Sie nahm all ihre Kraft zusammen, um das Gewicht zu tragen; und ihr Gesicht bekam einen so ernsten Ausdruck wie dann, wenn sie die Mutter ihrer Puppen spielte.

– Jetzt ich! – schrie Maria.

Und ohne zu weinen, wanderte der Stiefbruder von der einen zur andern. Aber in einem bestimmten Augenblick, während Maria ihn unter Ediths Aufsicht herumtrug, drohte er, zu Boden zu fallen, war im Begriff, ihren Händen zu entgleiten. Edith hielt ihn fest, nahm ihn an sich und reichte ihn wieder der Amme, die völlig in sich vertieft und weit weit fort von den Personen und Dingen schien, die um sie waren.

Meinen geheimen Gedanken weiterspinnend, sagte ich:

– Also heute abend beginnen die Novenen . . .

– Ja, ja, heute abend.

Ich sah Anna an, die sich zu rühren und der Unterhaltung ungewohnte Aufmerksamkeit zu schenken schien.

– Wie viele Bewohner aus den Bergen sind es?

– Fünf – antwortete Maria, die über alles haarklein unterrichtet schien. – Zwei Dudelsackpfeifer, zwei Schalmeienspieler und ein Querpfeifer.

Und sie lachte, während sie mehrmals hintereinander das letzte Wort wiederholte, um die Schwester zu erheitern.

– Sie stammen aus deinen Bergen – sagte ich zu Anna gewandt. – Vielleicht ist irgendeiner aus Montegorgo unter ihnen . . .

Ihre Augen hatten ihren harten Glanz verloren, waren nun voller Leben und strahlten hingebungsvoll wie traurig. Ihr ganzes Antlitz zeigte sich durch den Ausdruck eines außergewöhnlichen Gefühls verändert. Und ich begriff, daß sie litt und Heimweh ihr Leiden war.

XLIV

Der Abend rückte näher. Ich stieg in die Kapelle hinab und sah die Vorbereitungen für die Weihnachtsandacht: die Krippe, die Blumen, die jungfräulichen Kerzen. Ohne zu wissen, warum, trat ich ins Freie. Ich sah das Fenster von Raimondos Zimmer. In der Hoffnung, mein krampfhaftes Zittern zu bändigen, die klirrende Kälte, die mir durch Mark und Bein fuhr, zu bezwingen und die Krämpfe, die den leeren Magen mir zuschnürten, zu überwinden, ging ich mit raschen Schritten über den freien Platz auf und ab.

Es war eine eisige, beißende, gleichsam schneidende Dämmerung. Ein grünlicher Streifen breitete sich am fernen Horizont aus, dort, wo die sich schlängelnde Assòro das bleifarbene Tal durchschnitt. Einsam glitzerte der Fluß.

Plötzlicher Schrecken überfiel mich. »Habe ich Angst?« dachte ich. Mir war, als blicke mir irgend jemand, der unsichtbar, in die Seele. Ich empfand dasselbe Unbehagen, das bisweilen allzu bohrende, magnetische Blicke verursachen. »Habe ich Angst?« dachte ich. »Wovor? Davor, die Tat zu vollbringen oder von irgend jemandem entdeckt zu werden?« Die Schatten der großen Bäume, die Unermeßlichkeit des Himmels, das Glitzern der Assòro und all jene vagen Laute der Landschaft erschreckten mich. Das Angelus-Läuten erklang. Fast auf der Flucht eilte ich wie ein Verfolgter zurück ins Haus.

Im noch unbeleuchteten Flur begegnete ich meiner Mutter.

– Woher kommst du, Tullio? – Von draußen. Ich bin ein bißchen spazierengegangen.

– Giuliana wartet auf dich.

– Um wieviel Uhr beginnt die Andacht?

– Um sechs.

Es war Viertel nach fünf. Blieben noch drei Viertelstunden. Wachsamkeit war vonnöten.

– Ich gehe, Mama.

Nach einigen Schritten rief ich sie zurück:

– Federico ist nicht zurückgekehrt?

– Nein.

Ich stieg die Treppen zu Giulianas Zimmer hinauf. Sie erwartete mich. Cristina deckte den kleinen Tisch.

– Wo bist du bis jetzt gewesen? – fragte mich die arme Kranke mit leicht vorwurfsvollem Ton.

– Ich war dort, mit Maria und Natalia . . . Dann bin ich unten gewesen, um mir die Kapelle anzuschauen.

– Ja, heute abend beginnen die Novenen – murmelte sie betrübt.

– Vielleicht kannst du die Klänge bis hierher hören.

Einige Augenblicke verharrte sie in Gedanken. Sie schien mir sehr traurig: von jener etwas weichen Traurigkeit, die ein tränengeschwelltes Herz und den Drang, zu weinen, offenbart.

– Woran denkst du? – fragte ich sie.

– Ich denke an mein erstes Weihnachten auf La Badiola zurück. Erinnerst du dich?

Sie war zärtlich und gerührt; und sie weckte meine Zärtlichkeit, gab sich mir hin, um umschmeichelt und gewiegt zu werden, gab sich mir hin, damit ich an ihrem Herz läge und ihre Tränen tränke. Ich kannte jenes – ihr – schmerzhaftes Schmachten, jenes – ihr – unendliches Leiden. »Ich darf ihr auf keinen Fall nachgeben«, überlegte ich ängstlich. »Ich darf mich nicht fesseln lassen. Die Zeit flieht. Wenn sie mich anfaßt, wird es für mich schwierig, mich von ihr loszureißen. Wenn sie weint, werde ich nicht in der Lage sein, mich zu entfernen. Ich muß mich zusammennehmen. Die Zeit eilt. Wer wird Raimondo beaufsichtigen? Ganz sicher nicht meine Mutter. Wahrscheinlich die Amme. All die anderen werden sich in der Kapelle versammeln. Hier werde ich Cristina zurücklassen. Ich werde in Sicherheit sein. Die Situation könnte für mich nicht günstiger sein. Es ist nur vonnöten, daß ich in zwanzig Minuten freie Bahn habe.« Ich vermied es, die Kranke aufzuregen; gab vor, sie nicht zu verstehen, ging auf ihre Herzensergüsse nicht ein, versuchte, sie mit sachlichen Themen abzulenken, sorgte dafür, daß Cristina uns nicht wie an den anderen vertrauten Abenden allein ließ, und beschäftigte mich übertrieben eifrig mit dem Abendessen.

Warum ißt du heute abend nicht mit mir? – fragte sie mich.

– Ich kann jetzt nichts zu mir nehmen; mir geht es nicht gut. Iß du etwas, ich bitte dich!

So sehr ich mich auch anstrengte: die dringliche Absicht, die mich verzehrte, ganz zu verleugnen, gelang mir nicht. In dem offensichtlichen Bestreben, mich zu durchschauen, blickte sie mich mehrere Male an. Dann plötzlich verfinsterte sich ihr Blick, und sie wurde schweigsam. Kaum nur, kaum nur nahm sie etwas Speise zu sich; kaum nur, kaum nur benetzte sie an dem Glas ihre Lippen. Meinen ganzen Mut nahm ich nun zusammen, um mich zu entfernen. Ich gab vor, das Geräusch eines Wagens gehört zu haben. Ich lauschte und sagte:

– Vielleicht ist Federico zurückgekommen. Ich muß ihn sofort sehen . . . Erlaube, daß ich einen Augenblick gehe. Cristina bleibt hier.

Ich sah sie, deren Gesicht sich verzerrte wie das einer

Frau, die dabei ist, in Tränen auszubrechen, an. Ich wartete ihre Zustimmung nicht ab. Eilig ging ich hinaus; doch ich versäumte nicht, Cristina gegenüber zu wiederholen, sie solle solange bleiben, bis ich wieder heraufgekommen sei.

Kaum aus dem Zimmer, war ich gezwungen, stehen zu bleiben, um nicht vor Angst zu ersticken. »Wenn es mir nicht gelingt, meine Nerven im Zaum zu halten«, dachte ich, »dann ist alles verloren.« Ich spitzte die Ohren, doch außer dem Rauschen meiner Arterien hörte ich nichts. Durch den Korridor ging ich bis zur Treppe. Ich begegnete niemandem. Das Haus war in Schweigen gehüllt. »Alle, auch die Bediensteten, sind bereits in der Kapelle«, dachte ich. »Nichts steht zu befürchten.« Ich wartete noch zwei oder drei Minuten, um mich erneut zu sammeln. In jenen zwei oder drei Minuten sank die Anspannung meines Geistes. Ich war merkwürdig verwirrt. Vage, bedeutungslose Gedanken, die mit der Tat, die ich zu begehen im Begriffe stand, nichts zu tun hatten, zogen mir durchs Gehirn. Mechanisch zählte ich die Sprossen des Geländers.

»Anna ist ganz sicher dort geblieben. Raimondos Zimmer ist von der Kapelle nicht weit entfernt. Die Klänge künden vom Beginn der Andacht.« Ich lenkte meine Schritte Richtung Türe. Bevor ich sie erreicht hatte, vernahm ich das Präludieren der Dudelsäcke. Ohne Zögern trat ich ein. Ich hatte mich nicht getäuscht.

Aufrecht stand Anna neben ihrem Stuhl, und derart viel Leben lag in ihrer Haltung, daß ich sogleich erriet, daß sie soeben – da sie die heimatlichen Dudelsäcke, den Auftakt der alten Hirtenweise vernommen – auf die Füße gesprungen war.

– Schläft er? – fragte ich.

Ja, nickte sie mit dem Kopf.

Durch die Entfernung gedämpft, zart wie in einem

Traum, etwas heiser klingend, langgezogen und getragen setzte sich die Melodie fort. Begleitet von den Dudelsäkken modulierten die hellen Töne der Schalmeien die schlichte und unvergeßliche Weise.

– Geh ruhig auch du in die Andacht – sagte ich zu ihr. Ich bleibe hier. Seit wann schläft er?

– Seit eben.

– Also geh nur, geh in die Andacht.

Ihre Augen leuchteten.

– Ich darf gehen?

– Ja. Ich bleibe hier.

Ich selbst öffnete ihr die Türe; hinter ihr schloß ich sie. Auf Zehenspitzen eilte ich zur Wiege; betrachtete ihn aus der Nähe. Rücklings schlief der Reine in seinen Windeln und hatte, den Daumen innen, die Händchen zu Fäusten geballt. Durch das Gewebe der Lider erschienen mir seine grauen Irida. Doch ich fühlte in mir nicht das Aufkeimen blinder Gewalt: weder von Haß noch von Wut. Meine Abneigung gegen ihn war weniger ätzend als in der Vergangenheit. Jener drängende Instinkt, den ich mehr als einmal bis in die Enden meiner Finger hatte strömen fühlen, so daß sie bereit zu jeglicher verbrecherischer Gewalt, fehlte mir. In vollkommener Bewußtheit gehorchte ich nur noch dem Drängen eines kühlen und klaren Willens.

Ich ging zur Türe zurück, öffnete sie wieder; versicherte mich, daß der Flur leer war. Dann lief ich zum Fenster. Ich entsann mich einiger Worte meiner Mutter; die Sorge, daß Giovanni di Scòrdio sich dort unten auf dem freien Platz befinden könnte, durchzuckte mich. Ich öffnete es mit unendlicher Vorsicht. Ein eisiger Luftzug hüllte mich ein. Ich lehnte mich über die Brüstung, um zu spähen. Ich sah keine verdächtige Gestalt, hörte nichts außer den Klängen, welche die Andacht verbreitete. Ich zog mich zurück, näherte mich der Wiege, bezwang mit Mühe meinen äußersten Widerwillen; behutsam nahm ich das Kind, während ich die Angst unterdrückte; indem ich ihn von meinem Herzen weg hielt, das allzu heftig schlug, trug ich den Kleinen zum Fenster; und ich setzte ihn der Luft aus, die ihn sterben lassen sollte.

Ich war nicht wirr im Kopf; keiner meiner Sinne trübte sich. Ich sah die Sterne des Himmels, die funkelten, als würde ein Wind sie dort oben anfachen; ich sah die eingebildeten, doch erschreckenden Bewegungen, die das flackernde Licht der Lampe den Türvorhängen verlieh; deutlich vernahm ich die Reprise der Hirtenweise, das Bellen eines fernen Hundes. Ein Zucken des Kindes ließ mich zusammenfahren. Es erwachte.

»Nun weint es«, dachte ich. »Wieviel Zeit ist vergangen? Eine Minute vielleicht; nicht einmal eine Minute. Wird dieser kurze Eindruck ausreichen, um es sterben zu lassen? Ist er tödlich getroffen?« Das Kind bewegte vor sich die Arme, verzog den Mund, öffnete ihn; etwas verzögert stieß es einen Schrei aus, der mir verändert, dünner und zittriger vorkam: doch vielleicht nur, da er in einer anderen Umgebung erscholl, während ich sonst sein Schreien immer in geschlossenen Räumen gehört hatte. Und jener dünne, zittrige Schrei erfüllte mich mit Schrekken, flößte mir auf einen Schlag wahnsinnige Angst ein. Ich eilte zur Wiege, legte das Kind hinein. Ich kehrte zum Fenster zurück, um es zu schließen; doch bevor ich es schloß, beugte ich mich über die Brüstung, warf einen Blick in die Dunkelheit und sah nichts anderes als die Sterne. Ich schloß das Fenster. Obwohl von Panik getrieben, vermied ich jeglichen Lärm. Und hinter mir weinte das Kind, weinte heftiger. »Bin ich gerettet?« Ich lief zur Türe, blickte in den Flur und lauschte. Der Flur war leer; getragen strömten die Klänge vorüber.

»Ich bin also gerettet. Wer kann mich gesehen haben?« Wieder dachte ich an Giovanni di Scòrdio, während ich zu dem Fenster blickte; noch empfand ich Beunruhigung. »Aber nein, dort unten war niemand. Zweimal habe ich nachgesehen.« Ich trat an die Wiege, rückte den Körper des Kindes zurecht, deckte ihn sorgfältig zu und versicherte mich, daß alles an seinem Platze war. Doch nun empfand ich unbezwingbaren Widerwillen vor Berührungen. Er weinte und weinte. Was konnte ich tun, um ihn zu beruhigen? Ich wartete ab.

Doch jenes fortgesetzte Schreien in jenem großen einsamen Zimmer, jenes unartikulierte Jammern des unwissenden Opfers zerriß mich auf so grausame Art, daß ich nicht mehr widerstehen konnte und mich erhob, um mich auf irgendeine Art dieser Peinigung zu entziehen. Ich trat auf den Flur hinaus und schloß die Türe hinter mir nur halb; dort blieb ich und paßte auf. Kaum noch drang die Stimme des Kindes zu mir, verwob sich mit dem getragenen Strom der Klänge. Durch die Entfernung gedämpft, zart wie in einem Traum, etwas heiser klingend, langgezogen und getragen setzte sich die Melodie fort. Begleitet von Dudelsäcken modulierten die hellen Töne der Schalmeien die schlichte Weise. Das Hirtenlied verteilte sich in dem großen friedvollen Haus, drang vielleicht in die entferntesten Zimmer. – Hörte Giuliana es? Was dachte, was empfand Giuliana? Weinte sie?

Ich weiß nicht, warum, aber in meinem Herzen setzte sich die Gewißheit fest: »Sie weint.« Und diese Gewißheit gebar eine intensive Vision, die ein reales und tiefes Gefühl mir einflößte. Die Gedanken und Bilder, die mein Gehirn durchzogen, waren unzusammenhängend, splitterhaft, widersinnig, aus Elementen gebildet, die einander nicht entsprachen, flüchtig und rätselhafter Natur. Die Angst vor dem Wahnsinn befiel mich. Ich fragte mich: »Wieviel Zeit ist vergangen?« Und ich bemerkte, daß ich keinen Begriff mehr von Zeit besaß.

Die Klänge verstummten. »Die Andacht ist zu Ende«, dachte ich. »Anna schickt sich an, wieder heraufzukommen. Vielleicht wird meine Mutter kommen. Raimondo weint nicht mehr!« Ich ging wieder ins Zimmer zurück, ließ meinen Blick kreisen, um mich noch einmal zu versichern, daß keinerlei Spuren von dem Anschlag zurückblieben. Nicht ohne die vage Angst, das Kind entseelt vorzufinden, trat ich an die Wiege. Es schlief rücklings und hatte, den Daumen innen, die Händchen zu Fäusten geballt. »Es schläft! Unglaublich. Als wäre ihm nichts geschehen.« Das, was ich getan hatte, schien die Irrealität eines Traums anzunehmen. Als hätte mein Denken plötzlich ausgesetzt, empfand ich einen Augenblick der Leere, während ich wartete.

Kaum hatte ich den schweren Schritt der Amme im Flur erkannt, ging ich ihr entgegen. Meine Mutter folgte ihr nicht. Ohne ihr ins Gesicht zu sehen, sagte ich zu ihr:

– Es schläft noch.

Und rasch eilte ich davon: gerettet!

XLV

Seit jenem Zeitpunkt beherrschte mich eine Art fast stumpfsinniger Trägheit: vielleicht da ich erschöpft, am Ende und unfähig zu weiteren Anstrengungen war. Mein Bewußtsein verlor seine schreckliche Klarheit, meine Aufmerksamkeit wurde schwächer, meine Wißbegier war der Bedeutung jener Ereignisse, die sich entwickelten, nicht gewachsen. Und in der Tat, meine Erinnerungen sind wirr, spärlich und setzen sich aus verschwommenen Bildern zusammen.

An jenem Abend kehrte ich zurück in den Alkoven, sah Giuliana wieder und hielt mich für einige Zeit neben ihrem Bette auf. Das Sprechen bereitete mir große Mühe.

– Hast du geweint? – fragte ich sie, während ich ihr in die Augen blickte.

– Nein – antwortete sie.

Dennoch war sie trauriger als zuvor. Sie war bleich wie ihr Nachthemd.

– Was hast du? – fragte ich sie.

– Nichts – entgegnete sie. – Und du?

– Ich fühle mich nicht wohl. Mein Kopf schmerzt mich sehr ...

Unermeßliche Erschöpfung warf mich zu Boden; all die Glieder waren mir schwer geworden. Ich legte mein Haupt auf den Kissenrand; verweilte, niedergedrückt von einer unstimmten Last, einige Minuten in jener Stellung. Ich zuckte zusammen, als ich Giulianas Stimme vernahm, die sagte:

– Du verbirgst mir etwas.

– Nein, nein. Warum?

– Weil ich *fühle,* daß du mir etwas verbirgst.

– Nein, nein, du täuschst dich.

– Ich täusche mich.

Sie schwieg. Von neuem legte ich mein Haupt auf den Rand. Nach einigen Minuten meinte sie plötzlich:

– Du siehst *es* häufig.

Erschrocken erhob ich mich, um sie anzublicken.

– Aus eigenem Entschluß gehst du, um ihn zu sehen, gehst du, um ihn aufzusuchen – fügte sie hinzu. – Ich weiß es. Auch heute ...

– Nun?

– Ich habe Angst davor, habe deinetwegen Angst. Ich kenne dich. Du quälst dich, du gehst hin, um dich zu quälen, gehst, um dir das Herz zu verzehren ... Ich kenne dich ... Ich habe Angst. Du hast dich nicht damit abgefunden, nein, nein; du kannst dich nicht damit abfinden. Du täuschst mich nicht, Tullio. Auch vorher, heute abend, bist du dort gewesen ...

– Woher weißt du das?

– Ich weiß es, ich *fühle* es.

Mein Blut gefror zu Eis.

– Willst du, daß meine Mutter Verdacht schöpft? Willst du, daß sie eine Abneigung bemerkt?

Wir sprachen leise. Auch ihre Miene zeigte Erschrekken. Und ich dachte: »Und nun, nun tritt meine Mutter schmerzverzerrt ein und schreit: – Raimondo stirbt! –«

Maria und Natalia kamen mit Miss Edith ins Zimmer. Und der Alkoven erfreute sich an ihrem Geplapper. Ausführlich erzählten sie von der Kapelle, der Krippe, den Kerzen und den Dudelsäcken.

Da mein Kopfweh aufbegehrte, verließ ich Giuliana, um mich auf mein Gemach zurückzuziehen. Wie ich im Bett lag, bezwang mich die Müdigkeit fast sofort. Tief schlief ich viele Stunden.

Ruhig, von sonderbarer Gleichgültigkeit und unerklärlicher Neugier erfaßt: so fand mich das Licht des Tages vor. Niemand war gekommen, um meinen Schlaf zu unterbrechen, also war nichts Außerordentliches geschehen. Die Ereignisse der letzten Nacht schienen mir unwirklich und sehr fern. Ich verspürte einen tiefen Riß zwischen mir und meinem früheren Ich, zwischen dem, der ich war, und dem, der ich gewesen. Zwischen dem vergangenen und dem gegenwärtigen Abschnitt im Leben meiner Psyche fehlte der Zusammenhang. Ich vollführte keinerlei Anstrengung, um mich zu sammeln, um das eigenartige Phänomen zu begreifen. Ich empfand Widerwillen gegenüber jeglicher Aktivität; ich versuchte, in jener Art künstlicher Apathie zu verweilen, unter der das Wirrwarr all der vergangenen Aufregungen schlummerte; ich vermied es, mich zu erforschen, um nicht jene Dinge zu wecken, die scheinbar tot waren, scheinbar nicht mehr zu meiner realen Existenz gehörten. Ein bißchen ähnelte ich jenen Kranken, die – da sie in einer

Hälfte des Körpers ihre Sensibilität verloren haben – sich einbilden, eine Leiche an ihrer Seite, in ihrem Bett zu haben.

Aber Federico kam, um an meine Tür zu klopfen. Er trat ein. Was brachte er mir Neues? Seine Gegenwart rüttelte mich auf.

– Wir sahen uns nicht gestern abend – sagte er. – Ich kehrte spät heim. Wie geht es dir?

– Weder gut noch schlecht.

– Gestern abend hattest du Kopfweh, oder?

– Ja: deshalb ging ich früh zu Bett.

– Du bist etwas grün, heute morgen. Oh, mein Gott, wann hat dies Unheil ein Ende? Dir geht es nicht gut, Giuliana ist fortwährend bettlägerig, und soeben habe ich Mama getroffen, die völlig aufgelöst ist, da Raimondo letzte Nacht gehustet hat!

– Er hat gehustet?

– Ja. Es handelt sich wahrscheinlich um eine geringfügige Erkältung; aber Mama übertreibt, wie üblich . . .

– Ist der Arzt gekommen?

– Noch nicht. Aber ich habe den Eindruck, du bist noch schlimmer als Mama.

– Weißt du, jede Besorgnis ist gerechtfertigt, wenn es sich um Kinder handelt. Ein Nichts genügt . . .

Er blickte mich mit seinen klaren, hellgrünen Augen an, und ich erschrak darob und schämte mich.

Nachdem er gegangen war, sprang ich aus dem Bett. »Die Wirkung hat also begonnen«, dachte ich, »daran besteht kein Zweifel. Aber wie lange wird er noch leben? Es ist sogar möglich, daß er nicht stirbt . . . Oh, nein, daß er nicht stirbt, ist unmöglich. Die Luft war eiskalt, sie benahm ihm den Atem.« Und wieder sah ich in meinem Innern das atmende Kind, den kleinen halbgeschlossenen Mund und das Grübchen am Hals.

XLVI

– Es gibt keinen Grund zur Beunruhigung – meinte der Arzt. – Es handelt sich um eine ganz leichte Erkältung. Die Bronchien sind frei.

Er beugte sich von neuem über Raimondos entblößte Brust, um sie abzuhorchen.

– Es fehlt absolut jegliches Geräusch. Mit Ihrem Ohr können Sie sich selbst davon überzeugen – fügte er zu mir gewandt hinzu.

Auch ich legte das Ohr auf die zerbrechliche Brust und fühlte deren gelinde, milde Wärme.

– Tatsächlich . . .

Und ich blickte meine Mutter an, die auf der anderen Seite der Wiege zitterte.

Die üblichen Symptome einer Bronchitis fehlten. Das Kind war ruhig, hatte – mit langen Intervallen – einige leichte Hustenanfälle, trank die Milch mit gewohnter Häufigkeit und schlief einen tiefen und gleichmäßigen Schlaf. Ich selbst begann, von den Anzeichen getäuscht, zu zweifeln: »Also ist mein Versuch nutzlos gewesen. Er muß anscheinend nicht sterben. Was für ein zähes Leben!« Noch ätzender kehrte mein ursprünglicher Groll gegen ihn zurück. Sein friedliches und rosiges Aussehen brachte mich auf. Also hatte ich für nichts all jene Ängste erduldet und mich jener Gefahr ausgesetzt! In meinen dumpfen Zorn mischte sich eine Art abergläubischer Verwunderung ob der außerordentlichen Zähigkeit jenes Lebens: »Ich glaube, ich werde nicht den Mut haben, es nochmals zu tun. Und dann? Ich werde sein Opfer sein; und werde ihm nicht entgehen können.« Und jenes abartige Gespenst, dieser reizbare und katzengleiche Knabe, der voller Schlauheit und tückischer Instinkte, erschien mir wieder; von neuem starrte er mich in herausfordernder Haltung mit seinen harten grauen Augen an. Und die schrecklichen Szenen im Schatten der verlassenen Zimmer, die Szenen, die einst meine feindselige Vorstellungskraft erschaffen hatte, spielten sich wieder vor mir ab; von neuem nahmen sie die Plastizität, die Lebendigkeit realer Szenen und all die realistischen Charakteristika an.

Es war ein weißer Tag: Schnee lag in der Luft. Giulianas Alkoven erschien mir noch immer als Zuflucht. Der Eindringling durfte sein Zimmer nicht verlassen und konnte mich nicht bis dorthinein verfolgen. Ich überließ mich, ohne sie zu verbergen, meiner Trauer.

Während ich die arme Kranke ansah, dachte ich: »Sie wird nicht genesen, sich nicht erheben.« Ich entsann mich der merkwürdigen Worte vom Abend zuvor, und sie betrübten mich. Zweifelsohne war der Eindringling ihr Scharfrichter, so wie er der meine war. Zweifelsohne konnte sie an nichts anderes als an ihn denken und starb darob nach und nach dahin. All diese Last auf jenem so schwachen Herzen!

Mit der Zusammenhangslosigkeit von Bildern, die im Traum sich ablösen, tauchten in meinem Geist einige Splitter meines vergangenen Lebens wieder auf, Erinnerungen an eine andere Krankheit, an eine weit zurückliegende Genesung. Ich hielt mich damit auf, jene Splitter wieder zusammenzusetzen und jene so süße und so schmerzensreiche Zeit zu rekonstruieren, während der ich den Samen zu meinem Unglück gesät hatte. Die weitläufige Helligkeit des Lichts erinnerte mich an jenen getragenen Nachmittag, den wir, ich und Giuliana, mit dem Lesen eines Gedichtbändchens verbracht hatten: Wir neigten uns zusammen über dieselbe Seite, folgten mit unseren Augen derselben Zeile. Und wieder sah ich ihren feinen Zeigefinger und das Zeichen ihres Nagels.

»Accueillez la voix qui persiste
Dans son naïf Äpithalame.
Allez, rien n'est meilleur à l'âme
Que de faire une âme moins triste!

Ich ergriff ihr Handgelenk; und den Kopf langsam neigend, bis meine Lippen die Mulde ihrer Hand berührten, murmelte ich:

– Du . . . du könntest vergessen?

Sie verschloß mir den Mund und sprach ihr großes Wort:

– Schweig!«

Real und tief empfindend, durchlebte ich wieder jenen Ausschnitt meines Leben; und ich fuhr fort, fuhr fort, in ihm weiterzuleben: der Vormittag, an dem sie das erste Mal das Bett verlassen hatte, jener schreckliche Vormittag stellte sich ein. Wieder vernahm ich ihre vom Lachen unterbrochene Stimme; wieder sah ich ihre darreichende Geste, sah sie in dem Sessel nach dem plötzlichen Schlag und das Folgende. Warum konnte meine Seele jene Bilder nicht mehr von sich absondern? Mein Klagen war sinnlos, war sinnlos. *»Zu spät.«*

– Woran denkst du? – fragte mich Giuliana, die vielleicht – während meines Schweigens – unter nichts anderem litt als unter meiner Traurigkeit.

Ich verheimlichte ihr meine Gedanken nicht. Mit einer Stimme, die schwach aus tiefstem Busen ihr kam, aber durchdringender als ein Schrei war, sagte sie:

– Ach, den Himmel trug ich für dich in meiner Seele!

Nach einer langen Pause, während der sie vielleicht in ihrem Herzen die Tränen aufnahm, die nicht erschienen, fuhr sie fort:

– Und nun, nun kann ich dich nicht trösten! Weder für dich noch für mich gibt es Trost; wird es niemals geben können . . . Alles ist verloren.

– Wer weiß! – sagte ich.

Und wir blickten uns an; und es war offensichtlich, daß wir beide in jenem Augenblick an dasselbe dachten: an Raimondos möglichen Tod.

Ich zögerte einen Moment; und dann wollte ich sie fragen, indem ich auf das Gespräch anspielte, das eines Abends unter den Ulmen stattgefunden hatte.

– Hast du zu Gott gebetet?

Heftig zitterte mir die Stimme. Sie entgegnete (ich hörte sie kaum):

– Ja.

Und sie schloß die Augen und drehte sich auf die Seite, vergrub ihren Kopf in den Kissen, krümmte sich, zog sich – wie von großer Kälte befallen – unter den Decken in sich selbst zurück.

XLVII

Gegen Abend ging ich los, um Raimondo zu sehen. Ich fand ihn in den Armen meiner Mutter. Er schien mir etwas blasser; aber noch war er ruhig, atmete gut und zeigte keinerlei verdächtige Symptome.

– Bis jetzt hat er geschlafen! – sagte meine Mutter zu mir.

– Beunruhigt dich das?

– Ja, denn solange hat er niemals geschlafen.

Ich starrte das Kind an. Unter der Stirn, auf der sich leicht weißlicher Schorf gebildet hatte, zeigten seine grauen Augen keinerlei Lebendigkeit. Wie ein Murmelnder bewegte er ständig die Lippen. Plötzlich spuckte er einige Milchklümpchen auf sein Brustlätzchen.

– Nein, ach, nein dem Kind geht es nicht gut – rief meine Mutter aus und schüttelte den Kopf.

– Hat es denn gehustet?

Wie um mir zu antworten, hustete Raimondo.

– Hörst du?

Es war ein geringfügiges, schwaches Husten, das von keinerlei Geräusch innerer Organe begleitet wurde. Es hielt nur äußerst kurze Zeit an.

»Man muß abwarten«, dachte ich. Aber wie in mir die unheilvolle Vorahnung wieder erwachte, verringerte sich meine Abneigung gegenüber dem Eindringling, beruhigte sich meine Bitterkeit. Ich bemerkte, daß mein Herz – unfähig, zu frohlocken – verschnürt und verarmt war.

Ich erinnere mich an jenen Abend als den traurigsten, den ich jemals im Verlauf meines Unglücks durchlebt habe.

Aus Sorge, daß Giovanni di Scòrdio in der Nähe wäre, verließ ich das Haus und schritt durch die Allee, wo wir, ich und mein Bruder, ihm jenes andere Mal begegnet waren. Erster Schnee kündigte sich mit der Dämmerung Helligkeit an. Entlang der Baumreihen breitete ein Teppich aus Laub sich aus. Die nackten dürren Äste durchschnitten den Himmel kreuz und quer.

In der Hoffnung, die Gestalt des Alten zu entdecken, blickte ich nach vorne. Die Zärtlichkeit des Alten für seinen kleinen Patensohn, jene betrübte Greisenliebe und jene großen schwierigen wie runzeligen Hände, die ich auf den weißen Windeln sich veredeln und zittern gesehen hatte, kamen mir in den Sinn. »Wie würde er weinen!« dachte ich. Und ich sah den kleinen Kadaver in seinen Windeln, der inmitten weißer Chrysanthemenkränze sowie vier brennender Kerzen auf der Bahre lag; und ich sah Giovanni auf den Knien weinen. »Meine Mutter wird weinen und verzweifelt sein. Das ganze Haus wird in Trauer fallen. Das Weihnachtsfest wird Verderben bringen. Was wird Giuliana tun, wenn ich, am Fußende des Bettes, auf der Schwelle des Alkovens erscheine und ihr verkünde: – Er ist tot –?«

Ich hatte das Ende der Allee erreicht. Ich blickte umher; niemanden sah ich. Die Landschaft versank schweigend im Dunkel; auf dem Hügel in der Ferne schimmerte rötlich ein Feuer. Einsam kehrte ich zurück. Plötzlich tanzte mir etwas Weißes vor Augen und verschwand. Es war der erste Schnee.

Und später, während ich neben Giulianas Bett saß, hörte ich wieder – *zur gleichen Stunde* – die Dudelsäcke, welche die Novenen fortsetzten.

XLVIII

Der Abend ging vorüber, die Nacht ging vorüber, der folgende Vormittag ging vorüber. Nichts Außerordentliches geschah. Doch als der Arzt das Kind untersuchte, verhehlte er nicht, daß eine katarrhalische Entzündung der Nasenschleimhäute sowie der Bronchien vorlag: eine leichte, nicht schwerwiegende Infektion. Ich bemerkte jedoch, daß er eine gewisse Unruhe verbergen wollte. Er erteilte einige Anweisungen, ordnete äußerste Vorsicht an und versprach im Laufe des Tages wiederzukommen. Meine Mutter hatte keinerlei Ruhe.

Nachdem ich den Alkoven betreten hatte, sagte ich halblaut, und ohne ihr ins Gesicht zu blicken, zu Giuliana:

– Es geht ihm schlechter.

Lange sagten wir kein Wort mehr. Dann und wann erhob ich mich und trat ans Fenster, um den Schnee zu betrachten. Von unerträglicher Angst gepackt, ging ich im Gemach umher. Giuliana hatte ihr Haupt im Kissen vergraben und lag fast zur Gänze verborgen unter den Dekken. Wenn ich mich ihr näherte, öffnete sie die Augen und warf mir einen raschen Blick zu, doch ich konnte in ihren Augen nichts lesen.

– Frierst du?

– Ja.

Aber im Zimmer herrschte milde Wärme. Immer wieder ging ich zum Fenster, um den Schnee und die weiße Landschaft zu betrachten, auf die langsam die Flocken fielen. Es war zwei Uhr nach Mittag. Was ging im Zimmer des Kindes vor? Sicher nichts Außerordentliches, da niemand kam, um mich zu holen. Doch mein Drang, zu wissen, wurde so groß, daß ich mich entschloß, hinzugehen, um nachzusehen. Ich öffnete die Tür.

– Wohin gehst du? – rief Giuliana mir zu, während sie sich auf den Ellbogen aufrichtete.

– Ich gehe für einen Moment *dorthin.* Komme aber gleich wieder.

Allzu bleich blieb sie auf die Ellbogen gestützt.

– Du möchtest das nicht?

– Ja, bleib bei mir.

Sie ließ sich nicht auf das Kissen zurückfallen. Merkwürdiger Schrecken veränderte ihr das Gesicht; ruhelos irrten ihre Augen wic hinter irgendeinem sich bewegenden Schatten her. Ich ging zu ihr: Und ich selbst bettete sie sanft auf den Rücken, berührte ihre Stirn und fragte sie zärtlich:

– Giuliana, was hast du?

– Ich weiß es nicht. Ich habe Angst.

– Wovor?

– Ich weiß es nicht. Ich kann nichts dafür; ich bin krank; ich bin so.

Aber ihre Augen irrten umher, anstatt an mir zu kleben.

– Was suchst du?

– Nichts, nichts.

Von neuem berührte ich ihre Stirn. Die Temperatur war normal. Aber meine Vorstellungskraft begann zu arbeiten.

– Schau, ich verlasse dich nicht; ich bleibe bei dir.

Ich setzte mich und wartete: wartete auf ein nahe bevorstehendes Ereignis, und drängende Ungewißheit prägte so den Zustand meiner Seele. Ich war mir sicher, daß irgend jemand kommen würde, um mich zu holen. Ich spitzte die Ohren bei jedem leisen Geräusch. Dann und wann vernahm ich das Klingeln der Glöckchen im Haus. Ich vernahm das gedämpfte Knirschen eines Wagens im Schnee.

– Vielleicht ist es der Arzt – meinte ich.

Giuliana schwieg. Ich wartete. Unbestimmte Zeit verstrich. Plötzlich hörte ich das Lärmen von Türen, die geöffnet wurden, den Klang von Schritten, die näher kamen. Ich sprang auf die Füße. Und Giuliana richtete sich gleichzeitig auf.

– Was ist los?

Doch ich wußte bereits, was los war, wußte es bis hin zu dem genauen Wortlaut des Satzes, den die eintretende Person an mich richten würde.

Cristina trat ein. Sie schien verstört, versuchte aber, ihre Aufregung zu verbergen. Ohne sich uns zu nähern, stammelte sie, während sie ihren Blick auf mich richtete:

– Auf ein Wort, gnädiger Herr.

Ich verließ den Alkoven.

– Was gibt es?

– Dem Kind geht es schlecht – fuhr sie halblaut fort. – Beeilen Sie sich.

– Giuliana, ich gehe für einen Augenblick dorthin. Ich lasse dir Cristina hier. Ich komme gleich wieder.

Ich verließ das Zimmer. Im Laufschritt langte ich in Raimondos Zimmer an.

– Ach, Tullio, das Kind stirbt! – rief meine verzweifelte, über die Wiege gebeugte Mutter. – Sieh her! Sieh her!

Auch ich beugte mich über die Wiege. Eine dem Anschein nach unerklärliche und schreckliche Veränderung war plötzlich eingetreten. Aschfarben war das Gesicht geworden, die Lippen hatten sich bläulich verfärbt, und die Augen waren gleichsam erstorben, dunkel und erloschen. In dem armen Geschöpf schien ein heftiges Gift zu wirken.

Mit abgehackter Stimme erzählte mir meine Mutter:

– Vor einer Stunde ging es ihm fast gut. Gut, er hustete, aber sonst war nichts. Ich habe mich entfernt und Anna hiergelassen. Ich glaubte, ihn schlafend wieder anzutreffen. Es schien, als habe der Schlaf ihn übermannt ... Ich komme zurück und finde ihn in diesem Zustand. Fühle: er ist fast kalt!

Ich berührte seine Stirn und eine Wange. Die Temperatur der Haut war tatsächlich niedrig.

– Und der Arzt?

– Er ist noch nicht gekommen! Ich habe nach ihm geschickt.

– Man sollte einen Reiter schicken.

– Ja, Ciriaco ist auf dem Weg.

– Zu Pferd? Bist du sicher? Es gilt, keine Zeit zu verlieren.

Dies war kein Heucheln meinerseits. Ich war ehrlich. Ohne ihm zu helfen, ohne den Versuch zu machen, ihn zu retten: so konnte ich diesen Reinen nicht sterben lassen. Angesichts jenes leichenhaften Aussehens, und während mein Verbrechen im Begriff stand, sich zu vollenden, packten Mitleid, Reue und Schmerz meine Seele. Ich war nicht weniger aufgeregt als meine Mutter, während ich auf den Arzt wartete. Ich läutete das Glöckchen. Ein Diener erschien.

– Ist Ciriaco schon fort?

– Ja, gnädiger Herr.

– Zu Fuß?

– Nein, gnädiger Herr; mit der Kalesche.

– Was ist geschehen? – Federico kam keuchend hinzu.

– Das Kind stirbt! – rief meine Mutter, weiterhin über die Wiege gebeugt.

Federico trat zu ihr und betrachtete es.

– Es erstickt – sagte er. – Seht ihr nicht? Es atmet nicht mehr.

Und er packte den Kleinen, nahm ihn aus der Wiege, hob ihn hoch und schüttelte ihn.

– Nicht, nicht! Was tust du? Du tötest ihn! – schrie meine Mutter.

In diesem Moment ging die Türe auf, und eine Stimme meldete: – Der Arzt!

Doktor Jemma trat ein.

– Ich war bereits auf dem Weg. Ich bin der Kalesche begegnet. Was ist geschehen?

Ohne die Antwort abzuwarten, ging er zu meinem Bruder, der Raimondo noch auf den Armen hielt; er nahm ihn Federico weg, untersuchte ihn, und sein Gesicht verdunkelte sich.

– Ruhig! Ruhig! Man muß die Windeln entfernen – sagte er.

Er legte ihn auf das Bett der Amme und half meiner Mutter, die Windeln abzunehmen.

Der nackte kleine Körper erschien. Er zeigte dieselbe aschgraue Farbe wie das Antlitz. Die Extremitäten hingen frei und schlaff herab. Die fette Hand des Arztes betastete hier und dort die Haut.

– Macht irgend etwas, Doktor! – flehte meine Mutter. Rettet ihn!

Aber der Arzt schien unentschlossen. Er fühlte den Puls, legte sein Ohr auf des Kindes Brust und murmelte:

– Ein Herzfehler . . . Unmöglich.

Er fragte:

– Wie ist denn diese Veränderung eingetreten? Ganz plötzlich?

Meine Mutter wollte ihm erzählen wie, aber bevor sie geendet hatte, brach sie in Tränen aus. Der Arzt entschloß sich, einige Versuche zu machen. Er suchte, durch Schütteln die Erstarrung, der das Kind verfallen war, zu lösen, versuchte, es anzuregen, zu schreien, versuchte, es zum Erbrechen zu reizen, versuchte, eine kräftige Atmungsbewegung hervorzurufen. Meine Mutter stand daneben und sah mit starren Augen, aus denen die Tränen quollen, zu.

– Weiß Giuliana Bescheid? – fragte mich mein Bruder.

– Nein, wahrscheinlich nicht... Vielleicht hat sie es erraten.... Vielleicht, daß Cristina... Bleib du hier. Ich laufe und sehe nach; danach komme ich wieder.

Ich blickte auf das Kind zwischen den Händen des Arztes und auf meine Mutter; ich verließ das Zimmer; lief zu Giuliana. Vor der Türe blieb ich stehen: »Was werde ich ihr sagen? Werde ich die Wahrheit sagen?« Ich trat ein und sah, daß Cristina vor der Fensteröffnung stand; ich zeigte mich im Alkoven, den die Vorhänge nun verschlossen. Sie lag zusammengekrümmt unter den Decken. Nachdem ich nähergetreten war, bemerkte ich, daß sie wie während eines Fieberschauders zitterte.

– Schau, Giuliana: Ich bin hier.

Sie schlug die Decken zurück und wandte mir ihr Gesicht zu.

– Du kommst von *dort?* – fragte sie mich halblaut.

– Ja.

– Sag mir alles.

Ich hatte mich über sie geneigt; und aus der Nähe redeten wir leise miteinander.

– Es geht ihm schlecht.

– Sehr?

– Ja, sehr.

– Stirbt es?

– Wer weiß! Vielleicht.

Mit einer plötzlichen Bewegung warf sie ihre Arme in die Höhe und schlang sie mir um den Hals. Meine Wange drückte die ihre; und ich spürte ihr Zittern, spürte die Zärtlichkeit jenes armen, kranken Busens; und während ich so von ihr umarmt wurde, durchzuckten mich Bilder aus dem fernen Zimmer; ich sah die erstorbenen, dunklen, opaken Augen des Kindes sowie die schwarzblauen Lippen; ich sah die Tränen meiner Mutter fließen. Keine Freude barg jene Umarmung. Mein Herz war verschlossen; meine Seele verzweifelt und einsam, während sie sich so über den dunklen Abgrund jener anderen Seele beugte.

XLIX

Als der Abend anbrach, lebte Raimondo nicht mehr. All die Anzeichen einer akuten Kohlenwasserstoffvergiftung zeigte jener tote kleine Körper. Das kleine Gesicht war schwarzblau, fast bleiern; die Nase spitz; die Lippen hatten eine dunkelblaue Farbe; etwas von dem opaken Weiß sah man unterhalb der halbgeschlossenen Lider; auf einem Schenkel, in der Leistengegend, fiel rötlicher Ausschlag auf. Es schien, als habe die Verwesung bereits begonnen, so erbärmlich war das Aussehen jener Babyhaut, die – als sie noch rosig und zart – wenige Stunden zuvor die Finger meiner Mutter gestreichelt hatten.

In meinen Ohren dröhnten die Schreie, die Schluchzer und die unsinnigen Worte, die meine Mutter ausstieß, während Federico und die Frauen sie hinausbrachten.

– Niemand darf ihn berühren, niemand darf ihn berühren! Ich will ihn waschen, ich will ihn wickeln ... Ich ...

Dann nichts mehr. Die Schreie waren verstummt. Dann und wann drang das Schlagen von Türen zu mir.

Ich war im Zimmer und einsam. Der Arzt war zwar hier; aber ich war einsam. Irgend etwas Außerordentliches vollzog sich in mir; doch ich sah noch nicht, was.

– Gehen Sie – sagte der Arzt sanft zu mir, während er mich an der Schulter berührte. – Gehen Sie fort von hier. Gehen Sie.

Ich war folgsam; ich gehorchte. Langsam entfernte ich mich durch den Korridor, als ich mich von neuem berührt fühlte. Und es war Federico; er nahm mich in seine Arme. Doch ich weinte nicht, verspürte keinerlei starke Rührung und verstand die Worte nicht, die er sagte. Dennoch hörte ich ihn, Giulianas Namen sagen.

– Bring mich zu Giuliana – sagte ich zu ihm.

Ich schob meinen Arm unter den seinen und ließ mich wie ein Blinder führen.

– Laß mich allein – sagte ich zu ihm, als wir vor meiner Tür standen.

Er drückte mir fest den Arm; dann verließ er mich. Einsam trat ich ein.

L

Grabesstille erfüllte während der Nacht das Haus. Im Flur brannte ein Licht. Wie ein Somnambule ging ich darauf zu. Irgend etwas Außerordentliches vollzog sich in mir; doch ich sah noch nicht, was.

Fast instinktiv gewarnt, blieb ich stehen. Eine Türe stand offen: Ein Schimmern drang durch den herabgelassenen Vorhang. Ich schritt über die Schwelle; schob den Vorhang beiseite; trat näher.

Von vier brennenden Kerzen gerahmt und weiß geschmückt, stand die Wiege inmitten des Gemachs. Mein Bruder saß an der einen, Giovanni di Scòrdio an der anderen Seite: sie hielten Wache. Des Alten Anwesenheit erstaunte mich nicht. Daß er hier war, schien mir selbstverständlich; ich fragte ihn nichts; sagte nichts. Ich glaube, daß ich ihnen, die mich anblickten, schwach zulächelte. Obgleich ich es vorhatte – wie um zu bedeuten: »Kümmert Euch nicht um mich, versucht nicht, mich zu trösten. Schaut her: Ich bin ruhig. Wir können schweigen« –, weiß ich wahrhaftig nicht, ob meine Lippen lächelten. Ich machte einige Schritte; ging, um zwischen den zwei Kerzen am Fußende der Wiege Platz zu nehmen; meine furchtsame, demütige, schwache Seele, die ihres ursprünglichen Wahrnehmungsvermögens beraubt war, schleppte sich ans Fußende der Wiege. Mein Bruder und der Alte waren zwar hier, doch ich war allein.

Der kleine Leichnam war weißgekleidet: er trug sein Taufgewand – oder mir schien es zumindest so. Nur das Gesicht und die Hände waren unbedeckt. Unter dem geheimnisvollen Siegel war der kleine Mund verstummt, der mit seinen Schreien meinen Haß so viele Male verschärft hatte. Dasselbe Schweigen, das auf jenem kleinen Mund lag, herrschte in mir und um mich herum. Und ich schaute und schaute.

Dann, aus dem Schweigen heraus, ging mir, inmitten meiner Seele, ein großes Licht auf. *Ich begriff.* Weder die Worte meines Bruders noch das Lächeln des Alten hatten mir das offenbaren können, was mir der kleine Mund des Reinen in einem einzigen Augenblick offenbarte. *Ich begriff.* Und nun befiel mich das schreckliche Bedürfnis, mein Verbrechen zu gestehen, mein Geheimnis angesichts jener zwei Männer zu enthüllen und zu bekräftigen: – Ich habe ihn getötet.

Beide blickten mich an; und ich bemerkte, daß beide meinetwegen, meinem Benehmen vor dem Leichnam wegen, in Angst waren, daß beide angstvoll auf das Ende meiner Regungslosigkeit warteten. Da sagte ich:

– Wißt Ihr, wer diesen Reinen getötet hat?

Meine Stimme klang in der Stille so sonderbar, daß sie sogar mir selbst unkenntlich vorkam; ich hatte den Eindruck, sie sei nicht die meine. Und plötzliches Grauen ließ mein Blut gefrieren, lähmte mir die Zunge und verdunkelte mir den Blick. Und ich zitterte. Und ich spürte, daß mein Bruder mich aufrecht hielt, meine Stirn berührte. In meinen Ohren herrschte so lautes Rauschen, daß seine Worte undeutlich und abgehackt zu mir drangen. Ich begriff, daß er glaubte, ein heftiger Fieberanfall würde mich plagen, daß er versuchte, mich fortzubringen. Ich ließ mich führen.

Mich stützend brachte er mich auf mein Zimmer. Noch immer hielt mich das Grauen gefangen. Als ich eine Kerze sah, die einsam auf einem Tisch flackerte, brach ich zusammen. Ich erinnerte mich nicht daran, sie brennen gelassen zu haben.

– Zieh dich aus und leg dich ins Bett – sagte Federico zu mir, während er mich zärtlich an den Händen zog.

Er ließ mich auf dem Bett niedersetzen, berührte von neuem meine Stirn.

– Spürst du's? Das Fieber steigt. Fang an, dich auszuziehen. Los, mach schon!

Mit einer Zärtlichkeit, welche mich an die meiner Mutter erinnerte, half er mir beim Entkleiden. Er half mir beim Zubettegehen. Nachdem er sich neben mein Bett gesetzt hatte, berührte er dann und wann meine Stirn, um mein Fieber zu messen; da er mich zittern spürte, fragte er mich:

– Frierst du sehr? Hören die Schauer nicht auf? Willst du, daß ich dich besser zudecke? Hast du Durst?

»Wenn ich gesprochen hätte!« überlegte ich schaudernd. »Wenn ich weitergesprochen hätte! Bin ich es eigentlich gewesen, der mit meinen Lippen jene Worte ausgesprochen hat? Und wenn Federico zurückdachte, überlegte und von Argwohn ergriffen würde? – Wißt Ihr, wer diesen Reinen getötet hat? – habe ich gefragt, und nichts anderes. Doch hatte ich nicht das Aussehen eines gestehenden Mörders? Falls er zurückdenkt, wird sich Federico ganz sicher fragen müssen: – Was wollte er damit sagen? Gegen wen richtet sich seine sonderbare Anklage? – Meine Aufregung wird ihm rätselhaft vorkommen. Der Arzt! . . . Er müßte denken: – Vielleicht hat er auf den Arzt anspielen wollen. – Und er müßte noch einige weitere Beweise meiner Aufregung erhalten, müßte mich weiterhin für einen vom Fieber geplagten Mann halten, der sich im Zustand intermittierenden Deliriums befindet.« Während ich so hin und her überlegte, schossen mir klare Bilder durch den Kopf, die von realer, spürbarer Deutlichkeit waren: »Ich habe Fieber, und zwar hohes. Wenn mich wirkliches Delirium überkäme und ich unbewußt das Geheimnis enthüllen würde!« Unter angstvoller Sorge richtete ich mich auf.

– Der Arzt, der Arzt . . . Er hat nicht gewußt . . . – sagte ich.

Mein Bruder neigte sich über mich; beunruhigt berührte er mich von neuem und seufzte:

– Quäl dich nicht, Tullio. Beruhige dich.

Und er ging, um in dem kalten Wasser einen Lappen anzufeuchten, und legte es mir auf die glühende Stirn.

Das rasche Vorüberziehen klarer Bilder hielt an. Mit grauenhafter Vorstellungskraft sah ich den Todeskampf des Kindes wieder. – Er lag dort, in der Wiege, und starb. Sein Gesicht war aschfahl, war von solch Blässe, daß oberhalb der Brauen der Milchschorf gelb schien. Die kaum entwickelte Unterlippe sah man nicht mehr. Von Zeit zu Zeit klappte er die etwas violett gewordenen Lider auf, und es schien, als würden die Irida an ihnen kleben, da sie mit den Lidern nach oben rollten und unter ihnen verschwanden, während das opake Weiß zum Vorschein kam. Von Zeit zu Zeit erstarb das heisere Röcheln. Während eines bestimmten Augenblicks sagte der Arzt, wie anläßlich eines letzten Versuchs:

– Rasch, rasch, laßt uns die Wiege zum Fenster, zum Licht tragen. Platz, Platz! Das Kind braucht Luft. Platz!

Ich und mein Bruder, wir trugen die Wiege, die eine Bahre schien. Aber im Licht, in jenem kalten, unbefleckten Licht des strahlenden Schnees, war das Schauspiel noch grauenhafter. Und meine Mutter:

– Da, er stirbt! Schaut her, schaut her: er stirbt! Fühlt: er hat keinen Puls mehr.

Und der Arzt: – Nein, nein. Er atmet. Solange er atmet, besteht Hoffnung. Mut!

Und er schob zwischen die dunkelblauen Lippen des Sterbenden einen Teelöffel Äther. Nach einigen Augenblicken öffnete der Sterbende wieder die Augen, rollte die Pupillen nach oben, wimmerte heiser. Eine leichte Veränderung der Hautfarbe trat ein. Die Nasenflügel des Kindes zuckten.

Und der Arzt:

– Seht ihr nicht? Er atmet. Man darf bis zum Schluß die Hoffnung nicht aufgeben.

Und er bewegte mit einem Fächer die Luft über der Wiege: Dann drückte er mit einem Finger auf das Kinn des Kindes, um die Unterlippe nach unten zu schieben und den Mund zu öffnen. Wie eine kleine Ventilklappe sank die Zunge, die am Gaumen geklebt hatte, nach unten; und ich erblickte die Fäden von Schleim, die sich zwischen Gaumen und Zunge hinzogen, sah die weißliche Masse, die sich tief hinten ansammelte. Eine zukkende Bewegung ließ jene kleinen Hände zum Gesicht hochfahren, die besonders auf der Handfläche, im Knick der Fingergelenke und unter den Nägeln violett geworden waren: jene bereits vom Tod gezeichneten Hände, die meine Mutter alle Augenblicke berührte. Der kleine Finger der Rechten stand von den anderen fortwährend ab und zitterte leicht in der Luft; und nichts war herzzerreißender.

Federico versuchte, meine Mutter zu überreden, aus dem Zimmer zu gehen. Doch sie beugte sich über Raimondos Gesicht, bis sie es fast berührte; sie suchte nach weiteren Lebenszeichen. Eine ihrer Tränen fiel auf sein angebetetes Haupt. Sofort trocknete sie es mit dem Taschentuch, bemerkte jedoch, daß die Kopfhaut über der Fontanelle nachgab und eine Kuhle gebildet hatte.

– Seht, Doktor! – rief sie entsetzt.

Und meine Augen starrten auf jenen weichen, von Milchschorf überzogenen und gelblichen Schädel, der einem in der Mitte gekerbten Wachsklumpen ähnelte. All die Strukturen waren sichtbar. Die himmelblaue Ader auf der Schläfe verschwand unter dem Schorf.

– Seht her! Seht her!

Das leichte, scheinbare Wiederaufflackern des Lebens, das der Äther bewirkte, verlosch. Das Röcheln klang nun sonderbar. Die Händchen fielen seitlich leblos herab; das Kinn klappte noch mehr herunter; ohne zu pulsieren, vertiefte sich die Kuhle über der Fontanelle. Und plötzlich zeigte der Sterbende Anzeichen von Aufstoßen; sogleich hob der Arzt ihm den Kopf an. Und aus dem violetten kleinen Mund trat etwas weißliche Flüssigkeit aus. Doch während sich die Haut über der Stirn unter der Anstrengung des Erbrechens spannte, schienen durch die Cutis die dunklen Flecken infolge der Blutstasis. Meine Mutter stieß einen Schrei aus.

– Laß uns gehen, laß uns gehen. Komm mit mir – wiederholte mein Bruder ihr gegenüber, während er versuchte, sie wegzuzerren.

– Nein, nein, nein.

Und der Arzt flößte dem Kind einen weiteren Teelöffel Äther ein. Und der Todeskampf und die Qual verlängerten sich. Die Händchen fuhren noch einmal hoch, und die Finger bewegten sich fahrig; unter den halbgeschlossenen Lidern tauchten die Irida auf und verschwanden zurücktretend: ähnlich zwei winzigen welken Blüten, zwei kleinen Blumenkronen, die sich – zusammenschrumpfend – schlaff wieder verschließen.

Vor dem Todeskampf des Reinen brach der Abend herein. Auf die Gläser der Fenster legte sich eine Helligkeit, die jener der Morgendämmerung gleicht; und es war das Dämmerlicht, das der Schnee dem Dunkel entgegenwirft.

– Ist er tot? Ist er tot? – rief meine Mutter, da sie das Röcheln nicht mehr vernahm und die dunkle Bläue im Bereich der Nase sah.

– Nein, nein; er atmet.

Sie hatten eine Kerze angezündet; und eine der Frauen hielt sie; und die kleine gelbe Flamme flackerte am Fußende der Wiege. Meine Mutter deckte sogleich den kleinen Körper ab, um ihn abzutasten.

– Er ist kalt, vollkommen kalt!

Die Beine lagen entspannt, die winzigen Füße waren violett geworden. Nichts war erbarmungswürdiger – vor jenem Fenster, auf das der Schatten fiel, und im Schein jener Kerze – als dies kurze Erschlaffen toten Fleisches.

Aber aus jenem kleinen, fast himmelblauen Mund drang – zusammen mit etwas weißlichem Speichel – noch ein unbeschreiblicher Ton, der weder ein Wimmern noch ein Schrei noch ein Röcheln war. Und meine Mutter warf sich, wie eine Verrückte, über den kleinen Leichnam.

So sah ich mit geschlossenen Augen alles wieder; ich öffnete sie, und sah noch immer alles mit unglaublicher Intensität.

– Diese Kerze! Nimm diese Kerze fort! – schrie ich, entsetzt vom Flackern der bleichen Flamme, Federico an, während ich mich aufrichtete. – Nimm diese Kerze fort!

Federico ging, nahm sie, stellte sie hinter einen Windschirm. Dann kam er zu meinem Bett zurück; legte mich wieder aufs Bett; erneuerte das kalte Stück Tuch auf meiner Stirn.

Und dann und wann vernahm ich in der Stille sein Seufzen.

LI

Obgleich ich mich in einem Zustand von Stupor und äußerster Schwäche befand, wollte ich tags danach der Einsegnung durch den Pfarrherrn, der Überführung, dem gesamten Ritus beiwohnen.

Der kleine Leichnam war bereits eingesargt: in einem kleinen Schrein, dessen Deckel aus kristallinem Glas war. Weiße Chrysanthemen umkränzten die Stirn des Toten, eine weiße Chrysantheme lag zwischen seinen ineinanderverschränkten Händchen, doch nichts glich der wächsernen Weiße jener winzigen Hände, auf denen nur die Nägel violett geblieben waren.

Ich, Federico, Giovanni di Scòrdio und einige Bedienstete: wir waren anwesend. Die vier brennenden Kerzen weinten. Gefolgt von den Meßdienern, die den Weihwedel sowie das Kreuz ohne Schaft trugen, trat mit weißer Stola der Geistliche ein. Alle knieten wir nieder. Der Geistliche besprengte mit Weihwasser den aufgebahrten Sarg und sprach:

– *Sit nomen Domini . . .*

Dann rezitierte er den Psalm:

– *Laudate pueri Dominum . . .*

Federico wie Giovanni di Scòrdio erhoben sich und ergriffen den Sarg. Pietro öffnete ihnen die Türen. Ich folgte ihnen. Hinter mir schritten der Pfarrer, die Meßdiener, vier Hausangestellte mit brennenden Kerzen. Wir gingen durch die stillen Korridore und gelangten zur Kapelle, während der Geistliche den Psalm rezitierte:

– *Beati immaculati* . . .

Wie der Sarg sich in der Kapelle befand, sagte der Pfarrer:

– *Hic accipiet benedictionem a Domino* . . .

Federico und der Alte setzten den Sarg auf einen kleinen Katafalk inmitten der Kapelle. Alle knieten wir nieder. Der Geistliche rezitierte weitere Psalmen. Dann vollzog er die Invocatio, damit die Seele des Reinen in den Himmel berufen würde. Schließlich besprengte er von neuem mit Weihwasser den Sarg. Gefolgt von den Meßdienern schritt er hinaus.

Nun erhoben wir uns. Alles für das Begräbnis war bereits vorbereitet. Giovanni di Scòrdio nahm den leichten Schrein zwischen seine Arme; und seine Augen starrten auf das kristalline Glas. Federico stieg als erster in die Gruft hinab; hinter ihm stieg der den Sarg tragende Alte hinab; dann stieg ich mit einem Bediensteten hinab. Niemand sprach.

Die Gruft war geräumig und zur Gänze aus grauem Stein. In die Wände waren die Nischen gehauen worden, von denen einige bereits mit Steinen verschlossen waren; andere standen leer, waren tief, von Dunkelheit erfüllt und warteten. Von einem Halbbogen hingen drei Lampen, die von Olivenöl gespeist wurden; und ruhig brannten sie mit winzigen wie unauslöschlichen Flammen in der feuchten und drückenden Luft.

– Hier – sagte mein Bruder.

Und er deutete auf eine Nische, die unter einer bereits mit einem Stein verschlossenen leerstand. Auf jenem Stein war Costanzas Name eingemeißelt; und die Buchstaben leuchteten vage.

Giovanni di Scòrdio streckte nun die Arme aus, auf denen der kleine Schrein ruhte, damit wir noch einmal den kleinen Toten betrachteten. Und wir blickten ihn an. Als ob durch den durchsichtigen Deckel des Sargs auf den Armen jenes erhabenen Alten – wie durch einen Spalt – der Streifen eines übernatürlichen, furchtbaren und süßen Mysteriums schimmere, schienen jenes kleine, bläuliche Antlitz, jene kleinen, gefalteten Hände und jenes Gewand und jene Chrysanthemen und all jene weißen Dinge durch das kristalline Glas unendlich fern wie unfaßbar.

Niemand sprach. Fast schien es, als ob niemand mehr atme.

Der Alte wandte sich der Grabnische zu, bückte sich, setzte den Sarg an und schob ihn behutsam hinein. Dann kniete er nieder und verharrte so regungslos einige Minuten.

Vage und weiß schimmerte der beigesetzte Sarg in der Tiefe. Unter den Lampen glänzte hell das weiße Haar des Alten, dessen Haupt sich über die Schwelle des Schattenreichs geneigt hatte.

Kloster Santa Maria Maggiore:
Francavilla al mare: April bis Juli 1891

D'Annunzios und Viscontis L'Innocente – Ein Vergleich

Adeline R. Tintner

Mit seinem letzten Film *L'Innocente* (1975; dt. *L'Innocente – Die Unschuld)* stellte Luchino Visconti seine Version von Gabriele D'Annunzios gleichnamigen *fin de siècle*-Roman aus dem Jahre 1891 vor; der Film gehört zu einer Reihe von Gesellschaftsporträts des dekadenten Europas, die Visconti zwischen 1953 und 1976 gedreht hatte.

D'Annunzios Roman beginnt mit einer Frage:

Vor den Richter treten, zu ihm sagen: »Ich habe ein Verbrechen begangen. Jenes arme Geschöpf würde noch leben, hätt' ich's nicht getötet. Ich, Tullio Hermil, ich habe es getötet. Ich habe den Mord geplant. In meinem Haus. Und ich habe ihn ausgeführt, bei vollstem Bewußtsein, gewissenhaft, mit äußerster Vorsicht. Dann habe ich mein Leben weitergelebt; mit meinem Geheimnis; in meinem Haus; ein ganzes Jahr. Bis jetzt. Heut' jährt sich der Tag. Euren Händen empfehle ich mich, hört mich an, urteilt über mich.« Kann ich so vor den Richter treten, so zu ihm sprechen?

Weder kann noch will ich. Der Menschen Gerechtigkeit betrifft mich nicht. Keine Instanz auf Erden wäre imstande, über mich zu richten.

Und doch, ich muß mich anklagen, muß mich erklären. Jemandem muß ich mein Geheimnis enthüllen.

Aber wem?

Diese Frage stellt sich der Held und Ich-Erzähler Tullio Hermil, nachdem er den kleinen Jungen getötet hat, den seine Frau als Folge eines Seitensprungs zur Welt gebracht hatte. Im Roman bleibt die Frage unbeantwortet; Visconti dagegen scheint gerade diese Frage besonders beschäftigt zu haben, da er vom Inhalt des Romans in entscheidender Weise abwich: In der letzten Szene des Films gesteht Tullio Hermil die grausame Tat seiner Geliebten Teresa Raffo und begeht anschließend Selbstmord. Visconti begründet diesen Schritt damit, daß Giuliana nicht mehr ihren Mann, den sie nur noch verachtet, sondern den Vater ihres getöteten Kindes, Filippo d'Arborio, liebt (Im Film differiert die Schreibweise des Dichternamens von der im Roman). Der Regisseur verändert so das ursprüngliche Dreierverhältnis des Romans, das aus Tullio Hermil, seiner Frau und dem Säugling Raimondo besteht; Teresa Raffo existiert nur im Hintergrund, gleichsam als Bestandteil der Vergangenheit, da sich D'Annunzio voll auf die quälenden Seelennöte Tullios konzentriert, die der Fehltritt Giulianas und die Geburt des Kindes, das nicht das seine ist, in ihm auslösen. Den einzigen Ausweg sieht D'Annunzios Protagonist am Ende nur in der Beseitigung des Kindes, und so setzt er es der kalten Winterluft aus, was schließlich zum Tod des ohnehin kranken Säuglings führt. Giulianas Geliebter spielt im Roman ebenfalls nur eine Nebenrolle: Er dediziert ihr einen seiner Romane und schwängert sie im Laufe einer flüchtigen Affäre. Doch der einzige Mann, den sie liebt, ist Tullio, und so empfindet sie die Existenz des Kindes, das nicht das seine ist, ebenso schrecklich wie ihr Mann. Im Roman wird das Geheimnis um die Vaterschaft mit niemandem geteilt: Weder Tullios Mutter noch sein Bruder ahnen, daß Raimondo ein »Eindringling«, ein *intruso* ist. Das Dilemma des Protagonisten, der seine Frau wegen einer Geliebten vernachlässigt hat und kein fremdes Kind als das seine anerkennen kann, weil dies seiner Auffassung von Familienkontinuität widerspricht und ihm zudem seinen alleinigen Anspruch auf seine Frau nimmt, schafft im Roman eine erstickende Atmosphäre der Frustration. Visconti legt den Schwerpunkt auf ein anderes Dreierverhältnis, nämlich das zwischen Tullio (Giancarlo Giannini), dessen Geliebter (Jennifer O'Neill) und dessen Frau (Laura Antonelli). Auch Giulianas Geliebter, der adelige d'Arborio (Marc Porel), greift durch seinen Sohn Raimondo aktiver ins Geschehen ein als bei D'Annunzio. Während der Roman, erzählt in der ersten Person Singular, als psychologisches Geständnis, als inneres Drama konzipiert ist, ist der Film auf Bilder angewiesen, die die inneren Qualen der Figuren sichtbar machen. Zu diesem Zwecke veränderte Visconti gewisse Szenen und Figuren des Romans: So wird z. B. im Roman Tullios Bruder Federico mit einem von Tolstojs »Lehrern« verglichen, um damit seiner Naturverbundenheit und seiner Sorge um das ererbte Land Sinn und Hintergrund zu verleihen. Giulianas Aussagen erinnern Tullio an die Fürstin Lisa in Tolstojs *Krieg und Frieden:* Auch dieser Vergleich soll betonen, daß D'Annunzio eine Parallele zwischen Tullios Familie sowie dem Blühen und Verwelken in der Natur sieht. So wird z. B. die Notwendigkeit, kranke Bäume zu fällen, zur Metapher für Tullios Plan, das kränkliche Kind zu töten, das die Familiennachfolge stört.

D'Annunzios sinnliche Beziehung zum organischen Leben schafft ein Geflecht aus Symbolen, die teilweise der Kunst des europäischen *fin de siècle* verpflichtet sind, die aber von Visconti nicht alle übernommen wurden: Er siedelt die Geschichte im städtischen Milieu an und verzichtet auf die gesamte Natursymbolik. Beibehalten hat er dagegen die drei Wohnbereiche, die im Roman vorkommen, und ließ sie – um ihre Unterschiede hervorzuheben – mit einem prachtvollen Sammelsurium von Möbeln und Gemälden ausstatten: das Stadthaus der Familie Hermil, die Villa von Tullios Mutter, La Badiola, sowie Villalilla, das unbewohnte Sommerhaus, in dem Giuliana und Tullio einst die Anfangsjahre ihrer Ehe verbracht hatten und in dem er Giuliana verführt, nachdem sie von ihrem Geliebten Filippo d'Arborio bereits schwanger ist. Letzterer wurde Giuliana von ihrem Schwager Federico (Didier Haudepin), aus dem Visconti einen Großstadtdandy gemacht hat, vorgestellt: eine frei erfundene Szene. Sieht man von den Naturvergleichen ab, hat Visconti D'Annunzios *fin de siècle*-Symbole übernommen, wie die Melodie aus Glucks Oper *Orfeo ed Euridice* oder die lavendelblauen Hortensien und den Flieder, der dem Sommersitz seinen Namen gab (it. *lilla* bedeutet u. a. *Flieder)* – wobei der violette Grundton der Blüten und von Giulianas Nachmittagskleid auf die *Mauve Decade* anspielen. Im Gegensatz zum Roman wird Teresa Raffo, Tullios Geliebte, im Film als Gräfin und dunkelhaarige Schönheit vorgestellt, während Tullios Frau dagegen zur Blondine wird. Visconti mußte das Geflecht der von D'Annunzio verwendeten Symbolik zerreißen, weil die Art und Weise, wie der Dichter seine klaustrophobische Wirkung erzielt, indem er das Augenmerk des Lesers ausschließlich auf den emotionalen Engpaß fokusiert, im Film durch andere Mittel erzielt werden muß. So visualisiert Visconti Stimmungen z. B. durch sorgfältigst ausgestattete Innenräume: durch die weißen Tücher, die über die Möbel der ungenutzten Villalilla gebreitet sind, oder durch den verschwenderischen Luxus in den Gemächern des Stadtpalastes oder der Villa von Tullios Mutter. Anders als im Roman besteht für Tullio Hermil im Film das Dilemma darin, sich nicht zwischen seiner Frau und seiner Geliebten entscheiden zu können. Außerdem legt Visconti mehr Gewicht auf Tullios Angst, von seiner Frau betrogen zu werden, als auf seine Abscheu vor Raimondo – dem sichtbaren Beweis dieser Untreue, der ihm nur allzu deutlich vor Augen führt, daß er seinen alleinigen Anspruch auf Giuliana verwirkt hat. Visconti hat aus dem Gutsherrn Hermil, der seine Ländereien vernachlässigt, einen Stadtplayboy gemacht, und indem er ihn seine gesunde, heftig erregte Frau auf Villalilla verführen läßt, besteht Visconti auf einer neu erwachten physischen Anziehungskraft.

D'Annunzio ignoriert diesen Aspekt der ehelichen Beziehung, weil Giuliana ständig kränkelt und leidet. Auch ihr Kind ist kränklich, weshalb Tullio keine Mühe hat, es zu töten, indem er es der kalten Winterluft aussetzt. Bei D'Annunzio gilt das Augenmerk des Helden der Familienkontinuität, die durch Giulianas außereheliches Kind empfindlich gestört ist: Um zu gedeihen, darf eine Familie keinerlei kranke Einflüsse, weder moralischer noch physischer Natur, dulden. Tullio Hermil betont demnach den Gegensatz zwischen Wachstum und Verfall, zwischen Gesundheit und Krankheit. Im Film dagegen strotzen Giuliana, ihr Geliebter d'Arborio (sein symbolhafter Name verweist auf *arbor,* der lateinischen Bezeichnung für *Baum*) und ihr Kind vor Gesundheit und gleichen den Figuren auf venezianischen Renaissancegemälden. (Die Verführungsszene auf Villalilla, bei der Giulianas nackter Körper wollüstig mit Tullios förmlichem Anzug kontrastiert, erinnert an den Maler Veronese.)

Im Roman widmet Arborio sein Buch *Il Segreto* Giuliana Hermil, dem *Turris eburnea,* und Visconti scheint den Satz, der dieser Widmung folgt und in dem Tullio eine merkwürdige Ähnlichkeit zwischen sich und seinem Rivalen entdeckt, recht wörtlich genommen zu haben:

d'Arborio und Tullio gleichen sich äußerlich so sehr, als sei d'Arborio Tullios *alter Ego,* während der Roman im Anschluß an Tullios Feststellung eher die Unterschiede zwischen den beiden Männern hervorhebt, indem immer wieder auf die schwächliche Konstitution und nervösen Störungen des Dichters hingewiesen wird. Im Roman stirbt er an progressiver Paralyse, was das Kränkeln seines Kindes und schließlich auch dessen Tod erklärt, so daß Tullio von niemandem verdächtigt wird. Im Film ist das Baby ebenso gesund wie sein Vater, der bei Visconti an tropischem Fieber stirbt, das er sich in Afrika zugezogen hat – wohin er wohl flüchtete, um von seiner Leidenschaft für Giuliana zu genesen. Im Roman ist ihre Affäre nur von kurzer Dauer: ein Fehltritt Giulianas nach einer langen Phase der Demütigung und Vernachlässigung durch ihren Gatten.

Das Buch, das ihr der Schriftsteller widmet, trägt bei D'Annunzio den vielsagenden Titel *Il Segreto (Das Geheimnis* von Giulianas Schwangerschaft) und wurde von Visconti in *The Flame* umbenannt, eine Entscheidung, die zwei Gründe haben kann: Zum einen verweist der Regisseur damit auf die glühende Leidenschaft – durch loderndes Kaminfeuer mehrmals unterstrichen – zwischen Giuliana und d'Arborio, die den Film vom Roman unterscheidet; in Viscontis Version empfindet Tullios Gattin nur noch Haß für ihren Ehemann, der ihr Kind getötet hat – was schließlich zu Tullios Selbstmord führt. Zum anderen spielt die Titeländerung auf D'Annunzios berühmten Roman *Il Fuoco* (engl. Titel: *The Flame of Life, dt. Das Feuer)* an, der 1900 in Italien erschienen war. Da Tullios Selbstmord ebenfalls eine Abweichung zu D'Annunzios Vorlage darstellt, ist anzunehmen, daß Visconti damit auf einen weiteren Roman des Dichters anspielen wollte: auf *Trionfo della morte* (1896), in dem der Held seine obsessive Leidenschaft für seine Geliebte nicht mehr länger ertragen kann und sie am Ende mit sich in den Tod reißt.

Viscontis Veränderungen führten zu einem Film, der eindrucksvoll sein Interesse an der herrschenden Gesellschaftsschicht im Europa des 19. und 20. Jahrhunderts widerspiegelt – ein Sujet, das ihn von 1953 bis 1976 maßgeblich beschäftigte. *Senso* (1953/54; dt.: *Senso/ Sehnsucht)* steht am Anfang von acht Filmen, die von den 60er des 19. – *Senso, Il Gattopardo* (1962; dt. *Der Leopard), Ludwig* (1972; dt. *Ludwig II.), L'Innocente* – bis zu den 30er Jahren des 20. Jahrhunderts – *Morte a Venezia* (1970; dt. *Tod in Venedig), La Caduta degli Dei (*1968; dt. *Die Verdammten), Vaghe stelle dell' Orsa* (1964 – dt. *Sandra)* – den Untergang und die moralische Verkommenheit dieser aristokratischen bzw. bourgeoisen Gesellschaftsschicht thematisieren. Viscontis Blick auf die Gesellschaft war wegen oder trotz seiner aristokratischen Herkunft stets von einer sozialistischen, wenn nicht gar kommunistischen Weltsicht geprägt. Er stammte aus dem Norden Italiens und kannte die Probleme dieser Region, was in seinem Film *Rocco e i suoi fratelli* (1960; dt. *Rocco und seine Brüder)* zum Ausdruck kommt. Der zwei Jahre später fertiggestellte Film *Il gattopardo* schildert die allmähliche Auflösung eines gönnerhaften Despotentums in Sizilien, nach dem man sich zurücksehnt, das aber längst dem Untergang geweiht ist und durch das ererbte Haus und die darin gehüteten Schätze symbolisiert wird. Man spürt, daß die Überreste einer aristokratischen Gesellschaft die filmische Umsetzung bereits vorgeprägt haben und daß, trotz Viscontis Nähe zum Marxismus, sein Blick als Regisseur (dank seiner autobiographischen Verwobenheit mit der Thematik) von den erlesenen Zeugnissen einer immer mehr an Macht verlierenden aristokratischen Kultur gelenkt wurde. Die dramatische Spannung zwischen der

Schönheit der Gegenstände und ihren Besitzern – allesamt dekadente, zwanghafte Charaktere – findet ihren deutlichsten Ausdruck in *Ludwig*, zumal das historische Thema hier ausgezeichnet zu Viscontis eigener innerer Widersprüchlichkeit paßt. Er betrachtet hier eine bereits ins Mythische verklärte Persönlichkeit und deren historische Grundlagen aus anthropomorpher Sicht. Nicht oft bietet die Geschichte einem Regisseur, der selbst Kunstgegenstände sammelte und hortete, ein so passendes Studienobjekt wie König Ludwig II. von Bayern.

Es gibt Konstanten, die das Werk Viscontis prägen. So zum Beispiel seine Vorliebe für literarische Vorlagen, die ihm als Ausgangspunkt für seine eigenen Schöpfungen dienen. Er beschäftigt sich zuerst eingehend mit dem literarischen Modell, um es dann für seine Zwecke zu verändern: Neben James Cains Roman *The Postman Always Rings Twice* (dt. *Die Rechnung ohne den Wirt)*, dem Ausgangspunkt für *Ossessione* (1942; dt. *Ossessione – Von Liebe besessen)*, Camillo Boitos Novelle *Senso* und Giovanni Vergas Roman *I Malavoglia*, der den Stoff zu dem Film *La terra trema* (1947/48; dt. *Die Erde bebt)* lieferte, findet man auch in seinen späteren Werken immer wieder eine bemerkenswerte Vielfalt literarischer Quellen: nicht nur di Lampedusa, Camus oder Maupassant, sondern auch Äschylos in der Adaption von Sartre *(Vaghe stelle del' Orsa*, ein Titel, der den Anfangszeilen von Leopardis berühmtem Gedicht *La ricordanza* entnommen ist), Thomas Mann und D'Annunzio.

Eine weitere Konstante ist die Musik, die bei Visconti nicht nur die Bilder untermalt, sondern fester Bestandteil der Handlung ist: Richard Wagner als Teil der Besessenheit Ludwigs II., Gustav Mahler als Thema von *Tod in Venedig*, in dem der Held kein Schriftsteller (wie in der gleichnamigen Erzählung Thomas Manns), sondern Komponist ist; und die Musik Verdis sowie Bruckners in

Senso hat sowohl politische als auch melodramatische Implikationen. In *L'Innocente* hat Visconti zwei Konzerte eingefügt, die nicht im Roman enthalten sind, aber den passenden Hintergrund für die erotisch-dekadente ästhetische Stimmung im Film bilden. Auch die im Roman eine große Rolle spielende Arie aus Christoph Willibald Glucks Oper *Orfeo ed Euridice* wurde im Film aufgegriffen, die zusammen mit Werken Mozarts und anderer Komponisten jene Atmosphäre untätigen Schwelgens im Ästhetischen schaffen, wie sie für die damalige italienische Oberschicht in den Städten charakteristisch war. In seinen letzten Filmen verlegte Visconti die Handlung vorwiegend in üppig ausgestattete Innenräume. Die Blumen werden geschnitten und ins Haus geholt, um auf diese Weise zum Bestandteil des Zimmerschmucks zu werden: Der durch den Anblick suggerierte Duft unterstreicht die Sinnlichkeit der Bilder und der Musik. D'Annunzio schrieb in sein privates Tagebuch *Libro segreto:* »Alles zum Bestandteil meiner Kunst zu machen, jeden Vorfall, jede Erscheinung: dies ist mein Gesetz.« In dieser Hinsicht wird ihm Visconti vollkommen gerecht; es ist somit ein Glück, daß es dem Regisseur vor seinem Tod noch gelang, den einzigen bedeutenden italienischen Dichter der ersten Jahrhunderthälfte neu zu entdecken – trotz dessen Nähe zum Faschismus und dessen Affinität zur Kunst des *fin de siècle*. Dank seiner kritischen Haltung gegenüber der Gesellschaft konnte es sich Visconti leisten, sich mit dem umstrittenen Autor zu beschäftigen. (Obwohl D'Annunzios Romane durchaus als Kritik an dem darin beschriebenen dekadenten Lebensstil der Oberschicht zu lesen sind.)

Die Sorgfalt, mit der Visconti seine Szenarien gestaltet, legt nahe, daß er es genießt, jene schwüle Treibhausatmosphäre zu schaffen, die für D'Annunzios frühe Romane so typisch ist. *L'Innocente* gehört zur Trilogie der

Romanzi della Rosa, die der Dichter als ungefähr Dreißigjähriger geschrieben hatte, und die Viscontis Film als Grundlage dienten. Im Roman *Il piacere* (dt. *Die Lust)* kommt z. B. eine Auktionsszene vor, die sich der Regisseur für seinen *L'Innocente* ausborgte, und den Selbstmord des Helden Aurispa in *Trionfo della morte* übertrug Visconti auf Tullio Hermil. D'Annunzios Romanschlüsse zeigen sehr eindrucksvoll, wie unerträglich ein Leben sein kann, das nur aus der Befriedigung sinnlicher Lüste besteht, und machen so jede zusätzliche kritische Äußerung überflüssig; der Dichter selbst dagegen pflegte seine Erotomanie und Sammlerleidenschaft bis zum Tode, was sich auf seine schöpferische Brillanz auswirkte.

In Viscontis letztem Film spielt der Faktor Zeit keine Rolle, und der Ort der Handlung beschränkt sich auf den Innenbereich der einzelnen Häuser. Der Regisseur fühlte sich offensichtlich in Villen und Stadtpalästen am wohlsten, was seine Episode *(Il lavoro)* des Films *Boccaccio 70* (1961) zu einem dramatischen Meisterwerk werden ließ: Die Räume eines luxuriösen Palazzos werden für die junge Ehefrau nicht nur zum Gefängnis, sondern auch zu ihrem Arbeitsplatz als Edeldirne, deren erster Kunde ihr Gatte ist. Sogar das Venedig in *Morte a Venezia* wird wie ein Innenraum behandelt (wenn auch wie ein durch die glanzvolle Vergangenheit geheiligter), weil die Handlung überwiegend in Hotelhallen und überdachten Passagen spielt – gemäß Henry James, der Venedig als »eine riesige Gemeinschaftswohnung« [charakterisiert], »in der die Piazza San Marco die dekorativste Ecke ist, während Paläste und Kirchen riesige Diwane, Spieltische oder Nippes« sind.

Während seiner ersten Schaffensperiode scheint Visconti das Material für seine Filme unmittelbar aus dem Leben gegriffen zu haben, wobei er in ihnen die soziale

Ungerechtigkeit anklagte. Wäre er aus seinem gesellschaftlichen Milieu getreten, nur um Sozialkritik zu üben, dann hätte er seine Vertrautheit mit und offenkundige Zuneigung für die sichtbaren Gegenstände ästhetischer Betrachtung opfern müssen, die seine Filme von 1962 bis 1975 z. T. in Scope und »herrlichem Technicolor« zum Thema haben. In seiner persönlichen Entwicklung als Regisseur scheint Visconti erkannt zu haben, daß die rechte Auswahl und Zusammenstellung dieser Gegenstände jede sozialkritische Äußerung überflüssig machen; außerdem schuf er mit seinen Interieurs keine stickigen Museen, da er sie von Menschen ausstatten ließ, die ihre Möbel und Kunstobjekte z. T. geerbt und z. T. gesammelt hatten. Bedauerlicherweise lebte Visconti nicht lange genug, um Prousts *A la recherche du temps perdu* zu verfilmen, das vielleicht großartigste Zeugnis *der dècadence,* das schon allein wegen seiner vielsagenden Schauplätze eine funkelnde Ergänzung zu seinen brillanten Gesellschaftsbildern gewesen wäre.

(Aus dem Englischen übersetzt von Irmengard Gabler.)

Wolf Wondratschek/Lilo Rinkens
Kelly-Briefe
Mit einer Notiz von Christian d'Orville.
108 Seiten, gebunden mit Schutzumschlag,
DM 29,80/öS 217,–/sFr 29,– (ISBN 3-88221-817-7)

»Der beste Prosatext, den ich von Wondratschek kenne, sehr romantisch, dazwischen komisch und schließlich auch noch spannend, sprachlich so gut gearbeitet, daß er streckenweise vor Leichtigkeit schwebt.« *Patrick Süskind*

»Wondratschek schreibt so wie Glenn Gould spielte.«
Stuttgarter Zeitung

Wondratschek hat es geschafft, eine Liebe in die halbe Welt zu verpflanzen: New York, Kairo, Miami Beach, Wien.
Helmut Eisendle

»Ein Buch wie eine Werkzeugkiste. Nimm Dir, was Du brauchst, um ein Regal zu bauen oder um ein neues Leben zu erfinden! Lies es von hinten, lies es von vorne, von unten nach oben. Was auch immer. Die Briefe der Geliebten sind auch für uns ein vertracktes Vergnügen.
Diese Geschichten sind hinreißend: alle ein bißchen wahr und ein bißchen verrauscht, ein bißchen traurig und ein bißchen schlau, aber alle sehr stark. Geschichten wie Entwürfe zu anderen Leben.« *Der Standard, Wien*

»Die ›Kelly-Briefe‹ sind Wondratscheks amüsantestes Buch.«
FAZ

»Ein sublimes Meisterwerk.« *News, Wien*